U0517992

烧刀

苏他 著

AUTHOR SUTA

中信出版集团 | 北京

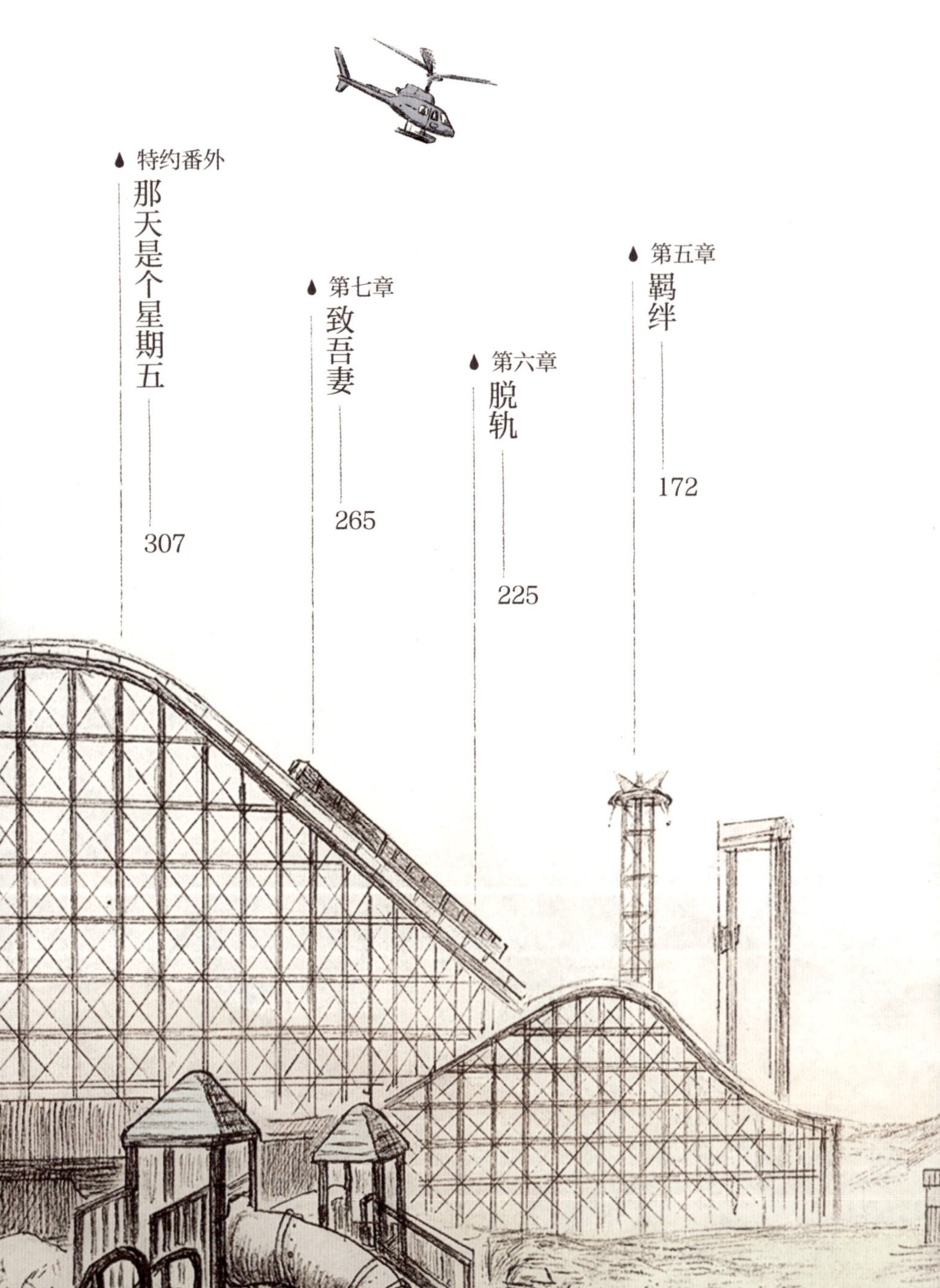

第五章 羁绊 172

第六章 脱轨 225

第七章 致吾妻 265

特约番外 那天是个星期五 307

目录

contents

第一章 试探 001

第二章 摩擦 047

第三章 摊牌 091

第四章 上瘾 134

林羌重新戴上戒指那刻，心里那根弦就已经断了，她紧绷了四十个小时的那根弦。

她等来靳凡，像是对他也像是对自己说：以后记住，寸步不离。

“忘不了。”

“你怎么发抖了，你也得帕金森了吗？”林羌还笑。

真的怕死。

靳凡抱紧她：“我想你。”

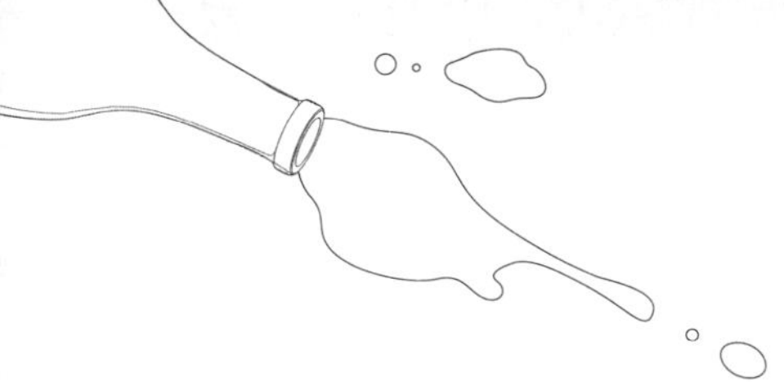

第一章 试探

>> 他一回都没信过她，
却一回都没逃过去。

延州阜定医院心脏外科。

主任刚带领团队接连完成四台手术。结束时，所有人双眼充血，脊梁塌陷，只有林羌勉强能站住。

林羌，三十二岁，主任团队的第一助理医生，目前处于博士规培最后一年，训练结束就要晋升副主治医师。但她于两个月前递交了辞职申请，决定离开三甲，回到老家癸县医院。

同期认为她疯了，已经熬了那么久，马上拨云见日，此时离开根本是自断前程。

林羌的带教主任和上级医师开导了她几天，希望她重新考虑。主要是像她这样情绪稳定且具备专业性、眼力见，还无医疗差错的“骡子”走了，活儿谁干？

但她要是去意已决，他们也不多挽留。总有人挤破脑袋也要进来当“骡子”。

林羌交班结束，回到值班室。

天还没亮，房间很暗，但她没开灯。桌上是凉透的咖啡，还有从内部便利店买的关东煮，也凉透了。

她麻木地看着眼前的一切，搭在腿上的右手震颤不停。

忽然，手机响了，这只右手慢慢合拳。

林羌以前觉得医生当久了就对急诊和病区的来电安之若素了，现在发现她的感觉错了。

但这回不是工作上的电话，是闹钟。她关闭闹钟，脱了白大褂，拿上包、钥匙，出了值班室。

十月末，天气凉了，踏出心外大楼的第一步她就被吹透了。林羌把包转到身前挡风，朝地铁站走去。

阜定南门外是条老路，很有年代感。路两边的树遮盖了天光云影，大概要等到下个月叶子掉得差不多了，才能一览朝阳。

通勤的人让这条路显得很热闹。林羌有意躲避这一波高潮，到咖啡店买

了杯美式，出来确实人少了，却也不用乘地铁了——

路边停了一辆帕拉梅拉，一个斯文俊秀的男人站在车前，看着她。

这个男人是阜定神经外科的副主任，简宋，三十八岁。他三十三岁之前都在美国的医疗体制内，回国后受惠于一个科研项目，在业内稍微有了点名气。第二年进入阜定神外，第三年成了林羌的男朋友。

林羌原地罚站似的站着，不知道为什么没走到他身边。

简宋一向惯着她，她不走过来，他便走过去，把她的包拿过来，然后牵住她，返回车里。

林羌一上车就闻到了奶黄包的香味，好像还有鲜肉烧卖的。

简宋把后座的纸袋拿给林羌，随后发动了车。

他好洁净，不允许车里流窜乱七八糟的味道，但林羌得吃早饭。他更不允许她糟践身体。

林羌不饿，没动弹，只是像个托盘，把这只飘香的纸袋托回了家。

简宋的家。

她自己租的那一间次卧只能叫宿舍。

八点多的天已经大亮了，朝东的落地窗接收了一束光柱，灰尘在光中跳舞。林羌坐在沙发上吃饭，简宋靠着边柜，目不转睛地看着她。

林羌的奶黄包还没吃完，简宋走过去，蹲下来，用拇指轻轻刮掉她嘴角沾到的奶酱。

这人气度儒雅，温良到林羌只是看着他，都会被他的眼波抚慰到。

所以林羌很少看他。他越柔和，她越会想到自己有多锋利。

简宋握住林羌的手。“票订好了吗？”

“嗯。”

“院里呢？交接了？”

“嗯。”

沉默。

“那我呢？”

简宋这三个字被唇齿吞了一半，传到林羌耳朵里全是情绪，一点怨一点屈，很多不舍。

他虽然随和，但很少有示弱的时候。林羌漫不经心地回避，佯装沉浸在他这点失常的情绪之中。

“你说你早打算回去，那为什么还跟我在一起？”他又问。

寻常的语气里滋滋烧着一把火，林羌不能一直冷漠，简宋从没对不起她。算起来，她要分隔两地还是对他不公平，就在沉默片刻后答：“因为，作为医生你很优秀，作为男人亦然。”

简宋用拇指摩挲她的指节：“但这不足以让你留下。”

“是。”林羌的语气毫不留情。

简宋的期待一秒落空，怕是为难她，没再追问。

可能因为他又妥协了，林羌潜在的人格都开始为他鸣不平了，操控她伸手抚平他失落的眼角，手指沾染到了奶酱的气味，蹭在他的脸上。

简宋沉浸在这点细微的亲密里，完全没意识到，林羌压根没打算谈异地恋。

十一月十几号，林羌绝尘而去。

一并带走的还有心。刚上高铁她就跟简宋提了分手，删了好友。

在一起肯定是因为喜欢，分手的原因就很多了，她不想说。总之明显会无疾而终的感情就拉倒。

跟过去割袍断义的仪式就是再吸一口癸县的空气。

不知道是不是心理作用，她总觉得县里的空气更清新一点，但事实上癸县到延州也就一百多公里。

林羌的家在城东，老楼，六十多平方米。她把钥匙弄丢了，所以打从上车就先给开锁铺打了电话，正好跟锁匠同时到。

开完锁，签字备案，林羌再次迈进这间相处过十年的陋室。

满屋子的防灰布已经看不出颜色，厚尘和微薄的采光让逼仄的空间更显得压抑。没比她租的宿舍好多少，不过用来“苟延残喘”也够了。

收拾到半夜，她不堪疲惫，躺在咯吱响的地板上。

空气里是难消的朽坏味道，石膏板上是忽明忽暗的黄光灯泡，乡下的风声像马的嘶鸣一样刺耳……即便条件这么糟心，她也昏沉睡去了。

她一觉睡到晌午，开始为打扫工作收尾，傍晚才吃上回来以后的第一顿饭——两片全麦面包。

这时，杨柳发来消息提醒她：“地址发你了，别忘了去。”

林羌已读不回。

杨柳是林羌在阜定的同事，呼吸内科的一名医生，在知道林羌要回癸县后，请求她帮忙，说服正好在癸县的心衰患者接受治疗。

起初林羌拒绝了，架不住杨柳执着，软磨硬泡。

见面地点在车行，位置有点偏，名字跟地图上显示的也对不上号，但林羌还是在约定时间前找到了。

进门前，林羌看那丈高的铁门，上面锈迹斑斑，还以为大隐隐于市，肯定内有乾坤，结果就是一个废钢厂。占地倒挺大，门口摞放着轮胎垛，正中停着七八辆卖相不错的跑车，一群街溜子正傲慢无礼地打量她，姿态、神色仿佛把她打成了不速之客。

林羌顿时反悔了，扭头往外走。

只是这群人不好惹，她来都来了，让她就这么走跟砸了他们街溜子招牌似的，几个男孩儿上前拦住她。

嚼着口香糖、歪着嘴的小脏辫语气轻佻："姐姐找谁？"

"靳凡。"

"哦！"男孩儿的语气变得兴奋，扭头向楼上看，喊了声，"老大！找你的！漂亮姐姐！"

林羌看过去，二楼站着一人，略微俯身，胳膊搭在栏杆上，背着光，还戴着檐儿帽，五官不清，但脸很窄。他穿着黑工背心，正好贴身，肩膀和胸腹的肌肉线条特别漂亮，上臂到小臂比例协调，筋长，手指也长，双手交叉，骨节泛白，脖子上有条银链一直悬在栏杆上方。

他比底下这一群稳重点，但看着不像有病。

碰了面，好歹得说明来意，林羌没走，随着几个小流氓上楼，进了靳凡的……办公室？不确定……宽敞得仿佛车库，一张涂鸦桌子，一把缺轱辘的椅子，两台机车，堆成山的酒瓶……

靳凡靠在那张桌子前，看了林羌半天，什么都不问，也不让她走。

林羌自我介绍："我是林羌，杨柳托我来找你，说你家里人希望你能接受治疗。"

"他们给了你多少钱？"

林羌听到这儿扭头就走。

靳凡口吻恶劣："说中了，恼羞成怒了？"

林羌临近门口，一只酒瓶子从耳侧咻一声飞过去，砸在门上。碎玻璃溅了一地。

"聋了？"

林羌静站了几秒，转了身，面无表情地往回走，到靳凡跟前的同时抬手。

靳凡反应也快，拧住她胳膊，迫使她转身，随即锁住她的喉咙，别住她的腿。

林羌挣扎着用手肘击男人的肋，趁机拎起酒瓶子，抡向他耳侧，趁他恍神挣开他的钳制，挥腿侧踢。

靳凡攥住她的脚踝，但没等她施展后招就松手了。

他没再说话，她也见好就收了。

林羌回到家，打斗的酸痛姗姗来迟。她重重摔坐在沙发上，脱了外套，只剩背心，脑袋枕着沙发靠背，面朝屋顶，闭目养神。

她刚进入浅眠，杨柳来电，歉意深挚："对不起啊林羌，刚才靳家叔叔跟我联系了，让我跟你道歉，我就知道是靳凡打电话回去闹了。他是不是跟你耍浑蛋了……"

林羌打断了她："你没说实话。"

杨柳沉默了。

林羌站起来，走到厨房，从冰箱拿了根黄瓜放在案板，再抽出一把切菜刀，把黄瓜切成了两段，准备晚饭就吃它了。

杨柳似乎是酝酿好了，试探着问："你听谁……"

"他格斗不错，反应很快。双臂有疤，我能认出来的只有刀伤。胸口有块挫伤疤，我见过类似的钝性损伤，都是在穿着防弹衣中弹的士兵身上。不论以前，就说现在，他领着一帮社会青年玩车，危险系数极高。我不能为了帮忙，把自己搭进去吧？"

杨柳又沉默了。

林羌也不逼她解释，反正以后不会再跟那人打交道了，对他什么身份背景不感兴趣。

正要挂电话，杨柳开口："他当过兵。"

林羌猜到了，后面的不想知道，就挂了。

林羌的右手震颤严重，黄瓜切了一半就切不下去了。她用握手术刀的方式握菜刀，更考验手指力量，但这部分力量她早已失去了。

她放下刀，转过身，靠在案边，盯着墙上挤满油污的白瓷砖缝隙。

很多人不明白林羌为什么离开阜定医院。

其实有什么不明白的呢？

手术刀都握不住的外科大夫还赖在外科干什么？

杨柳一直来电，林羌一直没接，随即收到她几条消息——

"他的命有机会延续，问题是他本身无生存意愿。林羌，请你帮忙不只因为你正好是医生，还因为你也在部队待过。你跟靳凡有相同的经历，你或许可以理解他，从而说服他。"

"我知道这种病人很讨厌，但情况特殊。"

"他的命很值钱。"

"靳家那边表态了，不会让你白帮忙的。"

杨柳又发来一串数字。

林羌看着那串数字发了一阵呆，不知道过了多久，回过去："在这基础上增加一倍，这活儿我接了。"

靳家很痛快，林羌的消息回过去没多久，钱已经走了微信转账。

看着不断刷新的笔数，她对靳家的效率和不达目的誓不罢休的信念有了一个初步了解。

靳凡，有多值钱呢？

沉思片刻，她拿起手机，重新翻开杨柳发给她的靳凡的大病历。

病程记录停在了四年前，靳凡做完 CRT（心脏再同步化治疗）后转至康复科进行了两个月的术后诊疗。

就是说当时他不抗拒治疗，只是现在抗拒了，原因应该在这四年里。

钟表指针不停地转动，林羌胡乱敲着桌面，还是给杨柳打去电话。杨柳接得倒快，一副执锐披坚的架势："你问吧。"

"把能说的都告诉我。"

杨柳没犹豫，把知道的能说的关于靳凡的情况，一一告知她。

涂鸦桌长一米六宽两米三，八十五厘米的高度，立在靳凡身后却有些弱小无助。多亏了黄昏的关照，他一米九的身影硬是被拉成了三米三，黑压压罩在黄灿灿的地面。何止桌子，周遭一切都显得仗马寒蝉。

小脏辫进门看到碎酒瓶，好奇道："咋？打起来了？"

这已经是这段时间不知道第多少个来劝靳凡的人了，往常都是靳凡两句话让来人无地自容，委屈悲愤而去。今天这个还挺奇怪的，离开时不卑不亢，独一份儿。

底下一群人实在是好奇，就派小脏辫上来打探情况。

靳凡抬起头，帽檐遮蔽他一双眼睛，但没掩盖住眼底一丝凶光。

小脏辫顿时汗毛森竖，闭上嘴推门出去了。

底下的人一脸期待地看着他，他苦着脸摇头，小声说："别说了！不高兴了！"

苦瓜脸仿佛是一个信号，接收到这个信号的人们在一阵面面相觑后四散开来。

新来的人不明所以，站在楼梯边，等小脏辫下来后问："哥，这车行不是你跟四哥的吗？我听豹子说，靳哥又没出钱又没出力……咱们至于跟耗子见了猫似的吗？"

小脏辫一把勾住他的脖子，径自从他衬衫口袋拿了一片口香糖，嚼了两口，没有回答。

这里的人都是癸县的富家子弟，成日横行霸道，组织非法活动，三不五时半夜在街头飙车，还开盘操纵胜负，涉及金额巨大。

原本可以一直潇洒下去的，直到一年前靳凡砸了他们的场子。

这人手特别黑，闹完那一场之后，一手创立车行的四哥在医院住了好几个月。剩下一些青瓜蛋子打不过他又豁不出去，只能看着他把他们的据点占为己有，再不情不愿地叫一声老大……

但这都是前尘往事了。

这一年，靳凡也带着他们玩儿，他比四哥骨头硬，还有蹍压四哥的脑力，跟着他一点亏都吃不了，养得他们比以前更霸道、更疯。

男人之间谁牛谁当老大，什么哥们义气不离不弃都是废话，靳凡让他们更潇洒，别说是叫哥，叫爹又有什么关系。

他们对靳凡是无不佩服的，唯有一点一直悬在他们心头，那就是靳凡的身份。

靳凡从没隐藏过他的背景，他们也从那些游说他的人开的车上判断出来，他何止家底丰厚，地位也高不可攀。

他们原先害怕他是灯下黑高玩，搞无间道，后来想到他们捆绑起来的价值都够不上他兜这么大圈子付出的精力，就放下了担忧。

不懂他为什么堕落，不过堕落得好，有靠山的靠山谁不眼馋?

只要他一直罩着他们，他们愿意一直唯他马首是瞻。

周一，林羌入职癸县县医院的心脏内科。

本来她在阜定医院也是在院总训练结束后才选择方向，因为专业类别是外科，故而没悬念地选择外科。

但现在她做不了外科手术。

她目前只是规培结业，因事还没考级别，说不上变更执业范围。如果她留在阜定，考到主治医师，那就要在心内熬两年才能再考内科执业资格。

县级医疗机构的执业医师，变更执业范围需要到所在地县级以上人民政府卫生行政部门办理变更注册手续。她这种直接入职就好，考医师资格考试时执业范围直接注册内科。

林羌入职第一天就是跟着科室另一名医生熟悉工作内容，基本是先处理科室的杂事，然后交班，查房，收病人，写医嘱。

老几样，不过比阜定简单很多，也轻松很多。毕竟没有连续不断的急诊病人、密集的急诊手术。

林羌当了一天少说多看的跟班，小忙后有一点腿疼，整理病历时倒可以缓解下双腿压力。

“林医生可以下班了。”

林羌扭头，是带了她一天的同科室主治医师曹莚，已婚，有两个孩子，笑起来皱纹很深，但很爱笑。

“嗯。”

曹莚说：“咱们医院不比你以前待的大医院，欢迎会这种活动只在每年的招工季举行一个大型的。不过我跟科室里的几位医生商量了，周日那天晚上聚一聚，欢迎你加入我们。”

“客气了。”

曹莚拍拍林羌的肩膀：“你家住哪儿啊，顺路送你。”

“不用了，不远的。”

“那行吧，明天就不用来那么早了，按值班表上班就好了。”

“好。”

曹莚走了，林羌也要下班了。

她戴着耳机往外走，丝毫没注意迎面而来跟她打招呼的医生，目不斜视地与她擦肩而过。

打招呼的女医生也不尴尬，放下手来，翻了个不太明显的白眼。

县医院心脏内科有两个病区，内一和内二，位置在综合楼五层。护士站在楼层中间，电梯也在中间。

刚刚目睹这一幕的两个护士相视挑眉，其中之一问道：“这就是那个女博士吗？”

“嗯，好看吧？”

“博士住院医生？”

“学历是学历，资质是资质，博士也得经过上岗培训。她不积极考评，就是住院医生啊。你没学？”

“我们是俩系统，我不知道也正常。不说这个，看没看见苗翎那白眼？”

“苗老师眼大，翻白眼那不正常吗？毕竟是院主任的女儿，就得有睥睨全院的气势。”

“哈哈，笑死。”

林羌从医院出来还没两步，停住脚。

简宋着一身西装站在马路对面，肩膀到腰身再到脚踝都是这条街上的女性偷瞄他的理由。

林羌对简宋出现在此并不意外，确是他会做的事。

医院不远处的烤肉店，简宋像往常一样独揽点餐任务，在服务员拿走菜单后，看向林羌。

他像又失眠了，眼圈发灰，眨眼频率过缓。

林羌没有一丝心虚之色，还能平静地寒暄："你怎么有时间过来，科里这两天不忙？"

"我以为你第一句话会问我好不好。"简宋疲惫地说。

林羌说："我看得见。"

"我好吗？"

林羌没答。

简宋将身子前倾，握住林羌的手。他握得紧，林羌震颤要犯了，用力想抽出手来。

简宋似乎就是冲着她的手来的，毫不松懈，她越挣扎他攥得越紧。

她放弃了，任由右手不停地抖。

简宋感到她手抖的频率，双眉迅速朝中间拢了下，心疼之色瞬间漫卷整张脸。他不怨她要分手，一点都不："回延州我陪你治疗。"

林羌微笑："不用了，简教授。我不太喜欢延州，不想再回去了。"

简教授。

她像别人那样称呼他，疏离得也像是别人。

简宋不相信林羌会无缘无故分手，到她们科室询问了她近期的情况。

他也希望对她近况最了解的是自己，但他在加入神经科学研究所，成为其中委员后，需要前往各地授课的时候越来越多。于是这半年以来，要么不在延州，要么在延州但上不了手术台。

听到林羌的同期说，自从上次院内体检后她就有些反常，他却没有可以抽调她检查结果的身份，只能卖脸一科一科问，虽然只问出她握不住手术刀的结果。

他不知道她在癸县的家，但知道她入职的医院，他在街边等了一周，终于等到她。

他不会放手，而且以后只牵她右手。

"那去上海，去广州，我们治好它。到时候你想回来就回。在哪儿当医生都一样，我也可以转到这里来。"

他徐徐述说，似乎是怕她觉得不真，并不许诺，只说他会做的事。

可是林羌无动于衷，还能淡淡地问："你父母能接受他们穷其一生培养的独生子为一个女的这么糟践前程吗？”

“我会说服他们。”

简宋从不说大话，他毫不犹豫就说明肯定能做到。

林羌抽回手：“何必呢。你也不是第一天认识我，什么时候我会因为怕耽误别人而委屈自己了？”

简宋用被刺痛的一双眼死死望着林羌。

“我不爱你，简宋。”

林羌无情地扫兴道，把简宋的一腔真意挡在心外，伤透了，人就走了。

刚七点天就黑了，还有点冷，林羌裹了裹风衣，从包里拿了条丝巾系在了脖子上。

离开延州，通勤不再有压力，都能穿高跟鞋了。

拐过街口，她打车去了靳凡的车行。

小脏辫看着油桶桌上摆着的七八盒大尺寸比萨，挠头问：“到底谁买的啊？有什么不能说的？”

他女朋友一头红发，嚼着泡泡糖：“没准是老大？”

“老大买还藏着掖着啊？”

“嗐，管他谁，吃了再说，饿死爹了。”

“就不怕有毒啊你个大傻子！”

“花一千多块钱给我们下毒，真出点事不得把牢底坐穿？这种智商的反派我只在电视看过。”另一个混混打扮的男孩儿嘻嘻哈哈地说。

小脏辫一甩手：“我们才是反派！”

“扇死我了，脏哥这么大手劲吗？”

红发女孩儿咯咯地笑：“扯你们，别聊我。”

一帮人围着油桶闹，铁门在这时被人推开，老化的门轴发出巨响，打断了玩闹的年轻人。他们又用那种不屑的眼神看过去。

来人是林羌，这回更自如，丝毫不拿自己当外人：“都到了？还挺快。吃啊！等什么？不够再叫。”

说话间她已经在一众不解神色中上了楼，迈进靳凡的领地。

门啪一声关上，有人问：“什么情况？这姐姐越挫越勇了？态度都变了，怎么做到的？”

小脏辫也没看懂，拿起一块比萨，看着黏糊的芝士：“可能是……”

“是什么？”所有人盯住他。

小脏辫不确定地说：“大嫂？”

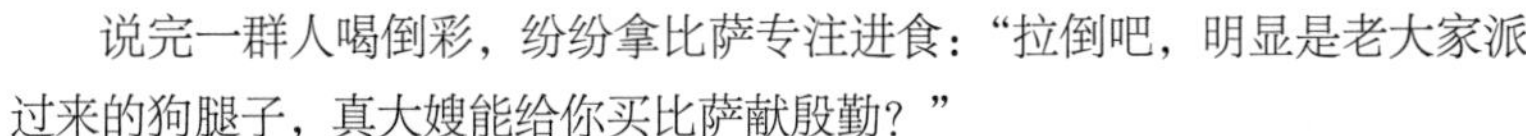

说完一群人喝倒彩，纷纷拿比萨专注进食：“拉倒吧，明显是老大家派过来的狗腿子，真大嫂能给你买比萨献殷勤？”

“也是。”小脏辫咬口比萨，堵住自己的嘴。

靳凡那间大破房似乎是因为到了晚上，更阴森空洞了，还没开灯，就像停尸房。他坐在椅子上睡觉，帽子盖脸，脚跷在桌上，对林羌的闯入并无反应，看起来真像死了。

林羌径直走到窗边，借着月光，把香蕉派盒子拆开，再走到靳凡身前拉他。

她还没拉动就被甩开了。这人随后放下脚，把盖在脸上的帽子拿走扔到桌上，眼向上挑，特凶，说话也凶：“滚。”

“我买了香蕉派，尝尝。”林羌说。

靳凡看向窗边。

林羌在他走神间隙把他拉起，领过去，还解释：“你不开灯那就只能凑合用月光了。”她握着靳凡的胳膊哄他坐下，用塑料刀剜下一块香蕉派，端到他面前：“你来，还是我喂？”

靳凡的眼神从香蕉派移到林羌脸上，林羌也终于看清他的脸，温和地笑道：“原来长这样。戴帽子是怕桃花太多吗？”

离得太近了，鼻息已经交缠，正常来说这种靠近之后就是接吻，但他们不正常。靳凡攥住林羌手腕，把她拽到了腿上。

林羌手被攥疼了，也不受这委屈：“你弄疼我了。”只是比起怒状更像娇嗔。

靳凡更用力了，要把林羌的手掰断似的，别说没拿她当女人，几乎没拿她当个人。

林羌面带笑意，要不是睫毛湿润，眼角被逼出水光，看起来真像不疼。

直到楼下有车经过，车灯照到路牌，路牌的反光在两个人双眼打出一束花火，林羌才转腕收回手，神情也变回初见时的漠然，但语气没变：“以后拉我手能不能轻点？”

“轻点？”靳凡把那块香蕉派扔回盒里，站起来，伸手托住林羌脖子，将她拽到面前。

林羌本来就烦，正要反击，下一秒就被靳凡摁在了窗棂上，脸贴着玻璃。几乎同时，他又用他另一只手限制了她双手的活动，一点还手余地都不给她。

靳凡看着她这副狼狈样，反而轻松了一些：“你是不是以为我没看见楼底下那男的？”

林羌一声不吭。

是，她知道简宋一直尾随着自己，所以把靳凡领到窗边，想利用他让简宋以为她已移情别恋。

靳凡微微歪头："怎么姓靳的连我喜欢吃什么这种事都告诉你了？那他知道你的细胳膊细腿不堪重负吗？"

林羌被他压得骨头都要碎了，毫无抵抗之力就不抵抗，优先保存体力。

靳凡俯身偏头，冰凉的唇贴着林羌耳轮，声音像箭，刺穿了她："别多管闲事，不然我没轻没重，让你另一只手也患上震颤的毛病多不好，林羌。"

林羌忽然有一种血液逆流的错觉，就在听到他这句话之后。

他竟也知道她右手震颤的事。

那就好说了，明着来谁怕谁？

"你死你的，我挣我的钱，冲突吗？非得剑拔弩张？大不了等你死了我给你烧点纸，你就积点德，假装不知道我拿了你爹的钱。"

靳凡当即松手。

林羌说完走了，迈步很迅速。

她不是不知死活的人，身后这个高大帅气的坏蛋看起来就没听过怜香惜玉这词儿，再不适可而止那不得死在这儿？

林羌家没靳凡那间破房那么大的落地窗，她推开门撞见一片漆黑，忽地头晕，旋即扶住了门。关门，坐进沙发，她不由得想起眩晕的诊断流程，有、无神经系统体征两种情况各要做什么检查，想起她曾就眩晕这个神经类疾病向简宋请教过。

脑中的画面由 CT 室变成简宋，他慢声细语地教学，帮她画出重点。

她睁开眼，强行打断了那一幅温情场面。

一个陌生号码在这时发来短信，她心中有预感，点开，行文果然是简宋的风格。

"演技拙劣。我过两天要去一趟深圳，你在这两天整理一下心情，我回来时必须要做检查了。"

林羌也没指望拉靳凡演戏就能骗到简宋，只是已经打定主意散伙，就不能老拖着他，所以什么招都用一用。

烂不怕，有用就行。

但显然，没什么用。

没用也得先搁置，当务之急是靳凡。

原本她是有心救人的，可自从不久前被他压在窗前起，她就知道她那点慈悲荡然无存了。

只是钱都收了，多少得干活儿，靳凡死不死不重要，重要的是不能让靳家认为她失职。

癸县地处市和市级县中间，又沾了隔壁新区的光，有不少大厂在这几年相继入驻，于是公交辆辆满载，早八点前后堵车严重。

林羌家距离医院不远，七点半上班，七点出门都不晚。

她穿了几天高跟鞋，又换回了平底乐福鞋，但步速没变，还是缓慢。

照常戴着耳机，照常买一杯咖啡，她原以为也会照常穿过癸北路，却被三岔口的一个包围圈挡了道，人群中还传来急切的呼救声。

“谁能帮忙叫救护车啊？”

“有没有会人工呼吸的！救命啊！”

围观的人不多，大部分人只是踮脚望两眼，便匆匆别过。

林羌走近两步，从人缝里看到一个晕倒的老妇人，旁边跪坐着一个手足无措的年轻人，白着脸，瞪着眼，吓得不轻。

“你先叫救护车吧，这都不知道什么病也不敢乱动啊。”有人说。

“那你能帮忙叫一下吗？”年轻人乞求他。

“这……我上班要晚了。”

“要不你打个车？县医院也不远。”又有人说。

林羌看过去的这一眼，正好听到这几句，于是拨开挡道的两人：“劳驾。”

顿时，现场七八人齐刷刷地看向她。

林羌一边摆弄手机一边走到老妇人跟前。

年轻人慢腾腾地站起来。

林羌很快抬起头，同时把包和手机塞给年轻人：“跟他们说癸北路三岔口往东十五米有人突发休克。”

年轻人后知后觉、慌里慌张地看向手机，发现已经拨通了救护专线。

他精神恍惚，磕磕巴巴地按照她说的转述。

“再麻烦你录个视频。”林羌说着话，熟练查体，再做心肺复苏。

往复循环，分泌物挂满了老妇人的脖子和林羌的衣襟、嘴边、手背。

十二月的风萧瑟刺骨，汽车的鸣笛声此起彼伏，过往行人稍做停步又离去。围观的人越来越少，林羌一直重复动作。

年轻人拿着手机录视频，肩膀和嘴唇抖个不停。

没几分钟，林羌已满头大汗，救护车终于赶到，医护人员迅速将老妇人抬上救护车，进行 AED（自动体外除颤器）除颤。

一位随队医生看了林羌一眼，欲张嘴，林羌一脸惨白，喘着气断断续续地先跟他说：“腹主动脉瘤……这个病人……被阜定收诊时瘤体直径三厘米……因为……肾功能问题选择保守治疗……我怀疑她的休克……是瘤体破裂造成的……给心血管高主任打电话……跟他重复我的话……他会在急诊等你的……”

随队医生愣了一下，一个激灵：“好的！”

救护车渐行渐远，林羌得空解开衬衫扣子，像被抽走力气般跌坐到花圃边沿上。

周围的人早散了，只剩那个㞞㞞的年轻人。

他在路边“罚站”，手已经放下来，视频录制还没有关。

林羌叫道：“手机。”

年轻人迟缓地扭头，满脸痴傻态。

林羌看他这样也懒得再叫一遍，准备等他回神再说。

他没愣太久，回神后把手机还给林羌，道谢：“谢谢你，医生。”那老妇人跟他无关，他也是路人，但就是想感谢一下。

林羌播放视频，检查了开头结尾，确定录到了急救全程才跟他说：“我也谢谢你。”

十点半，林羌从二病区回来，同科室的曹莛拍拍她的肩膀：“老太太命真大，已经恢复自主意识，现在在做术前准备，也通知家属了。”

林羌还记得在阜定时这个妇人两个子女的嘴脸，感觉不会顺利。

曹莛以为她在担忧手术：“别太担心了，这种手术我们这位主任擅长，还被请去隔壁医院做过一例。”

“嗯。”

中午吃饭，林羌破天荒去了职工食堂。

近些天大家一直忙，人手不够，她就一直在岗，导致吃饭时间不定，顿顿外卖。

县医院的食堂一共三层，两层给患者及家属用，一层医院职工用。

林羌把白大褂挂在门外的挂钩上，进门后目的明确地点了两个素菜和一把煮花生，找了个旮旯，面朝墙坐了下来。

不多时，几个人落座离她不远处的位子，旁若无人地聊起天。有一个男声传来：“院里批了条，博士下礼拜开始坐诊了。”

“真牛。”一个女声。

“她适应能力好快啊，刚两周就得心应手了。”又一个女声。

“嗯。前几天她在副主任小课堂上对答如流，被副主任一顿猛夸，说什么思路清晰、理论扎实，提出的术法还切实有效。今天当街急救又立功。真不愧是博士。”

“不过没注册处方权就坐诊真的没什么问题吗？”

“你那是省级以上大院的规矩。咱们县级单位这边没这么讲究，等她明年考完执业医师资格考试，在中级职称待两年就能升副高了。当然只有博士才有这待遇。”

“牛。我听在三甲的师兄说他们科一个主治升副高卡了好多年。”

“正常，三甲临床、科研都要抓，考核评定什么的麻烦着呢，爬上副高得四十了。”

“一个女人要到四十岁，事业才开始有回报……她到下边来真是明智之举，有职称又年轻还有时间结婚生孩子……”

“我看她不像会结婚的。”

林羌不想听，但他们的嗓门太大了，还是被迫听完了。她没什么情绪，也没躲避，吃完饭端着餐盘从他们旁边走过，像是消声器，一下子消灭他们的声音。

他们相继面赤，头埋得很低，似乎不被看到脸，就能不被知道他们谁是谁。

“背后说人被抓包真尴尬啊……”男声很小声。

“先别说了……”

中午休息时间短，要是忙起来就没休息的时间。林羌买了杯咖啡，系上白大褂的扣子，进入大厅，还没走到电梯，外头传来一阵急救鸣笛声。

下一秒，她就接到了急诊的电话。

林羌只能先把咖啡放在咨询台，戴上口罩，脚底生风地跑向急诊厅。

她还以为早上的急救已经把今天的意外名额用掉了，到底还是被福无双至祸不单行这个谚语狠狠上了一课。

国道往南的一段封闭道路发生连环车祸，责任车当场爆炸。现场火势漫天，浓烟滚滚。

事故造成四人重伤，八人轻伤，现伤员已全部被送达医院。

急诊大厅一下拥入太多人，家属又没命地哭喊，登时乱作一团。

最后一辆救护车开到急诊大厅门口，车门打开，保安卸下轮床，迅速推进大厅。

随队医生跟着担架给出血性休克的伤者做胸外按压，已经做得脸色苍白、双臂颤抖，看上去随时都会晕倒。

林羌赶紧扯开他，一脚迈上担架，双腿跪在伤者身体两侧，继续按压。

她身心都在伤者身上，丝毫没注意到人群中有一双眼睛正盯着她。

院一区停车场就在综合大楼前方，一道声势滔天的排气音浪由远及近喧嚣而至。

从车里下来一个嚼着泡泡糖的脏辫男，环顾一周院内人。

靳凡很高，又着一身黑，还是短袖，背肌、胸肌、肱二头肌露着，就算周围乌压压都是人，也是十分醒目的。小脏辫迅速锁定了他，颠儿颠儿跑过去："哥！"

靳凡收回盯着林羌的目光，转过身。

小脏辫朝急诊厅抬了抬下巴："郭子现在怎么样了？"

靳凡没答，回到车上。

小脏辫随后，紧跟着上了车，这回不见了吊儿郎当："啊？情况不太好吗？阳光呢？是阳光在帮他们办手续吧？"

封闭道路的连环车祸起因是隔壁攀和县一伙非法飙车的人上门挑衅靳凡，被靳凡无视，觉得面子兜不住，遂打了车行几个小朋友的主意。

二十岁的"二世祖"正血气方刚，满脑子横扫四方，被人两句话戳了心窝，背着靳凡接了战书。飙车输了不干，发生冲突，大白天在那边上演生死时速，最终造成这副惨况。

靳凡不惯着他们，但也得先给他们把屁股擦了再说。

小脏辫一瞅靳凡脸色沉郁，不吭声了。

靳凡在这时说："交通队和保险公司到了吗？"

小脏辫点头："本来也是在咱们玩儿的那条封闭道路上出的事，不会有别的车经过，不用转移现场。接到你电话我就找他们了，现在两拨人还在检查现场，采集证据。"

汇报完正事，小脏辫突然高声骂了句："最后交通事故责任认定出来要不是那帮人搞的事，我吃屎！受伤的基本都是咱们的人！"

靳凡点了根烟，两根手指将火机打转，烟雾在眼前聚拢又消散，薄唇轻盈地吐出几字："有什么关系。"

小脏辫闻言脚底一寒。

确实，是不是那帮人的责任又有什么关系呢？反正也没打算放过他们。

急诊大厅内，全科各位医生不间断地展开紧急会诊，检查、诊断，快速制订手术方案做术前准备。

其中一个伤者颅脑、心脏损伤严重，神经外科和心外科两位老主任争执半天。倒不是县医院不具备做这两场手术的条件，是商量不定先开颅还是先开胸。

伤者目前情况就是脑挫裂伤，双侧颅内出血，必须开颅，清理血肿。并且伤者心脏游离壁破裂，必须修补裂口，解除心包填塞。

伤者已经心搏骤停过一次，留给他们讨论的时间不多，必须马上做出决策，最后全科医生一致通过“开颅开胸一起做”的提议。

这在县级医院是难得面临的重大手术，但情况特殊，特事特办，院长动用权力允许展开这场手术。

也是因为伤者已经来不及转到上级医院了。

林羌也因为具备外科临床多年的经验，代替一位心外主治从旁协助。

顷刻，几个身着刷手服的医护人员进入手术室。护士熟练又快速地准备无菌手术工具，检查仪器，连接电源。

各位主刀医生刷手后由护士协助穿上手术服。

整场手术进行了五个多小时，手术结束后伤者被转入 ICU 观察。

林羌到咨询台拿回咖啡时，已经九点了。她决定到综合楼与住院部中间的亭子休息一下再上去值班。到了亭子她看到美人靠上堆满饭盒，扭头就往回走。

她刚一转身，撞见一个熟悉的身影站在长廊边。

哟，这不是“黑社会”吗？

她朝他走过去，只知道端着咖啡的右手疯狂地抖，没意识到自己一脚轻一脚重，血糖严重告急。

“你……”林羌刚说了一个字，脚下一别，一头扎到了他怀里，昏过去了。

被碰瓷的男人剑眉微蹙，被迫握住她的肩膀。

林羌醒来时人躺在值班室的床上。值班的护士正在吃饭，见她醒了，给她倒了杯水：“你晕在了走廊的长椅上，秦医生把你抱到值班室的。先吃点面包吧。”

晕在了走廊长椅？

林羌捏了捏脖子，这“黑社会”心眼真够小的，就把她放在长椅上？

“林医生你不是在减肥吧？你已经那么瘦了，我都能公主抱起你，可别减了，哪天一阵风就把你吹跑了。”

林羌喝了口水，说："没有。"说完起身往外走。

刚出休息室，碰到外科的秦艋。

秦艋拎着外卖，细条的订单纸长得可怖，几乎垂到地上。他看见林羌，睁大眼："你醒啦？正好，我订的餐也到了。不知道你爱吃什么，就都买了点。"

林羌只停了数秒，等他把话说完，继续朝前走："我不饿，谢谢。"

她也不看他的反应，径直出了综合楼，想买杯咖啡熬过这一宿。她进入夜间咖啡角又点了热牛奶和牛角包，谨防再晕。她讨厌被人抱来抱去。

十一点，街上没人了，医院的灯却无一熄灭。

她的眼神漫无目的地游荡，突然落定在路边的一辆超级跑车上。

靳凡刚打完一个电话，副驾驶座一侧的车门忽然从外面被打开，林羌坐进来。用她那张低血糖的白脸面向他，唇角微勾："你不关车门是在等我来吗？"

沉默。

靳凡说实话："女孩子要点脸。"

"我怎么不要脸了？"林羌问完，笑得更深，"你叫我什么？"

女孩子。

好笑。林羌上一次听到别人用女孩子这词称呼她，已经是好几年前了。

靳凡并无窘态，似乎女人和女孩子在他眼里毫无分别，怎么称呼纯看哪一个词溜到嘴边而已，不想跟她纠缠。"自觉点，滚下去。"

林羌恍若未闻，把手里的牛奶递给他："你把我放到长椅上，我还没感谢你。"

"认错人了。"

林羌突然靠近，深吸一口他的气味："认不错，就是这个味道，特好闻。"说完低头闻了闻自己的衣领，"你抱我了吧？我身上都沾到了。"

靳凡上回没逮住她，她这回送上门来，他立即下车，走到副驾驶座那侧粗鲁地拽她出来。那牛奶和牛角包甩出去，啪地摔在地上。奶洒了，顺着路面的坡度流进下水道；牛角包化身一个个轱辘，滚到了道牙石旁边。

他攥着她手腕，力道更足："你怎么跟姓靳的做买卖随你的便，但给我打消其他念头，再离我远点，要不然我让你有的挣没的花。"

林羌头还晕着，他这么使劲攥她，她手疼，脸更白，身更晃了："我疼……"

不说还好，一说靳凡更使劲儿了。

林羌就哭了。

靳凡没想到她会哭，有几秒茫然，手不知不觉放松了。

林羌肩膀抽动两下，她仰起头，眼睫毛湿润：“出车祸的不是你车行的人吗？我从中午抢救到刚才，饭都没吃一口，胃疼头也晕。我想着上回我说话太难听了，也认识到挣你们家这个钱有点不人道了，已经决定退款了，更没想掺和你的事，你有必要总看贼似的看我吗？”

靳凡没见过这场面，高大身躯仿佛被钉在了那块地砖上。

“你到底怨我什么，提防我什么，你倒是说清楚啊！”林羌哭得不狼狈，还很克制，但语气太委屈，听得人心发紧，“以后你爱死不死，咱俩就当萍水之缘，从没认识过！”

林羌骂完，转身跑回医院，身体不停地晃，随时会摔倒似的，但她没停，似乎不怕。

靳凡一点都不想看她，但还是目送她跑进了综合大楼。许久，收回眼来，瞥见打翻的牛奶和牛角包，突然烦得要死。

林羌迈进大厅就停下来了，从兜里掏出一片纸巾，平静地擦掉眼角那点湿润，面无表情地扔进垃圾桶。

好久不哭，差点没挤出来眼泪。

回到值班室没多久，保安科打来电话，说有她的外卖。

她下楼后，一眼看到空荡荡的咨询台上的牛皮纸袋。这是医院门口咖啡角家的包装袋。她走过去，拿起来，里边装着一杯牛奶和一盒牛角包。

呵。

靳凡回到车行，一脚踹开大门，巨大的声响把喝酒、打牌、吃串的七八人吓得一激灵，扑腾扑腾全挺起来了，站成一堆，瞪着大眼等大哥训话。

但没等到，只看到靳凡沉着脸脱了短袖，扔进了油漆垃圾桶。劲儿太大，把铁质的垃圾桶打得陀螺般转圈。

他快到楼上那间车库的时候，传来一声：“仲川呢？”

楼下的人扯着脖子回答靳凡：“川哥接女朋友去了。”

靳凡进了门，几个小人儿挤眉弄眼了一阵，外号“蒜头”的大鼻子小伙子悄声说：“老大最近情绪不小。”

外号“脱索”的人说：“兆安路撞车那事儿虽说不大，但糟心啊！脾气多好也得炸，何况咱哥本来也不沾和颜悦色那词。”

“哥说怎么弄那事没有啊？”

“没有。”

嘻嘻哈哈几句别的，蒜头又绕回来："川哥说，老大以前性格特好，虽然也不热情不爱笑，但平和，比这暴徒样好太多了。你们说他是不是受刺激了？"

仲川是靳凡带来的，比靳凡会哄人，他们挨了靳凡骂都是去找仲川疗伤。

"你是不是听反了？"留着公主切发型的女孩儿质疑。

……

楼下瞎聊着，楼上靳凡进门奔桌，把椅子拉开，坐下。桌上一台旧笔记本电脑还开着，界面是一份简历，林羌二字赫然在目。

他啪的一声合上电脑，细长的手指停在金属外壳大半天。

他不喜欢开灯，今晚又没月亮，电脑屏幕那一点光也被他熄了，黑暗中呼吸声尤其大。

电话响得不是时候，但在想象之中。

他把身子往后靠，脚跷到桌上，缓慢地闭眼，接通。

"最近好吗？"对面传来虚伪的话。

靳凡慵懒从容："托你的福，我这个下九流都有私人医生了。"

"靳凡，你这个病不可逆但能控制，从最初检查到现在早战胜理论上的五年生存率了。只要我们调理好，让你的心功能……"

"别套近乎了，戈彦。"靳凡也叫她大名。

女人停顿片刻："儿子，你乖乖去检查治疗……"

靳凡打断了她："前监察委员会主任没有儿子。"

戈彦是靳凡的生身母亲，也是前监察委员会主任，多年前因走私罪被判刑，刚出来没多久。

"你一定要这么跟我说话？"

靳凡搔弄耳朵："要不是你那些孩子没一个能用的，你能对我这么有耐心？"

"靳……"

"我们之间没必要这么虚伪地交流，你直说你需要我做你的棋子，为你驱使，所以为了让我治病煞费苦心。我也直说，我不愿意，别再招惹我。"

靳凡的眉目很凶，但有种倦意的随性："我是心不好，不是脑子。"

戈彦深呼吸，平心静气道："我打电话不是跟你吵架，你认不认都是我儿子。你在统领连队的时候，受没受我当时身份的助益你心里有数。不提过去，我现在只作为一个母亲，希望我的儿子好好看病，照顾好身体。"

靳凡听而不闻："今天是我生日，你的受苦受难日，我给你备了份礼。"

“你要干什么！”戈彦突然紧张。

靳凡挂了，把手机扔到桌上，脸扭向窗外。

戈彦涉嫌走私接受审查调查之前，他就离开部队了，但因为是血亲，就被划进了被调查的行列，他不怕查，从前不怕，现在也是。他们依然沦落到水火不容的地步，矛盾根源是她对他父亲的背叛。

仲川接到蒜头的电话就赶紧回来了，风风火火进门，差点被几个小子草木皆兵的样儿吓到，边往楼上走，边扭头问：“发了很大火吗？”

蒜头他们只摇头，没答。

仲川进了靳凡的门，嗞地吸了口气：“什么事啊？”

靳凡之前找他是为了确认给戈彦的礼物准备得怎么样：“问你活儿干得怎么样。”

仲川猜也是这事，把手机给他：“视频发回来了，看看？”

“不看了。”

“很壮观。不过哥，我还是想说你这么拂戈彦的面子，怕是自断财路了。”

虽然现在靳凡拢着一帮二代，经济来源可以靠改装车，但真不富裕。癸县哪儿那么多有改装需求的富人。

靳凡退役后在延州南厂修车，他们现在的单子都来自那时积累的主顾。可是吃老本从来不是长久之计。

总而言之，这个车行是驴粪蛋子表面光，玩儿可以，当营生远不够。

靳凡亲妈虽然下了马，但在位那么多年，民脂民膏刮了不少。靳凡跟她对着干就算了，还跟钱对着干，这是铁了心蹉跎等死了。

“哥，你以前都不在意戈彦相关事……”

“出去。”

仲川不说了，出门，下了楼。刚下来就被围住了。

脱索好奇道：“找你干吗？是商量兆安路那事儿怎么处理吗？”

仲川没说，但一想，就让他们看看表演有什么要紧？就把手机往后一扔：“赶紧看，看完还我。”他说完走到桌前靠住，点了根烟看着他们。

几个人来了兴趣，脸都凑到一处，盯着手机屏幕。

黑黢黢的什么也没有，蒜头正要问这是什么，突然一声巨响，打仗似的，随即一道强光直穿屏幕，接着就看见一溜布加迪、路特斯、法拉利、迈凯伦炸了。

“我……”

一顿乱叫。

仲川被他们吵得耳朵疼，不过要的就是这个效果，钱啊，就这么炸没了。

“这是特效吧？我怎么还看见大蜥蜴了？就这么点着了？”

“这哪儿啊？谁的？这是哪个电影里的片段吧？川哥是不是欺负我们不爱看电影？”

……

仲川没再多说，这些人对靳凡的了解只停留在他家条件好，跟家里关系不怎么样。要是告诉他们，这些车在加州南部一处庄园，而庄园主人是靳凡他妈，他雇了一帮萨尔瓦多人把他妈车库点了……他们也不信。

仲川离开桌子，掐灭了烟，把手机拿回来，往楼上看了一眼：“都散了吧。他这个点儿来这边，就是晚上要在这儿凑合一宿了，不想挨踹的赶紧走。”

他们虽然因为视频兴奋，但还是惜命，仲川一说就撤了。

楼下没动静了，靳凡却开始慢慢出汗。

心脏压迫得难受，双脚也像灌铅一样越来越沉，脖子到脸突发放射性疼，呼吸声逐渐粗重，伴随憋和喘，咬紧的牙缝里时有克制的气声钻出来。

从抽屉里翻出诺欣妥和倍他乐克临时抱佛脚后，他又把搭在椅背上的绷带拿到身前，一圈一圈紧紧缠在胸口，勒住心脏。

黑着灯，谁也不会看到他把自己勒得多狠，身上因利器、枪械留下的疤有多丑陋狰狞。

他以前不想死，但也不知道这么活着的意义是什么，现在无所谓了。

他从来也没牵挂，混沌半生更没怕过什么。

他双手撑在桌面，疲惫就像一股恶势力，慢慢挟持了他。但他这个人向来倒刺逆骨，缓和之后下了楼，走到工作间，蹚过一地乱放的配件，停在悬挂系统改了一半的 GT-R 前。

从大厂买的气动避震早到了，可车行那群小浑蛋没一个专门学过，全靠仲川。但仲川最近在谈恋爱，顾不上。

那就他来干吧。

药效完全发挥作用后，正好天亮，活儿也干了多一半，他把长凳上的工具拂落，靠上去。

不知睡了多久，门轴“刺啦”一声，他一下醒来，撑着眼皮看向门口，一个陌生面孔战战兢兢地走进来。

他手撑着长凳，左脚跷到右脚上，双膝分开，看着那女孩儿：“谁让你进来的？”

女孩儿看向他，靳凡赤裸着的上身白皙，有疤，蹭了灰，肌肉很好看，有点晃她的眼。她不敢看脸，低下头，声音颤抖："我看门开着，对不起！"

靳凡站起来，把工作间的灯关了。

女孩儿没听到他下一句话，怕极了，赶紧又解释："我是北关区街道处的，我们在做消防检查。我刚到这边，我不知道这个钢厂有人。对不起，我马上走……"

靳凡没想搭理她，"滚"字就要脱口而出了，门轴又响起来。

林羌。

林羌一看女孩儿这副惶悚不安的模样也知道她刚经历了什么，看她还拿着消防登记表，什么也没说，开门将女孩儿放走了。

再回身，她看到靳凡，这人半裸着身子靠在桌沿，身材真让人精神抖擞。

前提是她没看见他胸口绑的绷带。

她走过去，把装着玉米粥的一次性碗放到长桌上，然后扭头，向上看帅脸："大早上的勾引谁？"

靳凡也看她，只是眼神向下，很不屑，很冷漠。

林羌见他的几次都在晚上，也就不知道他的眼珠这么黑。亚洲人的眼珠多为棕、褐色，说是黑眼睛，其实一直不算纯粹。

他之所以压迫感这么足，可能就是因为眼珠趋于纯黑。

她不怕，大大方方地对视，跟他说："夜班结束买了粥，感谢你昨晚送的牛奶和面包。"

靳凡不说话，也不动，保持姿势。

林羌胆很大，手心贴服他胸肌，手指轻轻触碰他缠心的绷带，问："身体难受了吗？"

靳凡只是看着她。

林羌找到他系的结，解开，一圈一圈轻轻拆除绷带。每一次扯开后背的绷带时，她都要环抱他，却抱不完全。他有区别于病人的体魄，她的动作就不由自主地变了味道。

拆完了，心口的地方有深深一道勒痕，陈年顽疤坑坑洼洼地长在胸腹。

林羌没多看，抬头又问："衣服呢？"环顾四周，看到垃圾桶里的衣服，"哼"了声，"你不会是因为我说你身上好闻就把它脱了吧？"

靳凡仍然不说话，仍然傲慢，但这一回合瞥了一眼她的外套。

林羌懂，也很利落，当即把外套脱了，上身只剩一件薄又紧的针织衫，见他没有反应，笑着说："这件也给你？"

靳凡眼神始终没有下移，说："虚张声势。"他在讽刺林羌是语言上的巨人，行动上的矮子。

林羌淡淡一笑，准备脱掉上半身最后一件，问："你们车行的人都是什么时候来？"

"九点。"

"现在几点了？"

"九点。"

"被看见了怎么办？"

"你不就想被看见？"

"是啊。"

"那你怕什么？"

"我是怕你介意我被别人看到。"

"想多了。"

"那就好。"

这时，门轴的声音响起，靳凡一把抓起林羌的衣服，裹在她身上，单手一抄，把她扛到肩膀，大步迈上楼。

进来的小脏辫只看到一个背影，揉揉眼："我……眼花了吗？"

靳凡进门后放下林羌，走到桌前，猛然转身，刚才那副淡然早被凶恶替换："有瘾？还是没脸？"

林羌挂着淡笑："你不是不介意吗？"

"穿好了衣服滚！"靳凡不想纠缠。

林羌把外套搭在小臂，走向他："你对我有敌意是因为我接近你的目的不单纯。"她停在他面前，拿起他的手机，对着他的脸解锁，添加自己微信，把靳家给她的钱分笔转给他，转完给他扔回桌上，"现在可以了吗？"

靳凡凝神注视着她，不露声色。

林羌道："我不逼你治了，但我明天还会来，后天也会来，天天都来。"说完踮起脚，双手攀住他脖子，乍然吻上去。

靳凡反应不慢，当即攥住她的手，刚要扯开，她却没想深吻，只是迅速咬了他下唇一口。

他顿感唇麻，伸手一摸，都是血。

再看这个不要命的女人，她显得很得意，注视着他："我要当大嫂。"

林羌不是询问，也不是随口一说。她是通知，通知靳凡，她要当车行这群人的大嫂。

靳凡脾气很大，平日也不见好脸，但最近骇人的一面都是被这个女的逼出来的。她连番找死，磨光了他屈指可数的耐性，他不管流血的嘴唇，攥住她手腕，举起，往后压，拧得她胳膊变了形。

林羌肩关节周围的韧带被他扯得生疼，想转身以缓解。但靳凡也是格斗老手，预知般封死了她的后路。

她只能改防守为主动，但靳凡这人也不是白混的。她挺有力的拳头砸到他身上看起来跟棉花一样，毫无作用。

几番下来，她一点便宜没讨到，还发了冷汗，右手也开始抖。

靳凡还攥着她手腕，她抖他当然知道，不仅不松，甚至一个用力把她托到身前，看着她的眼，越发攥紧她的手腕，附耳警告："别作死。"

林羌不言，情绪上很平静。

靳凡的唇凉丝丝的，贴到她耳朵，一改怒声，冷漠得像是对待一个不会再有交集的人："他们不要大嫂，我也不要你。"

林羌的手抖得越来越强烈："你不要我可以理解，你不太行。但你别替他们做决定，你怎么知道他们不要大嫂。"

正常男人听到"不行"早急眼了，他却没有反应，甚至松开了她。

林羌长得白，被攥过的手腕鲜红一圈，很显眼。她就这么站在他面前："说中了？你不行？"

靳凡靠在桌前，恢复漠然。

林羌挑眉，走过去，几乎贴到他身上，挑起他反应的目的太明显，也太嚣张了。

靳凡撑不了太久，恼羞成怒似的抬手推开她，抄起桌上的剪刀，朝她扔去。

林羌没预判到这个动作，躲得慢了，胳膊被掀开了一块肉，血沿着小臂流到了地上。

他一点不手软，林羌稍微慢一点，眼就被他扎瞎了，眼不伤也得破了相。她没空喊冤，赶紧用针织衫勒紧小臂，这时靳凡的声音传来："我说不行就是不行，滚！"

林羌的血很快浸湿了针织衫，她收起了得意，确定了靳凡这块骨头有多硬，多不好啃。

长时间目不转睛让她双眼发涩，眼泪很快盈满眼眶，但她没喊疼也没控诉，只是这样眼红鼻红地看着他。

靳凡原本穷凶极恶的眼倏然放松，眉头微蹙。

林羌忍不住嘴角向下，眼更湿润了："爱行不行，随便你！"说完衣服都没来得及整理，跑出去了。

楼下一群小痞子正在打闹，看到林羌委屈地跑下楼，眼睛瞪得比铜铃还大。

林羌跑到门口又转身，从包里掏出一沓现金："他生日，你们拿去买点吃的。"

她低着头，声音里的颤抖钻进他们心里，以至于人跑出去半天，他们都没回神。

红头发的小莺，看着这约莫一万块钱："靳哥生日吗？"

他们自认识靳凡起，他就没过过生日，这个女的居然知道他生日，真是大嫂？

蒜头好奇："那咱们过还是不过？"

小脏辫把钱放下："我去看看哥。"说着上了楼。

推开一点门缝，小脏辫窥见靳凡靠在桌前，背着光微低着头。他看不到靳凡的表情，但他还是打了个寒战，莫名吓得慌。

他终究没敢进门，又把门关上了。

楼下人巴巴望着他。他一脸苦相摇摇头，用口型说："谁都不要提，吓人，一看就闹得不愉快。"

他们都接收到了。

林羌从车行出来，那点委屈已经不见了。

她淡然地穿外套，拉拉链，拐出胡同，踏入热闹的街，镇定地迈进一家诊所，对医生说："我上个药，再打一针破伤风。"

医生看到她胳膊在流血，引她坐到椅子上，拿来云南白药。

处理好伤口，打完针，她就回去补觉了。

林羌刚进家门，杨柳打来电话。她接通，点开免提，放在一边，脱衣服，坐到沙发上，脚跷在茶几上，闭眼听她说。

杨柳说："海底捞吗？我下午过去找你。"

"我得睡觉。"

"吃个饭就放你回去睡，靳家那边想了解一下进展。"

林羌睁眼："大半夜打电话催我，到现在也就八小时。八小时就要进展，你问问神仙来了行不行？"

她原本没想早上去车行，可杨柳凌晨三点给她打电话，说靳家那边说加钱，让她务必劝他去治病。她是不知道发生了什么，突然间这么着急，但甲方的钱入账太快，她只好硬上。

但要想八个小时把那个硬骨头哄到医院，纯扯淡。

“好好，不问了，但我位子都订了，已经往癸县去了，你就抽空跟我吃个饭呗。”杨柳小声说。

林羌挂了。

下午两点，海底捞。

杨柳环顾左右：“人不少。”

林羌漠然地夹着菜，蘸了蘸油碟。

杨柳吃口肉，看着她包扎的胳膊：“挺不好弄吧？”

“你说呢？”

杨柳是短发，长得很小巧，个儿也不高，跟林羌的感觉相左，挽头发扮心虚的样子楚楚可怜：“我真没想到他这么凶，这靳叔叔跟我说的时候，我以为他只是闹脾气不治病呢，看来原因很复杂。”

林羌抬起头：“你不认识他？”

杨柳咬一口虾滑：“我哪儿认识。靳凡是我这叔叔再婚娶的女人带来的。那女人我没见过，听我妈说是个当官的，退休了。你那天问靳凡个人情况，都是我临时给你打听的。”

林羌懂了：“就是说，靳凡的靳，不是你这个靳姓叔叔的靳。”

“对。就是巧了，一个姓。”杨柳也纳闷地道，“我是不知道这叔叔中了什么邪，把那女人跟她儿子看这么重，砸钱都不手软的。”

林羌对靳凡这人情况也算了解一些了，但还是不知道他得病后发生了什么，为什么不想治病了，这就说明她掌握的内容浅薄。

她是一个百分之百知己知彼后再行动的人，但接靳凡这活儿，对他知道得不多，全靠甲方钱给得多。

摸索下来，别的她不清楚，这人睿智、手狠、警惕心强是肯定的……根本就不是个短时间出成绩的任务，偏偏甲方又不给她太长时间……

她也想破罐子破摔，两头糊弄，但甲方太爱砸钱，她又太缺钱了。

“我今天过来也是为了叔叔之后问我的时候，我有的可说。我昨晚接到他电话也是很蒙。今天不是靳凡生日嘛，估计是又吵架了，所以就来给你施压了。”杨柳耸肩。

林羌吃着火锅，漫不经心：“等着吧，着急没用。能出那么多钱，就是也知道棘手，想三下五除二搞定的话还是让他们另请高明吧。”

“不不不，没人比你合适。不用非得到医院治嘛，你跟他熟了，居家调理呗！反正慢性病也好不了，能续命就成。”杨柳给林羌夹一块非发物肉，“要是他半道猝死了，我帮你去说，到你手里的钱绝不往回拿。”

杨柳越想越觉得这事情不地道，中间人做得烦了。

林羌没接这话。

杨柳聊起别的："县医院忙吗？"

"昨天连环车祸，做了开胸、开颅的那人早上转延州了。原先阜定收过的一例腹主动脉瘤，在这儿当街休克了。我抢救半天，手术放了个支架。"

杨柳表情狰狞："你这没比在阜定清闲多少啊。"

"不干了清闲。"

杨柳点头："言之有理。"

沉默。

过了会儿，杨柳看似不经意地问："你现在住哪儿啊？"

林羌没答。

杨柳也不是非知道不可，环视一圈："我记得之前这边房价最高的时候两万五六一平方米，现在降不少吧？早上看环延州大盘惨不忍睹。"

"一万左右了。"

"啧，限购调控加流感。"杨柳说，"不过确实虚高，机场和地铁风太大了，我看到现在也没修城际列车。"

"你还有事吗？"林羌快吃完了。

"正事没了，还有件小事想告诉你。"杨柳托着下巴看林羌。

"说。"

"简宋老跑深圳是医院想让他去二院挑大梁，你知道人家先行示范区给他开什么条件吗？"

林羌停下筷子。

"简宋拒绝了。"杨柳说，"他找我打听好几次你的住址了，得亏我不知道，不然真能被他那张嘴忽悠得说出去。"

林羌吃饱了，准备回去了："路上慢点。"

杨柳喊她："不告诉他吗？"

林羌没回头。

有什么可说的，反正以简宋的脑子迟早会知道。

林羌傍晚刚进医院门就被泼了半桶泔水。她早有预感，这事儿不会那么轻易过去。

正是下班时间，医院门口人流量大。林羌站在大门正中，浑身湿透，头发和领口挂满鸡蛋壳，加上施暴者的大声吆喝，顿时吸引了不少人围观。

"来！大家看看咱县医院的医生！我老母亲只是年纪大了，高血压晕倒了，她当街对着我老母亲胸口一顿砸，事后说她肚子长瘤了！我们家属没到场就给做了支架，事后让我们交钱！放了支架后我老母亲血压低出血慢，什么心率啊尿量啊都不正常！他们医院说了那一长溜并发症……”

一个四十多岁的精瘦男人举着横幅扯着脖子嚷嚷，说到哽咽。同行的妇人尖声接上：“做手术是为了治病，我们有没有病放在一边，我老娘做了手术以后更遭罪了！大家伙来评评理，这样的人配当医生吗？”

没人回应他们，但不妨碍他们激情“演说”。一行五六个人，大概是亲戚关系，对着林羌一顿辱骂，说她为老妇人做心肺复苏没安好心，说他们医院替换化验单，伪造病历，强上支架。还有什么做手术也不好好做，出现系列并发症就是他们医院蓄谋，为了持续骗钱。

明显对过词了，反正对于不懂情况的路人来说，一听就是林羌以及主刀医生的责任。

围观的人越来越多，几位着急下班的同事直接路过，不理会。还是对林羌翻过白眼的苗翎走上前，扶住林羌的胳膊，扭头面向闹事的人：“你们有什么意见心平气和地说，我们这么大医院不可能不讲理。要真是我们的责任，我们担，组团动手是什么意思啊？你们知不知道这种行为犯法啊？”

“哟哟！来帮手了，你们说得好听啊，敢情现在在病床上遭罪的不是你老娘！”妇人瞪着眼珠子，噘着嘴。

秦艋闻信赶来，喘着气把外套搭在林羌身上，扭头对闹事的人说：“别逼我叫保安！”

精瘦男人在人群前走了一圈：“大伙儿都瞧见了吧？蛇鼠一窝的！今天你们看热闹，明天被人看热闹的就是你们！”

妇人攥着一把化验单：“别说我们冤枉他们，这些单子都是证据！”

林羌一直没说话，眼看包围圈越来越大，这才拨开秦艋，拿出手机播放她抢救的视频。

精瘦男人和妇人顿时卡壳，同行的人当即看向他们，惊慌失措的样子十分生动。

他们看见了，群众也看见了，林羌就说话了：“你报警吧，直接上法院，就告我谋财害命，我等传票。”

闹事的蒙了，围观的散了，秦艋、苗翎瞠目结舌。

林羌拉了拉秦艋披在她身上的外套，说：“洗干净还你。”随后没事人一样走向综合楼。

等电梯时，林羌想清理身上的脏东西，刚低头，一双手颤抖着递来一块皱皱巴巴的卫生纸。

她看向手的主人，一个老头，貌似是哪儿的农民，满脸沟壑。灯照得他的皮肤黑亮，干瘦矮小的特征也无所遁形。

她接过来，道谢。

老头一口方言，声音发散："我不闹，能给我孩儿手术不？"

林羌攥着卫生纸，一时哑口。

老头并不为难人，没有得到回应就走了，弓着躯体一身土，消失在走廊拐角处。

电梯到了，林羌没上。

电梯门自动关上，她身上的馊味儿钻入鼻孔，老头已离开半天，她才又摁了电梯按钮，回值班室拿衣服，借职工宿舍洗澡。

热水放了很久，她衣服还没脱，坐在洗手池前的塑料凳子上。热气很快把她吞没。

她伸手擦擦洗手池上方的镜子，看着打绺的头发、无神的眼，脖子上沾了黑乎乎的油渣，衣襟上腐烂成臭泥的菜叶……

真可怜啊，值得拍一张自拍照传到朋友圈。

她胳膊有伤，行动不便，洗完澡、穿好衣服就出了一身的汗。

不知道是不是错觉，她觉得她没洗干净，隐约还能闻到馊味儿，却也没返工。反正有没有的闻久了也就习惯了。

她回到科室，交班，写病历，护士帮忙买了晚饭，顺便对她不久前遭遇的事予以安慰。

林羌饭还没吃完，接到呼吸科电话，说有一个病人胸痛，呼吸困难，呼吸机都上了也没效果。她赶过去，发现病人唇色发绀，呼吸频率增快，左下肢水肿，肺部有杂音，怀疑是肺栓塞，挂急诊做CTA（CT血管造影检查），果然是。

病人家属比较谨慎，连夜去上级医院了。

八点半，林羌去病房看了看一个白班交班时特别强调的病人，告知护士记录血压。之后她又跑了一趟急诊留观，看了一个背痛的醉汉，再回到值班室，盒饭早凉透了。

但她还是吃完了。

接到简宋电话时快十二点了，她第一反应是他看到了她朋友圈那张惨兮兮的照片，但她早把他删了，而且那张照片仅靳凡可见。

那就是她周围有他的眼线。

她走出医院，一眼看到他，还是像往常一样，习惯站在车外等待。

简宋一眼锁定她的身影，立刻上前，紧张地问："有没有伤到？这个病人的问题解决之前我接你上下班。我也给你找了律师，等你休息我带你见见……”

大概是匆匆赶来，他连眼镜都没来得及摘，拉着林羌的手，有好多话说。说到一半，又好像抵不住心疼，把她搂进怀里：“别怕。”

林羌突然被他抱住，也突然被一束远光灯刺到，眯眼看去，有辆车在院门口掉了头，是她昨晚上过的那辆跑车。

靳凡的车。

癸县十二点人少车也不多，突然在医院门口掉头的跑车更是新鲜，但林羌反应平淡，只是目送他绝尘而去。

简宋察觉到她心不在焉，放开她，寻她的眼睛：“怎么了？”

林羌收回目光，双手抄进白大褂的兜里：“监视别人挺没意思的，你觉得呢，简教授？”

简宋也不否认：“嗯，但我不会改。”

意料之中。

这时节的风已经穿骨头了，外边还挺冷的。林羌穿得不多，准备回去了：“我回去上班了，你自便。”

她前脚转身，后脚那辆跑车掉头回来了，缺大德地开着远光灯，似乎想晃瞎谁的双眼，最终停在咖啡角。那慵懒的直趋一米九的男人下了车，目不斜视地进了店门。

“新朋友？”简宋问。

林羌才发现自己停在了扭头之后，脚始终没迈进院门。

她还没答，靳凡从咖啡角出来了，手里拎着十几杯牛奶和牛角包，又目不斜视地上了车。

呵。林羌淡然，回了医院。

简宋还站在门口，望向那辆车，透过挡风玻璃看车主。

靳凡没看他，踩油门走了。

林羌回到值班室，值班护士也刚从病房回来，递给她一个苹果：“你那体检是不是还没做？”

入职体检林羌是故意拖着的，上礼拜医务科就找过她，她一直用准备门诊的借口搪塞。

她的身体她有数，能干的才干，不能干的不干，不会拿别人的命当儿戏。但医院不管这个，一般来说只要体检报告上有不过关的地方，就不予录用。

她沾了履历太漂亮、医院门槛不高的光，入职很轻松。可是轻松不算过关，她拖再久也还是得面对。

“嗯。”

护士拉开椅子，坐在长桌另一头，边咬苹果边说：“最近是有一点那个，意外还挺多，顾不上正常。”

“那个”就是“忙”，他们不敢说忙，说忙更忙，也不敢说不忙，说什么来什么。她跟林羌说：“上半年我们公众号还是月更呢，最近连着发，素材不要太多了。”

林羌沉默置之。

护士吃完苹果，又提醒了她一句：“明天院主任肯定找你说 CCU（冠心病监护病房）那个腹主动脉瘤的患者。”

院主任是行政大主任，在他们这里算副院。一般事医务科就处理了，像医疗事故、医闹状况，他会亲自过问。

“说什么都不还口就对了，反正这种事隔三岔五发生，我们习惯了，他也习惯了。”护士教完应对技巧走了。

林羌放下未动的苹果，走到窗前，看向医院门口，简宋的车还在。

靳凡回到车行，在众人困惑的眼神中把牛奶、牛角包撂到大长桌上，压住他们的扑克牌和大重九，一脸沉郁上了楼。

原本靠在小脏辫肩上的小莺坐直了：“老大最近长在车行了？”

蒜头拿一杯牛奶，掰一块牛角包：“谁知道。”

小脏辫搂住小莺的脖子，嚼着泡泡糖，龇着牙，笑着说：“想知道为什么吗？”

小莺挑眉：“怎么说？”

蒜头和脱索都看过来。

小脏辫卖关子，指着脸：“诚意。”

众人翻白眼，豹子更是骂他：“就你最恶心。”

小脏辫不管他，把脸伸向小莺：“媳妇快点。”

小莺一巴掌拍他脸上，但也赏了他一个吻：“赶紧说！”

小脏辫把手机拿出来，给他们看了几张林羌在医院门口被泼泔水的照片，引得蒜头惊呼：“这么猛！”

“哪来的啊？”小莺把手机拿过去仔细看。

小脏辫仰着头怪得意地说：“也不看看哥们是谁。”

“别吹了，听你说句话真费劲，能不能干脆点别加戏啊！”公主切女孩儿烦死了。

小脏辫这才说：“郭子开颅又开了心脏，他们家给他转到延州了。剩下两个情况还好，就还在县医院呢。昨天下午，阳光给他们送东西，撞见这姐姐被欺负了。”

“然后呢，跟老大有什么关系？”公主切问。

小脏辫从袋子里拿了杯牛奶出来：“你猜这个咖啡角在什么位置？”

袋子上写着呢，县医院向东十五米，一目了然。

显然靳凡去找过她了。

“我还以为她跟以前那些来劝老大回去继承家产的人是一伙的呢，原来是老大的相好，难怪知道老大生日。”小莺说。

脱索瘪嘴摇头：“她白天哭着下楼，事实显然比这复杂。我押一个破镜但是还没重圆。”

“你管那么多呢，反正先当大嫂供着准没错。”小脏辫说，“我已经让阳光去要微信了。”

一群人嫌恶地吁他，蒜头拿起张牌扔他脸上：“要说起当狗腿子，还得是你啊！庄哥！”

小莺瞥他：“别是看她长得俏，想撩骚吧？老大的东西你敢想，脚筋是不是不想要了？”

“啧。”小脏辫吧唧嘴，在她脸上嘬了一口，“你老公是那种人？”

“别让我把你微信里那一溜外围点点名，你骚不骚别人不知道，我还不知道吗？”小莺骂。

“打起来打起来！”看热闹不嫌事大的人起哄。

楼上突然传来开门声，没人闹了。

靳凡下了楼，着一身黑，戴着檐帽，一眼看去全是腿。那压迫感吓出他们一身冷汗。

众人感觉有事，下一秒就听到靳凡说：“吃饱了？”

他们懂了，这是要出去玩了，相继站起来，勾肩搭背，一脸雀跃地跳进车，准备造反。

尾灯全开，整条街红光染天，改过的排气管声音性感。吹着口哨的小流氓奇装怪服，猛一脚油门划开这一片暗夜。

攀和县是癸县旁边更小的一个县，又穷又破，年久失修的老路多。新楼盘紧邻国道，周遭有商场和虚假的生态园，相对热闹些，越往里走越寒酸，冷不丁来到一个乡镇入口，会有一种穿越到二十年前的乡野的错觉。

但这就是燕水，紧邻延州。

县城主道往西一座荒凉桥边，有一个与整个城镇格格不入的“网红孵化公司”，其实就是当地不务正业的青年的据点。早期是犯罪的大本营，现在也是，只是从地上转了地下。

自从靳凡这个来历不明的不速之客闯入癸县，接手原先四哥的车行，攀和县这些人也开始玩车了。

靳凡停到这三层楼的门口，下了车，靠在车门，点了根烟。风把烟头那点火光燎得更旺，月照下的人影纤长如刀，散发着一股子来势汹汹的劲儿。

小脏辫他们相继赶到，下了车，没素质地摁喇叭，踩到发动机盖上，朝楼上大声嚷嚷：“嘿！大爷来了！”

他们太闹，侯勇当不了太久的缩头乌龟，带着几个排骨精似的男的畏畏缩缩地出来了，站到靳凡车前。

小脏辫从车上跳下来，摘了脸上的面具，凑近侯勇：“欸哟喂，这不我勇哥吗？怎么脸色那么难看啊？得绝症啦？”

侯勇脸型方扁，一字眉，鼻子算高，但鼻孔外翻，嘴唇不厚，但是龅牙，就有点像大嘴猴。

小莺就是这么叫他的：“大嘴猴叔叔把我几个哥哥弄进医院了，给了你这么多天时间，你应该想明白磕头的姿势了吧？”

“媳妇别侮辱大嘴猴，乖，叫大嘴猪。”小脏辫温柔地对小莺说。

豹子纠正他：“别辱猪。”

引起一阵大笑。

“轮得到你们说话了？狗仗人势的东西！”侯勇忍到这里才发火，实属不易。只是他刚说完，就被靳凡照着太阳穴一巴掌扇到灯柱旁边。他还没反应过来，靳凡已经薅着他头发，把他摁在发动机盖上。

他浑身是汗，眼珠子乱转，紧咬着牙，呼出的气在发动机盖上不停地显影。

靳凡摁着他的脸：“谁给你的钱、车？”

侯勇心头一沉，抖着唇嘴硬：“老子不知道你在说什么！”

靳凡朝小脏辫伸出手。

小脏辫懂事，马上把车里的钣金锤拿来，递给他。

靳凡拿到锤子，没有威胁的过程，摁住侯勇的手，照着他腕子猛力一砸。

“啊——”侯勇狼嚎一样惨叫起来，身子开始蛆一样地扭。

蒜头和小脏辫就喜欢这么刺激的场面，兴奋地打起口哨。

侯勇的几个兄弟见状哆哆嗦嗦地往后退。

靳凡再看侯勇，眼泪和哈喇子糊住了那张惨白的脸，并不给他喊的时间，又问："谁给你的钱、车，让你找我的麻烦？"

侯勇手腕子里的骨头已经折了，表面也血肉模糊。他不敢瞒了，再瞒没命了，坦白道："是有个人……他说让你进去最好……找你们飙车的车都是他给安排的……但我不认识他……他只说他在壤南那边做生意……"

靳凡松了手，扭头走向侯勇的小兄弟。

小兄弟们腰都快塌到地上了，几乎就要对他行五体投地大礼。他一靠近，他们的汗就跟下雨一样往外冒。

靳凡只是看到有人外套兜里塞着纸巾，想借，还没张嘴，那人已经跪下，磕头磕得停不下来："放过我！求求你！放过我！"

靳凡话就省了，自行从他兜里把纸巾拿出来，擦了擦手上沾的侯勇的血，又走回去，跟侯勇说："别挨我这群小朋友。能理解吗，勇哥？"

侯勇缩在灯柱下颤颤巍巍，想抱着伤手却又不敢，只托着，不吭声。

靳凡一个巴掌猝不及防地扇过去，把他扇倒在地，滚了一圈。

侯勇听见了，理解了，爬起来先点头："我知道了！我知道了！我不上癸县去了！"

靳凡把纸巾扔到他脸上，转身上车。

小脏辫得意的下巴几乎朝天长了，照着侯勇脑门啐了口吐沫："瞎了狗眼的窝囊废，听见没！离你这群老子远一点！"

蒜头看着侯勇那几个吓破胆的小兄弟，摇头咂嘴："你哥没有我哥厉害呢，真是可怜。"

"走了，不跟卖冰卖肉的蛆一起玩，咱坏可不沾那些下流勾当。"脱索拉住蒜头往外走。

林羌早上交班完没走，院主任六点多给她打电话，让她等他过来。她就在值班室等院主任的传召。

院主任到医院以后，把她叫去办公室，没着急说话，先沏了杯茶。

茶水快凉了，院主任才拿着手机，给她念了几条在癸县各小区超市群、物业群里流传的话——

"癸县县医院医生林羌为我老娘做心肺复苏时找人拍了视频，一个在救人之前拍视频的医生，可能真心实意地救人吗？我老娘在做完支架之后出现的一系列并发症，是不是她的有所保留造成的呢？若她全心全意救助，我老娘还会危在旦夕吗？"

院主任念完，看向林羌，她一点反应都没有。他不由得皱眉，歪着头站起来："小林大夫，你现在知不知道你什么处境？"

林羌不知道。

院主任看她也不知道，明白告诉她："本来他们闹不出水花来，毕竟咱们的程序都符合法律，符合卫生部门的规定，他们不敢上派出所。你这个视频一拍，马上一个怕担责任、有利可图的帽子就给你扣上了！你要是普通人，拍个视频也算了，你一个医生，救人还拍个视频，这一人一口吐沫不就把你淹死了？你觉着呢？"

院主任的胡家店方言很重，不好听，但不如他的语气不好听，他看起来对这事很生气。

"我早知道他会讹我，我再没措施，那是蠢。名声好不好听我又无所谓，以为别人指点两句我就会跪下了，私了赔钱了，那就让他这么以为。"

林羌这话让院主任一口气堵在胸口，本来还有一万句批评的话，全都不知从何说起了。

半晌过去，他坐下来，手搭在茶杯盖上，问："那你知道他会讹你，为什么要救他妈啊？"

"我是大夫。"

院主任抬头，眼皮下垂的双眼盯着无畏的林羌大半天，最后说："去吧。"

他在林羌走后，坐在椅子上沉思许久，最后给医务处打去电话。

林羌刚出医院门，简宋便上前娴熟地拿过她的包，牵住她的手，一晚上没睡让他的声音有些疲惫："吃点东西再回。"

林羌抽回手："我们俩分手了。"

简宋眼睛下挂着一层淡淡的黑眼圈，应该是很累的，也仍然对她有耐心："所以我在追你。"

"我不同意。"林羌并未犹豫。

简宋微微扬起唇角，轻抚她脸颊："林医生追我的时候，我也跟她说我不同意，但她当时回，我迟早姓林。我现在确实在考虑，改叫林简宋。"

林羌躲开他的手，转身去搭车，不再跟他说。

简宋并不强留她，她搭车，他就开车跟在公交车一侧。早上人正多，他一直跟着，车上人自然知道他不是跟车，是跟人。

林羌换到了另一边的座位，眼不见心不烦。

医院到林羌家只有三站地，她下车没看见简宋，先去超市买了些速食品才回家。

回家看到简宋在门口，她也没意外。

进入家门，林羌要把东西放进冰箱，简宋替她做了。她也不矫情，坐进沙发闭眼养神，准备等一下给胳膊换药。

小脏辫这时发来微信："你下班了吗，大嫂？"

昨晚一个名为阳光的男孩儿要她的微信，她知道是靳凡车行的，就同意了。之后收到七八个好友申请，添加理由那一栏都写了大嫂。

他们一一介绍了自己，现在谁跟她说话她都能对上号了。

"嗯。"她回。

"今天我们在车行楼顶吃烧烤，你也过来呗。"

林羌看着这条消息，手指在膝盖敲了敲，拿剪刀回了房间，锁门，脱外套，解开胳膊上的绷带，在伤口已经凝血的情况下用力剜了一剪子。血瞬间顺着胳膊流到了床单上。

她把这副惨况拍照发过去："去不了。"

小脏辫本来优哉游哉的，一边打游戏一边回林羌消息，看见她胳膊哗哗流血，一蹦三尺高，不管大伙儿的好奇之色，噔噔跑上楼给靳凡看。

靳凡正坐在转椅上睡觉，帽子盖脸，双脚跷桌。小脏辫毛毛躁躁地闯进来，他抓开帽子，照着小脏辫后脑勺来了一巴掌："不会稳重？"

小脏辫撇嘴，但还是要把手机给他："老大，大嫂的情况不太好。"

靳凡看到那张照片，放下双脚。

"我邀大嫂过来吃烧烤，看这情况估计是来不了了。"小脏辫小声嘟哝，"这么多血，我都晕得慌……"

靳凡知道她不傻，又是医生，出不了事，不想搭理。

小脏辫废话有点多："大嫂干吗了啊？伤成这样！她是不是昨天来的时候就受伤了啊？"

来的时候没有，来之后伤的，靳凡的作品。

靳凡烦躁地把帽子扔桌上："没事干了？"

小脏辫缩着脖子："买烧烤还是用大嫂给的那一万，她受伤了，我关心关心也正常吧……"

"滚！"

靳凡一脚踹在他屁股上，差点踹得他摔一跟头，他不说了，出去了。楼下的人在栏杆旁边站成一排等着看他的笑话，蒜头第一个说："挨踹了？"

小脏辫横着眉头："你懂个锤子！滚！"

林羌拍完照就又给胳膊上了药，重新包上。简宋已经通过茶几上的云南白药意识到她受了外伤，敲她房门："伤到了哪里？"

她开门时已经穿好外套，并且准备出门。

简宋拉住她的手腕：“震颤导致的吗？给我看看伤口。”

林羌拿上家门钥匙：“我要出门，你走不走？不走我锁门了。”

简宋看起来还可以经受她更多冷言恶语，却不是因为他多么耐受，是他做过实验，一切痛苦在离开她这件事面前，都很微不足道。

他压住难过，轻轻抿唇：“你不能……赖上我……又丢掉我。”

安静。

林羌眼睫毛微动，盯着他攥住她手腕的手许久：“我要五百万你可以给我吗？”

“可以。”他毫不犹豫。

这就是问题所在。他给她的不是钱，是爱，她现在谈不起爱，更不能以爱之名让简宋付出。她抽回手来：“我不可以。”

简宋没再拦，放她走了。

林羌走出楼门，凛冽的风把她的一丝动摇都冰封住了。

她打车去了诊所，在已经包好伤口的情况下，让医生给她拆掉绷带重新包了。她把过程拍照发了朋友圈，添加了地址，再选择仅一人可见。

上完药，她问医生能不能在这边休息一下，医生把她带到了输液间，里边有沙发。

她也有些累了，沉沉睡去了。

醒来时刚过中午，她捏了捏酸涩的脖子，转了转胳膊，扭头看到桌上的牛奶，下意识看窗外。

这时，医生走进来，笑着问她：“是你爱人吧？给你买的奶，还进来看了你四五次。”

林羌没答，给这杯奶拍了照，再故意发一条朋友圈：诊所里醒来，坐在我隔壁输液的女士捧着一杯奶跟我说，这是她老公给她买的，送给我一杯。

发完，她拿起这杯奶，悠闲地喝了一口，还没喝第二口，帅哥进来了，看起来有点生气。但那点气焰在进入输液间后凝滞了，他人也不往前了。

林羌微笑看着他，举了一下她手里的奶：“大哥送的奶真好喝。”

靳凡被她骗了，输液间根本没有“隔壁的女士”。可也不算被骗，因为他一直坐在门口的车里，当然知道输液间里只有林羌一个人。

他一回都没信过她，却一回都没逃过去。

他扭头就走，对她这些行为反感得不行。

“头晕了！”林羌喊他。

他没回头。

林羌也无所谓，那就自己回去。刚站起来，靳凡折返，迈到她身前一把抱起她。她立刻搂住他的脖子，睁大漂亮的桃花眼从下往上看他的脸。

这个角度都不丑，长得可真好。

靳凡把她抱到车里，在她开口之前，扭头先问："家在哪儿？"

林羌托着下巴，微笑着："你吃饭了吗？"

"家，在哪儿？"

林羌喝了口奶，托住他后脑勺，吻上去，把嘴里的奶喂给他半口，再把流到他唇外的那几滴舔掉。

靳凡一个动作都没预判到，又发火："你要不……"

"我不要脸。"林羌知道他要说什么，抢答了，接着又告诉他，"我要当大嫂。"

靳凡后悔了，不想管她了："滚下去！"

林羌的眼神平静无波，微笑不减半分："你还喝了。我以为你这么讨厌我，会吐掉的。"她说她喂的那半口奶。

靳凡打开副驾驶座一侧的车门，手背无意擦过林羌胸前："滚。"

林羌把车门关上："我不，外边太冷。"她去牵靳凡的手，"你刚才蹭到我了，作为补偿，送我回家吧。"

她没撒娇，但烟嗓搭配慵懒的尾音就显得撩："好吗？"

靳凡把手抽回去："你往回收我能蹭到你？我让你亲几回也没找你要补偿，赶紧滚蛋。"

"我就长这么大怎么收？你又不是没看过。"林羌提醒他昨天早上他们二人刚坦诚相见过。

靳凡的眉心还没来得及收紧，林羌又说："你刚说，我什么几回？"

靳凡没听见。

林羌知道他听见了，特不怕死："我什么你了是什么？"

靳凡再跟她多待片刻，给人感觉就像他有瘾一样，就想被她调戏。想想自己也确实是吃饱了撑的，跑来这里。

这女的软硬都不吃，发火她不怕，好好说她就得寸进尺，他几乎要没脾气了。再看看她这张虚情假意的脸，她可能也知道自己虚情假意，所以根本不愿意装得再像一点，就像在跟他说：对，我装的，有种别管我啊。

他很有种，却也管了。

送她回去的路上，他不再跟她说一句。刚开始她还试探他，得不到回应也消声了。

快到她家的小区，她突然喊停车："我买个东西。"

车停在一家小商店门口，林羌进去五分钟，两手空空地走回来，弯腰把脸探进驾驶座那边的车窗："手机没电了。"

靳凡不耐烦地把自己手机给她。

她还不要："我怎么能随便拿你手机付款？"

"那就别买。"

林羌站着不动，甩了甩手，看起来好大一番情绪被她憋回去了。

她穿得不多，胳膊还包着绷带，风再把她头发吹起来，鼻尖也被吹红了。靳凡不小心在后视镜扫到她的可怜样，不由得咬牙，烦躁地开门下车，走进商店。

林羌买的东西还在收银台，靳凡看到之后就后悔了，对自己到诊所后做的所有决定都后悔了。

收银员在他转身时喊住他："您要的关东煮和叉烧包马上就好。"

靳凡停住脚，眼看着另一位店员把打包好的食物拿来，连同桌上的安全套、润滑油一起收进袋子递过来。

林羌付过钱了，她又把他骗了。

他扯过袋子出了门，看着靠在他车门上双手抱臂、微微歪头的林羌，纯粹的小人得志。

林羌等他走到跟前，从大袋子里把装着安全套的小袋子拿出来，食物留给他："请你吃晚饭。"

靳凡没要，把大袋子挂在她手腕上，上了车。

林羌上车后，坚持把大袋子放在扶手箱："钱都给你了，只请得起这个，不要嫌弃。"

靳凡沉默不语，只管开车。

到达林羌家的小区门口，他打开副驾驶座那侧车门的锁，半句都不愿多说。

林羌看向导航："还没到楼门。"

靳凡下了车，绕到副驾驶座那边，开车门拉住她的手，用力往外拽。

林羌没他劲儿大，被拽了出去，还磕了腿。她咝的一声，还没抱怨，他来了电话，走到一边去接。

他个子高，从后看更挺拔，大概是肩臀比太优越了。从前看男人都看腰和腿，他这么棒的肩膀长在那儿，倒显得窄腰和长腿逊色了。

三十五岁的年纪，男人一生中的最佳阶段。他更是出类拔萃，英年早逝确实可惜了。

林羌淡笑，没打招呼径自走了。

靳凡打完电话，回头不见林羌，也没找她。上车看到屏幕提示钥匙不在安全范围内，他愤怒又无奈地闭上了眼。

林羌刚进家门就接到靳凡的微信语音通话，她放下东西，平静地接通："怎么了大哥，刚分开就想我了。"

"我车钥匙呢？"

"啊，车钥匙丢了吗？那得找找。"

"给我。"

"给你什么？"林羌把脚跷到茶几上。

"钥匙！"

"你说清楚，不然我以为你想要我。"林羌面无表情地说，"钥匙丢了你去找啊，我怎么知道？"

"开门。"

林羌看向门口，她可没告诉他住几楼，导航地址也只写到楼门，他怎么可能知道她住哪间房？

她不信，但还是被好奇心驱使，打开了门。

老小区，老房，门一开吱呀响，靳凡没在门口。但她这一开门，楼梯间突然传来动静，她心下了然，他在诈她。

她左眉轻挑，关上了门。

门快关上的时候，靳凡在外拉住门把手。

林羌索性放手，靠在鞋柜上，左手搭在右手臂，看着帅哥："还好我家楼层不高，不然你爬完要犯病了。"

靳凡知道用嘴跟她要不回来钥匙，直接下手，翻她口袋。

林羌站着不动，让他摸："你轻点。"

靳凡翻完她身上的口袋，没有；商店的袋子也翻了一遍，没有。扭头把她摁门上："别找死。"

林羌微微抬头，很挑衅："用点劲，没吃饭吗？哦，你没吃，你只喝了一点奶。"

靳凡是要用劲儿的，但她胳膊上的绷带太刺眼，到底松了手，没再给她添新伤，压低声音："别闹了，给我。"

林羌把他的车钥匙拿出来。

靳凡要拿时，她又不给，把左脸伸给他，指指脸颊。

"给我！"

林羌摇头，又把车钥匙放回胸罩里。

靳凡闭上眼。

林羌下一句挑衅的话还没说出口，就突然被靳凡掐住腰，抱到了鞋柜上。她没料到他这个举动，身体本能地开始反抗，却被他限制住了手。她转而蠕动身子，想先下去，他又往前挺腰，用身体把她顶在鞋柜上。

她挣脱不开，放弃了，双手勾住他的脖子："大哥骨头真硬，硌得生疼。"

靳凡暴戾又不爱掩饰，全显在脸上，再棒的五官也让人不敢直视。可林羌十分敢，没料到又怎么样？随机应变她一向擅长。

正欲继续作死，靳凡吻上来，抵着她的身，摁住她的手，吻得又凶又狠，不给她一口气，搅得她舌头发麻，脸发白，越来越难呼吸。她不得已抓住他的肩膀上，把不算长的指甲掐进他的肉里，发出求饶的气声。

靳凡不管她，两人凉凉的唇被他吻得发烫，唾液融合已经分不清彼此。他当然听见了她的求饶，只是不饶，非等到他想停下了，才狠咬了她的唇瓣一口，放了手。

林羌的手还搭在他肩膀，大口喘气后眼神飘忽看向这浑蛋。他嘴唇沾了血，但她咬的那块地方已经结痂了，没被擦破。

她立刻意识到什么，伸手摸自己的嘴，果然被他咬破了。

她这副狼狈样好像冲散了靳凡的火气。他看着没那么恼了，捏住她的脸，逼她看他，跟她说："你偶尔的小动作我不搭理你，不是对你没辙，你要跟我死磕，那就想好了，别把自己玩儿进去。"

林羌气还没喘匀，但也不妨碍她狂妄地说："嘴真硬啊，你真对我有辙吗，靳哥？"

"找你那男的叫简宋。"

林羌的脸上闪过异色。

靳凡拍拍林羌漂亮的脸："你可以骗我，但不想骗他，他对你来说应该挺重要的。我也许对你这种无赖的女的没辙，但对一个男的……"

林羌抬起眼。

靳凡俯视她这脸："不要自以为是了，林羌，你以为你拨动我的情绪，就能让我在意，以为我开始在意你，就会想活下去。你要是再这么天真，我就要帮你认清现实了。"

林羌眼里的雾在这时已经达到饱和状态，几乎就要滑出眼角。她不再强硬，脑袋也低下去，一滴眼泪掉下。她抬起头来，乞求他："你别动他……"

靳凡眼神极快地闪烁一下，沉寂数秒后，他放开了她，从她手里抢过钥匙，声音冷得像冰："那就别作，滚远一点。"转身离开了。

他回到车上，启动车子，脑海浮现她不久前的眼神。

就那么喜欢他。

挺好。

就该这样。

他开车离去，同时把这些乌七八糟的东西从脑子里清除掉。

林羌站在窗边，目送靳凡出小区后，抹掉眼角湿润，漠然地从冰箱拿出啤酒，用筷子起瓶盖。

随后她打开音响，连接手机，播放音乐，躺到沙发上去。

啤酒的香气和鲜血的腥气在她嘴里发生反应，她有点想分辨那到底是什么味道，但太困了。诊所的沙发太硬，根本没歇够，就又迷糊睡了。

她做了毫无头绪的梦，梦里她变成一只嗜血猛兽，有人在轻声呼唤她，冲她伸出手，明明抓到她了，她却选择挣开，任由身体下坠。

醒来她浑身是汗，又犯了病，抖着手抽了一张纸巾，擦擦额头的汗，随意丢掉。

她拿起手机，看到简宋的短信：我联系了北院神经内科的何教授，这周五我去接你。结束后我们见见律师。别说没空，我知道你那天休息。

她没搭理，正要放下手机，他又发过来。

“我只接受一种分手理由，那就是你不爱了，但我不听你说。做给我看，你不爱我这件事。”

林羌把他拉黑了。

靳家的钱她必须得挣，爱情对现在的她来说纯粹是负累。

靳凡租的房在癸县西部，新旧城区交界线的一处新楼盘的二十一层，三居室。客厅只有沙发和投影设备，卧室只有床，但他几乎没睡过。

他推开门，脱鞋，光着脚走到沙发，躺下来，看着屋顶。

心又开始发胀了。

他还记得他最后一次去看病，诊断单子上写着“随时猝死”几个字。好像越是年轻看起来症状越不明显，就越有危险。相反那些状态不怎么样的老年人，可以在病床上躺好几年。

但距离那一次诊治也有好久了，他还活着呢。

到底有多少人给他烧香，让他这条破命苟延残喘至今？

他坐起来，打给仲川：“你盯两天车行。”

“你要去哪儿？”仲川问。

靳凡没答。

林羌开始坐诊，原本顺风顺水的事在她深陷道德败坏的舆论之后突然变得艰难。

每个挂号的人都要被老妇人家属拉到一边，灌输她没医德的信息。

保安把他们轰出去，他们就堵在医院大门，不知疲倦地激烈陈词。

派出所的人也来过，也曾把他们带走，但他们极其狡猾，像是有军师一般，所有行为都没有越线，导致警方也只能批评教育口头警告。

他们歪曲事实的言论在各小区的业主群传播了几天，信与不信的各占一半。幸好世态炎凉，有些人不信也不管闲事。

周边村落里代入老妇人的部分人就不是了，担心自己也会沦落至此，忍不住尖酸地询问林羌他们会不会也被她捶胸口？

要不就朝着她白大褂吐口水，投诉她态度不好没有素质。

周四这天又是林羌的坐诊日，病人抵达心血管内科楼层，就能在显示屏上看到林羌的名字。

最近几天不忙，她一上午也就俩病人。快到饭点时，一个五十来岁的男人晃晃悠悠地走进诊室，趴在桌上，声音颤抖："医生我难受。"

林羌看他什么也没带，边观察他的情况边问："挂号了吗？"

"没有……"老人嘴唇发白，"早上起来浑身冷，尤其腿，走两步就特别疼，人还晃悠，随时要摔倒似的……"

林羌看他的腿："以前检查过吗？"

"前两年化验过，是什么颈动脉长斑了，吃药好了，现在又犯了。"

"你多大了？"林羌拿听诊器听了听他颈部血管。

"五十七……"

林羌收起听诊器："下楼挂号，上来我给你开个颈部的彩超单子，看看你这斑块的状态。"

"我可以不检查吗，给我开点药……"

"我得知道目前你颈部斑块的性质需不需要干预，你不做检查我怎么给你开药？一个小时就出结果，很快，不要紧张，拿了结果直接来。"

老人明白了，挂了号又上来。

林羌给他开了单子，正好中午了，她要去吃饭，顺便带他缴了费，做了检查。等待结果时吃了两口饭，早早回了诊室。

一点半左右，两个年轻人风风火火地闯进来，打翻她桌上的水杯，薅着她的衣领，把她拽起来："就是你不给开药，打发我爸去做检查的？"

林羌拧住他手腕，刚要发力，他已经被一股拉拽力扯离开。

她抬头看过去，陌生的脸。

出手搭救的是仲川，他过来给兄弟补充押金，小脏辫非要让他去看看什么大嫂，他刚上来就撞见这一幕。

“你谁啊？有你什么事？”被薅住后背衣服的年轻人骂骂咧咧。

与他同行的人看起来理智点，对仲川说：“哥们别管闲事，这女的一点医德都没有，全县谁不知道？我叔头晕过来找她看病，都说了是颈动脉斑块，她直接开药就行了，非让我叔做检查，等结果的时候我叔就晕过去了。”

那个暴躁的年轻人接着骂：“这种女的能当医生就离谱！”

仲川没听他们说的，只道：“换一个医生，你爸看病也是得做检查的吧？你是针对做检查这件事还是针对她啊？”

两个年轻人还有话说，有个小姑娘跑进来，拉住他们，小声说：“别找事了！爷爷醒了，说是没吃饭才晕的，让你们别找人医生麻烦。人家刚才又带着爷爷缴费又带着检查，等一下还得要人家看结果的……”

两个年轻人的火熄灭了，却什么话都没说，只是随着小姑娘走了。

林羌淡定地扶起水杯，擦水。

仲川看着她面无表情的动作，自我介绍也不知道怎么说，悄无声息地走了。

他从医院出来，正好小脏辫打来电话，问他有没有看到漂亮大嫂。

他没答，反问：“老大呢？”

“老大刚进大门，咋啦？你找老大？那我把手机给他。”

仲川想了一下，还是说：“算了。”

他不觉得这女的跟靳凡有什么关系，这群小朋友瞎起哄是不知道什么情况，他可知道。

这女的是戈彦找来劝靳凡看病的，他们就不是一路人。

下午下班，林羌收到医院通知，暂时取消了她的门诊，说是等风波过去再说。不然照这趋势下去，她的人身安全要受到威胁了。

她没异议。

从院主任办公室出来，曹茳给她打电话，说医院同事聚餐，非要她一起去，不许拒绝。

她很干脆：“我不去。”

“来吧，林医生，放松一下，感觉你最近有点紧绷，我们都有点担心。”曹茳说。

林羌他们科室的医生都很友善，话说到这份儿上，难再拒绝。

聚餐地是一家新开的烧烤店，在癸县较热闹的一条街上。新店开业全场七五折，楼上楼下加露天餐位都坐满了人。

其他人预定了楼上的包间，林羌一进门，他们一人端着一杯饮料，齐刷刷敬她。

“来晚了！罚饮料吧！”有人喊了一声。

曹荭搂着林羌坐下来：“别闹，等一下喝个水饱，吃不进烧烤了。”

“那还是吃串儿要紧。今儿咱就吃个痛快，糟心事一概不想！”

“对！上回林医生欢迎会我没在，正好补上！来来，我做代表，咱们再一次欢迎我们的林博士下乡普度。”

说话的医生是麻醉师，他旁边是秦艋，苗翎坐在靠窗的位子。

两人在经历上次事件后对林羌的态度都有所转变，知道她有主意，却是现在才知道她凡事都留后手，钦佩之余也都有一点发怵。

大伙儿都举起杯，林羌也就陪了半杯。干完，他们开始各聊起各的委屈。

安慰林羌是真，借机会发泄近期愁闷也不假。

聚会到尾声，他们的话题变成家长里短。她趁机出了包间，坐到角落，要了瓶烧刀。

十一点多了，街灯璀璨，人影成双，她望着对面音乐餐厅花里胡哨的牌匾失了神，不知不觉喝了一整瓶。

酒瓶里再也倒不出酒来，她烦躁地将它推到一边，拿出手机，给空瓶拍照，发给小脏辫：你老大有没有喝过这个？我喝了一瓶，有点一般，只觉得晕，头疼，走不动道。

她发完就趴桌上睡着了。确实有点晕，这酒劲儿不小。

后来不知道谁拉起她的手，把她背起来。她只知道这人身上好闻，肩膀轮廓也完美，她很喜欢，死死搂着，脸也埋在他脖子里。

这人好纵容她呢，一点都不躲。

回到家，她跑到沙发倒在上面，缩起来，姿势像极一只小羊，张嘴却只要酒，没喝够似的要再开一瓶烧刀，甚至突然起身，嚷嚷“干杯”。这人给她倒了水，端到她嘴边：“喝！”

她嫌他凶，扑腾双手，反被他抓住。他动作不轻，她肩膀被扯得生疼，疼得想哭，眨巴了两下眼后，眼泪湿了眼睫毛。

这人就松开了她。

她搂住他脖子，下巴垫在他的肩膀上，委屈死了：“他们欺负我了。”

不知多久，这人说：“我知道。”

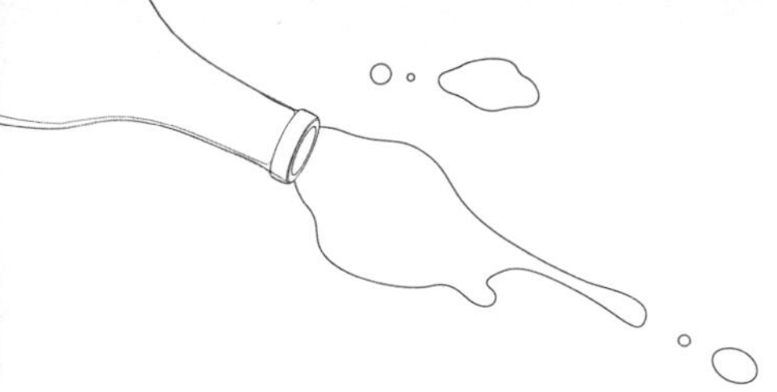

第二章 摩擦

>> 即便如此，也得算了。

>> 他一身残破，实在要不起。

林羌醒来是翌日八点半了，陌生的环境让她有一秒迟疑，很快她意识到自己这是进了靳凡的领地。

白色的地板砖，白色的墙，深灰色的四人沙发，算上门口的地毯，房内物件只手可数。像这样空荡到迸出一股阴森的地方，只有靳凡住得下去。

靳凡没在，她也不想起来。

眼睛发胀、酸疼，口干，胃里还翻腾不停。暌违多年再喝烧酒，还真有点难以招架。

她光着脚踩在沙发上缓神儿，有人来了，她以为是靳凡，却是小脏辫。

小脏辫拎着早餐，龇牙嬉笑。他太阳穴有道疤，牙上有钢丝牙套，本来凶悍的形象被他狗腿的举止消磨得只剩一二。

他殷勤地叫她："大嫂醒啦？尝尝牛舌饼和玉米浓汤，老城区市场买的。我们老大就吃他家牛舌饼。"

林羌明知故问："我怎么在这里？"

"哦，昨儿个送你回家，没钥匙，就把你家外门给踹坏了。你不是喝酒了吗？闹得动静太大，门又关不上。那栋楼里好几家找了过去，没办法，就把你带老大这儿来了。"

林羌顺着他的话问："昨天是你把我送回去的？"

小脏辫眼神闪躲："哪。可不嘛。"

"那谢谢你了，"林羌淡笑，"你那嘴没事吧？"

"啊？"

"我这人一喝多就耍酒疯……"

小脏辫瞪大了双眼。昨天他把林羌发的消息给靳凡看，靳凡把他骂了一顿，警告他"少搭理那女的"。结果早上就给他打电话让他过来，还让他对林羌说昨晚是他把她送回去的。

他还没来得及疑惑是不是他老大昨晚去接了她，她就给了他一场更大的震撼，直接把大嫂之名坐实了。太刺激了！

"然后呢？"小脏辫一屁股坐在林羌面前，"大嫂记得干了什么？"

林羌的眼神从他的脸滑到肩膀："缩水了吗？我记得昨天靠在背上时还挺结实有质感的。"

小脏辫满腹兴奋被堵了回去："有可能吧。"

吃完饭，小脏辫还要送林羌回去，林羌拒绝了。

从靳凡的小区出来，林羌脑海里还在轮播昨晚的画面。她知道昨天是靳凡，"我知道"三个字带着他那份漠然清冷的气质，不停撞她的心口。

她连简宋这样深爱她的人都伤害了，靳凡这种因为买卖才会接触的人又有什么特殊？居然拉扯出她一丝动摇。

也许是欺骗感情这种挣钱方式比纯粹的伤害更下作吧。

毕竟这世上所有的事说"对不起"都可能有用，唯独感情的事，"对不起"三个字屁用没有。

她得赶紧把活儿干完，把钱踏踏实实地揣在兜里，省了夜长梦多，良心未泯，那就要命了。

她摒除杂念，去了中央商场地下一层的一家维修店。

她最早的微信账号绑定了她妈的电话，那个号码废弃多年，手机卡也已经老化，长在了那部旧手机里。维修师说取出来也不能用了，要想再次使用这个号码，只有两个办法：营业厅补号，或是尝试修好旧手机。

现在她补不了号，只能把手机修好。

林羌没抱期望，早起看到维修师发消息说修好了还挺意外。

"来啦。"她进门后，维修师把旧手机递给她，"开机没问题，就是费电，还是原先那块电池，需要勤快充电。"

"好。"林羌付完钱，拿上手机回了家。

昨晚靳凡把她的门锁踹掉了，早上小脏辫说给她换了新锁，钥匙在地毯下边。她摸出钥匙开门，从冰箱拿了冰啤酒、面包片，咬一口面包才坐到沙发上，找回旧微信。

登录成功后，她耐心等待消息载入，看到备注"妈"的聊天框跳出来。她冷漠地点开，是六年前的消息了，而且她早看过了——

"小羊……你爸没了。"

继续有聊天框跳出来，四年前的——

"林羌啊，我是你二姨，你妈的身后事不用你出钱，你能回来送送她就行。她弥留那会儿老说对不起你，你是她一块心病，你回来送送她，让她踏实去投胎。"

备注"弟"的聊天框内是三年前的消息——

"我最恨医生，我最恨你。"

她面无表情地翻阅着过期消息，麻木地吃完面包。起身，推开次卧的门，来到她爸、她妈、她弟的遗照前，弯腰捡起地上的打火机，吹落灰尘，烧一炷香，只看着那张十几岁的脸，无情地说："都恨我，我该恨谁。"

一炷香烧完，她出了次卧。

县医院下午展开了一场针对谢喜英术后一系列事的讨论会。

她就是那位腹主动脉瘤患者，从做手术到现在半个月，人工血管闭塞，导致急性肾衰竭，进而引发多脏器功能衰竭。子女只顾给医院泼脏水，不管老人，老人后续要渡过的难关还有很多。医院已经为这个病例开过很多会，但都没有得出一个统一的意见，这次会议老院长亲自到场，大伙儿都希望能有结果。

会议室里，老院长沉着脸，嘴角向下撇，端坐在那儿像一座山，听着几位外科老主任激烈讨论。

"现在咱们把老太太那几个混账孩子放到一边，不提，就说现在脱不了机和这一系列合并症。做手术是为什么，是为救命，是为改善她的身体状况，让她过得好点，没有那么痛苦。但她本身的年龄在这儿，大血管毛病一堆，支架放了一堆，肾脏功能处于代偿期边缘状态。照目前情况来看，手术根本就是加速了她的病情恶化。"心脏外科另一位较为年轻的主任拿着笔，边敲桌面，边说。

心脏内科的一位副主任说："我之前就是这个意思。你别说对家属来说麻不麻烦，对我们来说麻不麻烦，就说对她自己来说，没有活动能力，再加上术后并发症的痛苦，她想要这样一个结果吗？"

"你那是马后炮，现在扯皮没用，那你说按当时情况不做？心肺复苏救回来，再眼睁睁看着她死？"主刀的高主任翻脸了。

这位副主任也不高兴了："不是说我，一个大夫在这儿草菅人命，当下问题是手术做了生不如死！就这个病例，你问问市医院收不，三院收不？别的不说，她是从阜定外科退回来的吧？你一县级医院做过几场手术啊就敢收！"

"所以你意思就是让她等死呗。"

"反正当时我说不做，你们也没人听，现在麻烦来了，一场一场开会开不出结果。"

说好了是讨论，又快要打起来了。

林羌坐在靠窗的位置，听着一群主任发表意见。突然，老院长叫她："这个病人是小林大夫送进来的，小林大夫觉得，现在应该怎么办？"

林羌挺了挺身子，坐得板正了些："手术已经做了，现在讨论该不该做有点晚了。"

心脏内科的那位副主任冲她翻了个白眼。

"作为一个医生，在病人尚有一息的情况下让人回去等死，说起来是怕术后病情恶化，又浪费资源，又让病人活受罪。但咱们心照不宣，还有一部分原因是怕麻烦，怕给自己找事。

"当时会诊评估的结果确实不乐观，不做是很多医生的选择，这是理性的。给我时间考虑，我可能也会做这个选择。问题是在人命面前没有时间，让她等死的事我做不了。"林羌的声音平稳有力。

寂静。

林羌拿出手机："我联系了老人在外边上学的外孙，协助他申请了爱心筹款，目前还在审核中，大概两三个工作日会有结果。这两天他也会回来，择期把老人转到阜定。我也找了我老师，到时候阜定各科的专家会针对这个病例再进行讨论。"

许久，老院长双手拍在桌子上，撑着桌面站起来："行。"

讨论会就这么散了，林羌要面对的麻烦却轻易散不了。

第二天早上，林羌交完班，收到小脏辫消息，说他们出车祸的兄弟出院了，仲川来接，准备回去搞个去灾宴。问她下没下班，顺便把她也带过去，一起热闹一下。

她不喜欢热闹，没有答应。

出了医院，她站在门口纠结早饭吃什么，想到昨天早上吃的牛舌饼还不错，就改道去了市场。

市场在老城，瓦脊老房鳞次栉比。进城的路上铺了青灰方砖，多年过去挂满了斑驳伤痕。道两旁的老树遮盖日光，条条羊肠因此更为悠远，不知通往何方。

一进入市场，没了古树的庇护，街身一改神秘蜿蜒，明亮痛快多了。左右两侧是箱包、日化、十元店的门脸，中间的档口上菜、肉、熟食、香包、干料一目了然。最后一排是早点摊，油条、豆浆、豆腐脑，猪肉包子、韭菜合子、吊炉烧饼、驴肉火烧……

林羌还记得小时候被她妈带来这边，那时候还没商场，买衣服都在街边的店，买鞋都去鞋广场。开学之前她会到澡堂子搓澡，收拾干净了去买身新衣服，买双新鞋，最后到文体店买笔袋和书皮，再磨她妈给买一串风铃，挂在身上叮当作响。

二十年弹指过，市场还在，人都不在了。

买完牛舌饼和老豆腐，她原路返回，看到街边还有老式爆米花机，忍不住拍了张照，发了个朋友圈。

出城的时候，突然有一辆这年头少见的夏利猛刹车停在路边，冲下来四五个二十八九岁的青年，把她围起来。

“你叫林羌？县医院那大夫？”打头阵的光头眯着眼上下扫量她。

林羌知道他们是谁：“谢喜英大儿子找你们来的吗？”

几人对视一眼，有些不可思议似的，有个小矮个儿挑眉：“哟，你还挺聪明呗。”

几个人嘻嘻哈哈乐起来。

其中一个捯饬得人模狗样的上手要拉林羌胳膊：“这么看你长得挺俊，结婚了没？处对象了没？”

林羌怜悯地看着他，还没说话，右侧飞来一脚，把他踹出半米，一个趔趄一头跌进树坑里。

剩下几人神情慌张地扭头，仰头看向来人压迫感十足的挺拔身影，光头龇着一排烟渍小黑牙：“别管闲事！”

来人站在阴影里，他们和林羌都只看到他的高大，看不清长相，但林羌知道他长什么样。

她昨天晚上刚亲过他的嘴。

“跟你说话呢！你哑巴了？”光头往前蹿。

他歪着脑袋，看着挺横的，但根本横不过来人。靳凡照着他的秃瓢脑袋就是一巴掌，随即拧住胳膊把他的脸摁在树干上。

他的同伙见状愣了几秒，后知后觉地扑上去，要跟靳凡厮打一场。

靳凡不是来跟他们切磋的，带着一身的毛病，也让他们几个像狗一样趴在他脚底下，脸上沾满了血。

等这几人磕完了头，夹起尾巴开车走了，靳凡冷脸走向林羌，拽住她的胳膊，那劲头没比拽刚才那几个人时轻巧。

林羌被攥得生疼，往回扯：“弄疼我了！”

靳凡听不见似的，把她拽到车前，打开车门，甩进副驾驶座，关上门。

他把她带回了家，他先一步进门，她随后。刚进门，他突然回身，把她摁在门上，胳膊横着抵住她两只肩膀，眼神凶得像有多大仇。“找死！”

林羌被他压得不能喘气了，脸通红，青筋鼓动：“我听不懂这话……”

“你明知道有人从你出医院就跟着你，你还往偏处走，你是嫌你死得不够快？还是巴不得被这群二流子掳走了？”靳凡的火从眼睛洒出，“我告诉你林羌，没有谁能永远在你出事之前到你身边！何况我这条命也不剩个几天，你指望我，那你就是等死！”

林羌本来还挣扎，还打他的胳膊，听他说完也不反抗了，眼底水雾蒙蒙。

靳凡捏住她的脸，逼近她，鼻息扫在她唇瓣：“我根本看不上你，别天天拿你自个儿当诱饵挑战我！我闲得慌愿意管你，我不闲的时候，你尸体凉了都是活该！”

林羌低头，眼泪掉下来一颗，手里还攥着从市场买的牛舌饼：“我知道昨天是你背我回去的……我还折腾了你半宿……车行那个弟弟说你喜欢吃这个……我想给你买第一锅刚出炉……”

靳凡心头一紧，缓慢退开，看着被捏挤变形的馃子和洒了的老豆腐，头痛剧烈，转身扶住了充当桌子的洗衣机纸箱子，一双手到手臂青红交映的筋脉迭起。

林羌靠在门上抹了抹眼泪，把馃子放到纸箱上，扭头往门口走。走到门口又突然回身，从后搂住靳凡，脸埋进他的后背。

靳凡想扯开她的手，可是扯不开，他突然失去了全部力气。

林羌太累了，后来就在靳凡这里睡过去了。

靳凡站在窗前俯瞰小区绿化很久。

仲川去医院接小朋友出院，看到一伙人在医院门口鬼鬼祟祟地张望，结合林羌最近闹出的新闻，他猜测这伙人是冲她来的。

林羌很警觉，又当过兵，不可能连这点危险都察觉不到，他就没放心上。转头看到她发了老城区才有的老式爆米花，他拿起钥匙就出了门。

老城只有赶集的老人进出，道太破没人走，路边树也年久未剪，就显得偏僻、阴森。林羌在被人盯上的情况下去那边，就是在给人创造对她不轨的条件。

他能想到她发那个朋友圈是故意给他看的，没想到的是给他买牛舌饼这件事。

他知道她虚情假意，大概买牛舌饼也是她算计他的一种方式，却还是松手了。

也许她没骗他呢？

他转过身，看着侧躺在沙发上的林羌，她睡觉时很老实，比她醒着的时候讨人喜欢多了。

林羌下午醒来，又是熟悉的靳凡家的沙发。她用同样的双脚踩在沙发上的姿势，木讷地盯着面前的墙。

靳凡回来也不理她，只把一包食用纸包着的馃子和一杯奶放在洗衣机纸箱上。

他不发火时很有点要死不活的劲头。倒也正常，他有病。

林羌放下双脚，走过去，用早上刚用过的姿势，从后面搂住他。脸颊贴在他的背上，听他的心跳。

靳凡扯她的手。

“头有点晕。”她偏不松。

“没完了？”

“嗯。你一刀捅死我吧，你把我宰了就有完了。”林羌很擅长云淡风轻地说这种话。

靳凡给她抱了半分钟，还是拽着她胳膊，把她拉到纸箱子对面，拿起奶使劲往她面前一撂。奶从没盖严实的缝里跳出来几滴，溅到他的手背上。

林羌手疾眼快地拉过来他的手舔掉了：“别浪费。”

靳凡双手拄在纸箱边缘，看着她：“早上的事暂且不说，我前几天跟你说的话你听不懂？”

林羌拿吸管，叼住一头，嘬了一口：“嗯，是有好几天了，我们都好几天没见面了。”

“那个简……”

林羌知道他要说什么，没让他说完：“前男友，杀剐随意。让你别动他是不想把一个外人牵扯进来，不是我余情未了。”

靳凡盯着她故作轻松的脸，她说谎的痕迹很重，但逻辑能说通……

“你老提他，是吃他醋了？”林羌歪着头，“大哥从脸到身材都略胜一筹，怎么那么不自信呢？”

林羌身子前倾：“我对他是不想亏欠，对你才是一腔私心。我连你们家钱都不挣了，明知有危险还是去买你喜欢吃的馃子，还不明白？”

“赶紧吃，吃完赶紧滚。”她满嘴瞎话，靳凡一个字都不信，只是想到早上发生的事，还是改口，“等下送你。”

林羌笑了：“你这态度转变有点快呢。”

靳凡没搭理她，只是喝了一口咖啡。

林羌放下奶：“我想喝你那个。消肿。”

靳凡看着她，端起杯喝了一口，把剩下半杯当她面扔进了垃圾桶。

“不给算了。”林羌低头掰馃子，不说了。

也就半分钟，靳凡从冰箱拿了一罐冰咖啡，咣一声搁在她面前，头也没回地往外走："吃完滚下来！"

靳凡一走，林羌一改神情，漠视这罐咖啡，做任务一般敷衍地喝了一口，下了楼。

她上车后，系上安全带，看向靳凡："如果我又遇到危险，你还会像这样赶来吗？"

"不会。"

"你不用那么快回答。"

靳凡也看向她："少做梦。"

"嗯。"林羌把脸扭向了窗外。

后面两人再没说过话。

林羌到家收拾了一下房间，又到了上班时间，又是夜班，还好，无事发生。

下班后，她混在出夜班的大部队中往外走，冷风有些不留情面地正面扇了她一个耳光，带来一阵刮骨似的疼。

她抖着右手，往上拽了拽围巾。

白班的同事跟她对上，笑着打招呼："早啊，林大夫。"

"早。"

林羌刚说完，不远处响起一阵密集的喇叭声。她被逼得看过去，一长溜跑车停在路边，像一条长龙。

气派，嚣张。

小脏辫盘腿坐在车顶，咧着嘴，冲林羌喊："大嫂！老大叫我们接你下班！"

车来人往，声音鼎沸。

小脏辫嚼着糖，单手撑着车顶，站起来，张开双手，一边挑眉一边抬抬下巴，浑身纨绔子弟没受过打击的跋扈与乖张："咋样大嫂，帅不帅？"

林羌双手抄进大衣口袋，肩膀还没塌，但不由得歪头和缓慢眨眼都印证了她的疲惫。风吹乱她的头发，逼出她的眼泪，致力于让她狼狈。只是算盘没打响，她俊得夸张，即便站着不动，那一溜跑车都略显逊色，区区西北风又怎么搞得垮她？

"你是说，说谎帅？"她笑容浅淡。

小脏辫龇牙一笑，从车顶上跳下来，搂着小莺走到林羌面前，歪头跟小莺说："我就说大嫂聪明，根本骗不了她。"

小莺特不情愿地把两百块钱拍在他手里，委屈地问林羌："大嫂这么了解老大吗？居然知道我们过来是擅作主张。"

林羌笑："不了解，只是知道他不会来。"

小莺和小脏辫对视，没有说话。

蒜头走过来："走了走了，别在这儿说了。"

林羌看他们兴致盎然，没拒绝。

跑车开走，声儿都不见了，秦艋还端着咖啡傻站在医院门口不远处。苗翎把车停好，专门绕到他跟前，冷嘲热讽："都走了。"

秦艋收回眼来，看向她："我没看林羌。"

"拉倒吧。"

两人并肩朝门诊楼走去，苗翎又说："别想了，她不喜欢你这种根正苗红的。"

秦艋喝了一口咖啡。

"昨天聚会，你以为她早走了，其实是被靳凡接走的。"两人来到电梯前，苗翎继续说，"靳凡那种人在这个时代热闹不了几天。我觉得林羌这人还可以，我也不想看她跟那种人混在一起，但架不住她一头扎进去，所以劝你也收心，省得受伤。"

进入电梯，秦艋自嘲一笑："没有靳凡，还有简宋，想不起。"

"想得通就行。"

秦艋开玩笑："你跟我说这话是为林羌，还是为我？"

苗翎白眼翻了三个："照镜子了吗？"

电梯到了，苗翎先走了，秦艋还在里面，直到门关上又打开，他才提气出来。

昨天靳凡去烧烤店接林羌，他也看见了。

林羌来县医院的时间不短了，从没对谁笑过，却对靳凡那样笑，还投怀送抱……他当时特别怨自己不能带着一帮一呼百应的小弟，想着如果他也不走正途，是不是就能有靳凡这待遇？

"早啊，秦大夫。"有人跟秦艋打招呼，拉回了他的注意力。

"早。"

"你们带我去哪儿？"林羌上了贼船才问起这一点。

小脏辫嚼着泡泡糖："吃饭。大嫂吃啥？我们请。"

"我以为你们一帮人过来堵我，是想让我请你们。"

小脏辫下巴一歪："不是说叫姐姐就得请吃饭的，咱们别的没有，就钱多，请姐姐吃什么是姐姐你一句话的事。”

“瞎嘚瑟。”

小脏辫嬉皮笑脸：“有老大罩着的人就是有这毛病。”

林羌看向他：“你有没有想过，有一天他不能再罩着你们了。”

“不能够。”小脏辫脱口而出。

林羌不说了。

林羌原本真以为要去吃早饭，没想到他们把她带到一条封闭道路，还把车停在大道中央。

下了车，冬季风掠野而来，吹鼓她的大衣，还掳走丝巾一角。

他们一行七八个小子吊儿郎当地下车，不约而同地看向路边一辆黑色的越野车。她也看过去，她大概猜到是靳凡，但还是萌生了期待。

车门打开了，腿先出来，皮鞋，西裤，皮带，衬衫，领带，靳凡的脸。他也很疲惫，好像刚从哪儿回来。

他打开后座车门，拽下来一个人。

脱索上前把车里另外几人也“请”了下来。

林羌看清了，都是谢喜英老太太的不孝子们，他们手里拿着几张文件。她不由得眯眼，想看清楚。

小莺解释说：“大嫂，你们院长没跟你说吗？他们涉嫌医闹已经被你们医院起诉了，他手里拿的就是法院传票。另外几张是报警回执，川哥联系了老城区找你麻烦的几个人，他们已经承认是这一家人雇用他们来‘给你点教训’。”

蒜头在旁边补充：“干了那么多恶心事，被制裁之前不受点皮肉之苦，那不是便宜了他们？”

林羌耳朵听着他们说，眼睛看着靳凡那边。

靳凡扯下领带，缠在手上，照着那大儿子的脸就是一拳，打得他后撤步，撞到车门，随后瘫软在地，捂着流血的嘴。

他家的女人们惊叫、大骂。

靳凡闻若未闻，抓着那人衣领，又把他拎起来，不管他踢腾的腿，硬是拖到林羌面前。蒜头把手里的铁棍扔过去，靳凡接住，轻松抡出一个半圆，照着那人腘窝就是一棍子。

那人惨叫，被迫下跪，上身也扑倒在地。

男人疼得直叫，女人在后边挣扎，哭喊。

靳凡全程没再说一句话，只是一系列动作之后，男人和他一家深刻认识到，这个医生他们惹不起。

事情结束，蒜头和脱索做后续处理。小脏辫走到靳凡跟前说话，小莺笑着对林羌说："别怕，大嫂，我老大只对恶人这么凶狠。"

林羌盯着靳凡，注意力又回到他那一身西装，问道："他出门了？"

小莺点头："嗯，昨天傍晚走的，刚回来。"

靳凡那边说完话，小脏辫小跑着过来把小莺拉走了，还不忘跟林羌说："拜拜大嫂。"

他们陆陆续续走了。靳凡还站在路肩，点了根烟，嘴叼着，慢慢解开手上的领带，扔在开到半截的车窗上，搭住。

他没有要到林羌跟前的意思，没有看她，却也不走。

风让他那支烟燃得更快，用不了一会儿，就会烧到过滤嘴。林羌没等它烧完，走过去，踮起脚，夺走烟，掐灭，一气呵成。

靳凡没恼，但也没搭理她。

林羌不让他抽，自己却从他车里把烟盒拿来，靠在车头，捂着火，点着一根。一手夹烟，另一手托着这只手手肘，看着路尽头的国道，不时有车辆经过。

抽完了，林羌把脸扭回来："我有点不明白，大哥这是跟我玩欲擒故纵呢？让我滚，再巴巴管我的事。"

靳凡拿出手机，当着她面，把她转给他的钱转回去，再删除微信，看向她死盯着他的眼："戈彦那边的人不会找你了，这些钱也给你，你的麻烦也给你解决了。"

"听不懂。"

靳凡捏住她脸，把她拽到跟前，低头看她："意思就是，拿上钱，滚蛋。"

林羌被迫看着他狠厉的眼，疑云凝聚在脑海。

虽然他平时也让她滚，但那些时候的态度都很模糊，这次像是打定主意，尤其把钱也转了回来。

他知道他们家给她加钱了？那应该也像往常一样发火动手吧？怎么又给她出头又给她转钱？

他在诈她？但也确实把钱转了回来……

他是人之将死做起好事了？有可能吗？

她盯了他许久，突然搂住他的腰："我不要。"

靳凡任她搂着，眼却无情："本来也只是一桩买卖，现在活儿不让你干了，钱照给，你有什么不满？"

林羌搂得更紧，听他的心："我说我不要钱。"

“今天没心情看你演。”靳凡无力地说道。

林羌松开他，仰起头，数秒，再搂上去，亲吻他的喉结。

靳凡看着林羌漂亮的脸蛋：“你这么肆无忌惮是因为你知道我有心病，不能像一个正常男人那样。”

林羌的心猛地一跳。

确实，她就是这么想的。

靳凡拉着她的手摸到心脏的位置，让她摸好了，头微微歪，很浑蛋地说：“你以为我会因为这种事把病治好了，你钱也拿得心安。”

他把她看透了。

林羌不敢动了，接下来发生的一切证明：她确实判断错了。

你来我往，欢愉从车窗的缝隙逃窜出去，盈了一天一地。

早上的霾渐散，太阳缓慢升至头顶，这辆越野车不知不觉停在封闭道路一整个上午。

靳凡拿林羌大衣给她盖上，换到驾驶座，把车开到她家楼下，打开后车门，用大衣把她裹好，抱起来，上楼。

放她到沙发上，靳凡站起来，背过身点了一根烟，转过头俯视她说：“你不是有职业道德吗？让你白拿钱你不愿意，现在给你理由。”

林羌很累，身子也痛，抿着唇，看都不看他。

“再凑上来，我就当你是送上门的了。”

林羌伸手抓起酒瓶子丢向他：“伪造病历是吧？你有心脏病？你这身体是有心脏病？别让我知道你具体什么情况！”

靳凡接住酒瓶，什么也没说，把烟抽完掐灭，走了。行至门口，他停住脚，却没回头：“再见，林羌。”

靳凡走了。

门慢慢擦动，像鸭子一样发出难听的嘎嘎响，直到咔嗒一声锁死。林羌脸上的怒意烟消云散。

她并不生气，她也没费力气，只是很疑惑他怎么突然来这一出。昨晚他去哪儿了？发生了什么事？活儿真不用干了？

她拿起手机，正好杨柳给她打来电话。

接通后，杨柳说：“宝，买卖不做了，钱你也不用退了。”

“怎么了？”

“我也不知道，就中午靳叔叔给我打电话，说他们想别的辙，不用你去做什么了。”杨柳比林羌还犯迷糊，“这买卖不做了我能理解，但为什么不退钱我真没想通啊。虽然我也这么期望，但他们掏钱的居然先说了……”

林羌把电话挂了。

房间很静，呼吸可闻，唯一在动的，除了林羌的眼睫毛，就是鱼缸里那只小王八。她在市场买菜时鬼使神差买的，她以为过两天就死了，谁知俩月过去了它还活着。

命这东西挺脆弱的，但有时候也挺顽强的吧？

活儿不用干了，钱也不用还，这可能是这些年里最好的消息了。管他为什么，他们为什么，他活不活，他们又活不活，反正她可以活了，终于有钱续命了。

可是，为什么呢？

靳凡把车开到一片麦地，定位为农业区的省份稍微往偏处走走就能看到庄稼地，挺穷的地方，但人都憨厚，叫他第一次觉得“穷山恶水出刁民”这话以穷为恶失之偏颇。

他坐在车里，望着这一片灰绿色麦浪。只是晃个神，一道斜阳把黄昏带到这片土地上。

他根本找不到完美的理由来解释他为什么跟林羌发生了关系。话说死了，钱给她了，那场欢愉是为了什么？

也许他也有点私心，也许他说她那些“滚”里，藏匿着几句谎言。

也许……随便了。

电话声在这时响起，他接通就听仲川说：“他们来了。”

林羌一觉睡到下午，醒来时身上还有撕裂的痛感。她倒了杯水，拿起手机，看到一条来自陌生号码的短信。

不想也知道是简宋。

果不其然——

“我在门口。”

短信是三个小时前发的，她端着水杯，未抱期待地打开门，顿时微怔。他竟然还在门口。

简宋听到门响转过身来。站了三个小时，他倒没有一丝倦意，西装革履仿佛已经镌刻进骨骼脉络。

林羌握着杯把的手不由得收紧，拇指指甲在杯口划开了一道弧线。

简宋落在林羌身上的眼神向来如春水潺湲，声音也轻缓：“给你两个小时打扮自己，够了吗？我们先见何教授。”

林羌转身走回房间。

简宋站在门外，看着她的背影。

林羌放下水杯，没有回一下头："医闹麻烦解决了，不用律师了。我也知道自己什么病，准备好治疗了。"

简宋没忍住，走上前："那我们……"

他们都知道，这里没有"他们"，只能是"他"和"她"了。

林羌沉默片刻后，还是回头，看向简宋的眼神如同她的血液般缺失温度："你别再爱我了。"

简宋头向左倒，有些无能为力的苦恼。他说："那我怎么活呢？"

林羌的眉短促地朝中间聚拢一下，快步走过去推他，把他关在了门外边。

她从来不会为自己的决定后悔，也向来坦荡，可刚才那一刻，她迫切地把他推出门，怕极了聪明的他看出什么端倪。但门一关上，她忽然想问自己，她能露出什么马脚呢？

头疼。

她刚摁住额头，曹茳打来电话。医院的电话她都接得快："曹姐。"

曹茳不是要跟她说工作上的事："林医生，我听小刘他们说，早上有几个年轻人开车来接你？"

"什么事？"林羌稍微不耐烦。

"我不是八卦，我老公说派出所把那个车行的人拘留了。现在还没往外边透露，很多人都不知道，我听说是你认识的人，就想着知会你一声。"

车行的人。

林羌刚放松的双眉又渐渐蹙起。

挂断电话，林羌转身靠在角几。门外没有声音了，但以她对简宋的了解，他不会走。可以不找律师，但一定要带她看病。

她把手拄在角几边沿，曹茳的话回到脑海。

车行小痞子进了局子，为什么？

她没想通，也没多想，反正买卖结束了钱到手了，那么对靳凡及与他相关的一切就不用再赔笑脸、扮知心人了。

至于靳凡为什么突然改了赶她走的路子，她也不想知道了。随便吧，办事的目的是钱，不是考察她服务目标的行为是否合理。

她站了会儿，又去次卧烧了炷香。

次卧采光不好，窗户年久不清，入目厚厚一层碳酸钙。她懒得洗，只剩下中间一小块干净地能让光照进来，烟和尘在那道光里苟存。

她搬了把椅子坐下，理都不理那一对夫妻，只给林捷看了一眼靳凡的转账消息："你觉得我救不了他们，救不了你，说是医生，其实跟废物没区别。但就算你找来最一流的医生，治不了的病也治不了。"

林羌的弟弟叫林捷，早年氰化钾中毒，抢救成功却落下了后遗症，流连病榻多年，直至二次中毒，死于呼吸麻痹。

他怨恨林羌作为医生，却救不了他，却不怨恨发了疯给他下毒的亲妈。

当然不怨，亲妈下完毒，搂着他痛哭流涕，说她身不由己，而亲姐在外面死都不愿回。十五岁是除了爱就是恨的年纪，他精神被控制，哪还能想通他亲姐才是家里唯一的正常人？

为什么林羌死都不愿回家？因为她也被下过毒。

氰化钾中毒导致的帕金森综合征几乎把持了她整个青春期。服药可以控制病情，但有副作用，长期服用后也容易失去效用。近年她就开始频繁震颤，偶尔步态异常，出现认知障碍。做了几次全身检查也都不太乐观，她就想做手术。

但她没钱。

这些年的收入都在各种助学贷款的到期日被划走了，她原本计划到二甲医院混吃等死，边干边想辙搞钱，然后把手术做了，续个几年命。天可怜见，杨柳突然出现，给了她一个赚钱的机会。

她现在有钱了，够做手术了，还能买车买房，改善生活。哪怕手术预后不佳，这么好过的日子，能过十年也不错。

她又对林捷说："咱俩都中过毒，都被她举高了摔过，都溺过水，我能活到今天，你不能，原因就是你相信她对你的控制是出于爱，在我还有良心要带你走时，你不愿意。

"她有什么爱？她只爱男人，就算她男人出轨成瘾又家暴，她也只爱他，把你摔死了，男人能回来看她一眼，摔死你又怎么了？"

林羌说完，眼睑垂下来，声音也渐渐平和，改口，也像是对自己说："怪你干什么，你才几岁？"

她站起来，扣放她爸妈的遗照，只留着林捷的，伸手摩挲了一下他浓密的眉："看好我是怎么活下去的，下辈子记得长记性。"

她从次卧出来去洗了澡。洗完天见黑了，突然有人敲门，说是外卖。她放下吹风机，打开门，确实是外卖，订的是她喜欢的千层蛋糕。

她接过来，关门，把蛋糕放在桌上，坐到沙发里，麻木地看着。

只有简宋知道她喜欢吃什么。

她坐了一会儿，穿好衣服下了楼。

一如她想，简宋的车还在楼下。她上了车，关上车门，也不看驾驶座的简宋，只是漠然平视前方。

简宋也没说话，把她手拉过去，用双手包住，掌心摩挲，试图把温度渡给她一些。

林羌没抽回手，让他握了一下。

她从小手脚凉，简宋是第一个关注到这点并在意的人。

在那时候，他也是唯一的一个。

初见简宋，她以为他条件这么好还没对象，肯定是玩咖，尤其医院里就有不少优质的单身女同事喜欢他，动不动仰慕他多年。要不是他给过那些人暗示，就这年头，怎么会有人一直吊在一棵树上？

她忍不住观察了一阵，简宋确实迷人，好像能理解同事了，就有了后来追求他的事。

他开始很烦恼，看到她就皱眉，别人拿他们起哄他也摆手不让闹。本以为他嫌弃，谁知他说这么闹对她不好。

林羌没见过这样的大好人，想知道他父母何许人也，怎么能养出来找不到瑕疵的孩子。

后面她围追堵截时就加了个借口，想拜访一下他的父母。

那段时间，她张口闭口教授好，要不蹲在他车前装小狗狗，要不端着一盘菜说自己穷得吃不起肉。反正只要能赖上教授，在他车里补个觉，她就会摇尾巴。

终于，简宋在一天问她，要不要跟他父母一起吃个饭。

她傻了眼，愣半天才明白过来，她得手了。

她跟简宋谈的是神仙恋爱，好像从小到大没感受到的温暖都通过他的手补了回来。那样会让人沉溺的关怀，让她这座被雾笼罩的山第一次露出山脊，第一次开出花。

如果不是病情加重，她无比清晰地知道她接下来要面对什么，她不会舍得离开简宋的。

谁能离开他呢？

只是在这段感情中她一直索取，不能再给他埋这么大个雷，那他不是倒了八辈子血霉吗？

所以她离开了阜定，也提了分手。

现在她有钱做手术了，还能给自己准备一份可观的嫁妆，却也不会再跟他和好了。

她不能让他承受亲眼看她发病，再在多年后看她离去的痛。

这世界上简宋对她最好，她要下地狱，只会自己下，绝不拖着他。

简宋伸手摸了摸她的脸：“我不想听你说，你最近不爱说实话。”

林羌回神，扭过头，显得冷漠：“我大概还有十年可活。”

简宋抚摸林羌的动作倏然停滞。

“这还是最好的情况。”林羌说，“不要跟我说你愿意立马娶我，然后带我治病，还不离不弃。我不愿意。”

简宋抬起头来，看向她，眼波全是碎片，载着厚重的心事，一下撞疼了她，她差点没勇气再跟他对视了。

她把手抽回来：“看着你辛苦，我也辛苦，我不觉得那会是一种良性的感情。你就当我是块不识好歹的贱骨头，受不了人对我太好，让我滚出你的生活。”

简宋又去拉她的手：“不就是心疼我，不想让我承受太多？”

林羌神情微动，无情地抽回手，下车走了。

走到楼门的阴影中，她停下来，久久未动。

昨晚上下了一半的雪又复了工，不大，不汹涌。一片雪花要飘上半天才落下来，一沾到地面就消失不见。但对林羌轻薄的背影来说，就格外应景。

她知道瞒不了简宋，但是这些话非说不可。

以简宋的为人，他接下来就会考虑他无微不至的照顾一定会带给她精神压力，使她更愧疚。

他在意她，所以他会稍微远离，改为在暗处关注她。

对林羌来说，只要他回去好好生活就够了，让他不再爱她，太难办到了。他又不是她这种人，生来情浅。

北关派出所询问室。

长会议桌前，小脏辫几人歪七扭八地坐着，跷着二郎腿玩手机，抠指甲，摆弄口罩的挂耳绳，对这个严肃的地方一点不严肃。

治安队长范森把笔录本往桌上一拍：“瞅瞅你们那样！打架斗殴，威胁人身，给侯勇弄一轻伤二级，还非法飙车，连环车祸都搞出来了！”

“我当是什么事，都多长时间了？车祸受伤的都出院了，您才开始管？怎么，通知刚下来？”脱索问。

“谁的通知啊？”蒜头很好奇。

小脏辫抖着腿：“别说屁话了，范森大哥，我就想知道谁把你那条脊梁骨捋直了？原先你看见我们老直不起腰，我以为有什么麻痹症呢。”

蒜头笑着接了一句：“你要是有需要，我们可以给你介绍医生。”

小莺搔耳朵："有事就说，别摆架子。"

这时刑警队长走了进来。

范森看了他一眼，他偏头跟几个警员对视。警员会意，转身锁门，拉上了窗帘。

脱索是几人里最机敏的，感觉不对，挺直了腰，刚要提醒同伴，两个队长和警员已经挥拳过来，以身体素质优势把他们摁在地上一顿揍。

前几秒他们没搞清状况，挨了几下，后面反应过来，翻身跟他们厮打在一起。

询问室内顿时混乱，骂骂咧咧，叮当咣啷，椅子都干废了两把。

最后车行小浑蛋被摁在地上，起都起不来。

范森一口唾沫把嘴里的血吐出去，喘着粗气把椅子腿扔到桌上，给他们几个的狼狈样拍了几张照片，把手机扔给刑警大队队长刘广杰："给靳凡打电话。"

小脏辫听见这句，顾不上一脸伤，咬着牙要起来："你们冲我老大来的，是吧？"

刘广杰走过去，蹲下来，薅起他那头脏辫，逼他抬头："混出感情来了？怎么，知道老四当时要卖车行，最后却被靳凡拦下来了？"

小脏辫僵住，其余几人也开始躁动。

"没用，告诉你。你怎么供着他，他都得走，他就不是这儿的人。"刘广杰啪啪两巴掌拍在小脏辫脸上，"考虑一下改供你老爹吧！不过我实话实说，以我们现在的执法权力，你老爹来也没用！"

小脏辫咬牙抿嘴瞪着眼，想吃了他似的。

刘广杰站起来，打开门，走到一边，点根烟，发照片之前先给靳凡打了电话。

电话接通得快，他也痛快："老弟，得到信儿了吧？把你几个小兄弟请来坐了坐。"

靳凡此刻正在车行他那间破办公室里，坐着那把破椅子，脚跷在那张破桌子上，闭着眼听刘广杰废话。

仲川站在桌子另一边，背对着靳凡，靠在桌沿，抛火机玩儿。

刘广杰得不到回应，也不恼。他刚把那几个小痞子打了一顿，打得通体舒畅，现在特别有耐心地说："几个孩子的问题关一晚上，批评教育就行。说完公事，说点私事，能不能卖个面子去一趟柏泉饭店1213号房？"

"撕票吧。"

刘广杰皱起眉："什么？"

“你还兼职绑架？我能让你如愿吗？你撕票吧。”

仲川听见这话，“噗”一声笑出来，真够损的。

刘广杰的语气变了，突然变得敢怒不敢言：“你想怎么样？”

“把人毫发无损送回来，我再考虑。注意，少一根头发，都不叫毫发无损。”靳凡睁开眼。

刘广杰不吭声。

“不会是掉了吧？那得养养了，把那根头发养回去再来聊吧。”

刘广杰的槽牙吱吱响。

靳凡在癸县横行那么久，惹上事儿总有理由逃脱，好不容易有人点名找他。刘广杰以为他得罪了谁，趁机动了那几个小子，想着借势给他个下马威，结果反被他威胁了。

现在跟那边交代的任务拧住了，他不能不低下头：“是这样的，有点小误会，晚点，晚点我把他们几个送过去。你先过去，行不行？”

靳凡挂了电话。

仲川转过身来，双手撑在桌面上，抬头看向他：“你要去吗？”

靳凡可不着急：“等他们把人送回来，再说。”

仲川点头，“等他们回来，让我媳妇炖肉哄一哄。”

靳凡捏着手机，什么话都没说。

仲川坐在桌上，扭着上半身，面朝他：“话说回来，要是刘广杰跟他们说了这事儿，他们觉得这是你的软肋，不仅不放人了，还拿这几个小浑蛋威胁你，怎么办？”

“我说了撕票。”

仲川了解。

这就表达了他们不是他的软肋，不用在他们身上动心思。

“还有个事儿。”仲川又想起一件事，“你昨晚上回家了？”他知道昨天是戈彦生日。靳凡还搞了身西服，怎么看怎么像是回去了，只不过应该不是去给戈彦庆祝。

“是去了她家，不是回家。”靳凡说。

仲川听到这句，扯了扯嘴角：“是，她家。”后面不问了，识相地走了。

靳凡闭上眼。

昨天三个多小时飞机，他到达稳州，燕赵山的山顶别墅。

戈彦就住在那里。

她都退休了，生日还能办那么大，设在隐蔽的地方，还有里三层、外三层的保安。他忍着恶心，以她儿子之名进门，却没忍到底，在晚宴前掀了桌子翻了脸。

只不过戈彦早知道他没安好心，餐桌摆在三楼正厅，而宾客都在楼下，所以他的一番狂妄只发挥在戈彦和她现任老公眼里。

他也没想大闹，他有他的目的。

戈彦顶着那张僵硬得早没了表情的脸："你快要把我对你的耐性磨完了。"

靳凡拿着沉甸甸的纯金筷子，一根接一根使劲摔在古董盘子上，啪啪砸碎了好几个。

戈彦什么大风大浪没见过，这点动静根本吓不住她，坐得稳如山。

靳凡眼神从桌上的酌金馔玉移动到书画馥郁的厅堂，四面墙上名家名作挂得满当，再回到戈彦那张令人作呕的脸上，多余说了一句废话："你别再让那个姓林的说服我去治病。"

戈彦闻言拍了桌子："你这是什么态度？我也警告你别老作死，你以为你横行霸道还没人管是你有能耐？是你妈打了招呼！"

"你是为我吗？你是怕我死了。"靳凡都要懒得拆穿她了，"我也告诉你，我已经退伍了，死了你那条攀高枝的心！"

戈彦气得脸颊粉白，双眼圆瞪，出狱后专门修炼的从容在当晚首次迎来崩盘。

她总是很从容的，也擅长应对各种人，但靳凡总是出乎她的意料。

靳凡发泄完，最后再警告一遍："我不想再看见那女的。"

他说完离开，戈彦现任那姓靳的的电话立刻追来。不同于戈彦那副死到临头还嘴硬的态度，这个老头温声软语，只劝他别冲动，还承诺他不会再雇用林羌，希望他能保重身体，也别明目张胆地在法律边缘试探。

最后他替戈彦说了一番好话，扯了半天一个母亲的隐忍伟大。

靳凡不知道戈彦给这老头下了什么药，却也无所谓，他只在乎他的目的达成了——老头是会办事的，无论戈彦为什么想找司令员，只要他态度强硬，老头就会为了稳住他而更改计划。这老头一贯行事体面，跟林羌结束合作时一定不会让她退钱。

他再把她转给他的那些钱退回，那她不仅可以做手术，还可以让未来的日子更舒坦一点。

第一次见面，因为她身手不凡，他就搜罗来她的简历，想知道是谁。看到她曾参与法亚大撤离，他是有点意外的，就托关系找寻她更多信息。

也许就是因为这点意外，他不愿意把她拉进他的是非，就一直强硬待她，但好像就因为他强硬，她更有瘾了。

你来我往的游戏玩了一段时间，他几乎忘了他是谁，直到昨晚，消息传来，原来她不是震颤症，是中毒性帕金森综合征。

她急着要钱，大概是因为病变？或者是病情严重了。

他不懂，但这点信息也足够了，够他推开她。

他命悬一线，还有很多事没做，实在没多少精力能浪费在她的身上，而她也一样。

既是钱的事，就把钱给她，她省了虚情假意地演戏，他也不用再看蹩脚的演技。

捋了一遍这些事，靳凡睁开眼，把双肘缓慢搭上桌面，忽然想起跟林羌那一场欢愉。

他原本想她治好病，跟她前男友双宿双飞，换言之，他难得想做个人，结果高估了自己的人品，跟她发生了关系，就好像他不愿让她跟那男的双宿双飞。

只是即便如此，也得算了。

他一身残破，实在要不起。

林羌休息了，晚上不上班，看了会儿书就十一点了。她走到窗边，看窗外的雪。

以后她就买一座大房子，要装落地窗，窗前摆一个假火的小火炉，再搭一个鸟笼秋千。她躺在上边，看着外头的雪下个不停。

这是她最喜欢的生活了，有这样的生活不用过十年，两年也知足。

或许还可以养只狗，多好。

一阵铃声把她拉回现实中，她找了半天手机，才发现是门铃。之前外卖小哥一直敲门，她都要忘了她家是有门铃的。

她去开了门，又是别人给她点的外卖。

小哥把外卖递给她时不小心掉了单子，立刻弯腰捡，再起身，她已经关了门。他也就没坚持给她，走了。

林羌吃过了，就把外卖原封不动放在了餐桌上。走开还没两步，她突然好奇是什么吃的，又折回去，解开塑料袋，牛舌饼和热牛奶骤然闯进眼帘。

靳凡？

她转身走向门口，打开门，一股强冷风吹得她摇晃。

哦，不是他。

林羌被冷风突袭，眼睛应激流泪，一把头发张牙舞爪，却还是站足半分钟才关门。

她不知道为什么罚那一会儿站，好像就是忘了回神。

站在玄关，看着桌上那袋外卖，可能窗户没关好，风雪进门，吹得袋子的拎手簌簌响。

她收回眼，拿了瓶啤酒，开盖，转身靠在柜前，喝了小半瓶。

以前她做过选择，咖啡、酒、烟和命，她会选哪个。

她这人挺惜命的，以为她能为了多活几天把这些东西戒了，后来发现这些也许才是救命的东西。

手机响了，是短信。她没理，等喝完酒，把酒瓶扔进垃圾桶，才拿起手机，简宋发来了很长一段话——

林羌，你当然可以选择独自承受，但我也有做选择的机会。我可以依你，先回延州，但你别想替我做决定。未来这段时间，我只愿你别破罐子破摔，不止十年的事儿，我可以做到。你不是说过，简医生全知全能、神通广大，怎么这时候不信我了？

我曾教给你，作为医生，要学会麻木，太重感情会让自己很疲惫。我们手里来去的生命不计其数，要投入精力，而不投入感情。我一直为让自己更专业而更麻木，可我并不能冷静地分析你的病情。

因为你不是我的病人，是我想花很久很久时间去照顾的人。

到我们这个年龄，爱这个字眼显得腻，我也说不出口，表忠心畅想未来更不擅长。我只能告诉你，简宋为人很较劲，从小时候抓阄抓到听诊器到现在，从未想过转行。别的选择也一样。

林羌看完，迟迟没点删除键。

把简宋推出去，可能这辈子都遇不到像他这样待她的人了，可人不能吃了吐，仰卧起坐算什么？

她轻轻闭上眼，删了。

再睁开眼，她踢掉拖鞋，侧躺到沙发上，目视着前方失了神。

几个小崽子被扣在了派出所，车行冷清了。靳凡从收到配件快递干到调试安装，焊接、电钻的声音断断续续的，在空荡的环境好像壮大了一倍，中间几度引起他耳鸣。

仲川是后半夜回来的，刚送他在厂里打工的女朋友回宿舍。

铁门刺啦一声，仲川攥着一把烧烤和几罐子啤酒进门：“刘广杰明儿就把他们送回来了。”

仲川说着，冲着靳凡的方向举了下手里的串儿，然后放到长桌上，回头叫人："先吃点再忙活呗。"

靳凡没应声，做了收尾才放下工具，到桌前拿了啤酒。

仲川从他手里夺过来，给了他一瓶豆奶："别喝酒了吧，你这身子骨遭不住。"

靳凡又拿起一瓶，抠开拉环。

仲川拿他没辙，呼气，伸手拉来椅子，坐下，打开腿，斜靠椅背，喝了酒，说："我看你抽屉没关好，药少了一半，是不是又犯了？"

靳凡闭上眼。

"咱俩像以前一样说会儿话。"仲川没等靳凡答应，已经感慨上了，"从前我不是你带的兵，离你八竿子远，但你从稳州出来我就跟你一块儿干。后来你的事也知道了七八成，咱俩一起吃肉，一起挨打，我真以为这是亲兄弟的标志。但你来到癸县，管这车行的闲事，哄着一帮小孩儿过家家，我就不太懂你了。"

仲川猛喝一口酒："原先你从容平和，现在别说他们，我都经常被你的脸色吓得不敢说话。咱俩好像从兄弟变成一种上下级的关系了。"

他把喝完的易拉罐用力一捏，照着门一扔，发出哐当一声："我今天借着酒劲说几句。你突然跟戈彦水火不容，又是烧她的车库，又是破她的财路，我可以不问。离开部队多年以后开始跟那一位对着干，我也可以不问。我想知道，撇开这两件事，是不是有别的原因？"

"那一位"就是让刑警队长刘广杰约靳凡去柏泉饭店 1213 号房的人。

他说完停顿了一下，扭头看靳凡，手拄着大腿，探着脖子："是……你的身体不行了吗？"他双眼发涩，"是活不到之前预期的时间了？性情大变是不是这破心脏导致的？还是你想让我们只记住你的不好？以后出……什么事，我们不至于太难过？"

靳凡放下啤酒："你想多了。"

仲川不问了。

他这么封闭自己，还怎么问？

再耿耿于怀他越发凶的脸色，除了梗着又有什么解决办法？

已经这样相处这么久了，就这样处呗，干吗突然要问清楚？

问清楚也给他解决不了，不是吗？装什么？

仲川抓起一把串，报复性地往嘴里填，好像胃满了，那些疑问就能从心里被挤出去一样。

靳凡喝完啤酒，拿上手机和外套，出了门，沿着这条暗道，走到光透进来的地方。

他站在路边的老树旁，点了一根烟。

抽到一半，忽然有种溺水的感觉，下意识认为是心脏的问题，又发现不是，那可能是情绪。

本来只要在装了起搏器后谨遵医嘱，就能活得挺好，稳到大几年不成问题。这两年他开始折腾，以致最后一次拿到诊断单，医生说他可能随时猝死，预期存活率就是泡影了。

仲川以为他是因为病情恶化，开始不管不顾。

其实是不管不顾，导致病情恶化。

说白了，他就是活腻歪了，不想活了。只是这样的话跟仲川说，比身不由己这种理由更令人不解，还让人心疼，他不想解释更多，就不想说。

他把烟掐了，伸手拦了一辆出租车。

上了车，司机问："去哪儿？"

他才发现他没目的地，想要下车，司机又问："去哪儿啊？"

他的手最终没伸出去："城东芙蓉园，二期。"

司机开车上路，夜里畅通无阻。快要抵达时，他改了地址："首开十三号楼。"

司机从车内后视镜看了他一眼，点了下头："好。"

早上九点，刘广杰穿着件皮夹克，戴着顶棒球帽，租了辆商务车，把小脏辫他们几人送回了车行。

仲川喝了半宿酒，没完全醒，眼皮发沉，脸也肿得厉害，双眼成了两条缝，捏着脖子看向他们。

几个小崽子鼻青脸肿，刘广杰走在最后，垂着脑袋，很心虚。

仲川捏捏眉心，歪着头看走在最后边的刘广杰："哟，刘队，你亲自送过来，那多不合适啊。"

刘广杰抬头时，一脸假笑，汗顺着褶子流下来，滴在衣领："也没什么事，就送他们一趟，麻烦你跟靳凡说一声，都是误会。"

小脏辫他们憋了一肚子火，酝酿了一路。

刘广杰这副丑恶嘴脸刚发挥到三成，他们就忍不下去了，转身扫腿把他踢得摔个跟头，骂着街挥拳头，上脚一顿猛踩。

仲川冷眼旁观了一会儿，上前制止了："行了，多大了还过家家。"

蒜头啐口唾沫在刘广杰脸上："你下回再把屎蹭到我们身上，我们就好好给你洗洗那张喷粪的嘴！"

“滚！”公主切最后骂。

刘广杰爬起来，双脚打轮，溜得甭提多快了。

可是发泄完的几个小朋友也没因出了一口气就开心起来，跟平常有块糖就嘻嘻哈哈乐半天的样子相差甚远。

仲川到旁边的洗手池洗了把脸，边擦边走到几个蔫头耷脑的小崽子跟前：“挨打是委屈，那不是让你们玩儿去吗？还不会狠狠宰他们一笔啊！”

没人理他。

仲川拍拍小脏辫的肩膀：“行了，他们要是再犯到咱头上，到时候咱的主场，还怕不能把损失都讨回来啊？”

许久，脱索抬头，看着仲川：“他们把我们送回来是不是因为老大答应了他们什么？当时四哥要卖车行，是不是老大拦下来的，又尽心尽力管到现在？为什么这件事你跟老大从没提及？”

仲川被问住了，哪怕他们有时候挺机灵的，他也忍不住拿他们当小孩儿。他慢慢就忘了，别说他们不小了，就算是，小孩儿也是会长大的。

他放下毛巾：“你们一天到晚没个正形，老四多大了，有家有业的能天天陪你们玩？也别幻想靳凡是个老好人，口头严厉，其实对你们很负责这种电视剧情节。我们来这边是偶然，只有鼓捣车的本事，想混口饭吃只能上修理厂。修理厂不比你们这种改装店滋润，所以来横的，占了你们的地盘。老四被踢出局，也就没资格再买卖车行了。懂了吗？”

仲川选择实话实说，也是不让他们对靳凡投入太多感情。

他也猜不透靳凡了，怕他们对靳凡的感情越深，遭受的打击就越大；也怕他们不理解靳凡，从而伤害靳凡，他是不会允许这种事发生的。

几人互相对视，小脏辫还有问题：“老大带我们玩儿，飙车赛马打架斗殴，其实是想引起谁的注意，对吗？”

“对。”

小脏辫点点头：“我们被刘广杰他们逮了，成了别人跟他谈判的条件，对吗？就是说，如果不是因为他，我们也不会被逮了。”

仲川没想到他这么理解：“但没他，你们也不会今天才被逮。别说我们带你们玩儿，我们来之前你们也每天作死，保你们可不轻松。”

“好。”小脏辫抓起车钥匙，带着一阵风，重重摔门走了。

小莺不知道说什么，跟着他走了。

仲川突然觉得自己的话说重了。

蒜头这时说：“别担心了，川哥，他分得清是非。老大对我们做什么我们都不怪，你说得对，我们这种热爱作死的人，要不是老大护着，早死八百回了。我们只是……”

脱索接上：“我们只是觉得我们没用，什么都不知道，也什么忙都帮不上。但凡警惕性高一点，就能有防备，不至于被逮到，让他们拿我们威胁老大。”

“川哥，我相信你说的是真的，你们来癸县是有事办，我们猜不出来是什么，但知道你们没利用我们。我们是愣头青，一身毛病，可能什么时候变天看不出来，但谁对我们好我们门儿清。”公主切坐下来，抠着指甲，“可是从昨天起我们知道，这种好是限时的。”

蒜头托住下巴，不看仲川：“你们迟早有一天办完事，迟早有一天不再管我们了。”

仲川本来就头疼，现在更疼了。

实话实说也没用，他们太单纯，早就投入感情了。

林羌是晚班，中午才醒，是被饿醒的。

她打开冰箱，除了面包就是黄瓜，最后将视线停在昨晚的外卖上，虽然冷透了，但热热还能吃。

可当她走过去，都撑开了袋子，还是没动，又叫了份拉面。

半个小时，外卖送达，林羌看外卖员还是昨晚那小哥，就问了下昨天那个订单的详情。外卖员边想边说：“哦，联系人是羊羊，地址芙蓉园二期五号楼60……”

林羌知道了：“谢谢。”

“不客气。”

原来还是简宋。

简宋安装的所有的消费软件，默认联系人都是羊羊，她设置的。她曾跟他说，她很讨厌别人叫她小名，但简教授叫，她就很喜欢。

返回餐桌，她把拉面放上桌，再看那份外卖。

昨天没注意，这杯奶确实不是她常喝的那家的。大概是简宋的眼线只告诉他牛舌饼在哪里买，忽略她喝牛奶也只喝一家，只有那家的奶她不会恶心。

她坐下来，掀开拉面的塑料盖，汤面都合一了。她劈开筷子，拌匀吃了一大口，一口接着一口。

她吃得太急，嚼也不嚼，刚吃一半，突然反胃，匆忙放下筷子，跑去卫生间，扒住马桶圈狂吐。吐得脸通红，胃都要呕出来，这阵恶心才淡去。

她用手撑着地，转过身，靠着马桶，就地坐下。

外卖是简宋买的，这不很正常，也值得她心不在焉。

她闭上眼。

虽然这阵心烦意乱很离谱，但她也没苛责自己。现在要紧的是请下星期的假，去三院神经内科找李擎主任确定治疗方案。

小脏辫他们回来也不见人，车行的灯又憋了几个，气氛阴森诡异，一连几天都像坟场。

刘广杰把人都送回来了，见靳凡却没履行答应的事，免不了要打电话催促一番。

仲川这两天泡在车行，就总能看到靳凡摁掉他的电话。

靳凡白天在楼上睡觉，晚上改那几个单子。以前那群小崽子都愿意忙活，他还能教他们，他在旁边看。

现在他们一个个闹气，正好他也不愿费口舌，自己干了，一了百了。

仲川帮他干了一些，闲下来时点外卖，在肘子和烤鸭之间选了半天，最后点了麻辣香锅。

靳凡光着膀子干活儿，肌肉夺目，脸又俊俏，仲川看不了一会儿手机就瞥一眼。靳凡还没烦，他先烦了："哥你能穿件衣服吗？看得我嫉妒。"

靳凡没回头："你怎么还不走？"

"那不是我不知道他们会不会绷不住劲，过来找你吗？我现在是不信这些人能依法办事了，咱们俩总比你一个人强。"

"操那没用的心。"靳凡转过身来，"我叫了俩女的。"

他含含糊糊，仲川也没多想，还挑眉，不敢相信："不吃素了？"

靳凡把手腕上的白布条一圈一圈拆下来，又故意道："及时行乐。"

仲川对这种话题来劲，笑得猥琐："他们那会儿闹那女的，起哄叫大嫂，我以为你假戏真做了，忘了她是戈彦找来的。看来是我想多了，你哪能看上那女特务？"

靳凡把白布条甩过去："没事滚蛋。"

仲川被抽了脸，当下见红，又不知道哪句惹得他动怒，不敢说了，外卖也不吃了，丢下句"那我撤了"，匆匆走了。

靳凡靠在桌前，久久未动，嘴上的口子都结痂了，抿一下既不会感觉有异物，也没痛感，伸手摸唇，也只能摸到一下午没喝水造成的唇干脱皮。

肩膀上的伤还在，但昨天被铁片割到，新伤叠了旧伤，口子已经不是原先的形状了。

这些痕迹的消失，就好像那女的没咬过他，没缠过他。

这不是皆大欢喜吗？他究竟在不满意什么？

他懒得想，清除杂念，转身上了楼，等他的客人登门。

林羌刚进入心脏内科二病区，不久前才轮转到他们科室的基层医院定向培养生——他们私下也被称为“住院总”——告诉她一个病人消息：一个老头因为要给他先天性肾病的儿子凑钱去延州做换肾手术，到街上碰瓷，结果人家有行车记录。

他碰瓷不成，气急败坏，抓起石头要打人。人家正当防卫，打瞎了他一只眼，最后他就被派出所带走了。

林羌问：“有肾源了？”

“没有，这老头让人给骗了。”

林羌不问了。

住院总给她看照片：“就是这老头，他儿子现在还不知道，每天躺在病床上，无悲无喜的，谁都不忍心告诉他。”

林羌视线落在那个干巴的老头身上，是前段时间在电梯前递给她纸巾的那个人。

她记得，他说他不闹，能不能给他娃娃做手术。

“这小孩儿还不大呢，都说是这老头的老来子，没见孩子妈来过。这老头说他妈给人家当护工，在别人家病床前忙，只有到延州做透析的时候才请个假。”住院总又说，“上午小孩儿颈动脉搏动减弱，动脉血氧含量低，曹姐去看了，给他做了床旁超声心动图，具体的交班时会跟你说。”

他们这边还说着话，护士台那边已传来喊声，CCU 的一位病人的医嘱出了岔子，护士正严厉提示下医嘱的医生。

住院总呼口气：“最近医院公众号的文章发多了，这一看，好家伙！不仅有各路专家到咱医院出诊，咱们还成功挑战高难度手术，突然预约支架手术的真不少，现在俩病区找不出来一张空床，ICU 都住满了！谁再轻飘飘地跟我们要床，我真会戗回去！”

两人说完话，交了班，林羌看了几个病人，回到电脑前写起病历。

九点时，她又去看了看那个患有尿毒症的男孩儿。

男孩儿靠在床上发呆，看到林羌也没反应。这间病房里有三张床，家属租的折叠床还铺在过道。其他病人和家属都休息了，可能还没睡，但都不愿再说话和活动了。

林羌从病房出来到护士台前，站着写病程记录。护士刚签了两张陪护证，顺便拿了咖啡上来，递给林羌一杯。

“谢谢。”林羌抬了下头，没停笔。

“客气。”护士瞥了一眼不远处的病房，“自从孩子他爸进了派出所，芳姐就开始为她这病人提心吊胆。这家人真够艰难的。”

芳姐是肾内科 27 床到 29 床的责任护士。

林羌写完，盖上笔帽，端起咖啡，转身靠在护士台，没说话。

护士歪着头看林羌：“羌姐，你是怎么做到在所有事情面前都不暴露情绪的？”

林羌喝了口咖啡：“以前有人教我，治病能力更重要，而不是共情能力。”

护士竖起大拇指：“道理都懂，做到太难。”

林羌也笑了下，举了下咖啡：“咖啡，谢了。”下了楼，她刚返回工位，身后传来声音，扭头看到竟然是那个男孩儿。

她没问他怎么从肾内病区到了这里，给他搬来了椅子。

男孩儿双颊凹陷，瘦瘦小小，才十五岁，脸上就已经聚集了三十岁的愁云。林羌不是他的主管医生，猜不到他找她是干什么，但愿意听。

老半天，男孩儿问她：“我爸有心脏病，最近老是捶胸，我知道你是治心脏的医生，他明天来了你能给他看看吗？”

林羌微怔。

他只说了这一句，就被赶来的护士带回了病房。林羌面前的电脑亮着光，照出沉默万象。

中午十二点刚过，楼下的大门传来动静，闭目养神的靳凡睁开眼。

他保持着双脚跷到桌上的姿势，闲散得像是进门的是外卖员。

不多时，这间破房的门被推开了，熟悉的脸带着熟悉的一脸沟壑，满身阴沉地进了门。

靳凡支开仲川，就是为了让他进来，他来了，倒有点想让他走了。多年不见这张脸，居然有些不适感。

来人走到靳凡那张桌前，低头看向他：“我已经请不动你了。”

靳凡放下双脚，坐直身子，双臂撂到桌上，双手叠放，还是那副眼神上挑的不屑神情：“请我干什么？要跟我解释你让侯勇找我麻烦的事？”

来人拍了桌子，大声嚷：“靳凡！你翅膀还没硬到可以跟我叫板的程度！”

靳凡可不怕拍桌子：“说的我像是被你养大的，但咱俩有什么关系呢，胡总？”

来人叫胡江海，前工业巨贾，曾和军区有较多合作，也是指使侯勇、刘广杰先后打扰靳凡的幕后人。九年前涉嫌违法犯罪，被立案侦查，第二年被法院判处有期徒刑八年。

他现在没了地位，出事前转移的财富和积累的资源不断流失，原先有把柄在他手里、不得已给他卖命的人转行的转行，归隐的归隐。要说还有谁能拉拢，能助他在别的领域复起，只有当时经常照顾的靳凡了。

他跟靳凡的渊源很深，早年出席活动遇到地痞流氓拦车骚扰，正在假期的靳凡路过救了他，他十分感激。后来他意外知道靳凡是军人，更为欣赏，凑上去想成为忘年之交。为表诚意，他那些年没少告诉靳凡一些经商、处事之道。

2012 年，边境地区的不法分子对当地工程项目的华人进行暴力驱逐。靳凡等一千军人因此前往邻国，护送三百多华人撤离。

当时，靳凡作为副指挥，领导整个旅队，身受重伤却不负使命。胡江海作为该工程公司的老板，积极配合撤离，又及时提供各种救援物资。尤其靳凡受伤后还是他联系了医院。胡江海一直认为他为靳凡付出很多，如今他落魄至此，也该是靳凡回报的时候了。

“什么关系？这话你也问得出口，那几年，我对你怎么样，你扪心自问。

“我知道，你恨我在那次救援之后没有全程了解你的病情，没有及时为你受损的心脏制订治疗方案，导致你的身体一步一步成为今天这样。但当时那个情况，我也没有办法，我已经在面临指控了，分身乏术。

“当然，我们不提这些陈年旧事，我今天来到这里，就是想要对你进行一个补偿。我相信以我们之间的感情，你会原谅我的。”

胡江海一如既往义正词严，无论何时都保持运筹帷幄的姿态仿佛是一项基本功。

靳凡听得耳朵发痒，伸手搔了搔，既然胡江海喜欢装腔作势，那他也这么跟他讲话：“那次任务，旅队派出十二人，我和驯豹突击队五名队员，为了给受困人员争取撤离时间，跟他们发生正面冲突，最后就活了我一个。

“其实地库阀门损坏的原因在你，那是你的项目，你公司的产品。到底是质量问题还是人为损坏只有你自己心里清楚！

“当时你只救了我的命。口口声声只有我能救，其实是因为只有我有用。”

胡江海脸色突变，忽而有些紧张，汗流两鬓，眼神飘忽不定：“这都是谁告诉你的！”

靳凡抬起头来，没答他的问题：“这两年我一直在想一件事，命的高低贵贱之分，是不是永恒而不可逆的？一个人值不值得活着，是不是取决于他后续能带来多大的价值？”

胡江海心虚地往后撤了两步，沉默不应靳凡这番话。

靳凡却没有停止的意思，甚至站起来，绕到桌对面：“我有用，所以要救我的命，他们没用，所以得死。或者说，他们唯一的用处就是去死，为了让你赚更多钱、后面的路更好走而去死。”

靳凡慢慢走向胡江海，最后停在他面前。他一米七多的个子在靳凡跟前更显得矮小。

胡江海脚底冒寒气，对自己没调查就只身前来的决定悔不当初。阀门损坏一事靳凡怎么知道？现在靳凡铁了心拿命跟他斗，他得先撤，再另外想辙。

打定主意，他也没再说什么，把一脸惊惶难安带出车行大门。余留靳凡，在黑着灯的房间伫立许久。

狠话说多了，他倒也习惯了。

胡江海和戈彦就是在用行动告诉他，人命被明码标价，价高的不仅能活下去，犯了法也有人摆平，而价低者，没有活着的资格。

他不认可这一点，所以在知道自己对他们的价值后，拒绝治疗。不仅如此，还要领着一帮小崽子为非作歹。这样他二人就会为了给他续命到处想办法，为了保他到处托关系、打招呼，每天都把心悬在嗓子眼。

他当然知道拿自己的命赌气、斗法愚蠢至极，可是活着好没劲。

人生行驶至三分之一的时刻，他恍然发现他对生命敬畏，却无期待。如此，何必残喘下去？不如就趁这条命油尽灯枯，拉几个讨厌的下去给他抬轿。

要说唯一的遗憾，可能就是给他做伴的是他讨厌的。但若找他喜欢的来陪他，他也不愿意。

他喜欢的就应该好好活着，没一点负担地活着。

仲川觉得不对——靳凡叫俩女的这事怎么听怎么假——便匆匆返回车行。没见到靳凡以外的人，但就是觉得有人来过。

会是谁呢……胡江海吗？

仲川大学毕业后去当了兵，本想着练练胆量就得了，但期满之后仍然在部队留了一阵子。他后来一直跟着靳凡，胡江海这个人在他眼里就是个一直死缠烂打想从靳凡身上占便宜的奸商。毕竟明眼人都看得出来，靳凡未来一定大有可为。

但救援事件第二年，胡江海名下集团涉嫌严重违法被立案调查。到2015年时，靳凡上报了退役，止步于正连级干部，上尉军衔。

那会儿仲川也已经离开部队，听说靳凡没有转业，就到他跟前毛遂自荐，这辈子死活都要给他当兄弟。

靳凡在救援行动中，心脏受到钝器伤和穿透伤，抢救成功却预后不好，出现心衰，后来装了起搏器。

那期间，他对治病还很配合，长睫毛下从来有细碎柔和的光。

彼时他们住在延州的西胡同，每天走两条街，到改装大厂打工。

离开部队的靳凡风吹不着，日晒不到，肌肉不如从前大，皮肤也恢复白净。病身让他有种凋零的美，便宜、版型差的衣服他也穿得气质卓然，磨破边的棒球帽从没影响他的回头率。

街坊中有几位阿姨很喜欢摇着蒲扇，在他路过时喊他一嗓子。

他总会回头，虽然不笑，少答，但都在分寸里，从不失礼貌。

这样亮眼，还赶上胡同里的外乡人形态各异地里出外进，他更是被衬得俊逸不凡。

后来他当官的亲妈被调查，他也被带走问话。回来以后，他去了一趟医院，再从医院出来，他已经没了从前模样，开始打破平静的生活，甚至跑到小县城胡作非为。

胡江海、戈彦不洁身自好他也不是第一天知道，仲川认为，他性情大变的原因纯粹是心脏的病变。

可是他不承认。

仲川站在进门不远处，看着靳凡机械地工作，突然堵得慌。

其实性格变了没什么不好，不是说平和的人才该存在，只是如果凶恶不是靳凡的本心，只是他在逼自己，仲川就很难受。

仲川提口气，走过去，坐到高脚椅上，靠着铺满东西的长桌，面对着靳凡，已经褪去沉重："你是不骗我呢？你说那俩女的呢？"

靳凡没停下手里的活儿："着什么急？"

"啊？"

仲川没听明白，正要问，门轴吱呀一声还带尾音，他转身就看到小莺和公主切走了进来，小脏辫、蒜头紧跟她们，脱索和几人殿后。

最后进来的人主要负责拎吃的，搬着几箱啤酒，提着几杯咖啡。

原来这就是靳凡说的，俩女的。他是知道几个小朋友会回来吗？

仲川挑起左眉："哟，不是闹气呢吗？"

小脏辫龇着钢牙，甩着一把小辫儿，嬉笑两声："多少天了，早闹完了。”

小莺踹他。

小脏辫探着脖子哄她：“错了错了，乖乖。”

“亏了我晚上没吃饭，可别恶心我了，我怕我把昨天喝的二两高粱酒哕出来。”蒜头翻个白眼。

有人已经把夜宵摆了一桌子，原先桌上的零件、工具全被收拾进了它们该待的置物架、工具箱。

他们干多了零碎活儿，要比靳凡清楚什么东西应该放在哪儿。

“吃饭了！”有人喊。

他们蜂拥至桌前，几天没吃饭一样，连抢带占，把十个指头都用上了，热闹得就像前段时间派出所一事未曾发生。

小脏辫拿着大鸡腿屁颠屁颠地跑到靳凡跟前，殷殷勤勤地把技师围裙给他摘下来，大鸡腿举到他嘴边：“老大，这只最肥！”

“就数你最谄媚！”脱索照着他后脑勺，把拖鞋扔过去，“老大别搭理他，他拿那只根本就不是最大的！”

小脏辫倒吸凉气，扭头横眉竖眼：“吃都堵不上你的嘴，你是不是欠焊了！”

两人你一句我一句，还有不怀好意的人在旁挑拨，没一个正形。亏了这一带就这间厂，不然搞这么大动静，不知道得多少家组团来控诉。

仲川沉重的心情被这群小子改善了。他突然觉得自己的顾虑多余，怕他们太重感情受伤，难道不是在自以为是？他哪有资格剥夺他们投入感情的权利。

至于靳凡，他什么伤没受过？死都不怕的人了，怕什么背叛。

仲川淡淡一笑，扭头看靳凡，他已经上了楼。

靳凡进了他那间破房，没有开灯，径直走到桌前，站了数秒，双手撑在桌面上，睁眼闭眼间，周围一切镜像，折叠，翻转。待他定睛，仿佛回到了十年前，西南边陲的镇子。

镇子三不五时黄土激扬，夏南风，冬北风，偶尔野劲，推着人走，卷起的沙砾吹到人脸上，能生生刮开一条口子，烦得人没事都不出门。

夜晚大家围坐唱歌、吃肉，靳凡总是坐在角落，拿着一个巴掌大的记事本画画儿，篝火橙红的光在他脸上明灭，铅笔芯摩擦纸张沙沙地响。他看起来格格不入，却也找不出违和。

他还会吹扎线笛，他手下的老四、老五几个人就像小脏辫和脱索一样贫嘴，一唱一和地给他挖坑，诓他表演。他明知道他们那点小伎俩，也从不扫兴……

那间影楼就在靳凡眼前浮现，他知道是幻影，却没舍得用力闭眼，直到眼涩，不由得眨动，篝火和老四、老五的笑脸瞬间被无边暗夜替换。

他以前觉得活下来的是幸运，但当他发现自己是唯一活下来的人的时候，便再无此想。

他转过身，靠在桌前，偏头看窗外，天快亮了。

小脏辫推开一道门缝，把脑袋钻进来，脱了纨绔劲儿，问他："老大，你最近找过大嫂吗？她怎么把我微信删了？"

"没有大嫂。"

小脏辫可不信他这话，没有大嫂，那一听说她烧刀喝多了，巴巴去接她回家？让她占便宜？还把她带到家里？

原先也不是没有女人对他表达过爱意，他倒也是一副拒绝样，但他对林羌跟嘴上说的不一样啊，那份上心谁看都是有事。

小脏辫不怕死，又说："我都给医院打电话了，说我们请她吃饭。"

靳凡破天荒地没骂他。

小脏辫可会察言观色，一侧身，进了门，双脚并拢，站得乖："但医院那边的人说，大嫂请假了，请好久呢，一直到过年以后。"

靳凡稍显愠怒："你给谁拉皮条呢？"

小脏辫一看又要挨踹，不敢往前了："不是，那什么，我就问问。哥你还吃点什么吗？"

"滚。"

"好嘞。"

周六中午光线充足，林羌换洗了床单被罩，靠在沙发上，任由太阳光在她的脸上均匀地照射。她搭在身侧的右手不停震颤，也不在意，有种麻木的从容。

李擎主任每两周坐诊半天，别的专家早就改成了白天放号，他的号还是半夜发放。林羌掐着秒表挂上了，明天早上打车去延州，在那儿住一晚，周一下午就去三院。

杨柳在上次宣告交易结束后首次联系她，她接通摁免提，把手机放在一边。

"羌，我还有五分钟到你们医院，你把你家地址给我一个呗。"

林羌问："有什么事？"

“我休息，正好心烦，找你待会儿。别说没空，知道你假期。”

林羌挂了，把地址分享给了她。

杨柳到得快，给她买了护肤品和两袋咖啡豆：“换鞋吗？”

“没那么讲究。”

杨柳一进门，没见过世面般地东张西望，冷不防甩动她那把乌黑的头发，转过身来：“我以为老房都乱呢，你这儿收拾得挺干净。”

林羌打开冰箱：“你喝什么？”

杨柳走过去，探着脖子看向冰箱里：“这不都是酒吗？啤的洋的，那就来个啤的呗，入你屋随你的风俗。”

林羌给她拿瓶啤酒，懒得再去拿筷子，用打火机开了盖。

杨柳喝了一口，冰得她一个激灵，吸口气：“我这回来主要是散心，其次是跟你分享一个八卦。真的疯了。”

林羌不感兴趣，只靠在边柜，看着她神采飞扬。

“我妈那天打电话，跟我说那靳叔叔找了一个美女理疗师，这周末就给靳凡送过来。”

林羌漠然，没有反应。

“你说说，非要美女，真是为了给他理疗？我都不好意思说破了。”

打火机还在林羌手里，握住它再去拄柜沿，手心被摁出一条长方形的压痕。她感到不适，把它扔到柜子上，用这只手握住另一条胳膊，仍然靠在柜前，没挪动。

“突然跟你这边解约，换什么美女理疗，我怎么想都觉得有点侮辱你。你不美吗？”杨柳摆手叹气，“不过也算了，白拿钱挺好的。”

林羌的手抖疯了，索性垂放。

杨柳没注意，不聊靳凡了，放下啤酒，拍大腿：“我来的时候看这边有两个夜市，晚上去逛逛？”

“我明天有事去延州，晚上不能太晚。”

“去延州？”杨柳挑眉，却没问她要去干什么，“那我今晚能在你家住吗？明天我回去带上你。”

“也行。”

“那夜市几点开放啊？”

“七点半。”

“那快了，咱俩先去？”

林羌换好衣服，带杨柳去了夜市。东边都是小吃，西边是服装文具和工艺品等小玩意儿。

杨柳踮着脚张望，新鲜了五分钟就露出了颓态。

林羌早料到这点，提前在拐角商场的烤肉店订了位。

吃完饭回去，杨柳又要喝酒，到这时她才坦白她对象跟别人裸聊被她目睹。今天根本不是休息日，她是请了一天假逃来这里。

林羌不擅长安慰别人，就一直听她说，陪她喝。

杨柳酒量不好，喝了不到一瓶就不省人事了，最后只剩林羌自斟自酌。

刚过九点，烤肉店打电话，询问她是不是杨柳，说杨柳丢了卡包在他们店。

林羌去给她拿了一趟，出来时刮过一阵西北风。她不自觉地仰头，忽然有些畅快，就没急着返回，想着吹吹冷风解解酒。

她穿着毛衣，领口极大，还是憋得慌，就又扯开一些，纤细脖颈和饱满的胸脯交给了黑夜。

可能从杨柳突然造访，到打火机鬼使神差地压手，都是冥冥之中预示，她今天不顺利——

她不经意瞥见靳凡的车就停在不远处，然后看见他走路携风，已然来到车前。

好久不见这个人，他没变，还是扎眼，更扎眼的是紧随其后，坐进后座的人。

大概是那位美女理疗，确实很美。

待车开走，林羌鹤立风中，发丝翩舞，思绪莫名。

没多久，冬季风贯穿了单薄肩膀。她举起手机，拍照，发了状态。

距离她半里地外的车行，阳光看到这条朋友圈，大喊一声，吸引了车行玩手机的一众人。

小脏辫瞥他："干吗呢，一惊一乍的。"

阳光话都说不利索了："大嫂发朋友圈说烦躁，还附带一张原相机自拍。她居然经得住原相机的考验。"

小脏辫兴趣斐然，拧着五官走过去："我都被拉黑了，你怎么还没呢？背着我拍马屁了？"

阳光摇头："可能是我从没跟她说话，她不知道我是谁？"

小莺嚼着糖冲小脏辫翻白眼："早告诉你，别马屁拍在马蹄子上，你不听我那一套。"

小脏辫把阳光手机抢过来，烧到双眼的一腔火气在看到林羌素颜原相机的照片时啪地熄灭了，肩膀坍塌："老大可真有福气。"

公主切瞥他："别嘴欠了，看大嫂说什么，有没有需要我们效劳的。"

“有。”

“啊？”

“大嫂说想飙车。”

“那太简单了啊，我们别的也许不行，车可应有尽有。”

“那走呗？带大嫂体验一下？”

几人激情商议，靳凡突然进门，他们顿时有些说嘴被抓包的局促，心虚感延至全脸。

靳凡原先不管他们的小九九，这回不知被什么支配了，猝然问道：“怎么了？”

小脏辫多会来事，立马嬉皮笑脸地说：“大嫂要飙车，我们打算陪她玩个痛快！”

靳凡偏过半个身，停顿数秒，未发一言，回头上了楼。

“什么情况？”蒜头眼循着靳凡，缩着脖子问大伙儿。

小脏辫自以为一切尽在掌握呢，耸着肩膀哼哼：“我跟你说这叫什么，这叫大嫂钓鱼不用钩，全靠老大咕拥。这不都已经咕拥到大嫂桶里了？”

“臆想呢？我看老大没反应。”公主切白他一眼，“你们磨叽吧，我先去接大嫂了。”

小莺收起手机站起来：“带我。”

小脏辫扯着脖子叫她们：“着什么急，这才十点，还有一宿玩呢。”

两个女孩儿已经摔门走了。

林羌本来也没醉，只是有些酒气上头，吹了吹风也就散了。

十点多，霓虹灯没了，只剩下路灯的光，照得人像镀了黄金。

她沿着人行道来到街对面的儿童公园，临街长椅旁边有一棵老树，她懒懒地坐下。老树枝丫摇晃，树叶像蘸了黑墨的笔，在金黄的纸上画图，偶尔画到林羌身上，就看到叶影在她锁骨间流淌。

前后也就半小时，一辆改过排气管的超大尾翼、纯金裙身的宝马 M2 停在她面前。车窗缓缓下降，公主切下巴微抬，有一些天生的自信：“大嫂！带你炸街去啊！”

小莺在副驾驶座，扶着公主切的胳膊，凑到窗前，看向林羌：“大嫂开什么车？想好了吗？”问完不等答，继续介绍，“我们厂里供着一辆 Agera R，全国五辆之一。还是你喜欢漂亮的？我们什么色儿的都有，野马，911。追求外观啊还是声儿？要舒适度还是上手感觉呢？”

“六辆。”公主切纠正她。

“哦，六辆。”

公主切被她压得胳膊疼，下了车，靠在车门，刚往后看了一眼，小脏辫他们已经来了。引擎音浪吵人，他们还“唔唔”地叫唤。有几个人还在大冬天敞着篷，扑面而来一股浮夸的少年气概。

林羌已经过了装的年纪，但谈不上对他们小孩儿中二的表现欲嗤之以鼻。只是有时候——比如现在——会觉得靳凡带着他们玩儿挺不可思议的。他看起来一点也不幼稚。

十来辆跑车在路边停成一排，小脏辫下了车，顶着一张在熟人之间才会流露的嬉皮笑脸：“哈喽！大嫂！听说你很烦？哪个烦？”

蒜头贼眉鼠眼：“屁话真多！”

林羌把手肘搭在长椅靠背上，手撑着头，扫量他们一眼：“你们很有空吗？”

“我们除了钱，就剩有空了。”脱索走过来，“姐姐挑一辆，山道还是国道往南？”

蒜头说：“我们出车，也出司机，姐姐看看，是喜欢弟弟啊，还是喜欢妹妹，咱们兜风去。”

“放你的屁！大嫂肯定是喜欢大哥啊。”小脏辫骂他，回头面对林羌又是笑逐颜开，“但你说多巧吧，我老大有事儿。不过大嫂你要是想他，我就算冒着挨踹的风险也给你传达到。”

他弯着腰，跟林羌撒娇：“大嫂，所以你想不想我们老大？”

“对啊大嫂，想不想嘛，我们都传达，我庄哥什么都怕，唯独不怕我们老大的脚。天生贱骨头，就是欠踹。”蒜头调侃。

小脏辫咂嘴，扭头就骂：“就你话多！”

他们很能闹，也青春，涎皮赖脸耍嘴作怪也看得人心里畅快。林羌听了两句，站起来。

所有人凝神看向她，像在等候她发落。

“那就，国道南那条封闭道路。”林羌做了决定。

“大嫂说了算！”

小脏辫把狗腿子的做派发挥到极致，引来小莺的嫌弃：“我说老去咱们厂偷东西吃的那条狗怎么不来了，原来化成人了。”

“哈哈——”

一阵大笑。

小脏辫过去搂住小莺肩膀，又一番哄。

脱索走到林羌跟前：“姐姐，咱们先走？”

他上前问，林羌也就上了他的车。

平时夜里寂静，偶尔有人在街上活动，比如今天。那些人不知是被夸张场面刺了眼还是被这讨厌的噪声扰了耳，忍不住投来一束理所当然的白眼。

这帮孩子确实讨厌。

甩落那些人的侧目，他们来到那条熟悉的大道。

下了车，林羌看向前方。在车上听脱索说了才知道这边封闭是因为有一个极限弯道，属于事故高发区，现在要穿过县城只能绕道。

马路左右两侧都是荒地，只有东南方向打了一半地基。据说开发商拿到开发权后贷款没下来，暂时搁置了。

荒地无遮拦，风野得像是在山口。林羌的毛衣领子高频率、大幅度地鼓动，看得几个小朋友不好意思。依着性子是想调戏她的，但大嫂这个身份让他们不敢冒犯。

女孩儿不管那些，公主切又一向直言，说："真是便宜老大了！"

小莺笑："你就嘴欠，等一下他们几个爱打小报告的，把这话告诉老大。"

风太大，说话要喊，公主切不怕那个："有大嫂撑腰，怕什么？"她冲林羌笑笑，"大嫂会帮我的吧？"

林羌伸手扶住车门，微微歪头，趁此机会跟他们澄清："我跟靳凡没关系，他可能还会因为你们跟我一起玩儿，发脾气。"

几人面面相觑。

林羌说："你们想好，还要不要待在这儿，要不要担这个风险。"

别人有所犹豫，小脏辫可不会，他坚定地认为这一对儿都是口是心非。

"我们本身就是风险的制造机。怕这怕那的混什么社会，各回各家厂子坐办公室呗。"

说着话，他把林羌拉到他的车上："走了，大嫂，试试我的车技。"

蒜头手撑引擎盖，一屁股坐上去，嚼着糖看向那辆法拉利 SF90。

这不是小脏辫最喜欢的一辆，但是他自己上手改装过，改了碳纤维套件，各种顶配，又是 12 缸，能达到 350 迈一小时，使用率很高。

他过这个弯没一千也有八百回了，看热闹组里谁都不担心。

谁知道他过弯时操作失误，车辆原地转圈，轮胎蹭得柏油路面冒火星子，摩擦声和发动机声巨大。看热闹组见状立刻开车过去。

小脏辫不是没出过事故，不怕，就是免不了一边采用应急方案一边骂骂咧咧，怕吓到林羌，还得抽空跟她解释。

"你先停车，等一下再试！"林羌提醒他。

小脏辫年轻气盛，尤其在他擅长的领域，这时候让他下车跟要他的命一样，跟林羌说：“没事！大嫂！小问题！马上就好了！”

“还给动力？先下车吧！”

小脏辫不听劝，强拉手刹，猛打方向，急踩刹车，油门也不放，三板斧操作顿时让车身烟雾缭绕。

林羌看他较劲，也没辙，打算陪到底了。

突然，一辆 SUV 从荒地的方向横空出世，开入弯道却没停下来。

林羌戴着头盔在车里，看不清那辆 SUV 驾驶座上的人，也没时间看清。这辆车闯入她视线时，就已经来到了 SF90 右侧，擦着车身减缓它的转速，逼停了它。

林羌先下了车，摘下头盔，看到靳凡从 SUV 上下来，路过她，把小脏辫从车里拽出来，抬腿一脚，踹他一个跟头：“找死！”

小脏辫一屁股坐在地上，摘了头盔，不敢抬头看他，很心虚：“不是，老大，我，那什么，紧张了，没带过大嫂……”

这时脱索他们也把车都开了过来，匆匆下车，扇开面前的黑烟。

他们都想问什么情况，看见靳凡在，都没敢问。差点让老大的心头肉陷入危险，简直是好大的胆子……

靳凡又是一脚，踹得他起不来：“滚！”

小脏辫不说了。

靳凡转身，眼神从林羌身上飘过，看着他们几个：“闲得慌？都滚回去！”

他好像看不见林羌，林羌低头时讽刺一笑，再抬起头来，伸手把头发往后一拢，同样无视了他，走到小脏辫面前，冲他伸手。

小脏辫手伸了一半，缩着脖子看了一眼靳凡，虽然他没反应，但还是收回了手。

林羌搀住他的胳膊，硬是把他扶了起来。

几个小朋友吸一口气。小脏辫心更是提到了嗓子眼。

林羌从他手里把头盔拿过来，再次路过靳凡，来到蒜头面前：“我带你去遛一圈？”

蒜头一愣，当即猛摇头，靳凡在这儿，他还想多活几年。

林羌也没勉强，把小脏辫的头盔给他，到小莺面前：“女孩儿呢？”

小莺对靳凡怕也不怕，他对女孩儿是趋于放养的态度，不打不骂，加上林羌这样问她，她无法拒绝：“好啊！”

林羌想开脱索的车，看向他：“借吗？”

“借啊。”脱索说完，后脊梁发寒，后知后觉地低下头，看都不敢看靳凡的方向。

林羌上了脱索的车，小莺随后，边系安全带边跟林羌说："大嫂，我们车的功率都大，启动的时候轮子打滑是正常现象，静摩擦力太小嘛。你就拉手刹，打方向，踩刹车就行了。主要过弯……"

林羌扭头看她戴好了头盔，一脚猛踩油门。

小莺忍不住惊叫，两只手都攥紧了安全带。

看热闹组随着林羌那辆车火箭似的蹿出去，都睁大了眼。

林羌露出头盔的眼睛没有形状，松弛平和。车即将进入弯道，她拉手刹，打方向，拉手刹，刹车踩到底，顺利漂移过弯，从尖锐的摩擦声可以听出轮胎用到了极限。

看热闹那组异口同声："我去……"

小脏辫都怀疑人生了，用力薅着他一头辫子，龇牙咧嘴不敢信："我刚才是班门弄斧？"

蒜头瞥他："你出去可别报家门，真是废物到家了。"

脱索也笑："丢人不？还没大嫂熟练。"

公主切挑唇："就说不是什么人都能当大嫂。"

他们被林羌惊到了，忘了靳凡在旁边，聊得越来越欢实，甚至站到他前边，激动地挥手。

靳凡被他们遗忘到身后，却也没发火，只是透过他们站立的间隙看着林羌驱动的那辆车。

林羌开了两圈，过弯都很极限，最后甩尾停在他们跟前。

小莺久久没摘头盔，这太颠覆她的认知了。

林羌下了车，把头盔轻轻放在引擎盖上，跟几个激动到停不下来的小朋友说："心情好多了，谢谢。改天我请客。"

小脏辫忘了挨踹的疼，过去跟她撒娇："我唯一的大嫂！"

林羌微笑："叫姐姐。"

小脏辫被她的笑容迷惑，什么老大，彻底抛到脑袋后头："姐姐。"

脱索他们也叫她："姐姐好酷！"

林羌准备走了："大嫂我可不稀罕当，再见面别乱叫了。"

他们被林羌一句话点醒了，终于想起他们老大也在这里，齐刷刷地看过去。

靳凡没有说话。

林羌也不想听他说话，转身走向路口。

小脏辫喊她："姐姐，我们送你！"

林羌没有回头，伸手晃晃："不用了。"

几个人又开始嘻嘻哈哈闹着玩，小莺终于从车上下来了，后知后觉的一句脏话把她的感受形容得恰当。

小脏辫搂住她："感觉怎么样？"

小莺慢慢竖起大拇指："比你强多了。"

"哈，考虑换对象吧。"公主切起哄。

蒜头也说："我觉得莺姐不是换对象的问题，马上要分手！"

"滚滚滚！"小脏辫骂街，"你们就瞎捣乱，媳妇别。"

小莺摇摇头："我考虑考虑。"

他们像往常一样扯淡，从不跟他们扯的靳凡显得不合群。

他也不想融入他们，从车里摸来烟盒，站在车门不远，点着，抽了一口。烟雾遮挡双眼，但还能看到那个背影。

抽到一半，那人已经看不见了，他捏着烟，站着，有些无所事事。

片刻，他掐了烟，上了车，匀速而去。

拐出路口，未见那个背影。他把车停在路边，双手搭在方向盘上，持续了半天，闭上眼，手也摸到嘴唇，手肘杵在车窗凹槽上。

再睁开眼，他重新发动车，开向车行。

到达第一个十字路口，正好红灯，十几秒，不是很难等，过了红绿灯往前走就到目的地了，但他还是在过了红绿灯后掉了头。

他把车开到城东芙蓉园二期，林羌住的那栋楼下。

下了车，刚进楼门，他停住脚，静站许久，还是转身要离开。

"你找我？"

靳凡停了，但没回头。

林羌靠在楼梯拐角处，看着他的背影："不找我？那你有亲戚住这边吗？"

靳凡重新提步，走向车门。

也就半米，他再转身，快步走到林羌面前，攥住她的手腕，把她摁到墙上，用他的骨头去碾她的骨头。

林羌疼得吸气，但还能笑出来，仰起下巴，歪着脑袋。微弱的月亮光下，她的眼睫张合得缓慢。

靳凡呼吸很重，扫动林羌脸上的毳毛："你怎么总是作死？"

林羌的毛衣领口太大，半个胸脯都露了出来。她在他胸膛划拉两下："你找我，说我作死？你直接说想我，我还觉得你坦诚。"

"商场门口那不是你？你以为我没看见你？"

林羌手指溜进他扣子的间隙，指腹触到他的肌肤：“嗯，怎么了？”

靳凡把她的手拿开，摁住：“随后发朋友圈，说想飙车。你以为我听不见你的算盘声？”

林羌才不否认：“对啊，就是勾引你，你别来啊。”

靳凡收紧攥着她的手。

林羌被攥得疼，疼得靠进他怀里：“知道我勾引你，你还送上门来，怎么，上瘾了？”

“你一个女孩子……”

“嗯嗯嗯，女孩子，不害臊，怎么了？”林羌打断了他。

靳凡掐住她那张微笑的脸：“钱给了，活儿不让你干了，你还来。是谁上瘾了？”

林羌直视他的双眼：“给不给？”

两人对视。

外头风呼呼响，吹得楼梯间的窗户像交合一样轻轻地撞。

靳凡盯她半天，猛然抱起她，上了楼。

到林羌家门口，靳凡停住。林羌被他抱着，拿钥匙开门，没有告诉他杨柳也在。

她推开门，靳凡把她抱到沙发上，她想侧躺，他直接压下身来。

林羌顺势勾住他的脖子，鼻尖轻蹭他的鼻尖，声音压低，调弱，直到完全虚掉：“跟灶膛的石头一样。”

靳凡不想听她说话，烦，就吻住她，吻得凶，却好像也不过瘾，又咬了一口。

林羌可不吃亏，他咬她，那他的嘴也别想要了，立马还了他一口。

靳凡的掌心贴着她的腰抚摸，因为太用力而更像摩擦。

林羌被他手心的茧子磨得发痛，却又想迎合，身子不自觉地蠕动。指甲在他脖子和肩胛骨的位置抓，掐进他的皮肤。

黑灯瞎火中，没有节奏的重呼吸让两副身体黏得更为严实。

他的手逐渐往下，林羌闭上眼，不由得仰头，手沿着他的后脖颈往上游走，穿过他的头发，扣住他后脑勺。

“林羌。”靳凡突然叫她。

林羌睁开眼：“是他们的大嫂。”

“你不是不稀罕当吗？”

林羌攥住他后脑勺的头发：“没人告诉过你，女人都善变吗？”

“谁还雇了你？”

其实没有了，林羌却说："猜。"

靳凡停下了，站了起来，神情稳得离谱。他没再说话，直接走了。

林羌躺着不动，望了一会儿天花板，坐起来，靠在沙发靠背上，屈起一条腿，下颌抵在膝盖上，看向窗外。

她也不知道为什么她明明没有任务了，却说了个模棱两可的"猜"。

大概是他那个问题问出来，她忽然清醒，也想问问自己：明明没有雇主了，为什么又去勾引他了？

因为他家给他找了一个美女理疗师吗？还是因为那个美女理疗师上了他的车？

可这些跟她有什么关系？

她突然头很疼，闭上眼，不愿去想了。

靳凡回到车上，静待了很久都没发动。

好不容易活动了活动，也没发动车，只是从扶手箱里翻出烟，放到嘴边，眼神向下，看着烟头，大拇指擦动打火机的齿轮。半天打不着，他烦躁地把烟拽下来，连同打火机扔向副驾车门，啪一声响。

他仰面靠在头枕，伸手摁住阵痛的头。

他以为她已经没目的了。

可他明知道她喜欢那个姓简的，她当然是因为还有其他买卖，才会继续勾引他，他凭什么那么以为呢？

她如果真没别的目的，难道还真就突然移情别恋了？

你三十五岁了，靳凡，小男孩儿的自作多情不适合你了。

他摁住额头的手渐渐用力，指头压住的位置呈现出青白色。痛感让他清醒，待他再睁开眼，神情已经更平和了些。

不能再见她了。

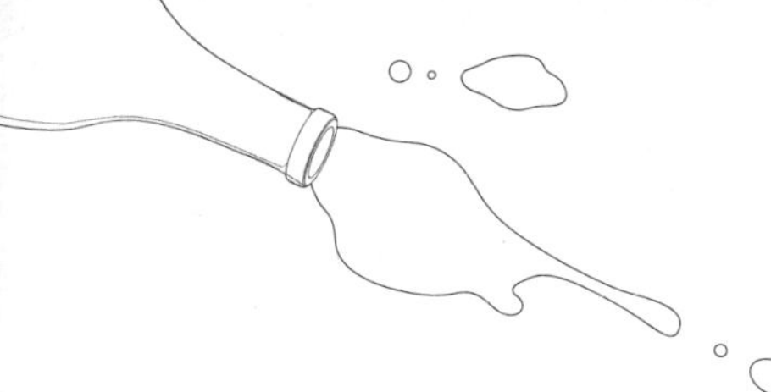

第三章 摊牌

“磨蹭，等你的时候我把一生都想了一遍。”

杨柳发烧了，三十九摄氏度，早上起来喉咙疼痛，打了三个磕巴都没表达清楚一句话，打字给林羌看：你着急去延州吗？能等我明天好一点吗？

林羌给她拿了退烧药，端来一杯热水：“我已经打车了。”

杨柳点头，鼻塞眼肿、浑身酸痛让她的脑袋抬不起来，打字：有点不好意思了，说好把你捎回去的。

林羌没接这句客气话：“难受就打电话，我叫车来送你去医院。”

“好。”杨柳哑着嗓说。

林羌安排好，车也到了。

李擎主任年前不看诊了，这次错过要等过年后，她不想等。

司机透过车内后视镜提醒她系上安全带，乐呵呵地问了一句：“姑娘不着急吧？我们出车群的人说德利游泳馆学员溺水了，家里蛮有钱哦，乌泱乌泱去了好多人，把那条路堵住了。”

德利游泳馆所在的路段是癸县进国道最常走的，司机这样讲，大概是出警了，但没解决，所以暂时封闭了道路。

司机下一句便是：“南关的一个司机看不惯这家人堵车，急咧咧地闯过去，撞了人家的车。现在那条路上拉了警戒线，支了警示牌，过路的车都被赶到了立交桥。我猜桥那边已经堵成长龙了。”

“穿过樟村，从樊家店收费站上高速。”林羌提出方案。

“村里的路不好走哦。”

“没事。”

“好哦。”

蜡梅台公园今天开园，桥上应该也堵，她再去凑热闹，不知要几点到延州了。

意料之外是樟村主道也堵了车，司机无奈道：“没法子，别人也想到了从村里穿过去。”

两处堵路，林羌急也不急了，估计短时间走不了，那就慢慢等。

司机看她闭上眼，也闭上了嘴。

道路畅通时刚过九点半，也还不晚。林羌一睁眼，司机便提醒："姑娘要不我不给你打表了吧？堵车这工夫不少钱呢，我就收你一个整数，三百五，你看成不成？"

"可以。"

司机笑呵呵地上路了。

车终于来到高速口，即将进入收费站，停电致自助车道无法扣费，七八辆车改在人工收费口排队。

耽误十分钟，眼看排到他们了，前边车里的人身份证检测没过。交警拧眉指着车后座的人："来！你下车！"

那车的司机随那人下了车，也拧着眉，目露寒光："干什么啊，你什么态度啊，我犯法了你这么横？"

交警大声道："让你下车你那么多话！说你犯法了吗？心虚什么？"

"我就问你指什么呢！会不会好好说话？我说不配合你了？你有什么臭了不起的！穷横什么？身份证没过说身份证，老子没犯法你瞎指什么呢？"

他们一行四人陆续下车，都是四五十岁的年纪，吹胡子瞪眼，凶巴巴地逼近这位交警。

收费员拉开收费站窗户，探出脖子："你们要干什么啊？"

同时，检查站里也走出几位执勤人员，来到车道中央。

林羌到这时已经意识到今天不适合去延州了。她并不迷信，但这样一路都是障碍的情况，极少发生。

司机见多了这场面，从容地问："要不到路边等等？交警不会让这辆车挡路太久的，应该用不了多会儿。"

他刚说完，车外已经骂起来，乱乱哄哄吵得不可开交。

司机怕被殃及，打开倒车灯，预备给他们腾出战场。谁知道他们已经拎起家伙敲在出租车的引擎盖上，质问逐渐发展成恐吓。

"天啊！他们干什么哦！"司机急赤白脸，解开安全带要下车。

林羌摁住他的肩膀："袭警是刑事案件，打你轻伤以下只是民事。你下去就是活靶子了，不敢动手骂你你也冤。"

司机收回手来："后边堵着我也倒不出去，哎哟我这车……"

"第三人的财务损失会赔偿的。"

"谁是第三人……"

"你。"

"哦哦。"司机说完一改弓腰缩脖的姿态，似乎是意识到这样匍匐于年轻女性的气场下丢了中年男人的脸，挺直了腰杆，扭头说了句，"别怕哦，姑

娘，叔年轻时候也遇到过浑人，对付起来厉害着的。”

“嗯。”

前边几人如林羌所说，没敢对交警动手。全检查站的执勤人员到了跟前，他们貌比杨树高的气势一下子矮成杂草丛。

前车很快挪开，林羌却对司机说：“师傅，我们原路返回。”

“哈？不去了？”

“再去可能还有别的事阻挠，我明天赶早。”

“啊，明天我送你呗？三点我都能起来。”司机扭头说。

“那留个电话，我确定几点之后再打给你。”

“好的好的。”

打道回府的路上，司机收到出车群的消息，分享给林羌：“我就说为什么身份证检测不合格，交警也凶。原来那几个人是那会儿泊门代工厂出事的女孩儿的家里人，用的假身份证。”

“泊门代工厂？”

“嗯，八十年代礼帽出口很红火的，咱们燕水有好多工厂。当时泊门企业做得很大，活儿也多，癸县也有他们一个分厂嘛，请那些牌子总部的人过来，给当地人培训，传授技术。呵，但良心被狗吃了！”

司机的话锋急转而下：“不知道那些老总有什么可巴结的，把小姑娘送去陪着喝酒……”

林羌忽然定睛。

司机听林羌不着急了，走了立交桥的路，返程畅通无阻：“这家人告了好几年，告泊门老总，告咱癸县政府退休的书记。”

“原先的书记……”

“哦，张求河嘛。”司机说。

“嗯。”

“现在一些买卖，明着不来暗着来，招商，敛钱，这一年下马多少个当官的啊，就是改不了。我们出车群都说，贪应该跟黄、赌、毒并列，划个四害多合适，说来话长了……”司机健谈，像林羌遇到的大多数中年司机，爱聊时事，林羌听他说了一路，倒是催眠。

回到家，杨柳还在睡。她放下包，打开冰箱，没有吃的，拿瓶烧刀走到沙发，边喝边用手机看外卖列表。

看了一圈，都不想吃，遂把手机一扔，整个人瘫倒在沙发上。闭眼考虑了一会儿，林羌决定去超市买菜回来自己做。

杨柳听见动静，没力气爬起来，使出一身解数问："谁？"

"我。"

"嗯……你怎么回来了？"

林羌走到卧室门口："没看皇历，不太顺，改到明天早上了。"

杨柳哼哼叽叽地道："哦……那正好……明儿我捎你回去……"

"你养你的吧，我跟司机说好了。"

"那不行……"

林羌懒得就这话题继续："吃什么？我买。"

"没有想吃的……"

"那我看着买。"

戈昔璇在癸县的第三天。

"哥，你就跟她约一次会呗。"花枝招展的小姑娘托着下巴，用小勺搅着咖啡，"我朋友好看，又是理疗师，不收钱照顾你，不好找。"

靳凡没有耐心："三天到了，下午送你走。"

"我不要！"戈昔璇松开勺柄，挺直脊梁，"妈从来不拿闺女当人看，你又不是不知道，儿子也被分成三六九等了，只有你是香饽饽。我才不回去找讨厌呢。"

"那随便。"

戈昔璇撇嘴，拉住靳凡的袖口摇晃："哥哥，我是坚定的认哥不认妈主义者，我从小就只跟你亲，精神上绝对支持你跟妈斗到底。你忍心看我回去被她那些崽欺负？"

靳凡扯回袖子："我跟你们不熟，不想也没工夫斗。"

戈昔璇很机灵，靳凡不喜欢提的事她也不会惹他烦恼。她有一句话是真心的，就是坚定站在他这头，从小到大不曾变。

她继续托住下巴，聊起别的："昨天商场门口的姐姐真好看。"

靳凡眼睛看着手机，没反应。

戈昔璇观察他的脸色："早上那个小脏辫把照片发来，照片上的比昨天一瞥更好看，难怪你一直瞄呢。"

靳凡放下手机："喝完了吗？"

戈昔璇噘嘴："你干吗啊，才刚坐下多久啊，问问都不行啊？那你喜欢她我就不把我姐们介绍给你了嘛。反正我只要漂亮嫂子。"

靳凡站起来："自己回酒店。"

戈昔璇抓起包追上去："我不要！我要吃那个连锁的牛腩锅！你陪我

去呗！”

林羌买完东西，结账时接到医院电话，妇幼保健院给他们科主任发来会诊邀请。一个孕妇怀孕十八周时彩超发现胎儿肺动脉狭窄，怀孕二十四周时超声诊断为法洛四联症。省医建议她终止妊娠，她不愿意，说怀孕不容易。目前怀孕三十周，重度妊高征，心闷、气短、胸痛已近一月。

主任下午要做手术，指派曹茳和林羌去一趟。

曹茳已经到达，林羌来不及回家了，把菜寄存在超市储物柜。

等她赶到妇幼医院，曹茳和孕妇的主治医生、老公就站在病区的走廊，阿姨推着打饭的小车刚从他们旁边经过。

林羌刚走到三人跟前，啪的一声，一沓检查结果被摔到地上。孕妇的老公突然抓着头发，蹲下来，痛苦呻吟。

曹茳跟主治医生对视一眼，才看向林羌。林羌看到无能为力的孕妇家属，顿然意识到情况不妙，捡起散落的检查单，心电图、超声心动图、胸部X线，看完抬头，正好对上曹茳的视线。

“胎儿诊断为法四，你们坚持要生，我们还能提醒你们去综合性的大医院分娩，做好新生儿术后预后差的心理准备。”主治医生很无力，“可你现在也听见心内的医生说的了，孕妇出现妊高征心脏病，必须终止妊娠。”

孕妇老公的眼泪混合口水流到地上，拉了长丝，发出气泡音：“可我们不能再有孩子了……”

“三十五岁不……”

主治医生还没说完，孕妇老公抬起头来打断：“是我没能力生了！”

“无论你有什么难言之隐，孕妇都必须终止妊娠！”主治医生不是在跟他商量。

孕妇老公站起来，越过主治医生，一把握住曹茳的胳膊：“医生，我们好不容易才怀上，孩子对我们很重要，求你帮帮我们……我从网上查过了，这个病可以治……网上那个主任说……”

曹茳被抻得胳膊疼，开口倒吸凉气。

林羌扯开他的手，告诉他：“网上谁说的你找谁治。”

孕妇老公歪着脸，双眼充血，眼泪横流，咬牙瞪着林羌。气氛越发紧张，突然间，病房里传来动静，主治医师先行大步进入病房。

是孕妇碰倒了桌上的水壶。

主治医生扶起水壶，林羌和曹茳随后，孕妇老公在最后。

林羌在曹茳前面进门，直接抬高了床头，帮助孕妇半卧位卧床，再调整硫酸镁和酚妥拉明的静脉滴注点数。

近半分钟的沉默后，孕妇看向主治医生，恳求："我必须生下来……我和我老公我们两家人的老人都在病床上……都在等着这个孩子救命……我老公出了意外，已经不能再有孩子了……什么结果我都接受……求你让我生吧……"

主治医生很费解。

孕妇又看向林羌："求求你了医生……"

曹蕤还算镇定："你问问你的主治医生，你以为孕妇只会死于产后出血？妊娠合并心脏病也是致孕妇死亡的原因。不要这个孩子，保的是你的命，等你以后身体调理好了，就算你老公不能生了，你们也能做试管。"

"那我们自己拿主意要做都不行吗？你们医院怕担责任，我们可以签免责书啊！不是可以签这个吗？"孕妇的老公吼道。

主治医生严厉地说："没这东西给你签，说破天也是孩子不能要，你坚持较劲，那就转院，转到允许你生的医院，好吧？"

主治医生转身往外走，曹蕤、林羌随后。

来到护士台前，护士跟主治医生说："报医务处了，让医务处来解决。"

主治医生深呼一口气，被气得不轻，但还是要感谢曹蕤、林羌赶过来，扭头对她们说："麻烦了。回执发个电子版的就行，财务会支付给你们。"

"好。"曹蕤也没的可说。

妇幼保健院出来，曹蕤一下有话了："网上能治病要医院干什么？还有，这是可以任性地从感情角度出发的事情吗？"

风吹得曹蕤呜咽两口，吞了几个字："这个病人我得关注一下后续，我要看看到底哪家医院的同行会让她生！命是这么糟践的吗？"

发泄完，她扭头对林羌说："一起吃饭？"

"我朋友在我家，发烧了。"

"嗯，那我回医院吃吧。走了啊。回去慢点，最近县里乱得慌。"曹蕤提醒道。

两人分开，林羌打车回超市取出了蔬菜。

回到家快两点了，头顶日悬，天气仍然干燥阴冷。

她穿过了人行道，突然有人站到她面前，是商场门口上靳凡车的女人，那个美女理疗师？

其实是戈昔璇，靳凡同母异父、跟他一心的妹妹。她比林羌矮一些，微抬下巴："你好。"

林羌一手拎着菜，一手抄着兜，表现十分平淡："你好。"

声音也好听，戈昔璇暗下定义，然后说："靳凡，你认识吗？"

"不认识。"

戈昔璇唇角浅挑，玩心大起："那就好，我是他女朋友。"

林羌点头，仍然平淡："嗯，百年好合。"

戈昔璇装得傲慢："以后离他远一点！懂吗？"

林羌突然笑了。

戈昔璇挑眉："你笑什么？"

"你过来警告我，是我给你造成威胁了？"

戈昔璇两股眉毛渐渐拧起。

"昨晚我们在商场门口撞见，以他的性格应该不会跟你说什么。这样你都急着宣示主权，难道是他盯着我看了？"

戈昔璇嘴巴微张，愣住了。

林羌了然，再次点头，微笑道："你们特别配，千万别分手。"说完，从她身侧走过，没两步，退回来，偏头跟她说，"你来电话了。"

戈昔璇回神，抬起手，看屏幕，果然备注"哥"的人打来了电话。等她扭过头，林羌已走远。

她提了口气，呼出去，返回餐厅，坐下来喝热茶。

靳凡没问她去哪儿了："下午就滚。"

戈昔璇听不到，双手扒在桌沿，感到惊喜："我喜欢她！哥，你跟她在一起吧！比我姐们脑子强多了！可以帮到你！"

戈彦给靳凡找的美女理疗师是戈昔璇的朋友，靳凡连见都没见。

"不要自以为是。"

戈昔璇翻白眼："别装了，我不说到这里吃饭你能答应一起吃？我是你亲妹妹，你的耐性有多少我早刻头盖骨上了，陪我喝咖啡又陪我吃饭这种事根本不会发生。要不是你想人家，早把我扔回延州了。"

"是吗？"靳凡说完，走过来一个年轻人，喊了他一声"靳哥"。

戈昔璇没看懂："他谁啊？"

年轻人伸出手："我是对面祯兴律所的，靳哥说你跟人合股开书店，股权分配不明发生纠纷，需要律师。"说着看了一眼对面的男人，"我们是分所，总部在延州，可以信赖的。"

戈昔璇继在林羌那儿被惊到之后，又被靳凡吓了一跳。

她跟靳凡不常联系，虽然坚定地支持他，但更多是态度上。她没他那么有种，可以做到不花戈彦的钱。

这次来，撮合他跟她闺蜜、兄妹叙旧都不是重点，重点是她被人欺负了。她小时候只要被欺负，就会想到她哥哥上过战场，一身本事所向披靡，想着哥哥，她就能勇敢。

她把那律师轰走，撇撇嘴，鼻发酸，突然想哭："你俩还真配，一对大聪明。我也担心你的病啊，那我以后不来了，你能治病吗？"

靳凡站起来，只说了句："别来了。"便走了。

牛腩锅店里，香味儿浓，热腾腾的烟气里都是。戈昔璇托住下巴，故意不看窗外，防止被人发现啪嗒一声砸在桌面的眼泪。

但那都是小时候的事了，后来他离开战场，他们那妈也从受人爱戴的领导变成了人人喊打的落水狗。

年深日久，她早不盼望戈彦悔悟了，只愿有人救她哥哥。

从前只有哥哥护她无虞，以后她只要哥哥长命百岁。

她吸口气，发微信向小脏辫打听："你早上跟我说林羌是心内科医生？"

靳凡回到车行干活儿，仲川已经在了。刚有车主来贴膜改色，他给人开了发票，送出去，回来对已经在"岗位"的靳凡说："走了？"

"不走也得走。"

仲川走进工作间，拿起3M亚光芭比粉和荧光粉的样板料对比一下，一边用微信询问供货商，一边对靳凡说："连小璇都利用上了，戈彦女士真没给自己设下限。而且她追得好紧，一刻喘息时间都不给你。找那医生刚没戏，马上对小璇的书店下手了，就是知道小璇一委屈就找你。"

靳凡检查新的悬挂、减震。

仲川自顾自继续说道："我还记得那时候小璇去部队看你，你手上有个口子都能在那儿哭半天。这么'哥控'，只要戈彦把你的病情往差了说，她肯定打鸡血似的为你想辙。"

靳凡听他絮叨听得心烦，走到车行外，点了根烟。

见律师不假，但他没必要到那边去的，又不是没有律师的电话。

戈昔璇说得对，他的耐心不允许他陪她喝咖啡又吃饭，他就是想去那女的家小区门口。

林羌回到家，杨柳正窝在沙发刷手机，眼皮能撑起一分，疲态也褪去一些。

杨柳看到林羌，放下手机："怎么这么半天？"

"到妇幼医院看了一个病人。"林羌把菜拎上餐桌，挑了几把时蔬和做粥

的牛里脊，剩下的放进冰箱。

“我发现县医院也好忙，跟阜定比也就没有连轴手术的压力吧？你来的这几个月碰到几起事故了？”杨柳手托着后脑勺。

林羌不知道：“没空数。”

杨柳叹口气，改变姿势，仰头看向天花板：“林羌，你爱过简宋吗？哪怕一刻。”

林羌洗完菜，放到砧板上，反问：“怎么算是爱？”

杨柳摇头笑：“就知道你没有。连多少病人从你手中经过你都不记得了，又能把谁放心上？”

林羌不太麻利地切菜：“你记得吗？”

杨柳被问住了，放下脑袋，扭头看她，愣住了。

林羌知道她看了过来：“很少记得。”

杨柳后知后觉地点头：“确实也是。所以我看不了医疗剧、小说，他们的感情怎么能那么充沛呢？要为每一个病人痛哭流涕。”

林羌洗锅，开火，倒油。

“一个病人抢救失败对我们来说确实难受，但主角为此埋怨自己，深陷其中，甚至搞出 PTSD（创伤后应激障碍），看诊、手术的时候走神、犯病，造成严重失误，挨主任一顿骂，再委屈，另一个主角再出来救赎。烦都烦死了，转行吧，哪有那么多时间啊？还有一种情况，主角医生特别理想化，有些手术做了不如不做，预后差，花费多，手术能成功，人不见得能活。各科室一流大夫讨论都建议不做，只有主角站出来。然后旁白说这个主角才多少岁，前途多么光明。主角煽情演说，再配一个背景音乐，甚至主角借钱垫付治疗费用。最终医院向主角妥协，然后出现医学奇迹……到底明不明白没那么多奇迹啊，我们从理想回到现实好吗？有必要这么体现我们行业的神圣？”

杨柳吃的快克已经上头了。

“还有一点我一直疑惑，面向大众的作品不请医疗顾问？不同医院有不同的规矩能理解，常识性问题一堆也……接受吧！可是能不能不要给他们叠满 buff（增益）却搭配一个大圣母的脑袋，完全忽视职业忌讳，纯靠感情用事来推进剧情？我在那些非专业的作品里看到的医生不是炮筒子就是大傻瓜。我们生活当中再糟糕，工作时也是正常的好吧？”

油热了，林羌把葱姜蒜末倒入，煸香，放入蔬菜、调料，翻炒。

杨柳骂着骂着嗓子又疼起来，不由得咳嗽，咳得脸通红，流出了眼泪。其实她没那么想吐槽的，只是心里憋闷，不找借口倾吐出来，不知道这个坎

要怎么跨过去。

林羌懂她，一直在听着。

“我根本不会把被绿的情绪带到工作中好吗……就算心疼死了，去医院的时候我也是正常的好吗……而且我们真的从早忙到晚……不是你看到我今天生病了坐在这里，就是很闲……我都已经好久没有休息过了……”

林羌炒完菜，关火，端到餐桌，又打开高压锅，盛一碗粥。饭菜都摆上餐桌，她才关了抽油烟机，坐到桌前：“吃饭了。”

杨柳走到桌前，坐下来，不急着动筷：“你跟简宋分手时为他哭了吗？”

“没有。”林羌说。

“你不爱他，也没有喜欢吗？”

“但为他哭会眼疼头疼，身体不舒服，影响工作。”

林羌这话转移了杨柳的情绪重点，她忽然更在意林羌的心理动态：“你喝酒不会眼疼头疼吗？”

“喝酒的第一作用是放松心情，当下放松了，后续眼疼头疼都能接受。为他哭没有第一作用，只有眼疼头疼。”

杨柳差点就被说服了：“还是因为不爱，等你以后遇到了让你哭的人，你就能理解今天的我了。”

林羌平静地夹菜：“我是不会因为对方绿我而哭的。”

杨柳心疼：“你就扎我心吧！”

林羌忽然停住筷子：“只有可能因为……”

“什么？”

只可能因为不想失去，却还是失去了而哭，就像她失去林捷的时候。

“没有。”林羌恢复筷子的活动轨迹。

晚上车行人最齐全。

靳凡在楼上睡觉；小脏辫在楼下长桌跟戈昔璇发消息发得开心；小莺跟公主切在看大厂新出的作品；脱索在工作间拍照发公众号；蒜头和阳光在跟郭子视频，他出院有一阵了，怕靳凡骂他，一直拖着，不敢来报到。

公主切往回拉视频进度，没忍住慨叹：“好贵啊碳纤维，但也真有质感啊。”

小莺笑：“这不让你爸整一套？”

公主切翻白眼：“我爸那老东西，有点钱都养小的去了，正室原配的闺女又怎么样？闺女而已，不是儿子，现在私生子有继承权，又有我奶奶那干巴老太太支持。照老太太话说，我跟我妈没住牛圈、吃泔水已经是他们重感

情了。”

“真恶心。”小莺骂。

公主切走到冰箱前，拿了两瓶茉莉茶，给她一瓶：“姐不在乎。”

小莺接过饮料，垫着下巴：“我爸倒是一门心思在我和我妈身上，那是因为我妈能干啊，外边看是我爸当家，实际控股人是我妈。”

“不好？”

“没不好，就是会影响我，我妈经常不回家我也不觉得有错。”

蒜头过来时听到这话，“哈”了一声：“这不找着根了？难怪天天大嘴巴招呼我们庄哥。”

“啥啊？”小脏辫抬起头。

小莺斜了蒜头一眼：“不要没事找事。”

蒜头坐到旁边：“你们知道吗？德利游泳馆溺死那女的好像死前被那个了。”

这个话题很吸引人，大家都看过来。

蒜头说：“那女孩儿才上高中，这是寒假来这边姥姥家住，报了班学游泳。”

“你说被那个，这消息哪儿来的？”小莺问。

“你以为那女孩儿家里来这么多人是为什么？”蒜头说，“我跟我叔那儿听说，德利老板之一是杜佳，四十多岁一女的。杜佳原先在镇政府档案室上班，后来辞职了，开了个芭蕾舞辅导班。”

阳光在家听过：“是不是传言拉皮条那舞蹈班？”

“对对！就是。”蒜头说，“那阵子不是交叉管理嘛，燕水的监察委员会领导也老来巡视。那节骨眼上杜佳的舞蹈班关门了。”

公主切听懂了：“你是说，杜佳开这个游泳馆是要重操旧业，接着拉皮条？”

蒜头撇着嘴摇头：“我不知道。反正我听说的就这些。”

小脏辫坐到长桌边：“那女孩儿好看吗？”

小莺扭头瞪他：“这是重点吗？重点是这些贱人真该死啊！”

小脏辫不是要跟他们讨论这事，随口一问，挨了骂也顺理成章转移了话题：“戈昔璇真牛，我只跟她说大嫂原先在阜定上班，她一下午就打听到大嫂是分手之后从阜定过来的。”

蒜头好奇道：“老大不是不让咱搭理戈昔璇吗？你那屁股又痒痒了？”

小脏辫伸手给他后背一掌，把手机扔到桌上，让他们看聊天记录：“大嫂前男友也不差的，那词儿叫什么来着？什么雅，需雅。”

“需什么需，那叫儒雅。”脱索纠正道，歪头看屏幕上的照片，确实斯文俊秀，“跟老大两个极端。”

小莺拿起手机，眼前一亮：“哇！理想型！”

小脏辫不爱听了，抢回手机：“别瞎闹，你理想型只能是我！”

小莺翻白眼：“然后呢？大嫂为什么分手？”

“这重要吗？重要的是大嫂跟前男友分手了，才能跟老大有以后。”小脏辫抖动肩膀，笑得阴险戏谑，“阳光看看大嫂朋友圈有什么指示。”

阳光点进林羌朋友圈：“啥都没发。”

蒜头扑哧一笑：“睡觉吧庄哥，别执着当月老了，老大跟大嫂要是都有那个意思，这会儿已经在墙根亲……”

门口发生响动，他们同步看去，林羌突然进门。

她拎着送餐箱问：“醉了？”及膝黑裙包身抹胸，灰白大衣的衣摆垂至脚踝。

众人失语——第一次看见她打扮，跟素颜是截然相反的景色。

待他们醒过神，小脏辫最积极，蹦跶过去：“大嫂要来咋不说？”

林羌把送餐箱放到长桌上：“明天我出个远门，再见可能要年后了，怕我忘了请你们吃饭的承诺，提前兑现。”

“年后”让气氛冷却，因为林羌到来而喜上眉梢的几个小浑蛋猝然脱去笑颜。年后近在咫尺，但听着跨度久远，他们没来由地心发慌。

小莺问：“远门？是去旅行吗？”

林羌微抿下唇，长“嗯”一声：“这么理解倒也可以。”

“去哪儿啊？一个人？不是跟哪个男的吧？”小脏辫紧皱五官。

“这个就不跟你们汇报了，”林羌微笑着，“明年见。”

小脏辫追过去：“这就走了啊？”

几人跟上，小莺提前送上祝福：“姐姐过年好！新年万事顺利！”

她开了头，大伙儿都祝福上了——

“大嫂新年快乐！”

“明年见！”

他们送林羌到门口，前三后五，站成队伍。

林羌上车后打开车窗，抬颌示意：“赶紧回去吃夜宵。”

“姐姐路上慢点！”公主切说。

林羌关上窗户，司机发动了车。

车行数米，林羌扭头，透过后风窗望向车行二楼黑灯的那一间。余光投落，几个小孩儿还在门口傻站着，门灯照得他们有些颓然。

小浑蛋返回车行，别扭还没消。

蒜头咂摸着不是味儿："大嫂咋有点道别的意思。"

公主切掀开送餐箱，拿起一杯奶茶，举起，晃晃，转腕，看着里边飘零的果肉："多斯家的奶茶，大嫂真舍得花钱。"

小脏辫被林羌突然"道别"搅乱了心情，蔫头耷脑地把奶茶一一取出。

完毕，小莺皱眉："刚刚好吗？"

"大嫂多好的人，当然刚好了。"小脏辫叹口气。

"那……老大的呢？"

小脏辫抬起头，两两相看，又低头确认一遍，确实刚好，刚好少了靳凡那一份。

司机开入大道，林羌靠在车窗，光影在她脸上沉浮晃荡，睫毛下的眼乌黑透亮。

杨柳打来电话："你还没到吗？"

林羌看一眼窗外，说："到了。"

"嗯？"

司机把车停在路边，林羌下车。

杨柳不可思议地道："好巧。"

林羌走进餐厅："怎么不到里边去等？"

"里边几个男的倒胃。"

林羌停住："换一家？"

"我想吃这家……"杨柳明天回去，今天特别想吃当地好店，"我保证忍住。"

林羌打头进门，两人被服务员领到偏僻的位置。只是日式铁板烧的特色就是围在铁板前，还是免不了被暧昧地打量。

两个四百九的套餐，杨柳全点的招牌。

对面俩男人喝得酩酊，化了浓妆的林羌进入他们的视线，引得他们交感神经一直兴奋。

林羌化妆是杨柳强烈要求且亲自操刀的，她看着她的作品呈现出这么好的效果，堵塞的鼻子都通气了。

林羌麻木地翻看着手机消息。

杨柳托着脑袋看她，越看越喜欢："你说简宋唯独被你拿下了，真跟这副皮囊无关吗？吹简宋什么我都认，要说他找女朋友不看脸，我第一个投反对票。"

林羌没搭茬。她追简宋追了半年，没觉得容易。

想到这里，她抬起眼。认识靳凡多久了？有四个月了吗？

才四个月？感觉一闭眼就是他们之间发生的事，这么多记忆，竟然才四个月？

鹅肝被端到厨师面前，林羌左侧的男人突然扭头，笑眯眯地问她："能加你微信吗？"

"没微信。"林羌说。

男人呆住。他的同伴比他反应快："看得起你，牛什么？"

俩男人一张嘴就是酒话，杨柳觉得难听，无意识扇扇鼻前空气，正好刺伤他们稀薄的自尊心——

那人把叉子往盘上一摔，斜眼道："装什么？大晚上穿那么风骚还不是要去卖？我给你两百大钞，你卖给我，不省了你打车过去？"

餐厅经理第一时间上前，为林羌和杨柳解围，还要给她们换桌。

那人和起初搭讪的男人不干，挡着路不让走，非要加微信。

林羌烦了，正要拧他的腕子，接一个过肩摔撂倒他，有人先一步把他摔出半米，他滑到包厢门，哐一声停下来，撞击让他脸上的肉抖一抖。

是靳凡，他身后是仲川。

挨打的男人急赤白脸，嘴唇抿成一条线，准备耍狠。抬头看到靳凡的脸，肚里的半两黄汤顿时消化了，菜没上齐就逃了。

林羌很强，但如果有人想为她效劳，她不拒绝。

她重新坐下来，杨柳却坐不住了。她不认识靳凡，但看过照片，他本人跟照片不太像，可能是照片显不出他身材挺拔，还有五官的立体。

厨师把鹅肝放到两人盘里。

杨柳也坐下，却没上次坐下那么自如地跟林羌说话了——靳凡和仲川坐在了她们对面。

林羌对靳凡可不好奇，继续看消息了。

仲川点了两个套餐，伸个懒腰，话有所指："有些人请客还少人份，这得是多小气的人呢，老大你说。"

林羌仿若未闻。

杨柳明白过来，给林羌发微信："你刚才从必胜客和多斯买的东西是请车行的人？答应我化妆不会跟这个有关吧？"

林羌从容回复："应过请客，但明天要走，所以提前了。"

"这是借口吧？他出现在这里是巧合吗？"

林羌没有再回。

杨柳可不傻，瞥一眼靳凡，再发给林羌：“我怎么觉得，我好像知道你为什么跟简宋分了？”

没人能拒绝简宋，谁又会拒绝靳凡呢？

“他知道你是因为跟他家有买卖才接近他的吗？这可是雷，以后会炸得你血肉模糊。而且，他有病。”杨柳提醒。

厨师把火焰冰激凌端到林羌面前，她放下手机，用金属小勺挖了一点。胳膊肘支在桌面，视线从容地落在西南角的绿植景观上，吃东西的动作稍显得随性。

靳凡目不转睛，自进门起就没挪开过视线，他似乎不在乎谁觉得他眼神赤裸，目的明确。杨柳坐在林羌旁边，嗓子直冒烟，感觉病情反复了。

林羌视线又转到东北方，来回都略过靳凡。

别扭的不止杨柳，仲川也如坐针毡，不知道怎么待合适。早知道不那么早回去了，省得被拖来这里。

仲川判断失误了。靳凡身侧的女人从来层出不穷，风格和条件都卓绝，靳凡一直表现平淡，仲川老说他吃素，他也不反驳。前一段时间这个“女特务”出现，他开始不一样了。

虽然这女的一看就一百八十个心眼，却是男人最拒绝不了的那一款。神秘性感跟什么类型比，都是赢家。

服务员推来了酒，为林羌和杨柳斟上。

林羌浅啜一口，喝得惬意，嘴唇沾了酒液，被她轻轻舔掉了。

她的眼神下了砒霜，仲川不敢直视，只瞥了一眼手心都出汗了。再睨一眼靳凡，他有这么淡定吗？

肯定装的，要是不上头，也就不追过来了。

山崎威士忌很香，杨柳没敢多品，也就半口，扭头想跟林羌感叹日本只有酒美，发现她已经起身去了卫生间。

站在卫生间的整墙镜前，林羌看着对面的自己。

她以前也烫过卷发，服兵役的时候剃成了六分寸头。义务兵，她为此做了一年的准备，白天上课，晚上练拳。原先体力不行，增肌又做力量训练，弄得自己又高又壮，好似能一拳打死人。

她忽然笑了，那时候真的以为病好了。

后来她暴瘦，苍白憔悴，自己嫌弃得不行，用化妆掩盖病态，却好像正戳中了大部分人的审美。

五加三期间，她把全部精力放在专业上，不知道为什么很相信那个天道酬勤、逆天改运的道理，以为努力就能成为苦难的漏网之鱼……

可是看看镜中这个女人，人生已经走过四分之三，当了大半辈子的“卷王”，还是没能逃了苦难的网。

啊，她想起来了，当“卷王”是要交很多学费的。往前数十五年，她除了玩儿命干就是在贷款了。现在终于可以挣钱还贷款了，但还完她也该死了。

真不错啊。

她闭上眼，低下头，一双结实有力的手臂从后面搂住她的腰，均匀的呼吸吹拂她耳轮。

她没有睁眼，微微仰头，转头，深吸，他是真的好闻。

她说：“磨蹭，等你的时候我把一生都想了一遍。”

“谁跟你说我是来找你的？”靳凡说。

林羌睁开眼，双手覆上靳凡的腕子，无名指的指腹轻轻描摹手背到小臂的筋：“那你为什么抱我？”

“我乐意。”

林羌从他怀里转过身，靠上洗手池，边沿正好卡在她的腰窝。她的眼神自下而上，谁能把衬衫穿成他这样？都是诱惑力。

退役多年还能这么自律，有病还能这么自律，怎么能不吸引人呢？

想想大部分三十多岁油腻发福的男人，她还真是幸运，前有简宋，后有靳凡，他们好像被“大部分”这个团队踢出去了。

她手指沿着他的手臂向上，停在卷起袖口的地方。她又换了个位置，掌心贴在他胸肌，抬颌，歪头：“你出任务的时候穿衬衫吗？这里有没有背带？”手往下摸，摁在他腰以上的位置，闭着眼回想她掌握的知识：“背带这里放枪，对吗？”

靳凡用双手分别覆盖她的手，拉下来，往后拽，把她的手摁在洗手池的边沿，弓腰，跟她的眼睛处于同一水平线：“谁还雇了你？”

他真执着啊。

林羌微笑，往前倾了一下，亲了他：“你猜。”

“骗人会吗？”

林羌松弛连贯的神情突然崩掉，持续几秒，他能接受她有意图的勾引？

靳凡靠近她，挺拔的鼻尖相贴。他重复一遍：“骗人不是你的强项？骗我会吗？”

林羌不知道吞咽的那口口水里混合了什么，感觉有点苦。

许久，她从靳凡手下把手抽出来，搂住他的腰，靠在他胸前：“你那美女理疗师呢？”

靳凡皱起眉。

林羌搂紧他："我想你了。"

所以穿成这样去车行，给所有人买了晚餐，唯独少你的，就是要你来找我；就是要在你面前吃冰激凌、喝酒；就是要勾引你，要你追过来，像这样抱住我。

靳凡吻住她，掐着她的腰，把她抱到洗手池台面上坐着，继续吻。

林羌双手勾住他的脖子，沉迷他的吻。

她爱他一向打理得干净的唇齿间的香。他好像也喜欢她的，吻得急，搂得她也紧，他不喜欢说话，她不是。她要抽空呼吸，再问他："你呢？"

靳凡用力咬她的唇："你猜。"

鼻息纠缠，音调乱飘，像是也喝了酒。

林羌疼，但真爽，仰头笑："那你会为了我，治治心吗？"

靳凡停下来。

林羌似乎知道是这个结果，不意外，还拉着他的手："你光享乐，不想我，我多委屈。"

靳凡看着她，她眼睛很漂亮，且满满都是光："如果我心脏没病。"

"我也想你。"林羌甚至没有犹豫，意思是她没任务了，不是为了哄他治病才这么说。她是为了自己，想享受这段关系，更久一点。

靳凡的视线在她脸上定格："我想听实话。"

林羌歪着头，暧昧地摩挲他的指尖。这人的手也很好看，所以老天妒忌才要提前带走他吗？她笑笑："你要我骗你，又要听实话。"

靳凡攥住她的手。

林羌不抽回，抬起头，逆光里的靳凡也会进入她的心里："你知道一个人开始想一个人，就会贪心。"

沉默。

餐厅的背景音乐换了一首，靳凡说："我要是答应不了……"

林羌抽回手来："那我就会选简宋。"

靳凡没再牵住她。

林羌笑着看他："我也有病，我对活太长没什么瘾，但我选的人至少要活到我死的时候吧？你不愿意为我活，那你死了我怎么办？"

靳凡不说话。

林羌从洗手台上下来，提步朝外走。

行至门口，她返回，从身后搂住靳凡，耳朵贴着他的后背："想你是真的，选简宋也是。"

靳凡攥紧拳。

“再见，靳凡。”

林羌带着杨柳走了，也没等菜上完。

杨柳没问为什么，直接跟她离开餐厅，来到人民公园外。夜间，公园有湖中表演，但林羌没进去。

林羌站在路灯下抽烟，右手一直抖，但她并不在意。

她不会选简宋，简宋不是她的退而求其次，简宋是最好的，只是她不爱这个最好的。

她不知道她爱谁，但真的想靳凡了。

也许因为，他们是一种人？

杨柳也不说话，她觉得她懂了下午饭桌上林羌的欲言又止。

林羌大概也知道自己会为男人哭了，不过骄傲如她，会忍。

只是被靳凡迷上这个结果不好，但这似乎并不是林羌可以控制的，前不久靳凡一个不经意的英雄救美就说明问题了——可能他就是哪里都好，所以才会短命。

林羌抽完两根烟，拦了一辆出租车。杨柳全程沉默，回到家，铁板烧的外卖也到了。她看着林羌把外卖摆到桌上，呼吸凝滞，情绪复杂。

林羌摆好，扭头平静地说：“吃吧。”

杨柳愣了半天，走上前搂住了她，什么也没说，也不用说。

靳凡返回铁板前，仲川察言观色，知道他没心情吃饭了，站起来，拿起衣服：“走吧，去老杨那边弄点烧烤吃。”

靳凡省了说，直接往外走。

回到车行，小痞子们还没吃完，看起来兴致不高，但也不算悲伤。仲川把烧烤放下，说：“失恋的请的。”

“啊？”还是蒜头先问了，“哥你失恋了？”

没人回答。

靳凡上了楼，还是在黑灯瞎火中坐到那把破椅子上，习惯性地把双脚跷到桌上，但没闭上眼。

闭眼就是林羌，不胜其烦。

林羌说想他，但也说如果他不治疗，她就选简宋。

对他来说，从来很难把女人放心上，她选谁他也没关系，而且她的话也不见得掺杂真心，但……

他还是闭上了眼。

睁眼也是她，那就算了吧，随便了。

杨柳喝了药，睡了。

林羌在阳台抽烟，妆没卸，杨柳拿给她的披肩也被她放在了桌上。风把流苏吹得摇摆，她好像也有一点摇摆。

她知道下午见到的不是杨柳说的理疗师，是谁都没关系，但起到了一个作用——她一下午都在想靳凡。

像一只木偶那样跟杨柳逛街买衣服化妆，也都是心不在焉的作品。

一根烟燃尽，她拿起手机，见故意没删的阳光在朋友圈发了照片。车行小朋友围坐在一起吃晚餐，仲川在其中，靳凡却不在。

她锁定屏幕，把手机扣放。刚放下，响了。

再拿起来，是曹莶的消息。她说坚持生孩子的那个妊高征心脏病的孕妇下午转到了省医医院，目前情况不明，但知道了夫妻俩咬定生产的原因。

他们对医院隐瞒了生育史，有个五岁的女儿在庐市人民医院住院。

曹莶说："女孩儿只有十几个血小板。"

后面没说，但林羌知道了。这是严重的造血障碍，大概是想再要个孩子给这个女孩儿进行骨髓移植。

"还有个事儿。"曹莶说。

林羌问："什么？"

"秦艋下午跟我打听你请假的原因，我说不知道。"

"嗯。"

曹莶不再回复。县医院里的人都知道秦艋对林羌有意思，也知道林羌跟改装车行的靳凡关系不浅，涉及林羌的事儿告诉她一声就行了，不打听太多。

林羌产生一个想法，从通讯录里翻出秦艋的电话，打过去。

秦艋秒接。

林羌直言："简宋让你关注我的动向？"

那头沉默。

林羌得到答案，准备挂了。

秦艋这时开口："简老师没有恶意，他很担心你。而且这件事不是简老师拜托我的，是我主动提出照顾你的。"

"我需要照顾？"

"要不要照顾你怎么能根据你需不需要来做决定？你再厉害也有一个人

办不成的事情吧？有人帮总归是好的。”

林羌托住手肘：“你看上我了，所以去跟简宋自荐照顾我。但你想过简宋为什么同意吗？”

秦艋不言。

“他知道你的心意，也就知道你会百分之百用心照顾我。说白了就是利用你的心意。”

秦艋还是不言。

林羌该说的都说了：“这事就此打住，别找讨厌。”

挂断电话，林羌回了房间。

她不会去质问简宋，以简宋的作风，他大概会坦白说“是我，我就是在利用他”。

简教授是这样的，温雅端方，也有锋芒，会用一些手段，也不屑于否认。好像原先之所以追他，也是这点很对她口味。

可是现在……那点嗜好似乎没了，她不觉得他的睿智吸引人了。

靳凡松弛地坐在破椅子上，右手食指指腹轻摁太阳穴位置，小指、无名指背贴着脸颊，拇指指腹抵在下颌线。眼睛看向电脑屏幕的邮件，眼神有些捉摸不透。

卡鲁死了。

当年救援行动中，对方极端分子的头目。

仲川进门，熟练地坐上桌，看了一眼靳凡的屏幕说道：“胡江海干的？要说跟卡鲁打交道，那还是他最频繁。”

靳凡手指在回车键上敲了一下，网页跳转，是媒体发布的新闻——

胡江海出狱现状。

新闻中的采访时间刚好是在卡鲁被击毙那天。仲川皱起眉：“他这是怕怀疑到他头上，搞了一个不在场证明吗？但这有说服力吗？谁会觉得他亲自上阵啊？就他那一米七的个儿。”

靳凡始终不言，仲川调侃两句也不说了。

如果不是怀疑跟胡江海有关，仲川知道靳凡根本不会关注这事。他没再说什么，起身走了。

靳凡姿势不变，盯了屏幕一阵，啪一声合上电脑。

胡江海应该是要靳凡协助重启整个不可告人的暗黑世界。

靳凡想，如果自己不从，胡江海自然还会有后招……

可能是什么呢？他没软肋，还能有什么是会被胡江海拿捏的？思及此处不足片刻，心中一顿，倏地敛眉。

他刚有了软肋。

早上，杨柳病情反复，林羌没为难她，找了昨天的司机。德利游泳馆前边的路疏通了，这一路顺多了。

起得太早，司机好像也困，没了前一天跟林羌胡侃的精神劲，只顾沉默不语地开车，虽然心不在焉，但作为老司机，路太熟悉，不用导航也在最短的时间把林羌送到了目的地。

最近闹流感，医院人更多了。林羌取完号，坐在神经内科门口的长板凳上，等待一个小时后李擎主任的门诊。

整个过程只用了十几分钟，还得说她目的明确。楼下导诊台前有人在吵架，围了一群人，她连看都没看一眼。

神内门诊部的楼层走廊里也有不少人，但都很安静，跟她一样呆呆地坐着，没表情，也久久没有动作。

不同于她的是，他们手边都戳着厚厚一沓化验单，手里攥着病历本和医疗卡，眼里是深不见底的空洞。

“我让你给李主任打电话你打了吗？”

看着像母子的一女一男从电梯出来，嗓门不小，整个走廊都能听到他们谈话，似乎就是要被别人听见——

“你又没挂上号，打电话有什么用？”

“老熟人了挂什么号？等一下直接加个塞儿，让他给咱看了。熟人关系这时不用，什么时候用？”

“合适吗？”

“有什么不合适的，那要是李主任都不说，别人管得了吗？自己没那个关系赖谁？”

四周的人纷纷侧目。

林羌一直平视前方，对比那些好奇而侧目的人，她显得有些独特。

母子走到诊室跟前，携来一股浓烈的酒气。

漫长的一小时过去，一个干瘦但有劲的老头风风火火地走来。

他嘴角下垂，眼睛深邃，有些严肃，令人生畏。身后也跟着两个白大褂，胸牌上的职称是住院医。

老头就是李擎主任，他对上前拦路套近乎的人视若无睹。进诊室前的随意一瞥，反而让他停住了。他视线折回，停在林羌脸上半天，忽然眯着眼抬起手。

林羌本来戴着口罩，此刻礼貌性地摘了一边："李主任。"

严肃的李主任突然笑了下："真是你啊，我还以为是重名。"

走廊的人这次都看向林羌。

林羌浅笑一下，不失礼貌。

李主任进入诊室后，那对母子中的母亲阴阳怪气道："哪儿都有走后门的，现在当个普通人，没关系没钱长得也不行的都没资格看病了。"

林羌重新戴上口罩，听而不闻。

那母亲被无视，有些生气，故意在林羌面前走过，用她壮硕的身体撞了林羌的手。

林羌闪躲不及，手机脱离掌心，在空中旋转半圈，摔在了地上。

她以前坐诊很不喜欢有人在门外闹事，所以她不会，也没怪罪，默默捡起手机收进包，稍微偏过身子，不再面对那母子。

那母亲脾气大，不依不饶，直接问她："我岁数大了，老妹子能给我让个位子吗？"

林羌不让，那母亲又撞她。她有防备，但手抖了，包里的手机幸免于难，医疗卡没逃过。她正要捡，那母亲踢了下脚，把那张医疗卡蹬出半米远。

林羌起身去捡，再回头时，那母亲把矿泉水放在座位上，占着了。

周围人都在看，但他们都平淡。

林羌没耐性了，本身也不是个愿意受气的，过去一脚把那个矿泉水瓶子踢飞了，眼神也随情绪发生了变化。

这回那一直沉默的儿子不干了，站起来，吊着脖子，横着下巴："你有没有素质？"

林羌淡淡说道："比你妈有。"

"嘿我——"

母子一齐冲向林羌，林羌不怕，屈肘要挡。突然，一只手从她耳侧擦过，攥住了即将挥到她脸上的拳头。

林羌一看这手，眼神放松下来。

靳凡使了劲，那儿子疼得龇牙："疼疼疼——"

那母亲攥住靳凡的胳膊啪啪打，声音尖锐："打人啦打人啦！"

靳凡转腕，拧得那儿子胳膊弯曲，几乎要给他下跪，求饶了："对不起对不起……误会……"

那母亲见林羌有同伴，收起尖声，消停下来了。

靳凡甩开那儿子，全程无一言。

母子俩逃远了，靳凡扭头看到林羌的口罩掉了一边，给她戴好，牵住她的手，返回她之前一直坐的长板凳。

林羌坐下来，他就站在她面前，挺拔如峰，说话讨厌："不是选简宋吗，他怎么不管你？"

又傲又凶，一如既往。林羌可不吃亏："我心疼他，要你管？"

靳凡点头："你心疼他。我管。"

林羌哑言，静止。

"我管"，林羌听见了靳凡一整句话，但半分钟过去，只记住了这半句。

好大的口气。

林羌没当真，笑说："你用什么管我？全心衰的身子骨？"

靳凡站在林羌面前，挺拔的身姿似乎不会因为任何原因弯下。

他垂下眼睑，眼神扫过林羌，一脸漫不经心地嘲讽："什么样的身子骨也没影响我现在在这里。"

林羌不说了。

"医生也说不准你接受治疗后能挺多久，也许病治好了，下台阶时摔死了。"

真难听，林羌拧眉，抬眼睨他。

"如果没人雇你了，就少操点心。你都对活太久没瘾了，还管我活几天？至少我活着的这一刻，站在这里。"还有一句未言明的：在你身边。

林羌的眉毛不自觉地放松了。

靳凡终于舍得俯下身来，声音平和一些："我让你想，你让简宋滚蛋，你不亏。"

林羌低头一笑："是你不亏吧。"

靳凡看到了她的笑，正好一缕阳光穿过走廊尽头的窗户，银杏似的黄色在白瓷砖上跃动，天气好像好了起来。

排到林羌，靳凡没跟随她进门，林羌也省了让他出去。

李擎主任看到林羌，双手叠放在桌前："你有我电话的吧？"

他跟简宋早就听过对方的名字，后来在一例疑难病症的多院专家会诊中交换了联系方式。那次会诊结束，发起方组织晚餐，他在那里看到了简宋的女朋友林羌。林羌在饭桌上要了他的电话，他由此对这位女医生印象深刻。现在看来，大概是因为她得的病正好是他擅长的领域。

"挂个号也不麻烦。"林羌说。

“哪儿不好啊？”李擎主任看她并没拿片子过来，但能来找他肯定是清楚自己的身体情况。

林羌是带着病史资料来的，递给主任，平静地说明：“我是中毒性帕金森综合征，十六岁时吃药控制，几乎没有了症状，四年前感到药物免疫，两年前躯体化明显，右手震颤频繁，经常动作僵持，行动迟缓。上月摔了两次跟头。”

李擎主任翻看着林羌的病史资料，详细到摄入了多少氰化钾，哪一天出现了什么症状，治疗期间给予药物的剂量。

林羌继续说：“现在就是已经影响到工作生活，想做手术。”

她给主任省去了很多提问时间，主任仔细查看了她的病史，抿唇的动作让他的上唇几乎消失：“你约个核磁，约个 PET，先看看病情评价。”

“预约过了。”

李擎主任点头，再开口有些语重心长：“我还是要理性地说，你现在有这个躯体化的表现，可以考虑做一个双侧脑深部电刺激，但只能改善你的躯体化，具体疗效能维持几年，这都说不好。”

“我知道。”林羌也是医生，她无比清楚对于无法根治的病，手术的目的只是减轻病症表现，提高生活舒适度。

李擎主任合上她的病史，停顿后问出一句题外话：“简医生不知道，对吗？不然他应该带你去找何主任了。他们私交更好。”

“我们分手了。”林羌的语气听不出情绪。

李擎主任没有再问：“等结果出来给我打电话。”

“好。”

从诊室出来，林羌首先看到靳凡，他在正门口最显眼的地方，似乎是怕林羌出来第一眼看到的不是他。

林羌抬了下拿单子的手：“检查。”

靳凡没说话，从她手里拿过单子，径直走向电梯。自然到两人都没觉得这举动不合适。

林羌没追回，跟了上去。

靳凡排队缴费时，林羌就跟在他身侧，队伍之外。他走一步，她也走一步。他觉得无聊，但好像并不无用，排队的时间突然没有那么漫长。

林羌很欠：“看前边，别看我。”

靳凡根本也没看她：“害点臊。”

“没看我吗？那我走了？”她作势要走，刚后退一步，就被靳凡牵住了手，一点一点攥紧了。

他的手很大，安全感就从掌心的纹路里传递而来。她抬起头，他一直保持面对前方的姿态，那他怎么精准牵住她的？

她感到了戏剧性，正要好好分辨他是有超乎寻常的方位感，还是记忆力惊人，脚下倏地停顿，身子笔直地朝前扑倒。

靳凡反应很快，立即横腰捞住她，只是他们已经到了缴费的窗口，还是传来一声闷响——林羌的额头磕在窗台边缘。他把她抄回怀里时，血已经顺着内眼角、鼻梁在她脸上流下几道自由张扬的痕。

她好像一点也不疼，还在淡笑："这地不太平。"

靳凡不像围观的人一样惊诧，他也眉头紧锁，但几乎没有停顿，动作轻盈地抱起林羌，奔向外科门诊部。

外科医生看到额头流血的林羌，喊他们："放下来，这边！"说着拉开隔帘。

靳凡步子变大，医生话音刚落，他已把人放下。

医生熟练地清创，包扎，还不忘说："这摔得，下回看着点路。"

林羌没吭声，闻着碘酊难闻的气味，伤口处前不久还在跳跃的血管仿佛停了下来。

"身体健康来什么医院，不知道什么情况就别废话。"靳凡怒焰流淌。

医生一愣，即刻换了一种语气道歉："对不起，我没别的意思，你们别误会。"

靳凡没理，道歉也没接。

一位爱管闲事的老人，挎着中文大学的布口袋，右手拄着打了蜜蜡、磨得锃亮的拐杖，面对靳凡恶劣的态度、医生卑微的道歉，说了句公道话："医生好心，提醒了句。你这话就有点欠妥当了，亏了长这么帅气，可不能这么没素质啊。"

靳凡保持冷峻，甚至懒得对这样的噪声不耐烦。

医生确是关切，只是没考虑到林羌摔倒跟看路无关。靳凡目睹林羌摔倒，深知自己的无能，就像一把上膛的枪，医生视角的关切可不就撞到了他的枪口上。

"我是为你好"的结果往往都很坏。

面对靳凡的无视，老人的路见不平逐渐变了性质，拄着拐笃笃地敲地面："年轻人，你这么没礼貌是要吃亏的。"

林羌抬头，正好对上靳凡满眼愤然。

老人不依不饶："要不说现在没人当医生了呢，医院的大门对四方开放，什么品质的人都接纳，净给医闹创造条件了。各个单位也是，就会教育医生态度好点，怎么不教育病人提升一下个人素质。”

医生到这时已经意识到自己说错了话，婉言道：“大爷，您是在等孙女儿是吗？她去拿片子了，等一下就回来了，您到旁边坐会儿？”

老人突然拔高音量：“我是向着你！不要助长不良风气！”

医生怕闹起来被投诉，挨骂又扣钱，于是恳求：“您这么大气性对肝可不好，您看我给人清创，分不了心，按理说这换药区不能留您，但我也不能叫保安把您轰出去吧？谢谢您的好意，我先给人处理伤口行吗？”

老人消停了，医生也给林羌处理好了额头的伤。

林羌一直担心靳凡翻脸，倒不是觉得他会为她，他那脾气差得根本不需要什么激怒他的理由。

还好他没爆发。

靳凡交完钱回来带林羌回了检验科的楼层，把她安置到等候区。自己到自助饮料机买了瓶水，拧开盖递给她。

林羌没接。

靳凡想起做 PET 要空腹，又拧上了盖子。

林羌在他转身时，拉住他的手。

靳凡回身，看着她。

林羌仰着头：“我以为以你的脾气，被人这么讽刺，会想要砸了换药间。能忍住是不是说明你原先根本不是这个性格？”

靳凡回答：“躁郁症也不天天生气发火，何况我不是。”

“那你怎么总是跟我发火呢？”额头的伤并未影响林羌的从容，她看起来还是不怕死的样子。

“因为你别的不干，就找死。”

林羌笑了，娴熟的淡然的笑，装成小白花的样子：“那老人讽刺你之前你就发火了，其实医生说的话还好吧？有那么难听？”

靳凡知道她是明知故问，却也答了：“我觉得难听。”

林羌不再说话，只是维持望向他的姿势，很久。

靳凡看了眼缴费窗口，排队的人不多，便走了过去。

林羌扭头，眼追随他的背影。

冬天的白天特别短，只是摔了一跤，太阳好像就要落山了。林羌目及之处的身影都是一个颜色，突然，一束红光枕到靳凡肩膀，让他有些与众不同。但她更欣赏那束红光降临之前的他，挺拔如杉，也有些与众不同。

太阳下的花好看有什么稀奇，太阳照不到的地方有花开才稀奇。

六点，林羌进入 PET-CT 中心。

靳凡没有陪同。

林羌要强，不是什么事都需要别人陪、帮、替代，也讨厌被别人当成病人。靳凡也是病人，所以他知道。

等候区不时有播报，靳凡像块面向检查室的石雕，突然一位坐着轮椅的老人进入他的视线。

老人穿着整齐，昂首挺胸，但黑斑密集地烙在松如鸡皮的脸上，戴着手套的手不停地抖。嘴角挂着唾沫，花白胡须上沾着毛衣的细小绒球。

很快，一个微胖的妇女匆匆赶来，下垂的眼睛和嘴角让她看起来有点麻木不仁。

她用拿着预约单的手握住轮椅的把手，弯腰对老人说："要等两个小时才排到我们，要不先回车上？"

老人摇头，伸手指向等候区。

妇女把老人推到靳凡面前的座位，却转了方向，让老人背对着检查室门口，面对着靳凡。

老人松垮的眼皮下，一双灰褐眼睛仿佛已经不能再聚焦，看着靳凡，也像在看着别处。

妇女的电话响起，麻木的脸在接通时转变成了不耐烦："她哭你不会哄吗？你个当爹的自己闺女都哄不好？爸等一下要进 CT 室了，你让我把他一个人扔在这儿？"

不知道电话那头的人说了什么，妇女突然尖声道："那去死啊！"

挂了电话，她又恢复了麻木，像是挣扎了很久，终于走向靳凡，难以启齿似的求助："能麻烦您帮忙照看一下我家老人吗？我出去看看我闺女。小女孩儿太小了，离不开我。十分钟，十分钟我就回来。"

靳凡没有答应。

妇女没有为难，走回老人身边，同样的话说给他，但多了一句："您要想让我多活几天，就在这儿等我。"

老人没有反应。

妇女走了，老人还看着靳凡，抖得严重的手拽开棉服的扣子，胸前别着三枚军功章。

靳凡早在见到老人挺拔的身姿时就看出了端倪，可能在老人眼里，他的挺拔也是一种信号。

老人摘下手套，缓缓朝上举，却没有完成军礼。

靳凡知道人到晚年信仰强烈，也猜到他要干什么，注意力却被他的指甲盖吸引去了。

老人的手指光秃秃的，没指甲了，也许是甲床遭到损害的缘故。

靳凡呼吸一滞，抿得笔直的唇线与前一秒的漠然镇定恍如两人。

老人的手套掉了，靳凡目不转睛地盯了半天，走过去，帮忙捡起手套，刚放到老人腿上，冲过来的一个大汉把半蹲的他推倒在地。

他摔坐在地上，发根处一层湿凉，甚至忘了抬头看看谁推了他。

轮椅上的老人双手剧烈地抖，啊啊呜呜说着话，可谁也不知道他在说什么，只能看到他帕金森症样的动作和阿尔茨海默病状的表情。

大汉跟靳凡差不多高，比他要壮实。短发和络腮胡自然卷曲，横眉竖眼，一副不好惹的样子，指着地上的靳凡，骂道："瞅着老人身边没人就要横欺负人是吧？"

靳凡很快回过神，站起来才看向这大汉，以为他说的老人是轮椅上的老人，看到站在他身后挎着中文大学布包的老人，才明白了。

大汉看靳凡不太想理人，急了，往前蹿，又要动手："我跟你说话呢，是不是觉得我们老人身边没人！"

靳凡攥住他落下来的手臂，转腕，拧得他龇牙闷喊了一声脏话！

站在大汉身后那老人见状，举着布包砸向靳凡。

检查科跑来两位男医生，伸手制止："闹什么！"

老人倚老卖老，从大汉这么大火气中就不难看出他给换药室的事添了多少油，加了多少醋，肯定不会因为医生的制止就停下来。

两位医生不敢用力拦，"老人""老人的儿子在侧"这两个条件多少会限制他们。

靳凡不管那一套，要抽回胳膊，甩他一个跟头。

突然一只细弱无骨的手横插进谩骂、撕扯的几人中，攥住老人那只布口袋，抻出了这条由人拧成的大麻花。

这只手的主人是林羌，她做完了检查。拽走老人后，她拨开几人，拉住靳凡的手，抬起头来。

她额头上贴着纱布，却一点也不楚楚可怜，大概因为她眼神坚毅。

老人吹胡子瞪眼，转头扯大汉的袖子，指着林羌："就他们俩，黑心的小两口！在换药室闹医生，我向着人医生说了两句话，追着我骂！"

两位医生不知情况，听他一说，再看向靳凡、林羌的眼神已经换了一个样。

大汉登时又是好大火，攥紧拳头要一拳捶死人一般。

林羌看着老人淡言道："我的病会导致我摔跤，这不是我看着路就能避免的事。"

老人从不久前至现在第一次出现心虚的表情。

“我丈夫牵着我都没能避免，你们要他怎么听得进去让我看着点路这样的话？医生无心，最初也是关切，她意识到表达有误，已经极力找补，你们这样闹是想让她被处分吗？”林羌平和得像是心如死灰，又说，“互相体谅一下吧。”

老人不闹了。

大汉才发现不对劲，扭头看向老人，用眼神询问他，到底是怎么回事。

老人茫然四顾，不想面对。

靳凡突然觉得心脏有些不舒服，发汗，气喘，胸闷，唇抿得更紧了。

林羌听到靳凡的喘息，立即转身，看到他口罩也遮不住的憋闷潮红的脸，顿时眉头紧锁，平和全无，马不停蹄要带他去心脏内科，却被拉住了。

靳凡带了药出来，那些做吐的检查他不想再做：“核磁做了吗……”

林羌懂他的意思了，轻轻答应：“嗯。”

“那就走吧。”

林羌懂，但不认同他，本想坚持的，但当靳凡坚定的眼神看向她，周围更多的人停留，她还是放弃了挣扎，跟他离开了。

医院南门往左走，汇云大厦的底商里有一家饺子馆。门脸不大，人也不多，除了林羌和靳凡，就只有身着职业装的一男一女。

靳凡扫桌上的二维码点餐，问林羌：“牛肉还是羊肉？”

“素三鲜。”

“两份。”

“我也就三个的量。”

靳凡还是点了两份：“今天给我吃六个。”

林羌看着他，他吃过药，症状减轻了些，脸色逐渐正常，喘也少了。只是这样，只能这样。

“吃不了。”她说。

靳凡看着她，许久：“那就五个。”

林羌神情僵硬，须臾把脸扭向窗外，天黑透了，但外边真亮堂。

扭过头来，她看着眼前这个说了管她便说到做到的人，残破的心功能让他苍白脆弱，但他眼睛明亮，胸膛宽敞。

“我不想吃饺子了，靳凡。我想回家。”

店里的灯照得林羌皮肤更透、更白，额上纱布削弱她强势的个性。有那么一刻，她真的像一个需要被呵护的小女孩儿。

靳凡的注目转成凝视，老板在一旁说他们送凉菜的话，他也无暇旁骛。

“算了。”林羌突然暗沉下来，视线落到桌面，“算了。过两天还得拿结果。”

靳凡却站起来，牵起她走出餐馆。

林羌没来得及睁大眼，就只是仰看靳凡。他侧脸线条利如刀锋，而他的手很烫，从饺子店到车里这段路，她一点没觉得冬三月的晚上凉。

她没问他去哪儿，他专注开车，她专注望着川流不息的两广大街。红灯笼挂了一路，过年的氛围越来越浓厚，不过她孑然一身，从不期待节日，也就没什么感受。

靳凡把车驶入延州西大街，进了斛镜花园这座老小区的大门。

车停，熄火，靳凡解开林羌的安全带。下车，熟稔地点燃了根烟，迈进楼门。

身后的林羌也熟稔地拽住他的胳膊，把他拉下台阶，夺了他的烟，敛到自己嘴里，也不用手捏，猛吸一口，吐掉剩下的，用鞋底踢灭。

靳凡不着急上楼了，后撤一步，踩上台阶，佯靠着楼门，看着她：“那是最后一根。”

“合适。”林羌淡然，“抽死了还得给你收尸。”

“瘾上来了。”

“忍着……”

靳凡一把扯她入怀，俯身吻住，掠取她的烟气。

他过完瘾，放开她，也没放开她。

林羌在他怀里，扬起下巴，歪头，拽着他的衣襟，看着毫无威胁：“害点臊。”

靳凡右手托在她脖子后头：“到家了。”

靳凡在斛镜花园的房子位于九楼，防盗门用的是十字锁，开门时门轴嘎吱响。

林羌进门第一眼的感受是面积不算小，非典型三居两厅两卫的格局，中式的室内设计是千禧年流行的。原木家具的颜色褪完了，呈现灰黑难辨的样貌。大概二十年没重装了，但干净整洁，也就不乏舒适感。

这种舒适感一定是人为促成的，可靳凡半夜过来收拾的可能性近乎零。她靠在沙发靠背：“借的房子？”

靳凡把手机、车钥匙放到茶几上，走到电视柜前，拉开抽屉，路过林羌时随手把房本扔到她面前的桌上，到卫生间去洗手了。

林羌翻开看到权利人后面的“靳凡”二字，合上了封皮。

靳凡洗完手出来，林羌已经站在电视墙前，墙上只有古城边镇、枯树老鸦等景物的旧照片。有一张上面写着“八十年代的南京中山路”，有一张是广州塔，有一张标注“天津老城厢”。

还有几张照的是洛可可风格搭配科林斯柱式的建筑，既不法国，也不希腊。

应该是靳凡的母亲、外婆或者祖母的摄影作品。

“那些照片是我奶奶拍的。”一个清脆的女声传来。

林羌扭头，女孩儿横挎着吉他站在门口。她见过，不久前这女孩儿当街拦她，她知道女孩儿不是靳凡的美女理疗师，但拿这一点揶揄过他。

女孩儿走进门，把打包盒放到桌上，牛羊肉馅料的香味瞬间飘盈房间。

靳凡没阻止女孩儿进门，只纠正她：“是你奶奶？”

女孩儿没搭他话，撑着椅背，冲着林羌笑：“嫂子好，我是昔璇，是我哥同母异父的妹妹。照片是他奶奶拍的啦，不过他奶奶就是我奶奶。”

林羌了然：“你好。”

戈昔璇很夸张，捂着心口：“嫂子声音真好听，难怪迷死我哥了。这家伙前两天还跟我老死不相往来呢，把我电话号都拉黑了，突然我给他打电话能打通了，上来就给我派任务，让我找保洁。我以为他要回延州呢，原来是带嫂子回来度蜜月呀。”

“放下东西滚蛋。”靳凡一脸凶模样，凛声说。

戈昔璇选择性失聪，把林羌拉到桌前：“嫂子，先吃饭吧，素的、肉的、海鲜的，什么馅儿的饺子都买了。”

林羌看着戈昔璇不许别人经手的架势，先把打包盒的塑料盖掀开，拿碟子，劈开一双筷子。

有那么巧吗？当然没有，无非是靳凡托她买的。

那一句没有力度的“滚蛋”之后，靳凡没再赶人，坐到对面，找到素三鲜的饺子，挑出六只，放进碟子，端到林羌面前。

林羌说：“吃不了。”

靳凡夹走一只，给她剩下五只。

林羌不慌不忙地夹起一个，咬了一口。

两个人一套动作流畅，戈昔璇本想调侃他们有种老夫老妻的既视感，愣是没找到插嘴时机。

她突然不忍心打断他们二人这幕和谐。

林羌说三只就是三只，第三只就饱了，却吃完了五只。

男人吃饭通常较急，靳凡不出所料地最早离桌，没打招呼就急急出了门，不知道有什么事。

林羌吃饭慢条斯理，但不磨蹭，第二个吃完的。

戈昔璇一边吃一边说话，硬吃了一小时。

“理疗师的事你不用担心，那我姐们，小时候就喜欢我哥，我哥一直没松嘴。”戈昔璇轻车熟路地拿了瓶烧刀子酒过来，拧开，先给林羌倒一点，再给自己倒满，又说，“现在她对我哥就那样，没以前瘾大了。”

喝了一口酒，她忽地想起：“嫂子你额头伤了，那还能喝酒吗？”

“影响不大。”

戈昔璇还是又把她杯中的酒倒回一点来，这才踏实，继续说：“以前那真是……”

说话间她精准拉开边柜的一个抽屉，从里面拿过来一本厚相册，翻开第一页，指着一个雪白又俏的男生：“看见这又嫩又俊的小青菜了吗？我哥！这是他上国防大学之前。当时我们家条件好，到我们家拜访的那些人的闺女一见我哥都走不动道，还有卫戍区仪仗队的找上门呢。”

说到这里，戈昔璇可骄傲了，伸直脖子：“你可能不知道解放军三军仪仗队，那都是在全国范围内挑出来的比例完美、五官端正、仪态极佳的人。不过当时我们家条件太好，我们家家长的心比天高，没答应。我哥自己也志不在那上边。”

林羌看着照片里十七八岁身着白衬衫系着蝴蝶领结的靳凡，单人照气质了得，合照也标致得像是基因突变，信了戈昔璇的话。

戈昔璇翻开第二页，指着一个皮肤黝黑、肌肉健硕，穿得像是打鱼人的威猛大汉：“这是我哥当兵以后，嫂子你看得出来吗？反正我是看不出来。我也不知道军校培养的高级指挥官怎么就这样了，怎么就非得到战区去。”

这个时期的靳凡跟林羌当兵时期倒是一个模样。

相册里靳凡为数不多的照片都是生活照，没有军装照，没有某军区一条街道。那些是要保密的。

戈昔璇用手指摸摸照片中靳凡的寸头，烧刀子上头了，语速慢了：“我哥当兵以后喜欢他的女孩儿就少了，家里给他说过一个对象。那女孩儿的祖父早年是公职人员，被打成了‘右派’，一点一点挣扎出了舒坦日子。那女孩儿文静，一看我哥就脸红。两人处了半年的异地军恋，我哥出任务，音讯不明，那女孩儿家里就递了消息过来，说不处了。”

懒散地叙说及此，戈昔璇咧嘴一笑，笑声凄凉：“后来我哥因身体情况退役，我们家又出了变故，整个变了天，可以说从云上摔落了。好条件的女

孩儿就对我哥敬而远之了。”

戈昔璇喝一口酒，抬头看向林羌，露出白牙。她有跟靳凡一样如整形标本般漂亮的牙齿：“我们确实不能勉强那些好好的女孩儿面对他治不好的心脏病，对吧？还有我们家这个复杂的成员构成情况。”

林羌知道她的意思：“你觉得我能面对？”

戈昔璇明目张胆地闪躲，但似乎没想隐瞒心思。撤开酒杯，夹了一只饺子，放进嘴里，嚼了很久才咽下去：“我不知道，我只是打听到，你是心脏内科的医生。”

林羌也坦白：“心功能到你哥这级别的都说不好，有人积极控制，运气佳，坚持十年、二十年都有可能。放支架、心脏移植，有钱就行，续命不难。但他不积极，抽烟喝酒打架，难受了就用药压。能活多久，全靠赌博。”

戈昔璇当然知道：“所以你帮帮他行吗？他喜欢你，我看得出来。”

林羌接到这单买卖时，就计划让他对她感兴趣。她不信爱情的力量可以让一个人有求生欲望，但她想不出对靳凡这样无懈可击的人还能用什么方法。

现在她好像完成了计划，却没有唤起靳凡的求生欲望。

戈昔璇探身向她，还有话想说，但门轴响了，靳凡回来了。他的视线笔直地落到只剩半瓶的烧刀上，皱眉骂道：“作什么死？”

骂完抄走酒瓶，顺带端起林羌的杯，把杯底那点酒饮尽，回主卧放了东西，回来收了碟子去洗。

戈昔璇不满：“我也有一杯底，你咋不帮我喝啊，是不是亲哥！”

靳凡没搭理，只传来水流和碟子、碗碰撞的声音。

戈昔璇吸收的酒精显影在脖子和眼睛上，红得像是用劲揉搓过。她打开吉他包，拿出一把碳纤维吉他，做足架势，醉意拨弦，曲不成调，也忘了词，忘词也嗨，突然大笑，放弃回想那些和弦，把吉他戳在墙边，摇着手对林羌说：“新手，还不熟呢，等我把我吉他老师追到，一定能会。”

说到这个，她热情地给林羌看她偷拍的照片：“看看，是不是挺帅的。我受家庭环境影响，就喜欢老师、军人、医生什么的。那种使命性强、社会地位高的，总是轻易就吸引了我。”

林羌公允地提醒：“择偶建议从品性出发，从职业出发容易遇到渣男。”

戈昔璇挑眉：“嫂子，你那个前男友不是医生吗？怎么，他很渣？”

厨房传来格外清脆的碟子碰碗的声音。

林羌没疑惑她为什么知道这个，也不是保密的事，认识阜定的人就能打听到。

“渣倒不渣，但他这个水平的男医生，抢手是约定俗成的。他又是阜定的门面，还温柔，给我带来不少麻烦。”

厨房突然传来哗的一声。

靳凡从厨房出来，把擦手巾扔进垃圾桶，坐进了沙发。

戈昔璇看了他一眼，又伸脖子看了看厨房，看见沥水架上就一个碟，没忍住：“你就洗你自己的碗啊？”

“没长手？”靳凡冷言。

“那你不给我洗也得给我嫂子洗吧？你这么阴晴不定还想不想嫂子跟你好了？你没听见嫂子前男友很温柔？我已经考虑倒戈，不站你了。”

靳凡没说话，但打开门，薅着戈昔璇的衣领，抄起她的吉他，和人一道扔出了门：“滚蛋！”

戈昔璇边敲门边喊：“哥你几岁了？你把门打开！我还没跟你说那个什么呢！周拙明天的画展给了我两张票，你跟嫂子去看呗！”

靳凡听不见。

林羌听见了，托着下巴，勾唇望着他：“周拙是谁？”

靳凡不回答，还要从林羌身侧走过。

林羌拉住他的衣服。

靳凡回过头，俯视的神情充满傲慢：“松手。”

林羌不松，还挑衅地攥得更紧，歪着头，持续仰看他。只是眼神太嚣张，气场又强大，毫无处于低位该有的态度。

靳凡讨厌她的表情，但他挪不开眼。

林羌从来是对峙中耐力强盛的一方。她以为她要赢了，靳凡突然吻下来，咬了她的嘴，疼得她在心里嗞了一声。

靳凡爽了，挑了下左眉表达这一点。

幼稚。林羌站起来，一只手把趋近一米九的他拽弯腰，用力咬回来一口。

代价是靳凡不跟她玩你来我往的游戏了，托住她的大腿，抱她起来，一路吻着进卧室，放上床。

他双膝支在她腰侧，往上一掀衣服，腹肌、胸肌、肱二头肌暴露在从客厅投进来的微光里，也全方位落入林羌的眼睛。

林羌还没过足眼瘾，靳凡已经俯身，顺手抓来枕头垫在林羌身下，随即便是激吻。在林羌的手不安分地摸到他心口时，两手各攥住她的两只手腕，向左右两侧展开，摁住，不允她动弹。

“暴徒……”林羌呼吸急促地控诉。

靳凡用拇指刮掉唇上沾到的林羌嘴唇上的血，抹在舌头上。

林羌双手恢复自由，利用腰力起身，环抱住他。

她动情了，抱得太紧也没注意。他不难受，却习惯性地吓唬她："我心脏有病。"

他以为林羌上天入地浑不怕，她却在他言毕时放松了手，也要从他身上离开。他不由敛眉，大掌托住她的细腰，没让她走。

林羌醒了，他箍着她，她也不反抗，暂停了所有动作，双手捧住他的脸，轻轻亲他的鼻梁，用脸颊蹭蹭："好一点再说。"

他后悔吓唬她了："死不了。"

林羌慵懒地笑，笑声从胸腔发出来，由相贴的两副身体传进靳凡的心脏。

"别太贪了，你还有得做，别人都没。"

靳凡都快要忘了简宋了，她又帮他记起。说他是暴徒，那是想到简宋的温柔了？他忍不住掐她的腰："我不会温柔，要么你忘了，要么我给你戒了！"

林羌听着有趣，歪头看他，手指揉弄他的头发："你怎么就这么点心眼儿？还没过去？"

"再想他试试！"

林羌在他嘴唇轻亲一下："我说了。"剩下半句话悄悄说给他的右耳，"我现在想你。"

靳凡凝视她如丝的媚眼，胸腔突感闷痛。她真的好像一块布满倒刺的肋骨，敲锣打鼓地长进他的体内。

门外戈昔璇的声音越来越飘，好像困了，好像就睡在了门口："哥你自己不去也问问嫂子嘛……万一嫂子想去呢……"

林羌说："你不管她？在外边睡会着凉的。"

"她在楼上租了房。"

林羌不操心了。

靳凡单手撑她的脸，拇指轻摩："想看画展吗？"

林羌不感兴趣，她明天有事，但很好奇："周拙是谁？"

"画画的。"

林羌不问了："洗澡睡觉。"

"嗯。"

林羌坏透了："一起？"

靳凡深呼吸，警告她："别作。"

林羌怡然一笑："洗你的碗去吧，醋精。"

"谁醋了？"靳凡嘴硬。

"哦，没有吗？"林羌的食指指尖落在他的心脏处，"原先在阜定的同事明天结婚，画展你自己去看吧。我也俗得很，看不出名堂。"

阜定的同事结婚，就是她会在婚礼上看见旧情人。靳凡发现她真作死，拇指摁住她嘴唇的伤口，想摁出血让她记住，可是她眉一皱他就松了手。

"吃醋没？"林羌不依不饶。

靳凡不想答，她打定主意不去，他也不强迫她，握住她腕子，把她从身上拉开，抓上衣服，下床，出门。

林羌以为他生气了，也无所谓，下床准备去洗澡，听到厨房传来水流声。

真洗碗去了。

她停下步子，侧身靠在门框，托盘式抱臂，低眉一笑，卷翘睫毛扇落的眸光比月光明亮。

靳凡没跟林羌一起睡，把主卧让给了她，自己在沙发上将就睡下。不是怕自己忍不住，是每次心脏都不舒服，即便用药压住，半夜也是要反复的。又憋又喘，下肢水肿，一身冷汗。

睡前他又吃了药，用力绑住胸，仍然辗转反侧，睡不着。

不知道几时迷糊睡去，却一个接一个噩梦，雪上加霜。

梦里，他好像回到了那场刻骨铭心的救援，所有的痛苦与挣扎都要切实地再经历一遍。

……

顷刻间，他的意识闪现到医院，PET-CT 中心外，目之所及都是坐在轮椅上的帕金森病患。他们浑身颤抖，头发灰白，口吐黏沫。

他想找到林羌，可是他的眼睛被强光照射太久，看不清了。他找不到她了，只听到她的声音。她说对不起，她不是故意摔倒的，也许是地不太平……

他猛地醒来，黑暗中他的心脏病态地狂跳。

半晌，他从沙发上下来，光着脚走到主卧门外，轻轻打开门，看到好好睡在床上的林羌，紧绷的神经渐渐放松。

他回到客厅，站在边柜旁边许久，想抽烟，摸了口袋又看桌上，想起最后那根被林羌夺了，放弃了。走到窗前，俯瞰地面的"星云"融入万籁俱寂

的凌晨四点。

光着的左脚的趾甲甲床损坏，许久没长出过新指甲了，不好看，但不疼，他好像习惯了。人总会习惯。

林羌睁开眼，静静看着天花板。

靳凡推开门缝时她就醒了，或者更早，在他克制喘息时，她就这样看着天花板了。

早七点，林羌起床，靳凡已经在厨房里了，戈昔璇也在。

她听到热油的响声，刚走到门口，戈昔璇扭头，笑着打招呼："嫂子早。煎饺马上就好。"

靳凡一直没回头，林羌只看到他的侧脸。

他穿上毛衣也不像简宋，但看起来他也不知道简宋喜欢毛衣。他这件毛线针脚稀疏，领口宽松，锁骨和胸腹肌肉的轮廓随着他的动作若隐若现。简宋规矩多了，领口开这么大可不行。

她侧身靠在厨房的门套上，看着靳凡关火让戈昔璇把煎饺端走，打开高压锅，盛了三碗莲子粥，再目不斜视地路过她，把粥碗放到桌上。最后返回厨房，洗了洗手，抽厨房纸巾擦干。

再路过她，他牵住了她的手，把她拉回房。

戈昔璇在身后叫他："我还在这儿呢！要不你们等我走了再说？"

靳凡把林羌领到床边坐下，把昨天拿回来的袋子打开，取出两副护膝，蹲到她面前，轻轻绑在她的膝盖上。

林羌神情一滞。

这两副护膝绑带处颜色突兀的缝痕看着就是针线活儿拙劣的男人的手笔。原来五点多那些剪刀和抻线头的声音是这么来的……

靳凡绑完膝盖的，绑手肘的，都绑结实了。他没着急起身，仰头看着林羌："小区超市只有这个款，还没小号。明天拿完结果再去商场买几副新的。"

靳凡很高，平时站着能遮住两个林羌。林羌也就忘了，他只是高，不是壮，肌肉好像也并不发达。

他确实有"公狗腰"，有狗腰的弓度，就意味腰窄，哪有健壮的人腰却这么窄？

是她视角的问题，她以为他一个心衰病人逆了天，竟能练出健硕肌肉。

他一直都是刚刚好的薄肌的身材，也许是脾气凶，是行为粗鲁，又或者……她先入为主，从没于高位俯视过他。

他好像比她第一次见他时又瘦了一些，有些角度看很明显。健康厚实的假象在他蹲下之后，像一只肥皂水吹出的泡泡，迎风便碎了。

林羌半起身，胳膊贴着床边，蹲在靳凡对面，抱住膝盖，摇摇头："我就喜欢这副。"

靳凡被她盯着看，难得别开脸，望向飘窗，很快又转回，微微歪头，并不退却地跟她对视。

要问靳凡还有没有糖的戈昔璇走过来，见状止步于门口。

她没见过这么好看的一幕，却也没贪看，转身靠在门口的墙上，半仰着头，盯着对面房门上方老化开裂的墙皮，心像被凿过似的疼。

林羌去了前同事的婚礼，靳凡却没去周拙的画展。林羌也从戈昔璇处得知，周拙是他们同母异父的兄弟。

戈昔璇送林羌去酒店的路上，为她那烂泥扶不上墙的哥找补："肯定是他昨晚没睡，早起脑子还是蒙的。不然他不可能不送你，还连声招呼都不打，根本不合逻辑。"

林羌没在意，靳凡本来就是阴晴不定的人，好一会儿赖一会儿的。而且她知道他在介意什么。

他就是不想让她去婚礼，不想让她见简宋，但他说不出来。他知道他一张口，她就会说他是醋精。

靳凡最硬的就是嘴了，才不承认吃简宋的醋。

"他以为他生气，我就不去了。"林羌把玩着打火机，本不想跟戈昔璇说这个的，但靳凡这个行为实在有趣，三十五岁了，心眼真小。

戈昔璇不经意扭头，看到林羌微勾的唇角，美得突出。

戈昔璇好像并不知道她在笑，也就没问她在想什么。左不过她那不会哄女孩儿的亲哥。

到了酒店，戈昔璇接到了靳凡的电话，沉厚的声音从汽车中控台传来："在哪儿？"

戈昔璇懂："嫂子就要进去了。"

"我问你。"

"哇，二十五年了你头回问我在哪儿。"

靳凡把电话挂了。

戈昔璇冲林羌努嘴抱怨："嫂子你看他的狗脾气，要不说一直单身，哪个女孩子有这么大抗压能力啊？"

林羌下了车："抗压能力都是弹性的。"

戈昔璇觉得自己懂林羌的意思："是，在脸和身材面前是弹性的，但也有例外吧。我有一姐们就说她特喜欢我哥的脾气。"

林羌一笑："她在鬼扯。"

戈昔璇咯咯地笑："其实我也觉得是。"

婚礼仪式十点开始，九点，宾客到了一半。

林羌进门，听到杨柳的声音："林羌！"

林羌抬头确定杨柳的位置，带戈昔璇过去坐了。

刚一坐下，杨柳皱眉问道："脑袋怎么了？一天没见破相了！"

"磕了一下。"林羌说。

"办什么事啊，还给额头磕了？"

林羌没答。瞧她状态不错，说话也听不见鼻音，好多了，只问："什么时候回来的？"

"早上回来的，回家洗了个澡换了身衣服。"杨柳说话间注意到戈昔璇，"介绍一下？"

"戈昔璇。杨柳。"林羌简单明了。

杨柳迫不及待地把刚听进肚子的八卦说给林羌，漂亮精巧的脸眉飞色舞："你来时跟咱们的新娘子薛挽打招呼没有？"

"还没见着。"

"跟她说啊，去楼上房间看看她那婚纱，她家老梁自己一针一线做的。没看出来老梁还有这个手艺。"

林羌想起靳凡的针线活儿，太差。

"你去吗？我带你上去？"杨柳很激动，"而且我也想跟你说盛菁追简宋的事。昨天老钱那几个惯犯又被局子扣了，盛菁以老钱媳妇的身份把人捞了出来。"

戈昔璇爱听八卦："嚯。"

杨柳说："盛菁跟老钱是隐婚，好像现在各过各的了，所以盛菁才去骚扰简宋。"

"离了吗？"戈昔璇问。

"没啊，要不说魔幻。这事出来，直接闹上了网。我听她们说那会儿还以为今天见不着这俩人了，谁知道我在卫生间撞见盛菁补妆呢。"

"心理素质可以。"戈昔璇说。

这不是杨柳要说的重点。她给林羌看了张照片："这我偷拍的她，你看

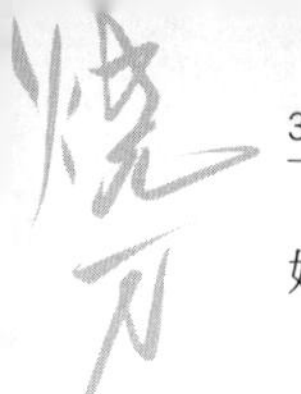

她手上那块表。”

林羌扫一眼，简宋有块一模一样的。

杨柳知道林羌一定认识这块表：“除了她跟简宋勾搭在一起了，我想不到她为什么有勇气出现在这里。都是熟人。”

林羌没反应。

杨柳被冷遇，热情见底，也不说了。

戈昔璇懂事，不掺和林羌的私事。

九点二十分，简宋来了，一身晴山色绸缎面的西装，纯钛银丝眼镜，进门便被几人缠着寒暄。

席上人也都看过去，不见得都喜欢他，但都欣赏。

简宋眼如猎隼，总不用寻找就能确定林羌所在。

杨柳看到了简宋那一瞥，偷偷瞧了林羌一眼。她倒是淡定，好像根本不在意。

戈昔璇客观地说：“确实亮眼，这色儿真高贵。”

杨柳觉得简宋肯定会过来，既然林羌无感，正好借着看婚纱的理由拉她上楼躲躲。

进入电梯，杨柳舒气：“你瞧见他刚才看你了吗？我差点以为他要过来挡住电梯把你带走了。”

戈昔璇表示：“那有点夸张了，太像电视剧了。”

“艺术来源于生活，阜定内部如果拍医疗剧，简宋一定是男主角。”杨柳说。

“但现在不在阜定啊。”戈昔璇不允许他们破镜重圆，林羌必须是靳凡的！

电梯到了，对面就是薛挽休息的房间。薛挽一见林羌，笑着相迎，只是好久不见又迅速变成皱眉关切：“额头怎么了？”

林羌又解释一遍：“磕了一下。”

“赶上我那天洗澡摔了。”薛挽说，“幸亏我老公当时在旁边。所以说，你也抓点紧，别让好白菜都被野螟掏了心。”

薛挽话里有话，林羌弯唇不语。

叙旧几句，婚礼仪式的场控人员上来提醒薛挽彩排，几人就分开了。薛挽为人有里有面，知道盛菁来了，猜到杨柳把林羌带上来是躲人，给了她们隔壁的房卡：“仪式十点才开始，你们在旁边休息一下，到点再去。”

盛意难却，三人没有推辞。

刚进房间，门还没关，一只手攥住门边。关门的戈昔璇皱着眉歪头问了

句："谁啊？不怕夹手啊？"

林羌和杨柳回头。

门一打开，是简宋。

戈昔璇慢慢后退，退到杨柳身侧，张不开嘴似的说："是有点男主角的劲儿。"

杨柳两人都熟，但一定向着林羌。只是她也没管别人闲事的毛病，就同自动合上的门一样，不再出声了。

简宋礼貌地问道："能让我跟林羌单独说几句吗？"

杨柳看向林羌，林羌没有反应，那是能还是不能？她正想着，戈昔璇插了嘴："不能。也不合适吧？孤男寡女，这儿还有床。"

简宋掏出一只卡片皮夹递过来："一张信用卡、一张身份证，你们担心的事要是发生，可以直接报警。"

戈昔璇和杨柳对视，不知道接下来要怎么应对。

这时，林羌转身走到落地窗前。

杨柳会意，拉着戈昔璇出了门，也没接简宋那只皮夹。

戈昔璇当然不愿意，但她并没有干预林羌决定的身份。她有没有这个身份，取决于靳凡和林羌之间有没有关系。

门又关上了，房间只有曾经的情侣。

简宋望了林羌背影许久，在她回头时才开口："秦艋的事如果让你不舒服了，我道歉。但重来一遍，我还是会答应他。"

早就知道。林羌走到旁边的桌前，拉开椅子坐下，沉默不言。

简宋走向她，手指在即将触碰到她额头时不由得缩回来。他没问她疼不疼，他从不喜欢说废话。

林羌偏头，正好看到他腕上的表。她喜欢跟聪明人相处，巴不得身边的人都有八百个心眼，这更激起她的斗志。但在此刻，她腻歪了。

简宋把她揽进怀里，抚她柔软的发，声音反常地抖。"让我在你身边，求你，让我照顾你。"

"我不知道盛菁的表是从哪儿来的，但她昨天刚给她老公保释，今天就戴着那块表出现在这里，就是说从你这里得到了什么信号。"

简宋波澜不惊，他一贯如此。

"你让她和所有人认为你给了她机会，为什么？想看我慌？"林羌轻推开他，"我喜欢智力碾压我的男人，最好有本事算计得我不能翻身。那样我就有目标了，生活就不无聊了。可是简宋，我从来到这里，知道你的心计，不慌不急，毫无波动。"

简宋渐渐皱起了眉，渐渐慌张："你爱上他了。"

林羌没答："刚跟你分手的时候，我确实感觉亏欠你，希望你可以过得更好，但现在你好与不好我已经不在意了。我们翻篇了，简宋。"

简宋不信，不是不信林羌的话，是不信她爱上靳凡了。他从没得到过的东西，靳凡凭什么能？

林羌说完了，起身走向门口，打开门，让开身子，转回来，看着神色微异的简宋，甚至不再好奇他这样克制自己，到底会不会累。

简宋转过身，望着林羌，走到门口，却没出门，突然欺身而上，把林羌压到墙角，鼻尖在她脸颊轻蹭。他好像有些难过，向来平和、难猜的声音多了悲伤："你让他吻你了吗……"

他搂住她的腰，是不同于靳凡的温柔："你们到哪一步……"

林羌屈肘要隔开他，他已突然离身。她抬眼就看到靳凡一手从后面薅住简宋的衣领，把他抻离她身前的同时侧身一脚，干净又利落。黑色及膝大衣的衣摆劈空而响。

简宋不堪其重，后撤两步，拄到桌沿上的手发红，青筋暴起。

靳凡沉着脸，并不掩饰怒气，摘了另一只手的皮手套，两只一齐摔到桌上。两步过去，攥着他的衣领，单手将他的脑袋摁在桌上。

简宋不是粗人，不动手，但也在抵抗，不如人也不放弃，满头汗也不示弱。

其实只要靳凡说一句"亲了，也睡了"，就赢了，赢得毫不费力。他进门那刻又不是没听见简宋那两句话。但他不想。

他有无数种方式，让简宋的头不能在他面前昂起，但永远不包括以亵言欺辱林羌这一种。

原先的狠话都是为了逼退她，既要把她留在身边，那些不顺耳的话，自然不会再对她说，更不会为打压别人而对她说。

他们二人实力过于悬殊，又非要死磕。林羌不想在酒店报警后到派出所捞他们俩，走过去拉住了靳凡的手腕。

靳凡松了手，但火没消，绷直的下颌线能说明。

简宋被抻疼了，但也站正了身子，那根脊柱也挺拔不群。

戈昔璇和杨柳这时给薛挽送完头纱回来了，不敢信就离开那么一会儿，偏偏错过了这么剑拔弩张的一幕。

林羌牵住靳凡的手，给简宋看，自己说了："如你所想。"什么都发生过了。简宋头轻歪，嘴唇微张，痛苦万状。那么失态的样子，在他身上从没出现过。他以为自己不在意的……

他有很多问题想问，往前走了一步，还没到林羌跟前，被靳凡一把掐住脖子。

杨柳吸了口气，怕得要死。

戈昔璇看多了，只是摇头感慨简宋确实很迷人，但论气势，比他哥差一点。

林羌心中波动，但表现出来会让简宋以为他们还有可能，就没制止靳凡。

简宋没有看到林羌一闪而过的挣扎，在重重的咳嗽声中，恢复了理智。

他离开以后，杨柳和戈昔璇也懂事地走了。

林羌靠在墙上，看着怒气未减分毫的靳凡。鲜少看到的黑色呢大衣，西装三件套衬映得他有型有款，沉郁的脸色却让人不敢动心。

沉默许久，靳凡冷言冷语道："打火机给我。"

林羌看着他，不发一言。

靳凡走过去，伸手："给我。"

林羌睨了他的手一眼："谁说是我拿了？"

"早上看见了。"

"你过来只是拿打火机？"

"是。"靳凡说谎。

林羌走到桌前，拿起他的打火机，往地上一扔："滚吧。"

靳凡迟疑片刻，还是捡了起来，转身朝外走。也就三步，乍然回头，大步来到林羌跟前，捏住她的脸，用力吻下去。

林羌嘴上的口子又裂了，猛地推开他，扬手一巴掌。

很快，靳凡脸上显现出粉红色的掌印。下一秒，林羌踮起脚，回吻他。

这是激烈绵长的吻，结束得不依不舍。两个人额头轻贴，好像有很多话想问想说，结果却无言。

"你心疼他了。"靳凡看到了林羌的挣扎。

林羌慢慢收紧环住他的腰的手："我是对不起他。"

"那我呢？"

"我选了你啊。"

靳凡放开她："你少可怜我。"

林羌摇头："我不委屈自己。"

靳凡神情微滞。

林羌牵住他的三根手指："我要摔跤了，你有没有把我的护膝拿来？"

靳凡凝结的眉眼缓慢展开来，一把抱起她："我比那东西好使！"

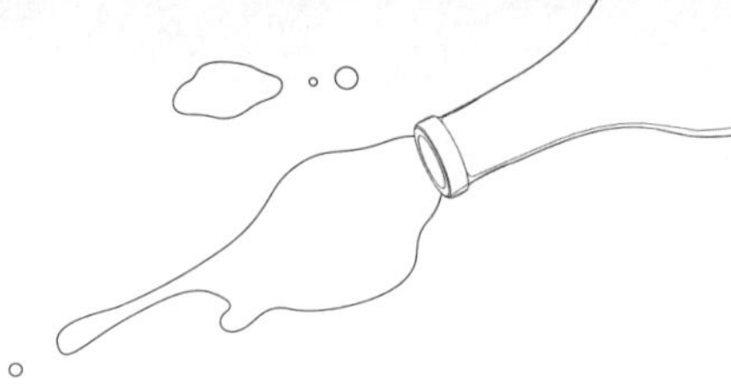

上瘾 第四章

>> 其实他也没经验，但她是他的一个软肋，
他只需要听从意愿，意愿会吻住她。

靳凡把林羌抱出门，林羌在路过杨柳时把房卡交给她。

这就回去了？杨柳以为自己问出口了，直到靳凡把林羌抱进电梯，戈昔璇拍拍她肩膀说“这是男主角”时，杨柳才发现她压根没出声。

她面对简宋还能自如搭话，面对靳凡一直处于鹌鹑状。

电梯门关上，林羌把头靠在靳凡的心脏位置：“参加吗？婚礼。”

靳凡的呼吸在她头顶清晰可闻：“我不认识新人。”

“那就回去。”

戈昔璇紧跟上她的哥嫂，懂事地没跟他们上一趟电梯。

在电梯门口等待时，杨柳已然醒神，走到戈昔璇旁边。

杨柳这时已经明白：“靳凡是你哥？”她恍然想起她靳叔现任妻子就姓戈。

“嗯。”

杨柳不说了。

当初靳叔叔找到她，请她当说客，说服林羌去唤起靳凡生存的欲望。她好奇过，为什么是林羌？之前在日式铁板烧店里，靳凡和林羌缱绻的眼神让她恍然大悟，或许是因为靳凡他妈清楚，林羌是他喜欢的那一款。

只是这对林羌公平吗？她有好好的人生，而靳凡有病。杨柳陷入自责。

“我哥能当男主角吧？”

杨柳心不在焉地点头，不假思索地说：“靳凡嘛，这一生太精彩，换多少主题，多少女主角，他都是男主角。”

戈昔璇得意：“夸张了，只是稍微牛了一点。”

婚礼仪式即将开始，林羌还是留下了。薛挽专门到大堂拦住他们，又带着靳凡坐在原先的同事中。

靳凡不喜这种场合，只是简宋没走，还跟林羌一张席面，他就也封了一个红包，留了下来。虽然有些格格不入。

戈昔璇也是外人，但她自来熟，落座还没五分钟，就跟大伙儿熟了。

“程医生也是单身？”戈昔璇问坐在她斜对面的程昴。

阜定心脏外科的主治医生程昴是林羌以前的上级医师，大部分住培临床小讲堂的讲师。

程昴不爱笑，眉宇时常性带着严肃：“嗯。”

有一位女医生搭话：“我们医院外科男医生还是单身的，一定优秀！但不建议下手，因为身后的追求者赶上一连队。”

戈昔璇笑笑：“这是暗示外科男医生们很渣的意思吗？”

没人接话，但有人转移了话题：“女医生单身的也很多，都是博士，漂亮知性，情绪稳定。重要的是，道德水平在线。”

“话里话外又在寒碜我们了。”有男医生现身说法，“刻板印象不用当真，不过你要想找医生，确实需要擦亮眼睛。他不一定有道德问题，但一定忙得没空跟你谈恋爱。”

戈昔璇觉得有趣，甚至不合时宜地提出一个尴尬问题：“我一直好奇在医患纠纷里，医生都是不存在失误的吗？不会闪过一个邪恶的念头？要知道病人的生死就在他一个细微的动作里。”

桌前众人神态各异，却默契地不搭话。

杨柳说了一句：“这要看医务处的处理结果，闹上法院的话就看法院的处理结果。”

大伙儿以为话题到此结束，程昴和简宋却异口同声地说：“林羌说。”

这是阜定大部分科室晨会时会听到的，值班的医生抽查个人回答问题。

好尴尬，靳凡就坐在林羌身侧。

程昴可能是习惯了，没改过来。

简宋纯粹醉翁之意不在酒，开口便透露出他私下也这么问过林羌。几乎所有人都联想到，这是他跟林羌在一起时的小情趣。

戈昔璇听得别扭，意识到自己说错话了，立即看向靳凡。

靳凡只是用两根手指拎住杯口，把林羌面前的酒杯换到自己面前，另一只手给她倒了热水。

他手背凸起的筋不是静脉曲张，是代表他不悦。

林羌看着戈昔璇，回答她的问题：“医疗失误的污点很致命，学医不容易，能上手术台的医生更不容易。好不容易到今天，谁都不会拿自己的职业生涯开玩笑。我认识的医生不介意被说他道德水平低，但不接受被说他治疗病人没有尽力。”

戈昔璇知道了。

简宋看着林羌，他不明白。

这是他们聊过的问题。那天太阳特别好，林羌盘腿坐在沙发上，问他会不会突然被一个邪恶的念头支配。

他说不会，他希望他的妻子走出门时是受人尊重的，因为她的丈夫是一名好医生。

今天她避开了当时他回答的每一个字。

“但医生也会有判断错误的时候，如果他因为判断错误造成了事故呢？”简宋固执地问，“或者因为身体负荷过重不慎失误，会用所学的知识推脱责任吗？”

他有些咄咄逼人，现场甜蜜的音乐、梦幻的灯光，也改善不了这张圆桌上一触即发的氛围。

他根本不是想问这个，他是想问林羌，为什么突然不要他了。

林羌说：“我没有判断失误过，也没做过错误的选择。简老师这个问题等我有那一天时再问比较合适。”

“是吗？那你为什么受伤了？”简宋不饶，“我从没让你受过伤，你的选择真的没错吗？”

林羌烦了，这才发现盛菁不在桌前，大概是简宋把失去利用价值的她刺激走了，就用这样礼貌却咄咄逼人的口吻。

“这是我的错误，不是她的。”靳凡突然开口，“以后不会。”

一众视线来到靳凡凛冽的双眼。

靳凡牵住林羌的手，拿到桌前：“我在乎她，就会照顾好她。”他只字不提林羌的伤是因为病，而不是他。他把责任全都揽下了。

简宋说了许多，就是没说在乎她。靳凡除了在乎她，什么也没说。

桌前的人们百感交集，其中多是唏嘘和遗憾。

杨柳的自责莫名其妙地稀薄了一些，好像靳凡比简宋更适合看上去冷漠但热烈的林羌。

戈昔璇还是第一次从靳凡嘴里听到在乎这两个字。他明明很生气，硬是忍住了。现在这副脾气的靳凡居然能忍？

简宋恨透了，但他是简宋，简宋从来是温润、没脾气的。

林羌一时无法分辨她是不是听错了话。

台上的新婚夫妻在宣誓，字典里能翻到的美好的词都出现在那份演讲稿里。音乐声越来越大，掌声轰鸣。

林羌已经不再看着靳凡了，可眼前总是出现他刚才话间的眼神。

他很漂亮，尤其是眼，她在那里看到的自己跟在镜子里看到的自己不同。

她没有变，那大概是他眼里的她不同。

婚礼结束了，外边下起雨，酒店门口不知不觉滞留了很多人。

大部分在等网约车，小部分喝了酒的在等代驾。

靳凡去开车了，杨柳拍拍林羌的小臂："你要在延州待几天？用不用陪你？"

"不用。"林羌说。

杨柳点点头，看了她身侧的戈昔璇一眼，又说："有事记得打给我。"

林羌没应声。

杨柳走了，简宋来到林羌旁边。

戈昔璇没走，显得没有眼力见。可她很无所谓，她倒要看看简宋还想干什么。

简宋只是拉起林羌的手，把一枚戒指放在她掌心："我以为我迟早能给你戴上它，拖了那么久。早知道我会失去，一定早点给你。"

林羌看着他，没有抽回手。

简宋伸手抚摸她额头的纱布包："我没有输给他，我是输给你。也很正常，我一直在输给你。"

林羌拉住简宋的手腕，翻转手，手心的戒指重新回到简宋的手里。

雨越下越大，哗哗声和周围的人声像在比赛。

林羌甚至没再说话。

若他早点给，或许她也要了。有些事不适合谋定而后动。

简宋站着不动，人来人往，他被挤来搡去，渐融于人海。

戈昔璇挽住林羌的胳膊："相信我，你没选错。我哥更好，最好。"

林羌微笑，扭头看向她："谁说要选你哥了？"

"还不选啊，过了这村没这店了。"

林羌笑容的弧度更大了："你是真不知道他有没有人要吗？"

戈昔璇黯然。

是啊，把他跟烂菜叶子放一堆，都没人挑他的。卖相那么好，也不会有人挑的，快要枯萎了嘛。

她松开了林羌。

林羌还在笑，那么轻盈："不过我也没人要。"

靳凡在等林羌上车，戈昔璇后知后觉地笑着说："那什么，我晚上不过去了，我去书店。"

靳凡和林羌走了，戈昔璇看着雨中焦急离去的简宋，其实她不懂林羌的话，分明这简宋就很喜欢林羌，靳凡也是，林羌哪是没人要？

还是说林羌只是跟她哥玩玩？戈昔璇不允许！

靳凡和林羌沉默了一路。回到家，靳凡自顾自洗了澡。

林羌被扔在客厅，她也没坐下，就站在桌前。

靳凡洗完澡，只穿着条棉布运动裤出来，光着上身。头发上的水滴在肩膀、胸腔、后背，一颗一颗地滑下来，变成松紧带上一个个小水印儿。

林羌没看他，低着头看桌布发黄的边缘。

靳凡见她傻站着，顿时发火，大步过去把她拉到沙发坐下："几岁了还等我请才坐下？"

"你这么阴晴不定，谁知道你愿不愿意我坐。"

"我为什么不愿意？"

林羌看着他："我还想问你，一路上不说话，我得罪你了？"

靳凡看着她那张无辜的脸，真想掐死她："你是不是以为我没看见他拉你手，给你东西？还是以为我没听见你后来说了什么？"

"我说什么了？"林羌的模样越来越无辜。

靳凡不想重复，也不想看她那张会装的脸了。他扭头就走，没两步又转身，把她摁在沙发上，压住她坚硬的骨头，捏着她的脸："选我是因为我跟你一样，都是烂命，是吗？如果你不是知道你活不了几天，你会跟他分手吗？"

林羌被压疼了，也不狡辩，一声都不吭。

"说话！"

林羌不说，就是快要哭了。

"别装！"靳凡低喊一声。

林羌眼睫毛湿了。

他还是从她身上起来，蹲在沙发边，用大拇指轻轻擦掉她眼角的湿："你很厉害，你就拿捏我。"有些咬牙切齿。

林羌把手递给他："我没让他牵，我给你牵。"

靳凡看她伸过来的手，拍了一下她的掌心："饿不饿？"婚礼上她一点东西都没吃。

林羌本来不饿的："你非得光着上身问我这个问题？"

靳凡忘了他没穿上衣："你管我。"

"行，不管。"林羌搂住他的肩膀，唇落在他的眼睛上。

靳凡闭眼，接受她的主动。

她哪里都吻，鼻梁、耳垂，有一点点扎的下巴，偏不吻嘴唇。

他掐她的手，严厉警告她。

她不吃亏，立刻咬他一口，给他下颌线上咬出两排牙印。

他坐在地毯上，沿着她的手臂，慢慢牵住她。握住不到三秒，她把手抽走，拄在身后，歪头看他，张了张嘴："我先去洗澡。"

靳凡搂着她的腰，不松手："不用。"

林羌双手聚在嘴边，嘘声说给他的耳朵："去买。"

靳凡松了手。

林羌拿了衣服进浴室，靳凡却没出去买东西，而是走到浴室门口，慢慢坐到地上，靠在墙边。

他牵住林羌时，她的手正在颤抖。他担心她会在里边摔倒。

二十分钟，水声停了，她没出来。只有剪指甲的声音传出来了，有些断断续续的，不连贯。

他扶着墙站起，还是打开了浴室门。穿着背心坐在马桶盖上的林羌因为要剪一个趾甲而满头汗。他平静地从她手里把指甲钳接过来，握住她纤细的脚，轻轻剪掉长出来的一小截白边。

林羌看着他，无言。

他很有耐心，动作也轻缓，给她剪好，放下指甲钳，双手握住她冰凉的脚，又问："饿不饿？"

林羌点头。

靳凡握着她的脚，很快手也冰了，就把她的脚放在胸前暖着。感觉到缓和一些后，他拿来一双厚实的新袜子给她穿上，洗了毛巾，轻轻擦掉她额头的汗，把她领到沙发坐好，拆开一条新羊毛毯，包得严严实实。

她其实可以自己做这些，却不知道为什么没有拒绝他。

早上靳凡在林羌和戈昔璇走后去超市买了菜，还有鲜牛奶。

其实林羌不爱喝牛奶，但他好像不知道。他只是听她说，就一直买到现在。

林羌趴在胳膊上，看着厨房里那个身影，他不知道从哪儿找了一件老头衫。年轻俊俏的人穿老头衫，可真不知道自己多像一份食物。

他做好饭，来牵她。

她没给他手，只是仰头问他："你为什么不说话？"

"说什么？"靳凡拉起她。

林羌被他牵向餐桌："不知道，就是觉得你应该说点什么。"

靳凡拉开椅子，让她坐下，给她拿碗和筷子："以前有人在这种时候经常跟你说什么？"

林羌微怔。

靳凡坐下来，把豆包掰开，吹吹，放在她碗里，热好的牛奶倒一杯拎到她面前："身体的问题，又不是你的问题。说什么？"

林羌看着眼前的食物，迟迟不动。

靳凡也不动，等她先动筷。

林羌一直不动，靳凡便说："我应该说点什么，你教给我。"

林羌凭着记忆："你应该说，以后要小心，我就在你身边。你可以依赖我，你要相信我，我可以照顾你。"

这是她前男友的口吻，靳凡听明白了："不用教了，不会！"

林羌当然知道他不会，她突然笑了，拿起筷子，皮得很，还拱火："得学啊。"

"学什么！赶紧吃！"

林羌举起手，夸张地抖，像摇花手："手不行，吃不了了。"

"不要装。"

"是真的。"是假得不行。

可靳凡还是拿起她碗里的豆包，掰了一小块，喂到她嘴边。她一口吃掉，还趁机咬了他手指一口。

靳凡怎么会拿她一点办法没有？

他就是想要惯着她。

午饭吃了很久，靳凡洗碗时，时针已经溜过了四点。天黑了，雨还没停，哗啦啦地搅扰着人的心绪。

林羌坐在转椅上，抱着靳凡充好的暖手宝，看着窗外被雾气笼罩的城市。她以前就想要这样一所房子，有大大的窗户，洁净透亮，可以看到一年四季披绿转黄的树梢。

戈昔璇发消息来，说书店没事了，她会过来吃晚饭，顺便买一些春联福字，问林羌有没有想吃的零嘴。林羌回，想喝烧刀子。

靳凡看见了，把她的手机抢走，撤回了那句话。

戈昔璇很快回复："哥你把手机还给我嫂子！"

靳凡把手机放到一边，摸了下林羌的手，倒还暖和，才说话："喝什么烧刀子。"

"你们家人说的，你喜欢。"林羌从杨柳那儿听来的，包括他喜欢吃香蕉派这事。

靳凡说："之前驻扎的地方没别的酒。"

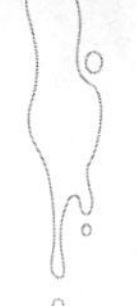

“有漂亮姑娘吗？”林羌突然问。

“没有。”

林羌笑：“少数民族不都是漂亮姑娘？说瞎话是因为心虚吗？”

“驻防，不是旅游。”靳凡不提过去，“不要瞎问。”

“也没想问，你见不见漂亮姑娘，我一点不感兴趣。”林羌拄着下巴微笑着看他，漫不经心地好像在说实话。

靳凡早知道她的虚情假意了，追到医院，又追到婚礼上，就是已经说服自己：都没关系了。

听到她本不想选他，他明白了被她选是因为他跟她一样短命。她舍不得简宋看着她死，倒是很舍得让他去面对。

可是他没法跟她生气，她一哭，他就投降了，虽然她哭得很假。

话题告一段落，戈昔璇回来了，没有听话，还是买了烧刀子、下酒菜，还有一些新的餐具，说是过年换新，辞旧岁。

戈昔璇拿着新碗给林羌比画：“嫂子，我之前在网上看人女兵可以空手劈碗，你是不是也会啊？”

林羌看着那只碗，以前会，现在可能拿都拿不住了：“不会。”

“啊，没事，我哥会，他集训的时候劈这东西跟玩儿似的。”戈昔璇瞎吹。

靳凡又骂她：“少胡说八道。”

戈昔璇吐舌头，在哥哥面前，她好像一点没有二十几岁的样子，挨了骂也不消停，拉着林羌胳膊：“还早着，嫂子咱去做个美容，按按背。”

“五点了。”林羌说。

戈昔璇撒娇道：“八点肯定能回来，让我哥在家做饭。”

“你倒是不心疼你哥。”

戈昔璇挑着眉问：“你心疼了啊？”

“没有。”

戈昔璇冲靳凡撇嘴：“任重道远啊！我的哥哥。”

靳凡烦了：“赶紧滚！”

戈昔璇马不停蹄地把林羌拐走了，待车门关上才说：“我们去的那家美容院叫思梵。”

林羌本不在意，但戈昔璇专门提及就是有别的意思，猜测道：“靳凡的凡？”

戈昔璇笑而不语，发动了车。

思梵的梵不是靳凡的凡，却真的指靳凡。

这所养生会馆在斛镜花园再往南两条街的位置，前边是周南大道，店门正对着天桥，往前一点是公交车站。十多辆公车在此经停，候车区的人总是溢出到街边。地段是好的，租金一定昂贵。

林羌跟在戈昔璇身后进门，前台穿着月白色职业一步裙，领口系了松石色的丝巾，嘴唇涂得红，笑起来有一对梨涡："欢迎光临。"

店内的设计就像前台的打扮一般精致，玻璃墙隔开的展示间里，陈列着高档的护肤品、美容仪。

戈昔璇对前台说："我约了岑好，你们老板。"

前台快速打量她，几乎没让她等候，又快速回复道："您稍等。"

戈昔璇回头，看到林羌一派从容，知道她聪明，但不以为她能猜到等一下要见的人的身份："不卖关子，等一下就知道了。"

"你哥前女友。"

戈昔璇惊道："这么明显吗？我还以为我神秘面纱做得多好呢。"

说着话，岑好下楼了，化着比前台还精美的妆，修身连衣裙凸显她的傲人身材，低扎着马尾，露出饱满的额头和标准的鹅蛋脸。

很漂亮。林羌客观地认为。

岑好本来笑着的脸在看到戈昔璇身后的林羌时，一下子黯淡了。

戈昔璇顺着岑好的眼神看向林羌。

她双手还抄在大衣口袋里，高个子，穿着垂到脚踝的大衣，一点也不休闲臃肿，反而更显得纤细。头发随意低扎成一个慵懒丸子，没擦唇膏，唇色像卵白釉，眼睫又很浓密……

林羌非常漂亮。戈昔璇客观地认为。

岑好一直看着她，大概也这么觉得。相顾无言至店门从外被推开，一个啤酒肚、佝偻着腰的男人走进来，凶巴巴地把伞戳进伞架，旁若无人地冲岑好骂道："又不是没开车，你不会自己回去？给你惯的，还用我接！"

前台习以为常，岑好也总是漠视，但今天她明显有些慌张。

岑好没搭男人的话，引领戈昔璇和林羌上了楼。

楼上是暖光灯，岑好从容地递给戈昔璇她们项目本，挤了一点精油涂手上，揉搓着问："看看做什么项目。"

戈昔璇把项目单给了林羌，抬头问岑好："没嫁我哥，后悔吗？"

戈昔璇很直接，岑好不由愣了几秒。她跟戈昔璇偶尔联系，却没提过靳凡。她笑笑说："嫁给你哥我就租不起这铺子，开不起这店了。"

戈昔璇也笑："看得出来你还挺幸福的。"

岑好低头时不自觉地扫了林羌一眼，想窥探到什么，但这个人把自己藏得真深，一直不动声色。再抬头时，她说："怜爱不是爱，我可能会可怜你哥的遭遇，但不能因为他的遭遇而爱他。"

"爱就远了，相亲的谈什么爱，就说喜欢，你对我哥有一点吗？"戈昔璇像开玩笑般问道。

岑好停顿了，但很快摇了头："在一起时也没见过几面，喜欢什么？"她把精油放回去，"你是来跟我聊你哥，还是做项目？"

戈昔璇伸手挽住林羌的胳膊："我不是约的超声炮嘛，但我嫂子这个脸够紧致的，不适合。水光肌我觉得也用不着，要不你给看看？嗐，可能这就是天生丽质吧。"

岑好的笑延迟了两秒："那可以做一个美白护肤的基础套餐，价格也很低。"

戈昔璇笑着回："不差钱，你挑贵的。"

"咱们以前也算熟，你还跟我打肿脸充胖子呀。早知道你家里出事以后你哥也退役了，听说一直住雅宝胡同，在南厂修车，有什么钱？"岑好坐下来，"这样吧，咱们也是老交情了，我送你们两个升级套餐，让我们这边最好的医生给你们俩做。"

戈昔璇还在笑："怎么现在张嘴闭嘴都是钱了？人到了一定年纪就会这样吗？那我可得慢点长了，让我守着一个又老又丑脾气差，动辄打骂人的男人，我可不干。"

岑好又延迟了："男人再帅，没钱也没什么用。"

"是是是，还是岑姐想得通，我们俗，就爱俊的。"戈昔璇说话间，枕在林羌肩膀上。

岑好垂眸笑笑，医生已经上楼，她伸手招来："胡医生来招待一下我两位朋友。"她再回头时，神情已然如常，"那我先下去处理点事。"

戈昔璇目送岑好下楼，抬头跟医生说："我们自己看看。"待医生点头离开，她扭头对林羌说，"听她扯呢，我哥以前就叫靳梵，上林下凡，真不喜欢叫什么思梵。"

林羌才知道："进犯？"

"这个梵不是读二声吗？"

"民间习惯，应该是四声。"

"哦，我还说梵高为什么一直读二声。"

戈昔璇解释："我妈以前迷信，听说给我哥取这个梵是因为我哥五行缺木，还有一种含义是叫这个梵才意味他的完整。后来他跟我妈闹崩，就改了

名。犟得要死，就不要完整。这不就破碎了。”

不等林羌消化，戈昔璇又说回岑好：“我上回来，第二天她就胃穿孔住院了，喝了多少我也不知道，但我觉得她一定后悔。我哥那时候可温和了，特好骗，说结婚真的就有可能结婚了。她以前给他打毛衣，做手套和护胸背心。他休假回来一趟，巴不得打飞的过去接他回来。这要不是爱他，我不知道什么才是。”

林羌停顿许久，缓缓开口：“你这样过来……”

戈昔璇伸手打叉，打断她：“她抛弃我哥，我唾弃她，这有什么不正确的？”

林羌笑：“我觉得挺酷的。”

戈昔璇神情一滞，随即咧嘴笑起来：“还有更酷的。”

话音刚落，靳凡打来电话。

戈昔璇冲林羌挑了下眉，接通：“喂，哥，你到了？那你进来呗。”

靳凡给她挂了。

“猜我跟我哥说了什么？”戈昔璇很喜欢卖关子。

林羌胡猜：“说你没带钱。”

戈昔璇拉起她走向楼梯：“那他就直接转给我了。我说你被他前女友挤对了。经历婚礼上他的突袭，你想也知道只有说你受欺负了他才能来那么快。”

林羌还真不知道她有这么重要。靳凡真不是借机来看他前女友的？

她没搭话，下楼后，靳凡正好推开门。

雨小了，但有风，黑色的伞挡不住从四面八方扑进他怀里的雨丝。它们在他黑色的大衣上留下一些痕迹，引人注目。可当他收起伞，露出脸，就没人再看那些痕迹了。

他像一座傲然伫立的墨色山峰。

岑好在前台，拿着文件夹的手停止动作，人也不受控地失了神。

林羌突然有些烦闷。

他温和的以前，她没见过。她不会打毛衣，更不会做手套、背心。她也不想学会。

岑好的丈夫已经在招待区的沙发上打起呼噜，动静极大，衬衫没勒住圆鼓的肚子，腹毛横七竖八地从腰带下面冒出来。

靳凡一眼找到林羌，对她好好的这一点并不意外。他知道没人欺负得了她，但还是来了。

万一呢？她要是不小心摔倒，那就糟了。

他把伞打横，握住伞腰，随意拎着，朝林羌走去。

岑好这时已经回过神，放下文件夹，看着靳凡："欢迎。"

靳凡来到林羌面前，牵好。

他领着林羌往外走，戈昔璇得意地跟在他们身后。岑好在他们行至门口急喊一声："好久不见，靳凡！"

靳凡停住脚，扭头看了林羌一眼，迈出店门。全程就只给了岑好一个侧脸，无一言。

岑好没喊住靳凡，却喊醒了丈夫。

靳凡离开时他正好醒来，看到这一幕，勃然大怒，冲到岑好跟前，隔着前台掐住她："又招他是吧？家里看照片不过瘾，勾搭来店里是吗？"

岑好双手拍打他的手，脸憋得通红，发不出声。

前台吓得上楼叫人。

"贱娘儿们！是不是忘了当时是零嫁妆进我们家门的？我多少选择，我凭什么选你啊，你跟你妈那个嘴脸真该给你拍下来！"男人瞪圆了眼。

岑好喘不过来气了，大声咳嗽，为自己换来他的松手，像突然被抽走脊柱骨一般摔靠在墙上。

男人撣撣手，骂骂咧咧地走了。

岑好双手向后，托住墙面，平视前方，眼泪成串。

电话响起，备注是"妈"的人打来，接通就说："你别忘了去学前班接昭昭，那个园长说我们昭昭淘气，我看就是想收礼。你跟广茂一起去，两口子上阵，我看她还敢说什么尖酸话！"

岑好没吭声。

"还有个事，你催一下那个贷款，怎么还没下来啊，按理说广茂的酒厂和你那个店很好批啊！是不是银行的人查到你们的现金流断了？那你可得赶紧想辙，你爸的茶叶铺就等这笔钱周转了！"

岑好听着，眼泪越掉越多，突然吼道："妈！你觉得我现在过的是人的日子吗？这是我想要的生活吗？"

那头磕巴一下，嫌弃地说："你几岁了还说这种虚话？嫁给广茂这件事你没点头吗？现在看他快破产了，不体面了，你后悔了？别忘了你爸的茶叶店是谁给开的！你当时学美容的几十万是谁给的！孩子都要上学了还这么不现实！"

电话挂了。

岑好坐在了前台的椅子上。

就算是她选的，选错了不能纠正吗？她不明白，却也知道，她或许可以纠正这个错误，但丢掉的东西再找不回来了。

靳凡撑开伞，握住伞的手和他牵住的林羌的脸都白得发光，是这幕夜色中唯一的不同。

戈昔璇没上他们的车，比他们先走了。

靳凡不走，林羌也不催促。

过了会儿，靳凡带林羌去了附近的烤肉店。

两个人的气压都不太对，不回家是正确的，省得打起来，让戈昔璇看到他们俩真实的相处模样。

靳凡点完餐，出去打电话，林羌扒拉着牛肉粒，没有胃口。

隔壁桌是两位女士，带着三个孩子，很吵，更让她的食欲大打折扣，只喝了水。

突然，小男孩儿把一块五花肉甩到林羌桌上。她看过去，三个小孩儿缩着脖子哈哈笑，两位女士在聊天，没有注意。

她没计较，用纸巾捏到了垃圾桶里，又端起水杯。

靳凡回来了，像是习惯一样，先给林羌满上水。

谁知又有五花肉飞过来，这回是一整盘，全落到靳凡身上，臂弯和衣摆上全是。一瞬间，油都渗进了他的衣服。

三个小孩儿笑得更大声了，两位女士也看到了，皱着眉斥责道："吃饭不要玩！"

没有批评他们不礼貌的行为，也没有对靳凡道歉。

林羌看着靳凡无声打理好衣服，站起来，把刚给她满上的水泼向隔壁两位女士。

其中一位女士尖叫，五官狰狞，大骂："你有毛病吧！"

"报警吧。"

动静太大，引来烤肉店的经理。这位尖声的女士的丈夫也从卫生间回来了，一身横肉，梗着脖子逼向林羌，看架势要动手。

靳凡站起来。

男人下意识瞥了他一眼，止步在桌前，动手罢了，嘴上不能罢。烤肉店几乎只剩下他们两口子的叫骂声。

经理两边说和，最后隔壁桌向靳凡道歉，烤肉店予以免单，平息了矛盾。道歉是林羌的意愿，她不差这顿饭钱，熊孩子必须道歉。

前后用了一个小时，林羌和靳凡上车已经九点半了。

靳凡全程没拉过偏架，似乎林羌想干什么，他都无条件站在她这一头。

林羌上车后还紧绷着脸，靳凡不发动车，她也无所谓。她打开窗，点了根烟，牙齿叼着，将烟雾吐进雨中。轻摁住太阳穴的手指撑得发白。

她很不开心。从靳凡到思梵接她开始。

因为她分辨不了他是接她，还是借机看他前女友。

她没抽完一根，扭头正对上靳凡的眼。她猛吸一口，烟雾就这样遮挡眼眸："你觉得我会被谁欺负吗？"

靳凡看不清她，没答。

林羌捻灭了烟，拽住他的衣领，拉到自己面前，吻住。

靳凡把主动权交给她。

他不知道她在生什么气，只确定这是第一次见她生气。她从前装爱他装不爱他，装委屈，装潇洒，就是没有装过生气。

她咬他，咬了又亲，像是喜欢到想弄疼他，又怕真的弄疼他。

他的牙齿整齐洁净，唇也柔软，没她的烟气。她以前都不觉得，好像突然间就迷恋上了。

靳凡容她气急败坏地啃了几口，还是夺过主动权，把笨拙的她抱到腿上，固定住她的背，循序加深。

其实他也没经验，但她是他的一个软肋，他只需要听从意愿，意愿会吻住她。

身体滚烫，隔着薄薄布料互相挑衅。林羌被硌得疼，艰难地放开他，捧住他的脸，蹭蹭他的鼻尖，打开驾驶室的车门，从他身上下来，跑向便利店。

靳凡讨厌男欢女爱，他从不因亲密关系产生过迫切，可他对林羌是迫切的。没理由，就是很迫切。

林羌总是不争气，会在他癫狂的节奏里渐渐失去寻常模样，变成一只扎线笛，被他奏出旋律。

……

车停在地下车场靠北的位置，不知是运气好还是什么，一直没车开来。可是他们根本不在意有没有人来。

空调烘干他们额头的汗，时针刚走过十二点。

靳凡坐在驾驶位上，衬衫挽起袖边，胸前的扣子敞开，锁骨和半截胸脯被停车场月白色的灯照耀着，竟泛出一层珠光。

他点了一根烟，却一口没抽。烟气被打开一小条的窗快速地卷走。

林羌蜷在副驾驶座上，眼皮已经撑不开了。

靳凡掐灭了烟，给她盖好毯子，被她拉住腕，没抽回，由她从他的手腕挪到手上，由她牵住。

她闭着眼，额头的纱布上的包布胶带被汗浸湿，不粘了，被空调一吹，和她的碎发一起颤动。

他轻轻摩挲着她的掌心，看着她把他的手背当成枕头。

她的嗓子有点哑了，一下变得楚楚可怜：“我为什么会越来越胆小？”

林羌睡着了，靳凡开车回家，用毯子裹好她抱上楼，放上床，盖好被子，关门，回身打开客厅的落地灯。

他把大衣、外套脱掉，搭在沙发上，打开酒柜，随手拎起一瓶酒。还没看清什么酒，又放了回去。

再走回到茶几，他把烟和打火机收进垃圾桶。

他打开抽屉，拿出几盒药，借着落地灯暗淡的灯光，仔细看上边的说明。每一种都看完，他又翻开原先的医嘱。

他的主治大夫曾嘱咐他心衰发作要紧急就医，他一次没去过，每每抱着必死的心态。呼吸困难就是中西药一起上。

他记得大夫曾说过心脏耐受力的问题，他的 EF 值 在 40% 左右，心脏不大，中等强度的运动是有必要的，尤其他在心脏受损前一直超负荷运动，一下子停掉不利于心脏的耐受。

他找出一支笔，一条一条划着注意事项，再添加到备忘录里。

这个工作完成一半，仲川发来消息，问他还回不回去过年了，说那群小崽子还盼着吃年夜饭。

他回过去：“再说。”

林羌拿到检查结果，大概会确定治疗方案，之后就是手术排期，都定下才知道有没有时间回癸县。

仲川不再回复，他也放下手机，站到窗前。

也就半刻，仲川又发来：“李功炀出事了，在火车站东边的建材化工厂硫酸池边发现时晕过去了，现在还没醒。”

靳凡没回。

扫黑办的李功炀最近在查的案子是早年燕水的旧案，提到燕水就必然会涉及戈彦。

李功炀出事，证明……戈彦还有事情没被挖掘出来。这样戈彦在他身上花费心思的事就可以解释了——她是试图用感情牌让他帮她牵线搭桥，解决掉这颗或许能随时把她炸得稀碎的大雷。

靳凡想通这一层，没有意料中的如释重负，反而感到重重的担子压在肩膀。

胡江海、戈彦，各有丘壑，各有城府，都阴差阳错地与他紧密相连。而他孑然一身，两手空空，算起来毫无抵抗之力。

靳凡的确有筹码，但使用这个筹码的前提是他无所畏惧。

可他现在长出了一截软肋。

如果被他们知道，一定会把他这截软肋剜走，威胁他。

一直在林羌身边或许可以避免，但他总有不在她身边的时候，且事实上他也没那么大能力，护她安全。

所以不能被动挨打，要主动出击。

清月当空，靳凡立于长夜，感觉衰败的心脏在重压之下钻出新芽，也感觉新芽只是一记回光返照。他根本看不清他的未来，也不知他还有没有未来。

他转过身，朝主卧走去，推开门，床上的人还在安静地睡着。

他来到床边，给她掖被角，被她迷糊中牵住了手。

他不想抽回，索性打算靠在床头一夜，让她好好牵个够。

林羌的病情每况愈下，已经发展到睡眠中“打人”的阶段——四肢突发痉挛。

即便有夜色遮掩，也没瞒住靳凡的眼睛。他没有喊她，只是把她搂入怀里，轻而缓地抚摸她的手。

她睡得不好，他盼望晚上可以长一点，这样她可以睡得久一点。

也盼望晚上可以短一点，她睡得不好的时刻可以快点过去。

“新年快乐！”戈昔璇进门就喊，还带来了周拙。

林羌在帮靳凡择菜，马上十二点了，饭还没做好。

周拙进门熟练地换鞋，轻车熟路地挂外套，垂到肩膀的头发微卷，似乎打了发蜡，根根分明，油腻。

但他有一张清爽的脸，不像靳凡，也不像戈昔璇。

他盯着林羌看了好几眼，被戈昔璇拍了手：“别看傻眼了，丢人！”

周拙洗手坐下来，帮林羌择菜，笑道：“嫂子好。我是周拙，跟他们俩同母异父。”

“你好。”

周拙又补充：“同母异父的人还有，但你应该不会见到了，都是私生子。我们三个因为爹的身份正大光明，并且法律承认，所以跟着妈一起生活。不

过我出国早，算起来没在一起多久。”

戈昔璇还帮他完善：“那些混账东西也不愿意承认跟我们有关系，只有当年那种送礼都得需要排队的时候才巴巴来认亲。”

周拙笑：“人家家里也不差的，只是当时不如我们家，现在不比我们过得好啊？什么领域都风生水起的。”

“啧，择你的菜！话再那么多轰你出去了！”

周拙不跟她斗嘴了，望一眼厨房里忙活的靳凡，冲林羌笑：“十年没有一起吃过饭了，我差点以为我没这个哥了。”

林羌不好奇他家复杂的构成，只有些恍惚。

她静静打理好择好的菜，走进厨房，放在水池里，站到靳凡左手边，看向砧板。他挽起了袖口，正在切羊排肉。

只用葱姜煮过的肉发白，肥肉油腻，他把它们切成块，准备用自制的小料蘸着吃。

林羌本来在看肉，看着看着，看向他的手指，又细又长，裹满了油……

她把脸埋进他的上臂，不再看下去。

“怎么了？”靳凡问她。

她轻声说：“有点色情。”

靳凡皱起眉：“捣乱！”

“哥你干吗那么凶啊？”戈昔璇在外边喊。

周拙也看过去，但没说什么。

林羌往边上挪挪：“知道了。”

这语气就不对，靳凡扭过头，果然她眼睛里升起了薄雾。

她不是会哭的，眼泪他没见过多少，但仅仅是雾气凝在眼眶，他都会改变语气：“你去外边等。”还拿一块瘦肉，蘸满料汁，喂到她嘴边。

她张嘴咬走一半：“咸了。”

靳凡皱眉吃了剩下一半：“瞎说。”

戈昔璇在厨房门口，回头见周拙的眉眼跟她一副模样：“想谈恋爱。”

周拙笑着点头：“该谈。”

靳凡做了五菜一汤，他们一点多才吃上饭。

戈昔璇给林羌倒酒，被靳凡端走了。

他也不喝，直接倒了，戈昔璇可惜道：“这不浪费吗？”

周拙说：“你什么时候这么会过日子了，吃你的吧。”

戈昔璇嘴欠而已，夹起块排骨，阴阳怪气地道：“那没人为我身体着想，

不让我喝酒，还不准我酸一下啊？”

周拙拿走她的酒：“谁说没人为你着想的？”

戈昔璇又夹了一块排骨：“我要男人。”

“越大越不害臊了，姑娘家家嚷嚷要男人？”周拙说得并不严厉，又给她夹了两块排骨，“男人没个好东西。”

戈昔璇嚼着排骨咯咯地笑：“这倒是不假。”

林羌的筷子无意识地伸向红烧小排，不经意瞥见盘中仅剩的两块，改道夹了虾仁。

自然而然的事，她自己都没注意，而且也不是非吃小排骨，下一秒靳凡拿公筷把两块小排骨都夹到了林羌碗里。

本来要对最后两块排骨下手的戈昔璇的筷子停在半空。她也没意识到她吃了快一整盘。

靳凡的动作行云流水，看上去理所当然，其实也是无意识。

几人又在无意识中略过这事。戈昔璇还没放弃逼林羌一把：“我哥排骨做得一绝，以前我都抢不过他前女友。”

周拙悄悄瞥向靳凡，后者还是那副不好惹的样，看不出来有没有生气。

林羌也反应平淡，但放下了那两块小排骨。

吃完饭，周拙刷碗。靳凡有事，招呼也没打一声就出了门。

戈昔璇乘胜追击，展开对联：“看看他忙的，什么事值得这么火急火燎？”

林羌照着说明书编中国结，不说话。

周拙正好洗完碗出来，擦着手：“干你的活儿吧，就你话多。”

戈昔璇观察林羌的神色，继续佯装无心地说了一堆从前的事。

周拙不许她添油加醋，不断地纠正。

林羌平淡无波地听着他们闹，专心编东西，编好后把挂圈挂到中指，看着成品躺在手心，不知不觉失了神。

靳凡出门时跟她说了要见朋友，是她没告诉戈昔璇和周拙。

她一点也不在意戈昔璇的话，更不爱排骨。

她只是觉得这个中国结没编好，所以有点不开心。

北方的冬天很少有晴天，时常一片混沌笼罩大地。延州总是像蒸屉里的肉包子，很香，但遮住视线的水蒸气过于扫兴。

料峭牌楼往东三百米的演步街，孟真坐在书店里，看着东南方的胡同。原先道路狭长，不知道几几年都能过车了。他望着车辆进出，枯树叶突然落下，离开这里，被载向各个地方……咖啡渐渐冷却了。

以前读老书，对这样平和的时光还有感悟，中年向晚，觉得什么都矫情。

靳凡来得太晚，他光是犹豫要不要再点一杯就犹豫了很久。

“孟叔。”靳凡坐下，喊他一声。

他扭回头来，看着这个孩子，太久没见，印象还停留在这孩子十几岁时的模样，现在一派成熟，除了那副无可挑剔的骨相，已不见从前半分。

那时候戈彦得意得很，逢人就炫耀。是啊，她自己脸上平扁，生出一个这种骨相的孩子来。不过现在也不平了，整了。她的审判下来之前他成天面对她，她容貌上早没有东方人的样子了。

“一直也没你的消息，你这几年在延州吗？”他有点明知故问了。

靳凡答：“前两年在。”

孟真说：“没跑过转政的事吗？你的条件多好。”

靳凡没答，就算戈彦的事不影响他，也无法消除旁人对他的提防，何况有戈彦的影响。不过他也不感兴趣。

“你找我是……”孟真觉得他一定有要紧事。

靳凡说：“我想知道戈彦当年被审查调查，除了走私，还有没有别的含糊不清的事。”

孟真晃着凉透的咖啡平静不语。

“您当时在纪委担任要职，这个案子您全程参与，有没有问题一定知道。我不是要您违反纪律，透露给我，我是想知道她现在要干什么。”

言外之意，只要孟真表露确有别的问题，或许是因某种力量阻碍，没再继续调查下去，他也就能确定他猜测得没错。

孟真突然笑了，没答他的问题，只是慨叹：“戈彦这个人，何止八面玲珑。我觉得一个人扮纯粹是容易的，但如果连愤怒也能扮，就真的是可怕了。”

靳凡知道了。

孟真在他起身离开时，喊住他，店里空无一人，可也没大声：“要有足够分量的证据，才能启动调查。”

靳凡无言，推开挂着铃铛的木门，驱车消失在阴霾覆盖的演步街。

孟真走到楼梯口，朝上喊老板，终于又点了一杯咖啡。

靳凡下午又去办了别的事，晚上回到家，不见叽叽喳喳的戈昔璇，周拙也走了。他脱了外套，边解衬衫的袖口边推开卧室门，林羌正靠在床头看

书，只露出一点封皮，他正好知道，《红岩》。

他的书架上有很多书，她居然挑了这本。

林羌眼皮都不掀一下，对于他回来这件事无动于衷似的。

靳凡解开领口边的扣子，走过去，俯身握住她光着的脚，凉得冰手。他皱着眉转身，拿来新袜子，轻松抻断看起来很结实的标签，蹲在床边，给她穿上。

她始终不言，生怕他不知道她在生气。

从昨天她就在生气，莫名其妙地，靳凡不知道为什么，但不重要，不影响他为她做所有事。

林羌突然踹了他一脚。

他站在床边，凝眉看着她，等她说话。

“见这么久，你这朋友还挺重要。”林羌云淡风轻地说。

靳凡承认：“嗯。”

林羌停顿几秒，不以为意地笑笑：“那还挺好。”

寂静。

靳凡见她不说了，准备去厨房把剩下的排骨做了。她在他转身后又问：“女性朋友？”

靳凡一愣，恍然大悟。

他重新转身，到床边坐下，稍微歪头，一副特想看她的局促的神情，语调也是他少有的轻盈：“你以为我昨天是借着接你的名义去见别人？”

林羌也愣了，有数秒无措，很快调整，也歪头，笑道：“大哥真会臆想，谁在乎你要见谁。”

靳凡没有拆穿她不在意时拼命装在意，在意时又拼命装不在意，是给她一点面子，也给自己一点时间，他感到安慰。

她在喜欢他了，也许不多，但真的有了。

她选他，真的就是想选他。

他故意说：“排骨是要红烧还是糖醋？”

林羌不自觉地上牙擦下牙，语气还是很轻松的。“随你喜欢呗，你以前不是给别人做过咕咾肉和糖醋小排？”

“家庭聚餐。”

“你妹妹说你们只是处过对象，就家庭了？”

“啧。”靳凡不辩解，“我也给你做。”

“除了糖就是油，我不爱吃，你少做。”林羌翻身睡了，“出去时把门给我带上。”

她放在身后床上的手轻合着拳，食指的指甲一直在抠拇指的指腹。

靳凡看到了，破天荒地弯唇，虽然很浅淡。他把她的手牵过来，揉了揉她被抠出指甲印的手指腹："不放糖油了。"

林羌盯着他，许久，笑了："我装作生气的，你不要想得太多。我根本不在意。"

"嗯，知道。"靳凡继续给她留面子。

"啧。"林羌烦，"能不能出去？"

她把手也抽回去了，靳凡知道她在尴尬，站起身，在她额头轻吻："尾巴露出来了，下回要藏好。"

他终于出去了，林羌看着房间一隅入了神。

露都露了，还藏个屁。

晚饭是三个人吃。周拙要抓紧筹备年后的画展，不然他女朋友又要发朋友圈，影射他什么都丢给她，根本不爱她。

戈昔璇说，周拙的一幅写实主义人像差不多能卖七八万。林羌不好奇，好奇她后面那一句。她继续说，但是靳凡的速写更深入人心。

林羌看向在阳台打电话的靳凡："他还会画画？"

戈昔璇翻出他以前的随笔，拿给林羌："这个本本里都是他画的。"

哪里是本，根本是用一张张不同规格的纸扎成的册子。

林羌翻开，都是铅笔速写。有些颜色已经磨掉，黑乎乎的看不出原本的样子；有些还清晰，迎面而来强烈的空间感。

她翻到一张人像，停住了。

画面中是一个寸头大个儿，身上背着三五行囊，抿着嘴冷着脸，呼之欲出的倔强。显而易见这是一个新兵蛋子，是谁也显而易见。

她翻页，看到河灯。

戈昔璇突然激动起来："咱仨放灯去吧？湿地公园人工湖能放！"

靳凡已经打完电话，拉门进来正好看到戈昔璇眉飞色舞的，眼神转到林羌身上，林羌顺势问："哪个湿地公园能放灯？"

靳凡皱眉。

松杉湿地公园游客区。

兴许是年关才有的保留节目，八点多了，还遍地都是发光气球、手工灯。桥上和长廊外面罩了大红灯笼网，树干也穿上灯衣，沿路火树银花，宛如白昼。

临近人工湖的入口，前面走的都是华衣美服的男女，身后跟着扛长焦镜头的摄影师。戈昔璇说一年见过的网红也没今晚多。

木桥旁，工作人员在发放免费的河灯。

林羌穿了深灰色的针织两件套，高领紧身上衣的袖口盖住半截手背，鱼尾半身裙裙摆垂至脚踝，藏青大衣，毛线帽。

她很高挑，还喜欢往高挑穿，总是恣意淡然，却迷人眼。

靳凡换了一件西装领的中长款大衣，本来是修饰身材的版型，但他有先天优势，反而像是他撑起了这件衣服。

他左手攥着两只皮手套隔开人群，右手牵紧了林羌，双眼严肃、警惕，好像人越多越紧绷。

林羌感到他不太习惯置身于这种场合，不知不觉走到他的前边，替换他，成为开道者。

靳凡注视走到他身前的林羌，身形单薄，却分毫没被冷风撼动。

人山人海，溢彩流光，灯影在她身上跳舞。他只是看着，那些巴巴凑到一起的神经竟然慢慢放松了。

以前从没有人在他的生命中充当这样的角色。

现在有了。

桥上人多，到放灯地点就没那么多人了。

工作人员送的河灯附带一根塑料棒。用它在河灯上挂着的祈福纸上划写，会出现黑色的痕迹。

戈昔璇写完，凑到林羌跟前：“嫂子写的什么？”

林羌还没想好，戈昔璇一看还空着，扭头去看靳凡的了。

靳凡没躲没藏，戈昔璇反而不看了，她觉得这一点也不像电视剧。电视剧里的男主角都不给看的。

靳凡骂她闲得慌。

林羌手在外边露着，有点冷，推给靳凡：“你随便写一个。”

戈昔璇的兴致一下清空了。两个都没情趣，好没意思，焰火也不看了，嚷嚷要回去。

回家的路上，戈昔璇和林羌坐在后座。她挤眉弄眼一阵，慢慢打开手心，看着靳凡，话却是对林羌说的：“我把我哥写的撕下来了，我聪明吧？”

“他又没藏，你可以直接看的，非撕下来。”

戈昔璇被她说得卡壳，但也就三秒，立刻欢欣鼓舞地展开那张细条的纸，看完很疑惑：“小女孩儿要在我身边？什么意思？哪来的小女孩儿？认的妹妹？哥你不是吧？认谁当妹妹了？我嫂子还在这儿呢！”

靳凡专注开车，没理。

林羌把脸扭向窗外，托着腮的手掩住一边唇角，另一边的唇角刚好微微上挑。

大年二十九晚上，林羌的检查结果出来了。

她收到邮件的时候正在靳凡的车上，随他前往延州西南郊的一个村子，他祖父老家。

她关闭了手机，没问靳凡还要多久到。

他们本来要跟戈昔璇一起过年的，后者临时有事，正好木襄村书记联系上靳凡，一件他家的要紧事需要他去解决——木襄垂钓度假区扩建要占民宅，涉及的人家都已经沟通好，只有靳叡家找不到人。

参与扩建竞标的工程公司老板为了尽快拿下这个项目，雇人半夜三点开铲车强拆，被村民发现后匆匆逃离了。

目击者都知道是谁干的，苦于村头没有监控，空口白话在镇上的派出所里不足以成为证据，只能辗转多处打听靳叡的后代，总算找上了靳凡。

过了八点，两人到达。

靳凡下车去看，林羌隔着车窗望去，五间连排砖房倒了一间半。原本一米五高的围墙圈住了一个宽敞院子，现在一个巨大的豁口朝东敞开，风吹得瓦上的枯草沙沙响。

书记看见靳凡，双手捉来他的手攥住，寒暄了两句，随后掏出一个压扁的烟盒，抖搂半天，抖出一根烟，点燃递给他。

靳凡没接，说了什么话。

挡风玻璃太厚了，村里民户稀疏，风也大，她一点也听不见他们在说什么。

靳凡返回，关上车门，转动方向盘说："不回了，住垂钓度假区。"

林羌没说话，她同意。

木襄村的鱼塘面积不小，从曲折的土道进入一段柏油路，随即便能看到双开的红漆大门，打着九乘九的门钉。门口还有石狮子和保安亭，就是没人站岗。

也正常，这是西小门。

靳凡在门前停住车，摁下喇叭。老保安打着手电筒打开门，像是打开了另一个世界的入口。

连排小独栋，开阔，气派，富丽，别有洞天。对比之下，靳叡的五间房有点像狗窝。

对外说是扩建在即，度假区关闭了，开放日择期公布，但招待所大厅还有工作人员。五个前台座位，五个都没空着。

过年的氛围也一点不敷衍，装饰礼品在招待区堆成小山。

靳凡办理入住，前台递给他洗漱包和纸袋，他接过没打开。到房间后，袋子被林羌打开了，她拿出里边的安全套："还挺贴心。"

靳凡打开空调，回身看到她手里东西，皱眉不语。

林羌笑着放下，走到窗前，拉开窗帘。一楼有广阔的露台，人工溪流架梁，由木板铺成的浮桥通往一片金黄麦浪，再往前就是垂钓区。

她环顾左右，不少独栋都亮着灯。回房再翻那个纸袋，看到一张邀请卡，邀请 1007 房间的顾客参加明晚的年会。

她靠在小水吧前，放下邀请卡，看向靳凡。他正在脱大衣，动作很正常，但她觉得有诱惑力。

他又摘了表，一手搭在桌沿，一手给她倒了杯水。

好像更诱惑了。

露台的门开着，窗帘被风吹得扑扑响，粗线毛衣好像一点不抗风，她不自觉地抱住臂。

靳凡也看到了那张卡片，1007 就是他们的房间号。

度假区老板声称强拆跟他们无关，但既然是由扩建引起的，愿意好好解决。于是委托书记搭线，邀请靳凡参加他们明晚的年会。

他从卧室拿了毛毯来，从前往后包住林羌，毯子两边被他交叠好，顺势抱起，放到水吧上，双手撑在吧台边沿，把她圈在双臂之间。

林羌靠上后面的酒柜，从毯子里抽出左胳膊，伸手抚摸他的脸颊，拇指轻轻刮蹭他的唇。"你妹妹真的有事吗？"

"不然呢？"他的唇贴着她的拇指，气息扑满指腹。

林羌腰力很强，稍一用力，后背离开酒柜，前一秒还在他唇上的手已经托住他的后脖颈。两个人额头相贴，鼻梁碰触，唇瓣相缠。她说："你支走了她。"

"我为什么？"靳凡受用于林羌每个动作，更爱她眼里的自由。

林羌的呼吸扫在他的唇上："你就想跟我单独相处……"

"害臊吗？"

"不害臊。"

靳凡眼睛弯弯，虽然浅淡，发自内心地感到安稳。

"想不想我，大哥？"林羌皮得很。

靳凡不说："我没见过你这样的。"

“嗯，你见过的都是给你打毛衣，织围巾，再打飞的去接你的。”林羌特会嘲讽人，“你有跟她这么近吗？亲过吗？她也会叫你大哥吗？”

“我说，我没见过你这样的。”靳凡一本正经，“我以为这就是答案了。”

林羌心跳短路，思绪无章，没来由地吞了口水，声音懒起来：“你少骗我，我不信。”

“只有你喜欢骗人。”

林羌随意拽着他的衣领，手指有意无意划拉他的锁骨和喉结：“我骗你什么了？”

“少装。”

“我不知道，大哥告诉我。”林羌真无辜，她好会装无辜。

靳凡听不得“大哥”了，托住她的大腿，把她从水吧搬到床上，锁在身下：“检查结果发了吧？”

林羌还勾着他的脖子：“大哥还挺敏锐，当过军官就是不一样。”

靳凡忍耐着，原始欲望是最低阶的欲望，很多事都可以排在它前边，就比如林羌的身体情况。“结果怎么样？”

“就那样。”林羌笑着回答。

靳凡突然起身，去了卫生间。

林羌还躺在床上，胳膊垫着后脑勺，看着天花板，听着卫生间的水声。

时间突然好漫长，她好像等了很久，他终于出来了。冷水冻红了他的鼻尖、下巴，他再次来到林羌面前，伸出手：“手机给我。”

林羌撑着床坐起来，下床，从桌上摸到烟盒——书记后来硬塞到靳凡怀里的，到单人沙发坐下，点着了烟，看了一眼大衣：“自己拿。”

靳凡找到她的手机，打开邮箱，看到几张显像图。他只认识 PET 和 FDG 等名称，对显像好坏一无所知。

他走到林羌跟前，还给她手机：“是好还是坏？”

林羌平静地抽着烟：“好坏又怎么样？”

靳凡夺了她的烟，掐灭了，静站了半天，蹲下来，抬头看着这个因为一根烟就能变得阴郁衰败的女人：“不怎么样，就是我得知道我后面该怎么做。”

林羌听得有趣，胳膊肘抵在大腿，托着下巴看他：“该怎么做？”

“我也在想，我该怎么做，你才不胆小了。”

林羌身子一顿，神情僵化了。

明明是她之前在车里说自己越发胆小，怎么却是他变得小心翼翼？但他好像猜错了她胆小的原因。她根本不怕病魔。

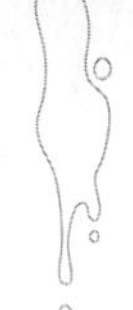

安静许久，她牵住他的手，缓缓拉起他，让他坐在沙发上。她搬来一把椅子，把手机拿过来，给他看多巴胺转运体 PET 显像，指着深色的两点，教给他："双侧脑部细胞死完了，只剩这点。"

"就是说……"靳凡想问，没问出来。

林羌早知道自己的情况，显得轻松："就是说……不太好。"

换靳凡陷入沉默了。

林羌靠在他的肩膀上，温热的手掌贴在他的心口："反正你也不想活，你管我情况好不好。"

靳凡不言。

林羌自顾自继续说："我以前想，两个要死的人凑合几年，有几年是几年，但你不愿为我活。"

一片沉寂。

"我以为我一身骨气呢，却还是跟你苟且了。"她越来越舒缓，"现在你爱活不活，无所谓了，早死我再找。男人那不遍地都是？"

靳凡像失灵的机器人，呼吸几不可闻。

林羌突然头疼，还在故作轻松地说："你不用在意我说我越来越胆小的话，我有时候也觉得我越来越胆大。反正人都……"

靳凡突然抱住她。

林羌轻飘飘的话都被他的肩窝吞没。

"做手术能不能痊愈？脑部细胞能不能变多？有没有偏方？国外医院有办法吗？"

林羌一愣，无知无觉地攥住衣摆。

林羌一起床就闻到牛奶的香，光着脚走出卧室，看到一辆小推车。靳凡正在把早餐挪到餐桌上，她一歪头，瞥见牛角包和菠萝派。

靳凡的衬衫外面套了一件针织背心，毛线纹路密匝，像是定制店铺里高级裁缝手工织就的。有些学院派，很不大哥。

她坐下来，把牛奶拿来，问他："不去餐厅吃早餐？我看到纸袋里有早餐卡。"

靳凡把食物盖子一一掀开，扭头看到她嘴边没擦净的牙膏，自然地伸手擦掉，说："早餐时间截至十点半。"

林羌看表，十一点半了。

"跟医生约了吗？"靳凡坐下来问。

"约年后了。"林羌昨天收到邮件就转发给李擎主任了。检查的目的是要看她有没有出现新的病灶，结果比预想好一点，目前的躯体化确定是病程来到后期，药物不敏感了。

她已经决定手术，定下年后去交钱预约排队。

靳凡昨晚问她手术会不会好，她没答，他便不会再问了。

林羌咬一口牛角包，不太甜，她就喜欢这种。随手拿来单据，备注一栏赫然写着：可颂要无糖的。

她又随手放下，抬起头，伸出手，挡住一半眼睛，看向这位哥："所以现在才是本来的你，就像你妹妹形容的，温和。刚见面时那么凶，其实是装出来的。"

靳凡翻看度假区的地形图，随口答："是平和。"无所谓，不在意，没关系，都接受，也都过得去。

"你这是恢复本性了吗？不凶了？"

靳凡抬头，扭头看向她："你很介意我的从前？"

林羌端来牛奶杯，叼住吸管："想多了。只是问清了就会明白，为什么你以前的女人愿意给你织毛衣，我一点不愿意。因为我没有感受到你的温和。"

"谁给我织毛衣？"

林羌吃饱了，站起来："爱谁谁。"

靳凡看着林羌进卫生间，见她又光脚，不由皱眉。

林羌站在镜子前，镜中自己的脸有点不耐烦。瞎问什么？

靳凡突然进来，蹲下来，给她穿上拖鞋，站起来，注视镜中她不耐烦的眼："从前、现在都是我，人每年都会变。毛衣是我自己买的，但你要是忍不住乱想，非要介意……"

他说着单手往上一掀，把毛衣脱了，看都不看，利落地扔进脏衣篓。

林羌的心乱跳两下，她转过身，靠在洗手池前，抱住双臂，唇角微吊，眼波诱惑，一派慵懒松弛："谁买的我一点不介意。"

"你最好是。"靳凡眼神向下，看这个人一会儿一变的脸。

林羌眼神从他的脸渐渐往下，挪到他的胸膛，食指从他的锁骨处往下，停在衬衫领口，最上面那枚系住的扣子上："那我要是承认我确实介意了……"

靳凡被她的手指划得上火，接下来又是以林羌不争气地求饶结束。

"天天给你面诊……没发现你的心脏这么堪用……"林羌跷起腿，小腿刚刚好贴在他的腰侧。

靳凡握住她的小腿："说明你医术不行。"

“大胆。”林羌弯着唇说。

靳凡俯身下来，双手撑在洗手池边缘：“你，不行。”

林羌张嘴咬了他的唇瓣一口，在他吸一口凉气时跳下洗手台跑了。

靳凡维持原姿势很久，缓慢站直，看着镜中自己沁出血的嘴唇。啧，摊上她算是好不了了。

垂钓区作为度假区的卖点之一，抢占了最好的一块地，沿岸有栈道，连接所有垂钓口。每个垂钓口能容纳两人，头顶是一座防腐木亭，身后拴了一条浮桥，笔直地通往入口。

许是久不开放，草黄了，叶落了一桥，被入口的水晶雕照出一派凄凉。

林羌和靳凡散步到这边，居然有新人在拍婚纱照。

新娘子很漂亮，一双眼睛乌黑，新郎有些腼腆。摄影师每说一句“靠近一些，新郎的表情太僵啦”，他都会低头，耳朵一瞬红透。

靳凡电话响起，走到一边接了。

林羌的黑大衣有些重，重得她拖不动了，就坐在了露天长椅上，看着四点半微微发黄的太阳，倒映在平静的水面上。

靳凡回来对林羌说：“回去吗？”

林羌知道他有事了：“你去吧，我等下自己回去。”反正也无聊，她想看看拍婚纱照的。

靳凡在原地站了一会儿：“我等下来接你。”

林羌没有吭声，靳凡走了。

“好，休息一下。”摄影师说。随行拎包的女孩儿突然跑向林羌，递给她一盒喜糖：“新年快乐。”

林羌接过：“你也是。”说完看向新人，跟新娘目光一接触，举了一下手里的糖，“新婚快乐。”

新娘隔空用手势比心，喊了一声：“谢谢你啊。”

女孩儿返回，林羌低头看糖盒上手绘的头像，底下有两行小字：为你写诗，与你合唱。

真好。她想把糖盒放在身旁的空位上，却在中途就松了手。糖盒掉在枯叶堆上，滚了一周，盖子自然打开，各色糖果掉了出来。

她遥遥望着，搁在膝盖上的手不停地颤抖。

她攥了下拳，弯腰去捡，一只纤长骨感的手突然进入视线，先她一步捡起来。

她抬头，手的主人已经坐在她旁边的空位上。

靳凡把糖盒上的蝴蝶结重系了一下，放到她的腿上，目视前方，却精准地拉过她的双手，包在掌心细细揉。

林羌盯着他傲人的侧脸，好半天才想起来问："不是有事吗？"

"不重要。"

林羌不知不觉扬起唇，不知不觉扣死了他的手。

刚才差点，现在才是真好。

年会晚上七点开始，林羌下午回房间睡了一觉，醒来刚过六点，没找到靳凡，只在沙发上看到一条裙子。

她拎起来，鱼尾长裙，简单的黑色。

她收拾好自己，在房间等到六点四十五，靳凡还没回来。她便只身前往年会了。

年会的举办场地在招待区的三楼，叫满月厅，面积大，有独立吧台、酒廊。外接望月台，露天卡座不规则地摆放，正中位置原本放着天文设备，现在被邀请来的乐队替代，奏着狂欢曲。

人不少，看得出来不只这个生态度假区的员工，还有合作伙伴，林羌下午见到的那对新人也在其中。放眼望去，西装领结，礼服抹胸，极少几个来时撞见的村民。

林羌坐在角落旁观，感到强烈的生气。

她以前在阜定也参加过年会，简宋还在年会上公然说以后不能随便开他玩笑了，他怕林医生不开心。

林羌那时并不感动，她以为是因为她天生性冷，现在再回想，未必不是因为没动心。

可怎样才算是动心？

背景音乐突然从《花之圆舞曲》换成《万宝路进行曲》，好像接下来要颁奖似的。

林羌在一众眉飞色舞中抽身去了露台，外边都是年轻人。乐队唱着情歌，神情专注。他们推杯换盏，把酒言欢，也很专注。

她走到吧台坐下，打开手机看到杨柳的消息，问她现在在哪儿。

她问怎么了，杨柳没再回。

酒保问她："您喝点什么？"

林羌摸了下嘴，想抽烟了，随手指了一瓶干白，然后从大衣口袋掏出烟盒，点了一根，抽了一口，夹烟的手拨了下头发。

酒保已经调好酒："女孩子少抽烟。"

林羌抬眼，看着这个二十岁左右的小伙子，微笑："是吗？还好我不是女孩子了。"

酒保一愣，随即笑了，害羞又软糯："姐姐好。"

叫得还挺甜，林羌看向他手里的酒："酒。"

酒保低头一看，反应过来，赶忙推给她："不好意思。"

"没关系。"林羌淡淡一笑，端着酒转过身子，背靠在了吧台，看向追光灯下的乐队。

酒保男孩儿在她身后打着磕巴问："姐姐可以加一个微信吗……"

林羌扭过头，看到灯下他紧张的眼，刚要说话，一只手拿走他递过来的手机，扣放在桌上。手的主人说："我的给你加。"

男孩儿又是一愣，抬头看来人时脖子不由得一缩，拿起手机无声无息退到了一边。

林羌也抬头看向来人，黑色的西装，俊俏的脸。

靳凡把她手里的酒杯夺走："跟谁都聊得起来？"

林羌笑着摇头："得是跟弟弟，多甜。"

靳凡拧着眉，阴晴不定的毛病犯了。

林羌见好就收，拉住他的腕子："我虽然喜欢跟弟弟聊天，但心里只有大哥。"

靳凡看了她很久，说："你就不能跟我聊？我很无聊吗？"

林羌停顿，忽而无言。

她预想了很多靳凡会说的话，这句是她没想到的。她仰起下巴，笑得有些放荡："你以为你很有趣？要不是长得好看谁搭理你？"

靳凡用手拉住她的椅背，将吧台椅带人，一起拽到跟前，俯视她那一脸放荡不羁："一闲就皮。"

林羌笑得更性感，手肘拄在吧台，托着脑袋，坏心眼儿地戗："弄死我啊。"

靳凡瞪了林羌半天，最后只是把她大衣的两襟收了收，说："早晚被弄死。"他说他自己。

林羌爱听，在他手离去时拉住了，难得关心了一下他的私事："事情解决了？"

"差不多。"

林羌不问了："回房？"

靳凡就是来接她的："腻了那就回。"

"腻倒不腻，不是有弟弟吗？就是困了。"林羌不知死活，也不管靳凡

死活。

靳凡攥着她的手使了劲，她一吸凉气，他又松开了，拇指轻揉。

还没走两步，一阵风被一个黑色的身影裹挟而来。林羌还没来得及看清是谁，黑影已经搂住她。她闻到一阵清新的发香，随即便听到哀恸哭声。

是杨柳啊。

靳凡去了一旁，林羌没打断杨柳，双手抄在大衣口袋，静静等她的情绪平复下来。

杨柳哭湿了林羌胸脯，终于停下，松开她。看着她一脸平静，忍不住又涌出泪来。

露台上的众人还在庆祝年夜，极少数几个关注到了吧台前的这幕。

下一秒，林羌伸左手，托扶杨柳的侧脸，用拇指轻轻拂掉眼泪，再把她掖进领口的衣服拉了出来，一一抚顺。

杨柳握住她的手腕，眼睛已肿成核桃："彭年看见你了，你在三院检验科。这是你离开阜定的原因吗……这是你接那活儿的原因吗……"

林羌的眼神从她耳朵擦过，看到站在推拉门旁边的彭年——原先她在阜定的同事，现在已是一副生意人的样子。

他转行转得很成功，看起来也庆幸。

"为什么啊，真烦。"杨柳根本不想哭，不停抹眼泪，但又掉了下来。她有点气急败坏了，跺着脚发疯："为什么啊！为什么偏偏是这个病啊！你好不容易熬出来……学医多辛苦啊……这个规培……你的十年怎么办……你以后怎么办啊……说你不喜欢阜定说你想去县城轻松生活我都能认……为什么是因为不能再干临床了……"

林羌找酒保要了纸巾，回身给她擦眼泪："我们又不是朋友。"

"对啊，我们不是朋友，那你说说我为什么这么难受啊！"杨柳哭得比她擦得快。

林羌没答，正好来到十二点，家家点燃烟花，被小村落包围的度假区四面都是炸开的星星。露台上的年轻人醉意上头，站到卡座上挥手机大喊新年快乐。

杨柳又抱住林羌："我们是朋友，林羌，你是我特好的朋友……"

她本就小巧，靠在林羌怀里，更显依人。

可能是因为她的身子一直在颤抖，飘摇欲坠。林羌回抱住她，手掌在她的长发上抚摸很久。

度假区没房了，杨柳也没打算留下，就像她非要问戈昔璇林羌现在的位

置，非要大半夜过来，也在哭过一场后，非得回市里。

他们的车刚走，林羌就收到杨柳的微信消息。她转了二十万过来，还有一句话：不够直接张嘴，咱们有的是钱。

林羌没领，靠在了路边的围栏，路灯下她的影子被拽得好长。

口袋里的烟只剩最后一根，她点着抽了一口，看着远处的黑暗。过了十二点，除了人户以外的地方，一丝光都没有。

抽到一半，她扭头看站在西小门的靳凡。

她跟他说，她认识的人她自己送，他答应了，但也跟了出来。然后就站在门口，远远看着她。

她喜欢聪明人，但不喜欢哑巴啊，可是这个人总是说得很少。

她应该是讨厌他的，他的性格太差，优点都要费劲找。脱离交易关系后，她跟他苟且的根本原因就是情欲，她有点空虚，对他有点上头……

她拿出手机，看着他，打给他，对他说："之前你给我打钱，让我滚蛋，你家也突然说活儿不用干了，钱也不用还了。"

靳凡也看着她，听着手机传来她的声音，没有说话。

"是你做了什么，对吧？"林羌淡淡地说。

靳凡不答。

林羌也不用他答，她早知道，只是好像一直没有一个机会跟他提这件事。如果不是他做了什么，哪来这么大便宜让她占？

她本以为这件事不会再有重提日，看到杨柳的二十万转账，想起他的一笔笔二十万转账时，也没想提。

但在转过头看到他的那一刻，强烈的刨根问底的心情占据了她。

她遥望着他挺拔的身影，抽完最后一口烟："如果我当时拿了钱把手术做了，跟我前男友和好了，你怎么办？"

寂静蔓延。

林羌得不到回答，突然厉声："要不你三十多岁了还没人跟你，就你这冤大头的潜质，有了也是给别人养的媳妇！"

林羌骂完挂了，转身，甚至不再看他了。

她怨他不说，却也知道，靳凡是这样的。

她气得呼吸不匀，迎风也不闭眼，较劲较得眼睛干涩疼痛。

也就片刻，他从身后搂住她。

她挣脱："滚！"

靳凡搂得紧，越来越紧。

他的声音从她头顶传入耳朵："新年快乐。我们俩第一个年。"

林羌不动了。

“扭头就看到有人在等，胆子会不会大一点。”靳凡还在纠结她胆小的事。

林羌没说话，他的怀里太暖和了，她可以听到他的心跳声。听到他的心还在跳，她什么都不想说了。

林羌忘了她是几点回独栋的，也不记得是几点睡的，但知道自己是几点醒的。她睁开眼，靳凡还没醒，左胳膊垫在脑袋下，睡得特别端正，像个木偶。

她侧躺着，撑着脑袋看他。

靳凡在她的注视中睁眼，偏过头，上眼皮掀起落下：“看什么看？”

“面诊。”

“无聊。”靳凡用手撑着床起身，靠到床头，一把把林羌拽到怀里。

林羌起不来，干脆去听他的心跳。

靳凡看她听得认真，手指在她头发里面轻轻耙了两下，没打扰。

明媚清晨被一通电话打扰，靳凡起床去接，林羌还斜躺在床上。都要再睡去了，靳凡打完电话回来，手撑在她身侧，俯身一吻：“我出去一趟。”

“嗯……”林羌想睡回笼觉。

“下午回家。”

“家？”

靳凡没答，下床拿来斛镜花园那套房的钥匙放在林羌床头，出门去了。

林羌再醒来已经十点了，收拾好才看见床头的钥匙，想起早上似乎听到靳凡说“家”的事，唇扬了七八秒。

彭年折返了，跟林羌约在木襄村村头的饭店。

饭店大年初一闭店不开，亏了老板一家就住在饭店，不想冲破喜气，这才招待了他们。热菜也是他们自留的野山鸡。

林羌看着对面脱胎换骨的前同事，完全不记得他因医疗失误被处分时满头汗的样子了。

彭年先道歉：“我把在三院看见你的事告诉了杨柳，对不起。”

林羌不表态。顶多无所谓，不算原谅。

“我本来是要问她你的情况，她很敏感，反而一直追问。我看她实在担心你，就告诉她了。”

林羌没说话。

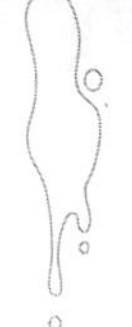

半天，彭年又说："你……跟简宋分手了啊？"

"嗯。"

彭年点着头，又说："昨天你身边那个男的……"

"无可奉告。"

彭年也不尴尬，只是笑了下，开玩笑地道："我就说，明明这种男的才是你的审美，当时怎么会喜欢简宋教授。"

彭年跟林羌不仅是同事，还是校友，曾跟林羌的室友恋爱，绿了人家之后又跟林羌示爱。室友跟她翻脸，她不堪其扰，搬出宿舍。也是那时，她崇拜的医学先锋过劳去世了，她鬼使神差地决定保留学籍服兵役。

"管得是不是有点宽了？"林羌没一句好声。

彭年说："开个玩笑，也是想缓和一下我们之间的气氛。咱俩又没仇，你总是对我冷冰冰的。我们公司现在缺一个行政主管，我诚心邀请，希望你来。"

"不感兴趣。"林羌来也是想告诉他，"别打杨柳的主意，我也给你留点面子，以前你的放荡事一个字也不会提。"

彭年有些难以置信地笑："我看着很饥渴吗？"

"最好不是。"

彭年跟她说实话："我以前是放荡点，但谁年轻时又不这样呢？我现在结婚又离婚了，早看淡爱情专注事业了。我找杨柳确实是为联系你，你还记得孙诗文吗？我以前的女朋友，你室友。她去世了。"

林羌没反应。

彭年继续说："孙诗文她爸以前是昌盛公司在法亚的基建工人，那年主动配合警方调查一起涉及公司高层的案子，跟公司起了冲突。其间又不幸染了疟疾，被公司放弃了。当时你义务兵服役结束，孙诗文委托你前往法亚接她爸回家。"

彭年刻意停顿，就是想看林羌的反应，奈何她太稳当，根本无法从她的神情中捕获到什么信息。

他也不管了，又说："她爸在当地医院控制住了病情，准备回国时，法亚爆发战争，你们又被迫成为法亚大撤离中被撤离的群众之一。她爸在那次事件里被炸没了双腿，成了个废人。她本就是单亲，这下整个家庭重担都落在了她肩上。起初她边上学边照顾她爸，但残疾改了她爸的心性，给他添了精神疾病，她只能放弃学医，换了个时间宽松的工作。就这样过了十年，她拿枕头把她爸捂死了，她也跳河了。"

林羌不知道后来的事，但现在知道了。

彭年告诉她："我去年参加她的葬礼，那时就很好奇，你跟她关系一般，为什么答应帮她去接她爸爸呢？如果，我说如果，她爸死在了法亚，你说她现在得过着多么好的日子。她当年学习那么勤恳，我几乎可以想象到今天她在临床独当一面的样子。"

林羌说："你觉得她今天这个结局是我造成的，我不该帮她的忙？"

彭年笑了下，摇摇头："我只是好奇，想了一年都没想通。你别怪我多嘴，换谁都想知道具体原因。况且我真爱过她。"

林羌偏不告诉他："忘了，不记得了。"

彭年的笑脸凝滞，暂时保持礼貌地轻声问："我只是想知道，你何必呢？"

林羌没再说，扫饭店的付款码付了一半的钱，走了。

彭年没有追出去，看着一桌未动的菜，又想起孙诗文。他不记得他为什么绿了她，但这不妨碍他现在良心发现，为她感到遗憾，做一些看似弥补的事。

林羌走在回度假区的路上，沿街有树，还有耐寒的灌木丛。每隔百米都伫立着一根杆子，刷了白漆，杆头挂着灯笼，风吹得穗子乱舞。

她不善良，也不会助人为乐，如果不是孙诗文给了钱，她才不去法亚，也不会撞上法亚战争，更不会因为当兵的经历被动扛起责任。

她也是需要被撤离的群众，却跟大使馆的工作人员站在了一处。

为什么能力越大责任越大？她不愿屈服于苦难而无奈积累能力，为什么要承担更多责任？

这种问题世上有很多答案，但没一个她觉得在理。她只肯定一点，这个世界上想当英雄的人有很多，但其中一定不包括她。她光活着已经百般辛苦，干不来点燃自己照亮别人的圣人之举。

木襄村很大，有大片的农耕地，一条通天的路两侧都是农作物。偶尔有电动车和面包车经过，摁一声喇叭，声音会在田野上荡漾很久。

林羌是被彭年开车接过来的，离开饭店时问老板有没有公交。老板回答只有一辆，一天往返一趟，已经过点了，走回度假区要半小时。

她走走停停，早超过半小时，度假区的建筑才来到视线。她的脚也终于开始疼了。

她停在一个拉着卷门的小卖部前，坐在台阶上，脱下长靴，看脚踝肿了好大一块，不想走了。

早知道给彭年一个笑脸，至少等他送她到度假区再翻脸。

村子这一块人户密集，小孩子穿着新衣裳跑来跑去，还停在她跟前观察

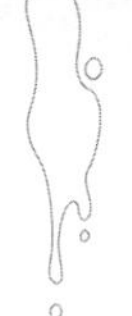

她，窃窃私语。

她冲他们笑一下，他们也缩着脖子腼腆回笑。

微信的群消息提示响了一天，小脏辫他们从昨天就开始拜年要红包。包饺子、吃火锅的小视频看都看不过来，占据好大内存，还不能退。她退一个群，他们马上建新群，删一个人，马上换一个人拉她……

她惊讶于居然加了他们车行那么多人，也惊讶于他们居然有那么多人。

小孩子听她手机一直响，提醒她："有人给你打电话了。"

"是微信消息。"林羌淡笑着，看看空荡荡的村街，"你们家的大人不拜年吗？"

一个小孩子摇头："我们村子要拆啦，我们要住到延州市里去了！"

其他小孩子纠正："婆婆说那叫拆迁。"

大概是大人的聊天他们听了一句半句。

她没好奇木襄村拆迁怎么会去市里，继续返程。

刚拐过路口，从不远处的大门里骂骂咧咧走出来一伙人，拿着铁锹、耙子、小锄头。他们湿漉漉的棉服、领口残留的茶梗就意味着在室内已经打过一场，也许不止一场。

她停住脚，不再往前。

有个五十岁左右的男人穿着红羽绒服，棉裤过长了，褶子摞在腿上，像条沙皮狗。他扯着脖子喊："你个没人性的东西！你们老刘家有你这号人物，老坟让人掘了都不冤！说好了同意书只是走个形式，是公开文件，到时候私底下再补给我们一笔！我们签完了不认账了，要不是你打包票，咱村这多家能这么痛快答应不？"

"我也被骗了啊！哪知道大洋敢蒙我？"一个三十多岁、气质猥琐的小个子男人踮着脚辩白。

漆面夹克麂皮靴，林羌在年会上见过他。

"反正你得负责！这么大宅基的田舍！别想仨瓜俩枣打发了我们！"

小个子冤枉："早上给他打电话已经打不通了，我有什么办法？我能负什么责啊？要不等我联系上他再说？"

"那你要是一直联系不上，我们从哪儿找人啊！"一个彪形大汉大骂。

小个子不停鞠躬作揖："他这么卖力气给度假区当说客，又强拆了靳大爷家的房，肯定竞标赢了拿下度假区的扩建权了！他迟早要开工啊，咱们就守在这儿还怕找不着他啊！你们就先放我……"

"呸！你以为我们还会信你？他一个包工头黑老大，都敢强拆，我们又没跟他说好！他要是不认账，说跟你不熟，到时候你也被放走了，那不真就按同意书上那点赔了？”说话的人思路清晰。

小个子愁眉苦脸，几度张嘴几度无言，理亏得不知怎么反驳。惶急中看到林羌，一下定睛。

林羌也注意到他的眼神，立即往回跑。

小个子挣开村民的钳制，边嚷边冲向林羌：“那女的！他们度假区内部人！昨天年会上看见过！咱先把她逮了！”

村民后知后觉，有人先反应过来，一惊一乍道：“对！我们可以拿她跟度假区老板谈条件！”

一伙人不对掐了，齐刷刷把矛头对准无意闯入的林羌。

那个思路清晰的人阻止道：“扣留别人犯法！别干犯法的事啊！”

村民们都红了眼，都不想只拿那一点钱，谁还听得见这句。

林羌回到小卖部，横腰抄起个小孩子，假装扼住脖子，面向他们：“再往前我就掐死他！”

村民们这才停住。

“啊——把我儿子放下！”一个随后赶来的妇女尖声道。

“哪来的小娘们！”

“别别别！”

……

村民的杂音不断。

“老妹你别怕，我们就是问问度假区占地赔偿那个事，跟孩子没关系的。你先把他放了，别把他吓着了！”理智的人说。

林羌这三十年见过太多恶人，知道人性没有下限。为了赔偿款，对同村的人都能大打出手，何况对她一个外人。

在安全离开这里之前，她绝不会放开这个小孩子：“放我走，我会叫人把他送回来。”

“谁知道你是不是忽悠我们？”妇女急出一身汗，小孩子因为害怕已经哭得嗓子干哑。

林羌装作要收紧扼住小孩子脖子的手：“那就继续。”

“别动！”妇女大叫，伸手拦住村民，看着林羌，快要哭了，“我们不往前了，你把他放了吧！”

“婶子你别信！你忘了我们是怎么签了同意书的？不就是信了他们这种人的话？”有人看不上女人的胆量，“这小娘们不敢的，我们一定不能屈服！再屈服我们种庄稼的地都没啦！”

林羌从医多年，深知相信的东西被一一击碎，人就没期待了。

没期待是选择死的最大缘由。

绝处逢生不是个例，但大部分人都死在了绝处。

她继续收紧了手指，小孩子脸涨红。

“啊——”妇女叫喊。

信誓旦旦大放厥词的人也不吭声了。

“啊……”小孩子也叫喊，比起他妈，他的声音要嘶哑虚弱许多。

林羌一听，手不自觉地松了。

她怕被看出来，正好有人打来电话，她掩饰着情绪，抱着孩子直线跑向那条唯一通往外界的大道。

回到旷野，风都大了，村民浩浩荡荡，穷追不舍。

她再往前跑，离度假区越来越远，但也不敢回头。村户稀疏，但村里的路纵横交错，她不知道哪一条是死路。

她不知道还能走多久，也许他们冲上来摁住她时，她根本来不及保护自己……

风吹得她的头发几乎要糊在脸上了，她看不清了……

那道车轮碾蹭路面的尖锐声就是这时出现的，在她身后不远，但她没停下，直到被人从后横臂拦住肩膀。她猛吸一口气，再不停地吸，慌乱地扭头，胸脯起伏着，喘息声强烈。

靳凡。

她看到他紧敛的双眉，抿成线的嘴，她想说什么，可说不出来。

身后就是靳凡的车，他一手揽她，一手往后，打开车门：“上车。”

她还抱着小孩子，没动弹。

村民把去路堵住了，后面一排人似乎只是凑热闹的，但打头阵的几人当真红了眼。

靳凡扭头看到他们，咬肌抽动一下，左手解开西装外衣唯一系着的一枚扣子，打开车的后备厢，从修理箱里拿出一把扳手，往前一步，站在林羌身后，这群村民面前。

一时间，场面僵持住了。

林羌平静了许多，怀里的小孩子还在激烈地哭喊。她放下他，蹲下来把他搂住，震颤的手轻轻抚摸他的后背。

她搂他搂得很紧，声音却很轻。风里她的头发乱飞，鼻尖、耳朵也被吹得粉红，一切都在夸张地舞动，再大幅的抖好像也没那么反常了。

“不怕……

“只是在玩游戏……”

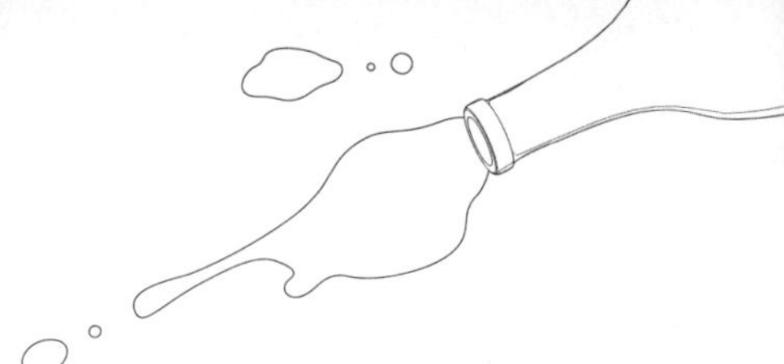

羁绊 第五章

“我有一个铝盒子，
里边藏着我第一把练习用的手术刀。
我天天换刀片，天天用酒精烧。
你要是骗我，给我等着……”

没打起来。

靳凡下手狠，他一扳手下去，几个脑袋都得碎。他就是那一撮因为没期待所以选择死的人，林羌早见识过了。

林羌犯病了，自顾不暇，很难站起来拦住他。于是做好他一动手，她就跟他一起承担的心理准备。

书记在这当口骑着电动车匆匆赶来，嚷嚷着跑到靳凡和村民中间，大手一挥：“闹什么呢！你们都疯了！皇城根儿下呢！把你们一个个都抓起来才好！是不是啊！”

最激动的人一下哭了，腰也坍塌了：“房子没了啊……它没了啊！”

“那你们就要当街绑架呀！”书记大声说，身子随着破音的喊叫声大幅度地晃荡，“能解决的……”

“解决不了的，白纸黑字都签了名，房子没了，田地没了，什么都没了……”

有人指着小个子，大骂：“我们那时候就是信了他！以后我们谁都不再信了！”

“我是打算斗争到底了！大不了到时候躺在大门前，推我们家房的时候就从我身上轧过去！”有人更极端。

书记看着他们说不通的样子：“那关别人什么事呢？你们把别人扣住了，那不是有理也变得没理了？”

“他们都一伙的啊！老吴！你怎么就不明白呢？”有人也声嘶力竭地，试图让书记明白，不要相信他们这些光鲜亮丽的人。

书记不费那劲了：“这是靳老哥的孙子。”

村民噤声。

靳叡的孙子，那更惨啊，都没签同意书，房就没了。

林羌把小孩子还给妇女，一大队人也就往回走了。正好夕阳西下，落日余晖倾倒在他们的后背上，未有一丝增色，反而像是压垮他们脊梁的罪魁祸首。

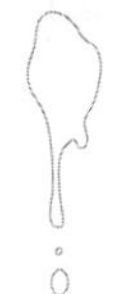

书记蹒跚地走向靳凡，又掏烟盒，用双手挡风，可火石钢轮打火机背着风也打不着。他有点尴尬，笑了笑：“村里风太大了。”

靳凡掏出打火机，给他点了烟。

他用两根手指夹着，邋遢的胡茬让他有些憔悴。可他眼神深沉，好像藏了很多心事：“你别怪罪，村里一个孩子说他跟包工大洋、度假区赵老板关系好，哄着村里人签同意书，说实际赔偿不按同意书来，明着给一笔，暗地补一笔。结果签完就不认账了，人都找不着了。房没了，地没了，这点钱连城里的首付都不够，我们没处说理。”

靳凡把林羌牵到自己左手，给她挡住风：“所以就能扣我妻子了。”

书记一怔，欲言又止。

靳凡扭回来，俯视他：“你也知道是两码事，却让我别怪罪。”

“我不是那意思……”书记不知道怎么解释，扔了烟，急咧咧地用鞋底蹍灭了，磕磕巴巴紧张兮兮地说，“他们也是没办法，你看看你现在这么大老板，就别跟我们这些没文化的村民一般见识了……”

靳凡翻脸了，手背筋一突，林羌拉住他的袖子：“我有点冷了。”

她是唯一重要的，他便不争了，牵着她返回他的车。

书记在他们身后着急地说着话，生怕他们上了车再也听不到：“你跟赵老板要是说上了话，也提一嘴我们的事。靳老哥走了那么多年，我们守着他这五间大瓦房也不容易。你这么大本事，帮帮咱们，好歹是一个村的人，你说是不是？你爸靳序知那时候也一直帮衬村里……”

靳凡把车门关上，牵林羌的手紧握，又不敢紧握。

林羌看着他这样小心翼翼，明明没错，却莫名其妙地心虚：“如果我没出来……”

“跟你没关系，你去哪儿都行。”靳凡说完，弯腰脱了她的靴子。她走路不稳，他看到了。

林羌暂停一样，看着他的动作，突然扭头面向窗外。

其实她能走，实在走不了也没关系，反正她已经为活下去付出很多努力。对于结局，她不愿意，但也能接受。

他总这样出现，让她越来越无畏。好像无论她身处什么环境，他总能找到她，像这样小心翼翼敛起她的手跟她说，没关系。

但他是选择死的人，他根本不能一直成为她的底气。

她感觉眼睫毛都被雾气黏成了三根五根，但没有因此抽回手。他很担心她，她不能给他心理压力了。

两人回到斛镜花园，最后一丝日光也被黑暗吞没，变成夜空中某一颗星星。

林羌换了鞋，坐进沙发，看向挂表，才五点。

靳凡换了身衣服，先把肉从冰箱里拿出来，又把菜都洗好装盘，再回到客厅。林羌已经靠在沙发睡了。

他把她抱到床上，盖好被子，没有立刻起身，而是静看了她的睡颜好半天。

她好像一直有股火，但他没猜到她是为什么。

刚认识的时候，她虚情假意，没一句实话，可他能透过她的表演看到她的情绪。

最近也不知是她的演技精进了，还是什么原因，他感知了她心里的苦，却好像没猜对苦的来源。

他轻轻捏一下她的鼻子："你这么没羞没臊，到底胆小什么？"

理他的只有她均匀的呼吸。

林羌是被微信消息吵醒的，戈昔璇的、杨柳的、那群小崽子的。

她翻个身，半睁着眼，粗略地看，没一件正事。

戈昔璇："嫂子我逛街给你买了件大衣，明天下午回延州，给你送过去啊！"

小脏辫："大嫂你看我这新系统！芯片贼缺，我托关系鼓捣半年才换了新系统，等你回来我让你感受下我的超智能宠物！"

杨柳发得最多——

"快收钱！"

"你要在木襄村待几天啊？"

"回来了吗？你在哪儿住？我买了奶黄包和蜂蜜栗子蛋糕，等着给你送去。"

"我问戈昔璇了，她告诉我你在哪儿住了。"

"半个小时就到斛镜花园。"

最后一条消息发于半小时前，这时她应该已经到了。

果然下一秒她就打来电话："宝！我到小区正门左手边的咖啡厅了，出来一趟呗，我给你买了点吃的东西。"

她怕被拒绝似的，没等林羌说话就挂了。

正好林羌睡不着了，下床，出门。走向洗手间之前，看了眼餐桌前的靳凡。他面前平板在播放改装视频，她能看到帕加尼的标，还有全英文的

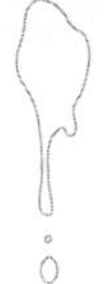

字幕。

她没跟他说话，前去洗脸。

洗完出来，她走到门口，换鞋，开门时才跟他说："杨柳找我，我去一趟。"

话音落下半晌，靳凡才抬头，虽然他从林羌醒来那刻就没在关注视频了。

咖啡厅。

杨柳把林羌的手拉过去，双手握得紧实："是不是穿得少了？"

林羌没抽回来："我不冷。"

杨柳歪着脸，白眼翻得有些宠溺："瞎说，手多凉。靳凡不会连新衣服都没给你买吧？从小就有钱的主，怎么抠抠搜搜的？"

前往木襄村度假区之前靳凡陪林羌逛了街，一直默默当"扫码机器"，她身上穿的虽都是自己挑的，却也算是他买的。

杨柳朝外看一眼："不过他怎么不住长安街那边？我靳叔叔和他妈就住那边。"

不等林羌说话，她又表现得不感兴趣似的，继续说林羌："如果你是继发性的，就要考虑其他并发症。我专门问了神经内科的刘主任，她说帕金森病正常病程三到五年，但帕金森综合征就会有一个漫长的潜伏期。"

林羌的眼睛看向咖啡，不言。

杨柳继续说："你知道，这事一旦开始传，实情迟早会被挖出来。可能我作为朋友，在流言四起时为你遮掩才是应该的，但我在心里，你可以控制住病情，可以在未来像正常人一样生活、少遭点罪最重要。所以我没去阻止他们议论，还去找了刘主任。"

林羌没怪她，也不是她透出去的，而且也瞒不住。

"我找了好几位这个领域的专家，等一下把微信推你。你要时刻咨询，时刻复查，就算做了手术，也别怠慢了。"

杨柳想起什么似的又打开手机备忘录，给林羌念她收集的帕金森综合征患者注意事项："高纤维饮食，奶类豆类都吃，肉少吃，不过你也不爱吃肉；运动不要过量，做一些针对四肢的适当的活动，要有……"

说着说着，她哽咽，眼圈又红了，突然放下手机，双手捂住脸开始哭。眼泪从手指缝里挤出来。

林羌望着她，什么也没说。

杨柳突然放手，泪流满面："你说为什么学医呢？我们连自己都治不了

啊！十年，十年，你有几个十年啊。”

她看着林羌，不断想到自己，医生何止对病人无能为力，对自己也是无能为力的。

哭到一半，眼泪都还没干，她又转换了语气：“没事，也没什么大不了的，我会陪你的。”

她擦擦眼泪，吸吸鼻子，展开一个笑脸：“说点别的吧，阜定又有新闻了。一个尘肺病患者肺移植手术后死于呼吸、消化、血液多个系统并发症，家属闹了几天，还在医务科给了主刀老周一剪刀。伤不重，但影响大，新来的那波学生人心惶惶的，看上去都在考虑转行了。”

她说着又叹气，话题还是没绕开：“转行吧，我们这熬到一半的退出元气大伤。他们还有机会，不用‘卷’生‘卷’死、英年早残，还见不着光明，更不用好不容易熬出来却因为外力葬送了这么多年的辛苦。”

林羌还是没话。

杨柳又换话题：“简宋去深圳了。”

林羌毫无波动。

杨柳没对这件事发表想法，提了一句也过了，继续换话题。她好像不是在安抚林羌，而是在缓和自己平复不下来的心。

在得知林羌的境遇后，林羌好像再也不是她萍水之交的同事了。

见杨柳也没要事，全是关心，七点多林羌就回去了。

大年初一的晚上都是人，她慢吞吞走向正门，棉服很暖和，但就觉得很冷。好像因为冷，她路都走不稳了，拎着蛋糕，踉踉跄跄。

眼看要摔跟头，有人拉住她的胳膊。

她想都不用想，扭头果然看到靳凡的脸。

他只穿了毛衣，真不怕冷。

而且他怎么不踉跄，还站得那么挺拔？风那么大，是都跟他擦肩而过了吗？还是这偌大的城市，风只拦她的路？

她没话说，抽回胳膊，继续一个人往前。走了三米半，她转身，看眼前人：“你是要我养成一扭头就看到你的习惯吗？”

靳凡沉默。

林羌扭头继续走，也就半米，又转过身：“然后让我花一辈子去戒掉这个习惯吗？”

靳凡皱眉。

“说话啊，你不是能骂又能打？认识你的过程可不轻松呢。”

靳凡在猜她到底难过什么。

林羌转身再回头，告诉他：“你知道我有病，也一定知道我弟弟叫林捷。他也有这个病，还比我多有几个病。氰化钾随粉尘被他吸进肺里，他只能依赖呼吸机活着。我为了搞钱给他换肺，在法亚差点死了……”

靳凡顿住，他不知道这点。他以为她是在服役期参与了大撤离……

肺移植手术要三十万，孙诗文承诺的十万只到手了一万五的定金，她赖账了，抵押给林羌的房本是假的，公证处的人也是她找来演戏的。

她根本没有十万，也没东西抵十万。她只是认为林羌破坏了她的感情，想让林羌吃点苦头。

林羌不想提这些，一辈子都不想提，如果不是彭年旧事重提，如果不是杨柳告诉她肺移植的病人死于并发症，如果不是靳凡总站在她回头就能看到的地方……

“我那个有精神病的妈对我发难，林捷替我去西厢房罚站。他说他是男子汉，他要保护他姐姐……”

他们大大小小被投毒数次，只有那一次，氰化钾掺在西厢房的粉尘中……那以后，呼吸成了林捷最艰难的事。

风吹着林羌，她无意识地摇晃：“我用很久，忘记他那么爱我。你要我用多久，忘记你曾一直在我身后？别这样了，大哥，我讨厌养成一个习惯，尤其是依赖别人的习惯。”

她说完了，扭头就走，根本不想看他的反应。

她昨天还觉得他在身后真好，可就像喝酒，喝的时候美，但总得醒来。人又不能一直醉。

林羌和靳凡开始冷战。

从初一晚上开始一直到初四下午，他们都没再说一句话，仿若同一屋檐下的陌生人。

戈昔璇是四点回来的，除了大衣，还给林羌买了丝巾、耳环、手表，盘坐在客厅沙发区地毯上，一一展示：“嫂子，你看，我最爱的款式！”

林羌心不在焉：“嗯。”

戈昔璇并未发现，习惯性地用靳凡的前女友刺激她：“看这香水。”她喷了一点在空气中，轻声说，“我哥最爱这个味道。”悄悄瞥一眼晒衣服的靳凡，造谣道，“可能因为他以前的女朋友喜欢。”

林羌听到这句，眼皮浅动，没说话。

戈昔璇拿起丝巾：“还有这个牌子。”

林羌突然看怀里的抱枕烦得慌，一手揪着边缘，扔到单人沙发上。

戈昔璇看到这幕，突然挑眉，明知故问："怎么了嫂子？心情不好了吗？这么突然啊？为什么啊？"

"你不是在等我生气？"

戈昔璇卡壳了。

林羌从一开始就知道，戈昔璇想让她吃醋。照理说，她是不会让戈昔璇得逞的，但从那个没编好的中国结到刚才扔到单人沙发的抱枕，都在出卖她。

戈昔璇凑过去，挽住林羌的胳膊："那嫂子明知道我是故意的，为什么还生气啊？"

"我贱的，那么多坑就要跳你哥的。"林羌有点破罐子破摔。

"终于轮到我哥了！"戈昔璇搂住她的脖子，顺顺她的背，开心死了，"我哥多帅，选他可不会让你亏。而且怎么是跳到坑里？必定是怀里啊。你看他那样，不用指使，巴巴地给你洗衣服做饭呢。"

林羌停顿很久，才说："我劝不了他，你别在我这儿花心思了。"

戈昔璇在她怀里摇头："嫂子，我希望我哥长命百岁，但更希望他活得畅快。他从前一直在吃苦，直到你出现，我窥到他暗暗地满足。"

林羌沉默不语。

戈昔璇凑到她耳边说："我现在改主意了，许愿你们白头到老。"

"不还是想他活下去？"只是说法不一样。

"他会为了你……"

"他不会。"林羌打断了她。

戈昔璇看她笃定的样子，猜他们大概是又吵架了，也没再说什么，收起东西，规整地放好，缠靳凡做晚饭去了。

靳凡照网上的菜谱学了豆腐粥，熬了一砂锅。小火咕嘟了半小时，差不多要关火了。靳凡一掀开盖子，香味激出了戈昔璇的叫声："好香！"

他重新盖上盖子："滚出去。"

戈昔璇靠在整理台，瞧了沙发上的林羌一眼，问："是不是吵架了？"

靳凡没搭理她。

戈昔璇本想告诉他林羌刚跟她说的话，看他这态度，突然使坏不说了，狗脾气就该急两天。

她出了厨房，靳凡的电话响了，她拿起，歪着头叫他："陌生号。"

"接。"

戈昔璇接通，摁了免提，靠在厨房门上。

“喂！喂？喂！”

对面连着“喂”了三声，戈昔璇皱眉看来电：“谁啊？这个调。”

“是靳凡吗？我是吴书记，打电话来谢谢你啊！给我们村被占地的人家要了一份到度假区的工作，又给他们要了度假区新建家属楼的房！大伙儿都很感谢你，也想跟你家媳妇道个歉！”

戈昔璇起初还迷糊，听到这里了然。对方电话一挂，她立马阴阳怪气起来：“这一听就是得了便宜的话术。怎么？是靳爷爷延州郊区那房拆迁的事吗？”

靳凡没回答。

他不答戈昔璇也知道，给林羌解释：“我哥的爷爷是木襄村人，年轻时候干水利，好大的工程呢，回村里领他们赚钱。我哥他爸也是在政府当官的，他们以为跟我哥的爷爷一样好说话呢，动辄让他安排这安排那。他们没一回得逞，就在我哥的爷爷老年时苛待他，老爷子刚过七十岁就去世了。”

靳凡把汤端出来，骂她：“不要胡说八道。”

“本来就是！”虽然戈昔璇也是道听途说。

靳凡难得纠正她一次：“没有苛待。”

他爷爷靳叡晚年没在村里养老，思乡情结浓烈，自己已经老到无能，就嘱咐他爸靳序知关照村里人。

靳序知忙得脚不沾地，又嘱咐靳凡时常回去看看。

他过去一直很忙，从未前往，前几天算是成年以后第一次回去。

他没有很多助人心思，只要了属于靳叡的赔偿，遵从老人家生前的愿望，捐给偏远地区的水利工程，改善那些工作人员的生活质量。

度假区的赵老板公开招标，却内定了涉黑的包工头大洋，有一个条件是大洋得让村里被占地的人家签同意书。

大洋找到村里的小刘，承诺给他延州一套房子的首付，让他领大家签了那份同意书。

小刘跟村民商定的结果是先签字，届时除了同意书上的数字，承包商再额外给大家一个数。

村里人相信同村的小刘，纷纷签了，结果黄了。

靳凡不管他们这些事，他自己也是使用关系，动用靳叡、靳序知的身份牌才要回了赔偿。说白了在这不平等事件中，他是“吃红利”的那个，早已经失去站在人群中嚷嚷不公平的资格了。

人生走到今天，信仰已经消失殆尽，他的骨头坚硬不弯，但也已经发黄长斑。虽然还能扛起正义的旗，但他不想去扛了。

可他还是在末了，为木襄村的村民争取了房子和一份工作。

他想，如果靳叡还在，靳序知还在，一定不会袖手旁观。

他也生出一点恻隐之心，为小女孩儿。

他的骨头确实发黄长斑，但也长出了一截软肋。它崭新、独特，它值得他为它积德，以换取它更长久的生命。

戈昔璇还想胡说八道，靳凡轰人了："吃完了吗？"

"我不能再吃一顿啊？你凶什么凶？"戈昔璇梗着脖子，仗着她哥嘴硬心软，最是疼她，肆无忌惮地顶嘴。

靳凡就真把她丢了出去。

家里又只剩下两个人，可林羌还是没跟他说话。

靳凡也不说，给她盛粥时动作粗鲁，锁着眉头，凶得要死，又给她掰开豆包又给她把小排骨的骨头剔掉，看起来想和好似的，但就是没长嘴。

林羌根本不想搭理他，吃完饭就去洗澡了，洗完上了床，继续看那本《红岩》。

靳凡收完餐桌，洗澡，到客厅看改装视频，声音开得很大。

林羌下床去关了门，哐的一声。

靳凡扭头看主卧的门，不耐烦地"啧"了一下。

快要五天了，她气还没消。他关上平板，走到卧室门前，拧开门，目不斜视地走到飘窗前，拿起个抱枕，出了门。

林羌看她的书，头也不抬。

靳凡在过道朝床上的人看了一眼，她那副淡然样子看得他火大，直想过去把她摁倒。

但她似乎就吃准了他心疼她，越来越不怕他了。虽然她以前也没怕过。

他烦得很，叮当哐啷弄出不少动静。林羌也烦，下了床，走到客厅张嘴就骂："闲得慌？实在没事干能不能把垃圾扔了？"

"你说谁？"靳凡冷着脸问。

林羌懒得跟他周旋："你不去我去。"说着话收了垃圾，开门，重重关上门，下楼了。

她把垃圾重重地摔进垃圾桶，到小区门口买了烟、酒，回到楼底下的凉亭，想用这两样东西暂时忘记心中烦恼。

她突然变得有些幼稚，她能感到。可是不然呢？他不想活下去，她迟早失去他。

抽完一根烟，喝掉半瓶酒，林羌感觉风突然像刀一样锋利，吹得脸上

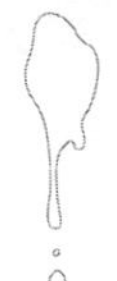

生疼。

她伸手一摸，原来是这样。她忽然冷笑，放下酒瓶，靠着柱子，望着月亮。

她以前跟杨柳说过，也许有一天她也会哭，就因为她不想失去，却还是失去了……

这张贱嘴，还真是了解她。

靳凡还是追了下来，再生气他也无法不管她。

他走到凉亭，把她的烟酒扔了，然后坐到离她最远的地方。

林羌看着他，真是俊俏，身材又好，过去精彩，本事也大。这样的人愿意跟个古代小媳妇似的给她洗衣做饭；唱歌不好听，也会给她唱；必须牵她的手过马路。牛奶坚决热了再给她喝；老是站在她身后，没人能欺负她……

靳凡不气了，看她心里苦，他一点也气不起来了。

林羌喝得有点多了，好像上头了，一下笑起来："你要是死了，我就只能给你烧纸了。"

靳凡不搭话。

林羌闭上眼："到时候在你坟头租块地，每天半夜睡不着就卷着铺盖拎着烧刀子，揣着软金砂找你聊天，给你唱歌，就唱《我是你爹》。"

说完，她笑得更欢。她从不这样笑。

靳凡走过去，攥住她的胳膊，要拉她起来："你喝多了。"

"我没有。"林羌靠在他身上，变成了液体，像一只猫。

靳凡抱起她，她又不干，蠕动下来。

"好好站着！"靳凡厉声道。

林羌不想站，就像上一次喝醉时，乱亲他占便宜，这次也疯起来。只不过上次半真半假，这次如假包换。

她靠在他的胸膛，听他的心跳："你陪我久一点，我害怕……"

靳凡一瞬僵硬，恍然大悟。她越来越胆小，别扭，发火，生闷气，不是因为她的病，不是因为做手术，不是因为他以为的所有……

她怕他死了。

林羌环住他的腰，一点一点用劲，又不完全抱紧，声音很轻："我们去拍遗照吧，靳凡。我还没见过双人的……"

靳凡搂住她："可我想活了。"

林羌也一瞬僵硬。

靳凡无声无息地落吻于她发心："我在试了，为有些人多活几年。"

林羌头疼，脸都埋在他胸里，有些喘不过气，但起不来，而且这里暖

和。她从来是一个喜欢在舒适区养老的人，只是生活总是时不时给她点考验。

靳凡感到她的呼吸越来越急促，捧起她的脸，皱着眉骂：“你也不怕憋死了。”

林羌一巴掌拍到他脸上，在他睁大眼惊讶之前，倚着他站到凳子上，风一吹，晃晃悠悠。

靳凡下意识伸手去扶。她推开他的手。

他也不收回手，用手臂在她身体周围护着。

林羌低头看他，眼睫毛还挺长，突然伸手去捏他的眼皮：“你这睫毛是不是嫁接的？”

靳凡差点被她戳瞎眼：“又耍酒疯！”

林羌突然伸手搂住他，下巴就垫在他肩膀上：“你再说一遍。”

靳凡没有说话，但紧锁的眉头渐渐放松。

林羌歪头，闭着眼，轻声说给他的耳朵：“快点，我困了……”

“为了某个人……”

“后一句。”

靳凡的双眉已经放松，他慢慢搂住她，轻抚她的发：“多活几年。”

林羌突然笑了，胸腔发起的笑让她上半身跟着抖，渐停后，她搂紧他的脖子：“告诉你一个秘密，我有一个铝盒子，里边藏着我第一把练习用的手术刀。我天天换刀片，天天用酒精烧。你要是骗我，给我等着……”

靳凡轻轻应着：“要我命？”

林羌在他脖子上盲摸，摸到他耳朵后，教给他：“这里是颈内动脉。”摸到脖后，“颈外动脉。”再在后脑勺乱摸，“上颌动脉，颏下动脉……”

她的声音越来越小了：“算了，我舍不得……”

她彻底没声儿了。靳凡托着她的胳膊，在她臂弯里转身，背起了她。

回到家，他把林羌放上床，给她脱鞋，用热毛巾擦脸，然后坐到床边，牵来她的手，握住，看着她沉睡的脸，声音很轻：“要是被我知道你又在装，我就掐死你。”

他说着把手伸到她的脖子，她脖子太细，好像他稍一用劲就拧断了，所以他连摸都没敢摸，就在边上描了描，又收回来。

时间静悄悄地走，也许过了一刻钟，他有些不像自己似的说：“算了。”

舍不得。

初七复工，早八的街上又热闹起来。林羌被吵醒就睡不着了，难得帮靳

凡收拾房间。

她住了那么久，什么也没干过。倒不是没眼力见，是某人勤快，什么活也没给她留。

靳凡早起出门了，跟林羌说去打高尔夫。林羌没细问，但肯定他不是去娱乐。

戈昔璇早早来“打卡”，还带了周拙的女朋友过来。

她声情并茂地给林羌介绍周拙女朋友王缘亦，济南人，十二岁之前随外婆在沈阳生活，十三岁出国，十六岁持枪伤人，十八岁被遣返回国，二十五岁开始学画画，二十六岁因为签的经纪人只给周拙办画展，她想看看周拙是个什么货色，再度出国，只身前往他的学校，问到他的画室。

两人第一次见面就上了床，后来她就不画了，辞了经纪人，担起周拙的经纪事务。

王缘亦黑长发，穿一身黑，站在门外久久不动。

戈昔璇把早餐放到桌上，回身见她不进门，皱着眉说：“来啊，等什么呢？”

王缘亦后知后觉地进门，眼睛还看着撸着袖子、戴着胶皮手套拖地的林羌。

戈昔璇通过她的眼神意识到原因。“认识我嫂子？”

“在阜定见过。”

戈昔璇挑眉：“我嫂子心外的，你心脏不舒服？”

“几年前我姥姥脑血栓，在阜定住了一个多月。”

“哦，这样。”戈昔璇把早餐装盘，冲林羌笑，“嫂子先吃呗。”

林羌在收尾了，手杵着拖布杆子暂时歇息：“吃了。”

“我哥真是，一点表现的机会都不给我留。”戈昔璇咂嘴，说得跟真的似的。

王缘亦还在看林羌，戈昔璇都别扭了：“不是，你差不多得了，你再把我嫂子吓着了。”

王缘亦收回眼来：“当时林大夫旁边有个很体贴的男的，我以为两人会成眷属。”

戈昔璇一点也不惊讶：“要不是我哥玩儿命抢，可能真成眷属了。”

王缘亦从未进门就保有的戒备心这时才算消了，笑着对林羌说：“你别介意，我已经把自己当成这家人了。有点疑惑根本存不住，说开就好了。”

戈昔璇“嘁”了一声：“谁当你是我们家人啊？你自己脸皮厚，还在这儿阴阳怪气我嫂子，好大的胆子！”

虽然话不好听，但口吻是玩笑似的。

王缘亦："我也是你嫂子。"

"周拙那玩意实际上比我大不了多少，但户口本是挂的双胞胎。我都不跟他叫哥，你还想哄我跟你叫嫂子？想得美。"戈昔璇翻白眼。

林羌收了拖布，坐到桌前，发出疑问："他比你大九个月，却跟你不是一个爹？"

戈昔璇放下半个韭菜合子，掸掸手，把嘴里的嚼完咽掉，说："我今天过来就是跟你讲一下我们家。"

王缘亦早了然，反应一般。

戈昔璇给林羌倒杯热水，打开手机的相册，递给她，清了下嗓子说："我妈是前燕水监察委员会主任，戈彦。你现在上网查，还能看到她是怎么落马的。"

林羌看到的第一张照片，正好是合照，正中间是一位笑容温柔的女士，旁边是几个歪头笑的孩子。

"我妈这一生，出书都得出个系列，一本根本讲不完。"戈昔璇像是在说别人的事，"外界都说她是通过男人上位的，在女性从政不算容易的过去，一路睡到那个位子。"

林羌以前好像看到过新闻，还有一个关于她的笑话，流传很久——她对谁都说是真爱，还说女人愿意为男人生孩子，就是真爱。于是她跟一个人，就生一个孩子。

戈昔璇又说："过去，私生活又不作为评判一个人能力的依据。光我已知，就有八个同母异父的兄弟姐妹了。我跟周拙差了不到一年，就是我妈生完他坐月子期间，跟我爹走到了一起。"

王缘亦插了一句："虽然听过一遍了，但还是叹服这位戈女士的本事。"

"但只有我们是在一起生活过的，其他人和他们的爹不能公开。"戈昔璇说，"那些男的基本是有妇之夫，我妈跟他们生的孩子要么放到他们原配的名下；要么就是对方不要，她送出国。"

林羌并不惊讶，她知道人性复杂。

"你可能很好奇，我妈都进去又出来了，这么多年过去，我为什么还有钱花？这也说不太清。"戈昔璇自己都觉得不好解释了，"反正就是她现在不仅有钱，更有一些我不知道的海外产业。"

王缘亦帮她解释："她根基扎得太深，牵连太广。有些人怕祸及自己也会玩命保她，又或者还有利益牵扯。虽说拔树连根，但想拔出完整的根系就不能只掘地三尺，而深挖的过程太漫长，代价又太大，非必要大概不会一挖

到底吧？”说完笑了下，欲盖弥彰地补充道，“我是这么猜测的。”

戈昔璇不置可否。

林羌放下手机，戈昔璇接着说：“我把家底倒给你，不怕你举报。且不说你的举报不会成功，就算成功，她又进去了，我反而会感激你。毕竟她出来以后天天跟我哥对着干。”

戈昔璇告诉她：“我哥是她唯一可以利用的了。或许你又会好奇，既然她有那么大本事，有什么是需要儿子帮忙的？

“她想跟某战区的司令员建立点什么关系。我哥呢，以前在战区炙手可热，她就天真地觉得我哥可以帮她。”

戈昔璇其实并不肯定，但觉得真相不会差太多。

王缘亦接着戈昔璇的话说：“说白了就是争钱权争了一辈子的人是停不下来的，到死的那天都在这条路上。”

林羌反应平淡，戈昔璇预想她也许会感到好奇的地方，她都不好奇。

戈昔璇等了半天，不见林羌说话，还是没忍住：“嫂子你有没有想问我的？我都告诉你。”

林羌想了一下，看着王缘亦，问戈昔璇：“你是怕我不信吗？还两人一起告诉我。”

戈昔璇也看了王缘亦一眼，解释：“她在准备周拙年后办展的事，正好选址里的一个美术馆是我认识的人在管理，说好下午我陪她去见一见。”

王缘亦接上她的话，对林羌说：“她老说她嫂子特好看，我也好奇多好看，就一起来了。”

林羌淡笑不言。

氛围太和谐了，戈昔璇就没忍住，坐到两个人中间，一手搂一个：“我小时候过得挺好的，每天都特开心。我们家出事儿的时候，我以为我以后的开心都会是违心的。这段时间我发现，我的开心可一点也不违心！”

林羌和王缘亦都没躲开，被她搂了很久。

她们一起去超市买了菜，回来又一起做，吃完饭聊乙一的书。

说好去见美术馆管理人，对方临时爽约，她们又一起去做了造型。

戈昔璇很黏人，一刻都不想独待。要不是书店的官司有进展，她能一直在美容院的 VIP 区跟林羌、王缘亦两人喋喋不休。

她一走，只剩林羌和王缘亦的包厢就显得安静多了。

两人头发上都用了药水，静静等待。

王缘亦透过面前的镜子看林羌：“戈昔璇跟我说林羌这名字的时候，我还以为是同名，竟然真是你。世界也太小了。”

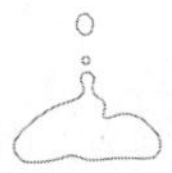

林羌说："你不用担心，我不爱管闲事。"

王缘亦笑了下："没事，随便说，我的事周拙全都知道。"

王缘亦以前好赌，坐在澳门赌场的老虎机前，输红眼也不走，直到被扣押。赌场往她家打电话，她姥姥为了捞她，把儿子工伤去世获赔的买命钱全取了出来。

后来她姥姥脑血栓住院，她立刻来医院，倒是孝顺。没两天，有一伙人追到病房，让她还钱。

医院夸她孝顺的人这才知道她嗜赌如命，借了小额贷款，利息太高还不起，一直拒接电话。贷款公司就追了过来。

最后怎么解决的林羌也不知道，只知道她姥姥没出院就去了。

林羌听她说到周拙，就问了周拙："你跟周拙在一起几年了？"

"好多年了，但在我姥姥走以后。"

"策展赚钱吗？"

王缘亦又笑："你不用试探我，我认识周拙前就戒赌了。我今天挣的每一分钱都用在了建设我们的家。"

林羌摇头："我不好奇，咱俩要是不熟，你有本事拿捏他，我还觉得你有能耐。但我要是跟靳凡在一起就不能旁观了。提醒你一句，别跟戈彦混，如果你想跟周拙长久的话。"

王缘亦笑容消失。

理发师过来查看了一下林羌烫发的进度。待他离开，王缘亦才问："这是……什么意思？"

"当年找你讨钱的人闹到医务处，说你欠了一百六十万。你姥姥的押金都一直拖着没交，贷款怎么还的？"

王缘亦张嘴，刚要说话，林羌抢先继续道："周拙说过他出国早，我不知道是什么时候，也不知道他几时回国的。但如果是在你突然开始学画画那年，我大概知道你为什么突然想学画画，又怎么刚好跟他签了同一个经纪人。"

王缘亦抿抿嘴才说："你想象力太丰富了。我小时候在意大利学的就是画画，二十多岁了重拾专业有什么问题？我姥姥走之前把养老的钱拿出来给我还了账，我才痛改前非的。这跟戈彦又有什么关系？"

林羌扭头看向她："我出现在靳凡面前，就是戈彦花大价钱雇的。"

王缘亦怔住。

林羌扭回头，闭眼，淡淡地说："周拙是艺术家，帮不到戈彦。戈彦在他旁边安插你，除了想通过他怎么着靳凡，我想不到别的原因。"

林羌被“退单”之后想过雇主不会就此停手，戈昔璇好像是突然出现的，但她没让靳凡改变决定。所以周拙出现了，然后是王缘亦。

王缘亦突然长舒一口气，无力地笑道：“我开始也好奇过，为什么她突然给我还账，还说我是周拙喜欢的类型。什么她这个儿子很乖，与其被不知底细的女孩儿勾引，还不如交给我。她对我知根知底，手里又有我的把柄。

“我觉得她荒唐，她说他们这样的家庭，就要防止内部瓦解。她说她一辈子谨慎，还说行差踏错是致命的，让我别怪罪。

“我当时蠢，应了。后来我跟周拙在一起，天天怕她拿我过去的事威胁我，但她一直没有。

“等我都快忘记我是怎么跟周拙在一起的了，她突然让我给周拙吹点耳边风，说一个人在世上行走是很孤独的，要记得他还有兄弟姐妹。

“还说亏欠他们几个，希望他们相亲相爱。只有他们兄妹齐心，未来才会顺利。”

王缘亦凭着印象说了个大概：“戈彦这人心思很重，但对她的孩子没坏心。至少她没让我搞什么破坏。”

“你既然知道她一辈子谨慎，那谨慎的人能指使你搞什么破坏？让你反抓住她的把柄，威胁她？”

王缘亦也不一味听信于林羌：“你这番话后，我对她的信任可以降低到百分之五十，但你也只有百分之五十。”

林羌可不在意她信不信，说：“你可以继续百分之百相信她，但无论你出于多好的心，也请离靳凡远点。他要不要跟他的兄弟姐妹齐心，在于他本心，不在戈彦的引导。”

“你这样让我怎么跟她交差？”王缘亦双手撑着座椅扶手，身子倾向林羌，有些急切。

林羌很淡定：“那是你的事。”

“我要是不愿意……”

“现在有你把柄的不止戈彦。”

一切戛然而止。

王缘亦以为，提起林羌的情史能给她一个下马威……目前看来倒是被她甩来一记下马威。

林羌的头发好了，造型师过来收尾。还没好的王缘亦只能看着她站到镜前，拨弄气垫卷，不太明显的卷，但让她发量多了一倍，脸也更小了。

造型师夸完，又把包厢留给了她们。

林羌没话要说了。

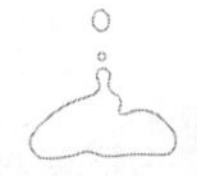

两人这样无言地待到戈昔璇回来。戈昔璇看见林羌，双眼放光，看起来有夸张的成分，嚷嚷着说：“这我哥不得爱不释手了？”

“瞎用成语。”林羌说。

戈昔璇手快，给林羌拍了张照片，发给靳凡，扭头才看王缘亦的头发：“你还要多久啊？”

“没事，你们可以先走。”王缘亦说，“我也该回画室接周拙了。”

戈昔璇说：“让他等等，美术馆那边打电话，说一起吃晚饭。”说完扭头看林羌，“我刚跟我哥说了，让他结束了过来接你。”

林羌说：“我也要去见朋友。”

戈昔璇没过问：“那我等一下跟我哥说一声。”

林羌应了，先一步离开。

她一走，戈昔璇扭头看向王缘亦，笑着问：“怎么样？服吗？”

王缘亦只是定睛看着戈昔璇。

她忽然明白了，戈昔璇是故意离开的。

戈昔璇用手托着下巴，还笑着：“我这个人呀，最能睁一只眼闭一只眼了，只要没人过来找事。我真的开心，你别剥夺啊。”

王缘亦回过神来，淡淡一笑：“服啊，真漂亮，林大夫。”

戈昔璇保持微笑，不再说了。

等王缘亦弄好了头发，周拙也来美容院接人了，但她没跟周拙说她做头发的事。

戈昔璇为她解惑：“我不光通知了我大哥，二哥也没忘。都是嫂子，我不能厚此薄彼呀。”

王缘亦笑着点头：“很周到。”

两人分开，王缘亦上了周拙的车，周拙伸手给她系上安全带。她刚想舒口气，周拙口吻随意地问了句：“有收获吗？”

王缘亦那口气就这么哽在了喉咙，随即后背上跃出一层冷汗。

周拙扭头看她，皱了下眉，拿纸巾给她擦了下额头：“热了？怎么出了那么多汗？特像我小时候欠钱不还、被堵在路上的样子。”

王缘亦不敢吭声。

周拙擦完，牵住她的手：“别怕，我还在这儿呢，我看谁敢堵你的路。”

许久，王缘亦坚定地说：“以后都不会了。”

周拙发动车，上路之前又说：“下午我去办事，不知道旁边大楼哪间房的窗户碎了，玻璃掉了下来，就在我眼前，扎得一个人满身是血。”

王缘亦眉一皱，扶住他的胳膊，仔细地检查：“扎到你了没有？”

周拙反握住她："没有，站对了队怎么会被扎到呢。"

王缘亦一瞬滞住。

她后知后觉，这一家都不是省油的灯，他们看起来不精明的地方，似乎都是有意营造的，只有她是真蠢。

远山国际高尔夫球俱乐部，占地四千五百亩，设有两个球会，三十六个球洞，一边各是标准的十八洞。正是一天最好的时段，球道区内除了特别爱好者，基本都是富人。每一寸草皮被风一吹，都会发出金钱的声响。

靳凡在私人球会会所的三楼露台，看着坐在对面的半百老头给他倒水，在对方放下水壶后，说道："你明知道我有心脏病，得控制摄水量。"

老头一愣："哎哟，我看你这气色好了，就忘了这事。"

靳凡没拆穿他试探的本意，只说："我一直感到奇怪，你受过戈彦的恩惠吗？怎么会愿意给她当狗？"

老头叫靳遐，戈彦公开的现任丈夫，九方信赖的董事会成员。央企九方集团实际控股方就是九方信赖集团。

戈彦出狱后就跟他在一起了。是不是之前就苟合，只有他们双方知道。

靳遐和善地回答："我这岁数跟你说我们是真心相爱，你肯定觉得我们没羞没臊，一条腿都在棺材里了，还干出这种不顾晚节的事。但我不想对你说违心话，我真的想跟你妈搀扶到死。"

靳凡端起那杯水喝了一口。

靳遐没有针对他这个饮水动作做出反应，淡淡地又说："我一辈子一个孩子都没生。跟她在一块儿以后，她把你、小璇、阿拙，丢给我管。我一点都不觉得麻烦，相反稀罕得不行。"

他不管靳凡，沉浸其中似的，自顾自继续："她最操心的就是你，但她那个人，嘴硬。我原先劝了她好一番，哄得她给你打电话示好，却忘了提前告诉你，结果你接通就说你把她车库点了。她气得好久都睡不好。"

靳凡搔了下耳朵，看向远处的果岭。

"你不信吗？"靳遐纯真地问。

"信。"靳凡说。

靳遐叹气："她最近记性不好了，但总是问我，梵怎么样了，身子怎么样了？你总误解她是想借你去巴结司令员，她这么嘴硬，肯定会一口认下，再跟你对着倾倒难听的话。但你也不想想，如果她真的对司令员有什么想法，我还能这么死心塌地地对她吗？"

他突然上身前倾，恳切地说："孩子啊，她犯过错，但她付出了代价。

她也老了，不想去争了，她只盼望一家子团圆。想方设法让你治病是真的在意你，你别跟她犟了，母子间哪有说不开的话呢？”

靳凡听着，看着，一时分不清是戈彦有本事，还是靳遐演得好。

靳遐又坐正了，也看了眼果岭，又说：“算了，这个结系久了，轻易也不好解开。”他收回眼来，换了个话题，“你跟那个林大夫，处得还好吧？”

靳凡缓慢地抬起眼皮，眼神却不算松弛。

靳遐说：“你妈生日你来别墅那一回，嘴上说着不让我们再雇用林羌，但我们毕竟也活了几十年了，一眼就看出你是想护着林羌。姑娘是好姑娘，能处就好好处。”

靳凡看似淡然地注视着他。

靳遐笑得慈祥和蔼：“我跟你妈都很喜欢她，不然当初也不会挑中她。”

两人对视，风把遮阳伞边缘的穗子吹得停不下来，还有桌上花瓶里那两枝兰花。

最后还是靳凡一笑，摘了棒球帽，双手搭在桌上：“告诉戈彦一个好消息，李功炀醒不过来了，他再也不能调查杜佳了。”

靳遐的笑容慢慢褪去，因为他意识到靳凡还有下一句。

果然，靳凡又说：“但省监察组抽调了人员去接手这个案子，这会儿应该已经到癸县了。”

靳遐只是不笑了，但没有失神，也还算淡定。

靳凡起身，走之前把自己那杯水挪到靳遐面前，捏住他的肩膀，俯身说给他的耳朵：“辛苦了，扯了半天淡。”

“我没说一个假字。”靳遐目视前方。

“你只有一件事说得不假。”靳凡直起身，“我就是想护着林羌。感谢您二位用心良苦，把她送到我身边。有她看着我死，我更不怕死了。”

他说完就走了，留下靳遐。

不知多久，靳遐忽而一笑，起身走到围挡前，手扶着边缘，打给戈彦。

“喂。”戈彦先说。

靳遐看着远处，还没说话，戈彦又说：“省里派人去查杜佳了。”

“嗯。”如果靳凡说的是真的，那戈彦确实也该知道信儿了。靳遐呼出一口气：“你这儿子……”

戈彦知道他要说什么，并不意外，这是她最棒的儿子。

靳遐说：“从林羌到小璇，再到王缘亦，好像都没起什么作用。无论是好好治病，还是跟你缓和关系，他都不愿意。”

戈彦说：“他知道杜佳受我的指派，就是找过了孟真。这老东西，十几

年的交情都不看。当年要不是你帮我走动，他受到压力，我得蹲到死。”

靳遐突然厉声：“我今天已经没这个能力了！”他过去可以走动的关系已经倒了。

戈彦沉默片刻，说：“杜佳预感游泳馆要出事就早早出国了，我让她暂时别回来了。”

“赵扩呢？”

“一时联系不上。”

靳遐闭上了眼。

戈彦担任燕水监察委员会主任期间，躲在杜佳身后跟壤南实业家赵扩联手做见不得人的买卖，向各机关输送人。她跟各机关联系的桥梁，就是靳遐。

所以他得保戈彦，保戈彦就是保他自己。

当年燕水纪委派遣的调查组顺藤摸瓜，已经快发现这条交易链了，是他跟涉案的各机关压了下来，所以戈彦最后只是担了一个走私的罪名。

孟真当年就是调查组的成员，他知道戈彦的罪行不止走私，是上方的压力让他有口难言。

靳凡是非常不听话的孩子，但这个孩子一身正气，驯服他的过程越艰难，驯服成功后从他身上获取的价值就越大。

靳遐和戈彦费尽心思，先从哄他治病开始。他曾在某战区立功无数，他若肯帮他们，一定能找到人，将当年的事情彻底封箱。

他们故意让他以为戈彦对他殷勤是想借他勾搭上司令员，他开始是信了的。现在他见过了孟真，就是已经知道他们真正的目的，什么手段都不管用了。

戈彦说：“我会再联系赵扩，想辙先拖一拖，躲避一下调查。靳凡那边，既然笑脸他不要，就掐他七寸。他不是喜欢林羌吗？我们过去的算盘也不算全打空了。”

靳遐闭上了眼：“他真的挺了解你的。”

“什么？”

“我说你关心他，爱他，他说我在扯淡。”靳遐突然癫笑起来。

戈彦把电话挂了。

爱？她可没那东西，这世上只有钱、权才能打动她。

林羌回家时天已经黑了。小区里有人吵架，好像是谁家丢了阿尔茨海默病的老人，刚好另一家赶出来一个偷偷潜入门的变态老头。

“谁知道是不是假的啊？你一句话就要撇清责任，这是跟我说精神病杀人不犯法呢？被杀的人活该倒霉？多恶心啊，大过年开个门的工夫，这老头偷偷溜进去了，把我脏衣篓里的衣服都装袋带走了！”

“你要道歉我道了，你要诊断书我也给你拿来了。道歉你不认，诊断书你也说是假的，那你让我们怎么着？老人得这个病我们也焦心，我们也天天捶胸顿足！已经二十四小时盯着了，就眨眼的工夫……你让我们怎么办？能不能宽容一下？你也有父母，你也保不齐哪天……”

“欸！你什么人啊？你咒谁呢？你不知道怎么办？我们被闯了门，被恶心了，反而是我们的不是了？还讲不讲理了？”

他们把路堵住了，林羌就绕了道。与他们擦身而过时，她瞥了一眼坐在石凳上嘿嘿傻笑的老人。他腿上放着个塑料袋，塑料袋里是烤红薯，围嘴和花白胡须上都是白沫子和红薯肉。

她不关注闲事，脚步未停地进了楼门，等待电梯。

电梯门打开，高大的人穿着黑色毛衣，脸在电梯灯和黑衣服下显得极白。

她往电梯里走，这个人往外走，一手拎着垃圾，一手拉住她的胳膊。

她迈进电梯的一只脚被迫退了出来，“啧”了一声：“干什么？”

“倒垃圾。”他说。

“你自己倒不了吗？”林羌睨他。

“倒不了。”他拉住她胳膊的手往下滑，牵住她。

林羌被他牵着，脚也跟着走了：“我冷。”

他停下，拉拉她的左袖口，盖住她的左手，然后把她的右手包得更紧了。林羌想笑：“你要不让我先上楼？”

他不说话，把垃圾丢了，再牵着她往回走。在一声高过一声的争吵中进了楼门，站到电梯前才回答：“寸步不离。”

林羌弯唇：“好笑。”

“说谁？”他扭头看她。

林羌歪着头：“那你应该去接我啊，怎么让我自己回来？”

靳凡皱眉：“我给你打了几个电话你数没有？接都不接，要不是十分钟前你说到小区了，我就要报警了，再给你打电话的就是警察了。”

电梯到了，两人进电梯。

林羌说：“我都说了有事，你还每五分钟打一个电话。这么离不开我，要不我去定制一条狗链，拴着你？”

靳凡不说话了。

电梯停了，林羌先他一步出了门。没走出两步，被他拽住胳膊，还没来得及反应，已经被他搂住。

他什么也没说，就这么抱着她。声控灯都熄了很久，他还不松。

好半天，他双臂放松了。她趁机推开他，靠到墙上，下意识伸手摸兜翻包找烟盒，恍然想起，有些人已经戒了。公平起见她就把仅剩的半包扔了，忍忍吧。

楼底下还在吵，声音从走廊的窗户传入，不时叫醒了灯。

又是好半天，他去牵她，进了门。

接下来吃饭，洗澡，睡觉，两人都没再说话。

各睡各的，这也很正常，但两人好像都没怎么睡，六点多就相继起床，各自洗漱，各自打理自己。只有出门买早餐的事是不同步的——这一直是靳凡的事，无论做还是买，都是他来。

他正要出门，林羌叫了他。他扭头就看到她穿好了衣服，被毛线围巾团团缠绕下的脸小得不到一巴掌："你带上我吧，我觉得我要被绑架了。"

靳凡怔然。

林羌走过去牵住他的手，仰起脸："你从癸县追来不就是因为有人要用我威胁你吗？突然要跟我寸步不离，是有人要对我下手了？"

靳凡不答，她也不在意，牵着他出了门，锁门。等电梯时又说："你知道，我怕死也怕疼。要是我被劫走了，我会把我知道的都说出去，不会管你死活，所以你要保护好我。"

电梯门开了，靳凡不进，双脚像在钉在了地上。林羌拉不动他，也不进了，看着电梯门自动关上。

片刻，靳凡伸手托住林羌的脑袋，带到自己怀里，弓着腰，下巴抵着她的发心："信我吗？"

林羌慢慢搂住他："我不信，你得做给我看。"

"就你特殊。"

"怎么？同样的话也问过别人？"

"没有。"靳凡像是考虑了很久，"昨晚一直在想怎么跟你说。我不一定护得好你，我很多事都无力……"

林羌没让他说完："那倒是。"

靳凡沉默了，那份考虑又开始搅扰他。

林羌从他怀里出来，重摁了电梯按钮，牵住他的手："我也会小心，跟你寸步不离。"

这次，靳凡被她拽动了。

改装车行，一楼。

距离郭子飙车撞车已经过去好久，他也出院好久了，一直没敢回来，也就靳凡现在不在，他才敢过来。

他来了也没人理。

大家伙都希望他至少在态度上觉得自己办错了事，那他们也好顺理成章地给他个台阶下。可他很牛气，张嘴闭嘴就是隔壁县的再也不敢招惹他，就是怕了他不要命的态度。

小脏辫刚从工作间下来，光着膀子穿一条棕色背带裤，坐在长桌前点了根烟。

他最近有仲川的教学，天天上工作间干够八个小时，肱二头肌和腹肌都练出来了。

“听说侯勇到壤南去了。呵，还得我治。我跟你们说，要不是我来那么一下子，老大还放任他在那边猴子称大王呢！”郭子坐在长桌前抖着腿大言不惭地说。

阳光坐在他对面，正在刷朋友圈，边刷边疑惑：“大嫂好几天不发朋友圈了，不知道她的事办得怎么样了。”

公主切说：“以前也没发过几回。”

“你们跟这女的熟吗？天天提好几遍。就算跟老大有点关系，也最多是床搭子，你们怎么像把她当自己人了？”郭子不解。

小脏辫从三开门冰柜里拿了瓶咖啡，到怀里捂捂，递给小莺：“我前两天刚跟她说我那新芯片，她也没回我，太伤我心了。”

“照你这么说，过年小视频我发了那么多，她也没回，我们是不是都得伤透了？”小莺翻个白眼，“说得跟人没给你发红包似的。”

小脏辫坐下来：“说到红包，大嫂一个月挣几个钱啊，居然一人发两百！要知道老大抠抠搜搜一毛不拔呢！”

郭子拍两下桌子：“欸，跟你们说话呢，听不见啊？”

“咱们这边县医院每个月能挣到八千吗？”公主切问。

脱索说：“八千够呛吧，准市级县的二甲定点医院，大嫂这个职称的医生六千差不多了。”

“也许大嫂是隐形富婆。老大过生日的时候她不是给我们钱，让我吃点好的来着吗？”蒜头挑眉。

“得了吧，大嫂连一辆代步工具都没有。”小脏辫说。

阳光补充：“住的房子也破。我本来想把绣梨府闲置的三居给大嫂住的，川哥让我别管闲事。”

蒜头咂嘴："川哥这话真让人误会，以为是有人管大嫂，不用我们操心呢，结果是……"

公主切拿起日历扔过去，打断他："别说扫兴话行不？"

一片沉默。

他们都以为靳凡在林羌离开后也出远门，是追过去了，过年的时候两人都在一起。昨天小脏辫问戈昔璇，戈昔璇说靳凡现在乐不思蜀得不想回来了，他兴奋地问是不是跟大嫂在一起，戈昔璇避开了这一话题。

郭子阴阳怪气道："我早说了，他们有关系也不健康，你们非掏心掏肺，长点记性吧！别来个女的就上去认亲，老大这种男的身边有姑娘多正常，以为是你们这种情种呢，个个都是真感情。"

"庄哥你那芯片怎么搞的。"蒜头转移了话题。

"你说呢？"

所有人了然，突然推门进来的吕茉不懂，笑着问他们："聊什么呢？"

这道声音好甜，他们还没扭头就已经想象得到这位嫂子的笑脸有多好看了。

吕茉是仲川的女朋友，正在华信电子厂做车间副组长，是一个单线条却很随和的人。

仲川在吕茉身后，手里提着晚餐："今天晚上吃肘子。"

"还得是你啊，川哥！老大已经弃养我们了！"小脏辫开玩笑地抱怨，"哥你说说他，真不像话。"

仲川瞥他："从过年前起吃的每顿饭都是他买单，这还叫弃养？"

"饭是饭。"蒜头又开始逗贫了。

吕茉给他们买了天津麻花，坐到桌前，笑着又问一遍："还没说呢，刚才嘻嘻哈哈聊什么呢？"

蒜头回答："买芯片的事。"

吕茉想起来："芯片啊，我好像听仲川说过不好弄，你们在哪儿弄的？"

仲川看着脱索跟她说："让我们这儿最有见识的来说。"

大伙儿"吁"了一声，小脏辫撇嘴："他有个屁见识。"

脱索捏着劲："不服憋着。"说完清嗓，给吕茉解释，"就是一个匿名交易网站，正规渠道买不到的东西可以到那上面去买。"

"购物网站啊，类似淘宝那样的？"吕茉又问。

仲川皱眉："你好好解释。"

脱索笑了下，继续说："不能类比，那上面大部分是一些违法的交易。"

车行的人都知道这些，吕茉没听过，有些大惊失色："我的天啊，都不

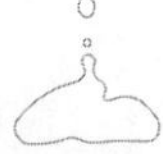

会被抓起来吗？”

脱索拿两个瓶盖给她解惑：“公共网络，我们每访问一个网页都会留下痕迹，哪怕你翻墙，使用 VPN。”说完瞥了一眼旁边几人，“像他们这种天天上那种网的早被捕获了。”

“嘿嘿嘿，你说你的，扯我们干什么？”蒜头皱眉。

脱索继续说：“但这个网站的创建者发明了一个叫洋葱路由器的东西，通过这个东西进入同类网站都是不会留下痕迹的。”

“就因为匿名，所以就能犯法？”吕茉不能理解。

脱索说：“随便一个匿名论坛里面都到处可见造谣、人身攻击……别说匿名论坛了，就是不匿名的平台，顶着虚拟头像、网名，张口就造谣的人也不少见。一个可以完全隐身的法外之地，自然会是丑恶人性的大本营，所以最好也别访问这些网站。人性在得不到约束的时候，百分之一万会暴露邪恶。”

“那在这些网站里犯罪，真的不会被抓？”吕茉的问题很多。

“会。”脱索说，“洋葱是二十年前弄出来的，早有破解的方法了，也能捕捉到用户信息了，实施犯罪也一定会被警方盯上。”

“那他们为什么还敢……”

“端掉一个网站，马上又会起来另一个，有需求嘛。供应是为什么，就是因为需求啊。那些勾当，哪个不是暴利？巨大的利益滋养亡命之徒，亡命徒有什么不敢的。”

吕茉明白了。

仲川握着她的肩膀：“不用害怕。”

“不怕。”吕茉仰头笑道。

“哟哟哟，甜死谁了？”小脏辫爱起哄。

小莺瞥他：“贫死你得了。”

大伙儿笑着闹着，蒜头突然想起一个事来：“提到这方面的事，我就想到杜佳过去那茬了。为什么啥都查不出来，就是因为他们不上网啊，要紧的交易都面聊，现在也还保持着这个传统呢。那会不发达，监控探头都不多，要是再有人罩着，查得出来才有鬼。”

脱索说：“所以说少上网，赶紧把你们的不良网址都删了吧。”

“我可不看哈！我正经人！”蒜头急道。

“放屁，我存那些都是你发给我的。”小脏辫拆他的台。

他们乐起来，吕茉像是习惯似的，关心了一句：“快去穿衣服，有暖气也冷，一会儿感冒了。”

她说小脏辫。

小脏辫突然不乐了，全都不乐了。

上一个跟他们打成一片，又关心他们又给他们买好吃的是林羌，可好像两个嫂子不能共同拥有似的！

他们老大真是没用的东西，到嘴的大嫂放飞了！

初九，延州下雪了，寒云藏天，风卷琼花，一夜之间万物尽白。

林羌收到了曹莛寄的快递，午后抱着电炉子坐在餐桌前，给她回了一个视频电话，一边拆箱一边唠家常。

六七个箱子，有曹莛自制的年糕、腌菜，还有豆包、粽子、零嘴和香薰蜡烛。

她说蜡烛是女儿的手工作业，她看着精美，听女儿说用的香还有安神功效，就讨了一个，希望林羌喜欢。

林羌很喜欢，把它放在茶几上。

曹莛正哄着儿子写作业，笑着说："年糕、豆包得蒸了再吃，可不能凉着吃。"

"谢谢，看上去就很香。"

曹莛看着她好像瘦了："你是不是又瘦了一圈啊？脸太小了。"说着摸摸自己的脸，"更显我的脸像大饼了。"

她的脸也不大，说得夸张。

客套几句，她不可避免地聊到林羌的病："往常医院八卦多，有点什么风声，早早就传得满院都是了，但你生病的事我们才知道不久。"

过年期间医院轮值，没什么病人。曹莛刚上了两天班，就听说林羌年前请的是病假，阜定有人说在三院看见了林羌。

现在，癸县医院上下都知道她得了什么病。

"小病。"林羌说，"也不要紧。"

曹莛笑得有一点苦涩："他们都说难怪你一直没有入职体检，我是觉得，我们竟然一直不知道你忍受的苦。"还有那时候有人闹事找碴，林羌也没说过一句。

林羌没搭话，问道："腿怎么了？"

电话接通曹莛就在捶腿，林羌一问她才意识到，愣了一下说："老毛病，静脉曲张。"

林羌不说了，曹莛也琢磨过来她的意思。

好像每个人都有点毛病，各自担着，也没什么苦不苦的。

林羌接着拆，摆满了餐桌，又说了一声："谢谢你的好吃的。"

曹莶的儿子写完作业了，腻腻乎乎趴在她背上。她埋怨着让他去洗澡，唇角却挂着笑，还跟林羌抱怨："忒不听话，作业不盯着就不好好写。我每天跟欠他似的，可不如姐姐，姐姐的功课从来不让我操心。"

"这是姐姐过年收到平板电脑的原因吗？你不公平！"

"那你也考一个高分嘛，你考到了我也给你买一个！这要还不公平，那怎么才算公平啊？只给你买？怎么天天想好事。"

母子两个斗嘴还是母亲更胜一筹，小男孩儿失败，乖乖洗澡去了。

曹莶拿起手机，笑着跟林羌说："以后可别生儿子，太调皮。"

林羌听着，看着她提起两个孩子时一直放不下的嘴角，淡笑着。

"要是以前，我肯定不劝你考虑个人问题。现在我很盼望你身边能有一个知冷知热、可以照顾好你的。"曹莶说回林羌。

林羌笑笑，表示听进去了。

这时靳凡回来了，开门发出响声，林羌自然地抬头。

靳凡进门看到摆满食物的餐桌，也没问，把她早起想吃的糖葫芦递给她。

林羌刚拆了年糕，手上有点黏，举起给他看了一下。

靳凡把糖葫芦从纸袋里拿出来，喂给她。

一颗好大的裹着糖的山楂，林羌一口吃不了，咬了三分之一。

靳凡问她："酸不酸？"

"还行，有点涩。"

靳凡皱眉，刚准备喂她第二口，听她这么说，他又把糖装回纸袋，连她张嘴等着吃都没管。"我让戈昔璇到东街去买。"

"也还行，能吃。别使唤人了，给你当妹够倒霉的。"

靳凡把那两串糖葫芦扔了："谁让你是纸糊的，一下牙酸，一下肚子疼，一下头疼。"

"你可别有这些时候，看我管不管你。"

"放心，为了伺候你，都能忍。"

林羌啧嘴，手机里传来扑哧一笑。她想起还通着电话，拿开盖住手机屏幕的塑料袋，对曹莶说："我刚才……"

"没事。"曹莶打断她的解释，"这么样也挺好的。原先的事都可以不看，只要他能为你收心。"

靳凡在癸县有名，人又俊朗，太容易被记住了，只在屏幕里晃了一下曹莶就认出来了。

林羌知道曹莛指什么，没说话。

“行了，电话的时间够长了，你们忙着吧。”曹莛说，“院主任应该跟你说了，也跟我们说了，做完手术回来上班，坐诊也给你安排上。年纪轻轻的可不行养老。”

林羌确实接到了院主任的电话，跟她说，身体好点就去上班，既然不上手术台，就没有影响，不用担心。

“嗯。”她应了一声。

电话挂了，靳凡洗完手出来了，拿着热毛巾，拉起她的手，给她擦干净了。转身时，被拉住，又回过头，看一眼拉住他腕子的手，再看一眼手的主人。

林羌的头没有扬起太多，只是眼皮往上抬了不少。

靳凡看她没事，要走，她突然用力一拽，他没防备，弯了腰，被她吻住唇，缠咬了半天。

就像她突然亲他，她又突然放了他，看起来亲爽了。

靳凡看着她，等她的解释。

林羌很大方，真给了他一个解释：“想抽烟了。”

靳凡稍微歪了一下头，潜台词似乎是：你试试看。

林羌指指嘴：“所以给我征用一下，我戒烟使。”

靳凡拉她胳膊，一把扛起，放到床上，吻住了。

“干什么……”

“我也戒。”

林羌不给，双手捂他的脸：“东西用完了。”

靳凡停了，拉开她的手，看着她：“有那么多次？”

林羌假笑：“大哥觉得呢？”

“你记错了。”

林羌双手勾住他的脖子：“占完便宜就失忆，你倒是精得很。”

“我怎么记得都是你主动。”

“你记错了。”

靳凡点头：“最好是这样。”

林羌不会拒绝他，但她知道靳凡今天会忍住。果然靳凡说：“明天要去医院。”

两个人待在一起的时间久了，再看向对方，真的就变透明了。

林羌答应：“嗯。”

“晚饭想吃什么？”他问。

她正想着，突然有人敲门，她以为是戈昔璇，门外随即传来喊声：“洗衣服！洗衣服！呵呵呵！”

听着是一位老人，林羌想起前几天引发吵架的那个痴呆老人。

靳凡去开门。

果不其然。

靳凡刚打开门，电梯门也开了，穿着毛衣的男人和系着围裙的女人一脸焦急地冲到门口，熟练地一人搀扶住老人一只胳膊，道歉：“我们老人得了痴呆，您见谅。”

老人的唾沫都黏糊在脖子上，手攥着一个黑色垃圾袋。从轮廓上看，袋子里边装的应该是衣服。

他不走，靳凡关门时还扑上去挡住门：“丫丫，你洗衣服，爸爸给你晒嘛！爸爸不打牌了，你别到坡上去，会掉下去的，你就死了……”

两人上来再拽老人，女人的眼已经肿成了核桃。她劝道：“好好好，爸，我们回家晒，我们不要一层一层打扰人家了。”

老人甩开她的手：“你哪是丫丫，你是他二姨啊！二姨，你家的鸡蛋现在多少钱一斤了啊？”

女人抿着的嘴抖了抖，低头时自然抹去眼泪：“四块了……”

男人也来拉他，互相拉扯中，老人脚一别，咣一声摔倒了，继续自言自语，不知道说什么。

林羌已经来到玄关，靠在入户柜前，透过靳凡与门形成的空隙看向地上的老人。他絮叨着尿了裤子，很快湿了他们门口的地毯。

男人和女人见状立刻呵斥他，又强行拽他，还不忘屈腰跟靳凡、林羌道歉：“对不起对不起，我们赔。我等一下拿下去扔了，明天来给你们换一块新的……”

她哭得话都说不清了，男人愁得眉头就没舒展过。他像是突然下定了决心，蹲下来，背对着老人，对女人说：“来，你把爸搬我背上……”

女人点头，却搬不动。

靳凡上前帮了一把，男人和女人又一个劲儿鞠躬，点头，道谢。

他们上了电梯，电梯门关上的声音传来，靳凡家的门也关上了。

客厅只开了灯带，光弱得让老家具更显陈旧。林羌走到茶几前，低头看着曹茳送给她的香薰蜡烛。

站在桌前的靳凡没等她问，给她找出了一只打火机。

她接过去，擦了火石七八遍，都打不着，抬头求助地看向靳凡。

靳凡把电视柜上那束假花拆了，拿了一只到厨房，开火点着了，返回茶

几递给她。

烛体托着的小火苗扑扑烧着，至少茶几前这一块，突然明亮了。

她的手又在抖了，不自觉背到身后。

靳凡走过去，坐在旁边，拉来她的双手，握住了。

外头雪还在下，她想去看看，拉拉靳凡的小指，装出懵懂纯真。

靳凡皱眉："不要装。"

"我想下楼看雪。"

"太冷了。"

"你搂着我。"

"我也太冷了。"

"那我搂着你呗。"

"好。"

两人出了门，林羌要到露天地去。靳凡没松手，还把她的手揣到了自己的大衣口袋里："就这儿，要不然就回去。"

"什么人，我前男友从来依着我。"

"所以是前男友。"

"你意思是我贱得慌，不喜欢依着我的，就喜欢逆着我的？"

靳凡给她重新压低了棉线帽，围巾掖得更严实，看朝南倾斜的雪："不是我喜欢你吗？"

林羌一怔。

这一无言历时有点久。林羌忽说："你知道吗，也许有一天我会像那老人一样，口水胡流，甚至尿在地毯上。"

"也许有一天早上你醒来，发现躺在你旁边的我已经硬了。"可靳凡那么平静，"会不会害怕？"

林羌摇头。

"那你问我什么？你再疯，至少还呼吸，我还能看到你两只眼。"靳凡还有没说出口的半句：我每天都会感激。

林羌站在他左边，仰头看雪光把他的侧脸一笔勾勒出来。真漂亮的线条，真喜欢这个人。

靳凡扭头："我在三院的检验区外已经看过你这病后期的样子。"

那个坐在轮椅、胸怀奖章的老人，不管过去多么意气风发，今时今日都自以为沦为了子女的"累赘"。

靳凡说完，突然弯腰，迁就比他矮的女孩子，看着她的眼睛。

林羌跟他对视，想着他也许会说他不会介意，但好像不太像他，也许会说……

“我愿意。”

林羌的想法一瞬清空。她没想过是这句。

靳凡不是温情的，林羌还没清醒，他又接了句：“还有问题吗？”

林羌醒了过来，好像没有比这更合适的坦白的时机了：“你爸靳序知……”

靳凡反应平淡，只渐渐直起了身。

“当年战争爆发，靳序知接受组织安排，组织撤侨行动。”林羌也很平淡，“我当年也参与了撤侨行动。我想，可能就是因为这一点，比起其他劝你治病的人，我被你关注更多。”

林羌没告诉靳凡，或许也是因为这一点，她才被戈彦选中。

靳凡没透露过，他的电脑里那份林羌的简历更不会被她所知，却不惊讶她知晓这一点。她很聪明。

林羌闭上眼，回忆靳凡素描本里那张人像：“你素描本里有幅素描，画了一个憨傻的新兵蛋子，那是我。绘画者是你爸靳序知，他画完给我看过。”

原来如此，泄密者竟然是那人像。靳凡明白了。

他不置可否，又问：“还有别的问题吗？”

“你前两天给我打十几通电话我没接，就是在烈士陵园看他。”

“嗯，还有呢？”

“他脾气很倔，但他是一个好人。”林羌抬起头来，“他没有跟我们一起回来，我们一直感到抱歉。他是为了我们，所以没回来。”

当时群众里感染脑型登革热这种传染病的很多，甚至当地很多医院医护人员都没了影，本就稀薄的资源也被抢夺一空。

昌盛公司跟项医疗队的水平仅限于换药、包扎，林羌这样的医学生被迫担起大任。

靳序知当时除了领导大局，就是在感染区当林羌的助理。

林羌和一对到那边做药品生意的夫妻是抗疫主力，不仅要保住感染者的命，更要防止传染更多的人。

援建工程的员工宿舍楼里，几百号人等待救援的十几个日夜里，大家每天吃喝少，睡得也少。好不容易睡了，外头炮火连天，鬼哭狼嚎。

林羌、靳序知，加上几个年轻人，每天日出就要出去找资源。她每次心里都打鼓，不怕偶然遇到的枪林弹雨，是对友好医院的那一幕心有余悸——大堂、走廊满是堆积的残肢，肉泥已经发黑、发黄。腐烂的恶臭充斥整个医院。

当时她就站在二楼的台阶上，突然感到瞳孔紧涩，随即而来的一阵反胃让她差点把胃都吐出来。

原来，他们以为早早逃走的当地医护人员，其实是被暴力组织绑走去卖苦力了。

大撤离以后的很长一段时间，她都不喜欢太明亮的灯。路上突然射来的远光灯总会引起她犯病。她也不喜欢血的味道，她见过它们最恐怖丑陋的样子，她似乎不能再只作为一个医生去看待它们。

靳序知是一个细心的人，他担心林羌的精神状态，毕竟那时她还很年轻，承受能力也许没那么强，就在她照顾感染者时给她画了张画。他说她五官长得标致，等回去了一定要把五官露出来，让它们见太阳。

林羌不爱说话，他就总逗她乐。他好像一点也不知道，他并不幽默，他给每个人讲的笑话都不好笑。

他好像也不知道，他在短短几天暴瘦，嘴唇、脸颊干裂却不出血，眼球突出，肤色发青，脖子上的挫伤也一直不好。比起他人，他更需要被关心。

撤离当天，他从大部队中悄悄离开了。所有人都在因为可以回家而兴奋，谁也想不到这种时候他会离开，包括林羌。

没有戏剧里煽情道别的场面，他就这么悄悄跟他们分开了。

林羌下飞机后才从两个年轻人嘴里知道，他们遇到两拨人火并的那天早晨，被冲散的几人各自回了员工楼，并没有顺利逃脱。靳序知的肩膀中弹了，但他没说。

当时没药品了，他不想引起恐慌，也做了打算，以为他能在帮助群众撤离后，退到前线外最近的诊所。

林羌在家等了两天，等到了他身亡的消息。

想到这里，林羌眉心朝中迅速地聚拢一下。她抿着唇吞了两口气，才又挤出一句："没有公开。"

靳凡用拇指抹平了她隆起的眉头："这是他自己的意愿。"

林羌木然。

靳凡早释怀了："还有没有？"

林羌低头，突然失声。

"还有没有？"靳凡又问，还去寻她的眼睛。

林羌抬起眼皮，正视他的双眼，再开口时似乎也已经释然："有。"

"什么？"

林羌牵紧他的手："你明天陪我去医院时能顺便做一个检查吗？"

靳凡停顿一下，看她冻红的鼻尖，再看看没有停止趋势的大雪，牵着她

往楼门走。

林羌被他牵着也不放弃询问："能不能做？"

"早预约了。"

"早？"

靳凡"嗯"了长长的一声，边回想边回答："在你说你胆小之后。后来有事耽搁了，一直改期。前几天确定在你复查那天，去查一下。"

林羌听着他说话，不知道为什么嘴角会忍不住地向下撇，眼睛和鼻尖还很酸，明明心里热得像点了一把火。

原来在更早的时候，他就愿意为了她活得久一些，为了她珍爱生命。

两人来到电梯门前，靳凡说："不用纠结，要是你工作上遇到两难的事，应该也会这么选择。"

他在后知后觉地安慰因为想起靳序知而伤怀的林羌。

电梯门开了，两人进入，林羌说："不会，我特别自私，我只会考虑我自己。"

靳凡点头："非常好，千万记住。"

到这一刻，沉重空气似乎已经离他们而去。

林羌醒得最早，却没有起床，赖在被窝里。靳凡比她醒得晚点，洗完澡，做完饭，衣服也洗了，她还没起。

她闻到饭香，起来了，洗澡洗漱，又回床上了。她说天太冷了。

靳凡过来，还没叫她，她从被子里伸出一只手，拉住他的腕子，晃了晃。他正要掀开被子，她把他拽到床上翻身压住了。

"起来！"

林羌闭着眼："你吵了我一早上。"

"你要不起来看看现在几点？"

林羌这个病的有些症状会跟抑郁症的类似，根本不是醒得早，是一宿没睡，但她不想告诉他："下午才去，着什么急？"

"一宿不睡，你不饿？吃了再睡。"

林羌睁开眼，仰起头。

靳凡手撑着床，靠到床头，把她搂进怀里，闭眼，轻拍她的背，看起来要陪她再睡一觉。她却不困了。

她靠在他怀里，听着他的心跳声。

他悄悄去看过医生？

不知道。但他似乎知道他的心衰到了什么阶段，也知道吃什么药，好像

也在按时吃药，状态比刚认识的时候好点。

心衰不可逆但可控，等今天做完检查，看看各项指标，再针对性地中西医一起调理……不换心应该也是可以有十年的吧?

两个人有十年也够了吧，活太久有什么意思?

她胡想着，靳凡捏了她后脖一下，她皱着眉仰头看他。

“你又不困了？”

他一说话，上下唇轻轻触碰，整齐又白的牙若隐若现。林羌皱着的眉突然就放松了，枕在他肩窝，闻着他身上毛衣的洗衣剂花香：“昨晚你妹妹给你打电话干什么？”

“你不是听见了？”他当时在缝补她的护膝，就按了免提。林羌盘腿坐在他旁边，薅毛巾被上起的毛球。

她还问他她厉不厉害，她说她从小衣服上的球都择得特别干净。

“我忘了。”林羌说。

“那我也忘了。”

林羌看他要糊弄过去，弹了他的手一下：“戈昔璇说让你别同意她闺蜜的好友添加邀请。”

“你这不是记得吗？”靳凡包住她的手。

林羌抽回手来：“你跟她闺蜜之前熟吗？看起来还真是喜欢你。”

“不认识。”

“那还喜欢你。”

“那你为什么？”

“我不喜欢你。”

“最好是。”

两个人都沉默了，寂静蔓延。

过了会儿，林羌说：“喜欢你……嗯。”她一边想一边说，“牙很整齐。”

“还有呢？”

“也很白。”

“除了牙。”

“长得帅吧？”

“你很肤浅。”

“鼻梁也长得好，比手还好。”林羌轻声说。

靳凡骂她：“不正经。”

“还有，很想。”

“想什么？”

靳凡已经把她的手焐热乎了。

“我想活很久。”

突然，林羌开始想要活很久。

没运气的人许愿难成功，所以派出所的电话正好在林羌准备去医院时打来。

警察说林羌涉嫌诈骗，传唤她前往癸县北关派出所，接受询问。

靳凡站在林羌不远，不知道电话那头的人说什么。但似乎无论对方说什么，他都不会改变计划。

林羌也是这么回复的：“我下午要去医院。”

“你知道拒绝传唤的后果吗？”

“你说我诈骗，有确切证据吗？你知道没有证据就传唤的后果吗？”

“让你来就来！那么多废话！”

“我下午在三院看病，你过来逮我吧，记得拿拘捕证。程序有一点偏差，我都会反告你们滥用职权。”林羌说完了要挂。

那头突然态度转变：“有人到派出所报案，指名道姓说你诈骗。我们核实了情况，你曾帮他开通爱心筹款，用来给他姥姥治病。现在这笔钱没到他手上。”

原来是她当街救过的那个老妇人的外孙，林羌可不管：“那应该去问平台。”

她挂了电话，抬头对靳凡说：“可以走了。”

靳凡什么也没问，牵住她出门，下楼，上车，给她系好安全带。

她突然微笑，口吻轻松寻常：“我还以为会在延州待到做手术，看来得回癸县去等了。”

靳凡发动了车：“明天再说。”

他的意思是，就算今天天王老子来了林羌也得先看病。

“那是肯定。”林羌淡淡地说。

林羌拿着上次的检查结果请李擎主任看了看，听了他一些建议，预约了半个月后手术。

靳凡做了检查，完成时天都黑了，门诊的医生都下班了。他们也没挂急诊，就在大厅座椅上，林羌给他看结果。

广播声还在头顶飘荡着，来往行人仍然匆忙。林羌本来很严肃，在靳凡问她怎么样的时候突然好笑。

林羌抬起头，笑着说：“我很少给自己家里人看病。”

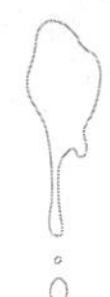

靳凡没问为什么，他的注意力在她话里的“家里人”上。

“给别人治病我是客观角度，只需要用专业知识，认真对待；给自己和家人治病，会受限于自己这些知识。脑子里东西太多，就会有所顾虑。”

林羌一边说着，一边继续看他的几个片子结果，突然碎碎念，像是在给他解释，但声音很小：“蓝色就是损坏的心肌，显示还可以；EF 值 44%，没有反应，体重很稳定；之前犯病又憋，又喘，又肿，坐着，坐一宿。”念着突然抬头，“但我跟你说不用老看这个射血分数的值，虽然 50% 以下意味着心功能不全，可还是要看表现。”

“我没有表现。”

“你有在吃药吧？”林羌说，“我看见了，在抽屉里。吃药就是会减轻症状。地高辛先吃着吧，不要停。今天晚了，明天回癸县之前，我带你去找杨教授，一位治疗心衰的老专家。我们开点中药。”

林羌整理着检查结果，又说：“还是保持少钠少水，运动要适量。你是外伤导致的心脏损坏，没冠心病、大血管疾病这种原发病，可操性多。”突然她想到了什么，话音戛然而止。

靳凡从她手里接过袋子，牵住她的手。两人朝外走去。

久病成医，通过靳凡目前的病情，林羌不难知道，他虽不想活，却也没干什么致死的事。

那就是说，他在了解自己的病情后，会不自觉地规避加速死亡的行为。

弗洛伊德提出过一个概念——生本能，是一种人体在自己受到伤害时对自己本能的保护。

她淡淡一笑，挽住他的胳膊。

靳凡扭头看她在笑，问：“怎么了？”

林羌摇了摇头：“没事，就是感谢弗洛伊德。”

靳凡换了话题：“想吃什么？”

“我想下馆子。”

“好。”

雪后起了风，风一吹，树梢上的雪就飘摇到了发梢上。

突然，她问：“等我把你的命从阎王手里抢回来，能不能给我？”

幼稚的问题，可他还是陪她幼稚了：“干什么用？”

林羌扭过脸，仰起头来：“我说‘家里人’三个字时你走神了。”

“你看错了。”靳凡不承认。

“我缺个老公。”

靳凡一下失语。

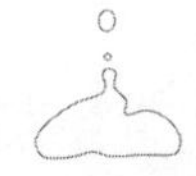

“你不问我干什么用吗，缺个老公，大哥要不要上岗？”

靳凡目不转睛地看着这一张他有时很难区分真情假意的脸。

她非常漂亮，尤其这个时候。

他突然伸手，托住她脖子带到面前，吻了。

她确实能装会演，他总是怨，但从没厌倦，也总有瘾。他爱她，他要为她活很久。

林羌带靳凡从专家那里抓了药就回癸县了，直奔北关派出所。

靳凡没说管不管林羌的事，但他往那儿一坐，范森和刘广杰就都不敢出气了。这个林羌竟然是他的人，难怪那么横。

谢喜英的外孙程柒还在走廊，被铐在座椅上，跟他一起被铐着的还有几个醉酒打架的年轻人。不知道他们一宿聊了什么，这时的程柒已经改口了。

范森习惯一有报警就打电话叫人来派出所问话，也许不合规矩，但一直是这样。没有人觉得不对，也没有人敢不来。

“靳哥，你是……”刘广杰先开了口，不开不行了。范森的眼色都不避人了，这个尴尬的氛围总要打破。

靳凡在看手机，腿上搁着林羌的包：“拎包的。”

正在喝水的范森那一口差点没咽下去，还不如说是来砸场子的。

范森跟刘广杰对视，最后刘广杰对林羌说：“我们到询问室跟程柒沟通？”

改变态度主要源于程柒改口，而且他们查明捐款平台早已打款，是谢喜英的子女昧下了，然后对阜定医院提出接老人回家等死了。

说白了就是习惯让他们先给林羌打了电话，结果林羌并无过错。

现在他们要弄清楚，程柒为什么突然污蔑林羌。

林羌同意了：“好。”

她起身后，把手机也给了靳凡。

靳凡仍坐着，伸手把她几根碎发别到耳后。

范森和刘广杰又一番对视，这一次多了一个长吁一口气的动作。

这没什么不妥，只是他们畏惧靳凡，所以会感到恐惧。

询问室里，程柒看到林羌就扭过脸。

林羌坐到他对面，却错开一个位置。他喝酒了，一身酒气，她十分厌烦。

范森和一个女警员进门后共同坐在林羌那一侧。

女警员启唇，想让她换到对面，接触到范森暗示的眼神，闭了嘴。

程柒似乎很久没睡了，眼睛肿成沙包，胡子也明显长满了下巴，衣服肩膀上落了一层头皮屑，袖口和前襟沾了几滴油。

他和林羌上次见他时的变化太大，那个腼腆却有是非观念的大学生好像被眼前这个人杀死了。

范森和女警常规问话，他都没回答，只好改问林羌。林羌把帮助他和他外婆申请爱心捐款的情况一一说明。刚说到一半，程柒突然站起来，指着林羌，边说话边喷出口水："如果不是你狗拿耗子，他们根本不知道还能拿捐款！也根本不会让那住院医给我姥姥拔管子！"

林羌早上接到曹茳来电，原来程柒已经去县医院闹过了，还站在综合楼的楼顶要跳楼，但还算讲良心，没嚷嚷是医院害了他。

他情绪激动，警察问不出话，就先静置了。

林羌跟他一起被撂在了询问室，墙上监控探头的灯一直闪烁。

她不会主动跟他说话，她知道他清楚这件事是他家人一手造成的，其实谁都不怨，但价值观碎了，人也癫狂了。

程柒吼了半天，哭起来，半副身子趴在桌上，祈求林羌："你杀了我行不，我自己不敢……"

林羌只是冷漠地看着他。

他又哭又闹，低下的认知一点也不像是大学生。但他偏偏咬着牙发疯。

林羌想回去了，觉得自己坐在这里就是在浪费时间。

程柒却在这时平静了下来，揪着手指，问她："这个世界不应该是这样的……"

林羌看了他一阵，还是跟他说了话："这个世界就是这样的，不习惯也没人惯着你。你要适应不了就找个没人地方一头撞死，反正推到太平间的车从来不少。"

程柒愕然。

林羌不喜欢给人上课，讨厌当老师，不管程柒想不想得通，她就离开了。不过她出门就找了个律所，请了位律师，要把谢喜英子女之前侵犯她名誉权一事，旧事重提。

事情都办完，林羌坐在靳凡的车里，沉默不语。

靳凡也不主动开启话题。

还是林羌待够了，扭头跟他说："为什么那俩警察那么怕你？"

"我厉害。"

林羌皱眉，随即笑了："缺心眼儿。"

靳凡一手牵她，一手发动了车。

“去哪儿？”

“车行。”

车行的小崽子们都在，打牌，喝酒，瞎扯淡，也有在干活的。但干会儿就腻了，不知道为什么感觉一切都没劲。

小脏辫叼着烟，烦得慌：“凭什么你老有炸啊？是不是捣鬼了？”

“放屁！”蒜头扯脖子叫唤，“你这是输急眼了？怎么逮谁诬陷谁呢！”

脱索从平板上方露出脸：“他最近倒霉。”

小脏辫垂着眼，瘪着嘴，耷拉着脸，把牌一扔：“不玩儿了！”

公主切哼笑，问小莺：“你是不是打他了？”

小莺正在欣赏自己新做的指甲：“打他？刮花我的指甲怎么办？我肯定会把他脑袋拧下来的，那多不好。”

“笑死。”阳光在旁边鸡一样咯咯笑。

仲川从工作间出来，看着他们几个干什么什么不行、吃什么什么没够的德行，没忍住啧嘴：“等老大回来，你们那屁股都得焊上他的脚印。”

“嘁，他已经不知道让谁勾走魂了。过年不发红包就算了，过年好都不发一句，还让我到嘴的大嫂飞了，没用的东西！”

小脏辫骂骂咧咧，不知死活地发泄郁闷。

“你快了，我跟你说，自己找死可离我远一点，别溅我身上血。”蒜头翻白眼。

小脏辫可不觉得自己找死，伸直脖子，要跟他们理智地分析：“客观地说……”

门从外打开了，所有人扭脖子看向门口。

靳凡推门进来，他们呼吸一滞，尤其小脏辫，汗毛都竖起来了。

靳凡的左手还在门外，他们还没来得及想入非非，他就把林羌牵进了大门。

所有人肃然起敬，站得笔直，罚站一般。

“我去——”

靳凡皱眉黑脸，跟原先没什么区别。他们也懒得看他，目光一致地汇聚到林羌脸上。

竟是林羌！

戈昔璇之前还误导他们靳凡没跟林羌在一起！坏得很！

“唔——”蒜头没忍住发出猴叫，被投以疑惑眼神后捂住嘴。

公主切和小莺先跑上前，围住林羌。

林羌见状，自知免不了要回答他们一些问题，松了靳凡的手。

这个动作把小脏辫看爽了。他蹿过去，想问靳凡，但靳凡凶，就试探着问了林羌："啥情况？"

林羌有意逗他们，眉一挑："拿下。"

车行好久未见大事，他们互相攀比激动的程度，挤眉弄眼之后大着胆子看向靳凡。

他依她，没扫兴："就，被拿下了。"

"牛——啊——"异口同声。

他们开始起哄，忽然冒出好多问题，都希望林羌第一个答，摇着她的胳膊嚷嚷。

吵吵闹闹，林羌却看靳凡。

靳凡也看着她。

墙上的表好像不走了，时间突然凝结了。

燕水平原以北有座不知名的野山，二十世纪地壳运动导致地表下沉，山体垮塌三分之一，再看这块地的地形就像一个滑向东南方的坡。后来坡上建城，癸县占了东北一角。

八十年代兴建的钢厂位于癸县的高地，倒闭之后一直是一代又一代年轻人的据点。如今成了改装车行，仍然屹立不倒。

顶楼宽敞、视野好，站在围栏边俯瞰全城，月光皎洁，灯火辉煌。

一帮小崽子把户外烧烤那套工具搬来，架起烤炉，扫荡了胡同口的超市，哄着林羌，开了个露天派对。

小脏辫拎着酒瓶喝得转圈，蹒跚着穿过焰火和人群。来到林羌身旁，咧嘴一笑："大嫂，有眼光！"说着把酒瓶往前一推，酒飞溅出来，啪一声掉在地上，炸开一朵水花。他一屁股坐下来，继续傻笑，凑近林羌，偷偷摸摸地说："我只告诉你，我老大特好。他把我们车行保下来的，也把我们保下来了。他喜欢你，你第一次来，我就知道他会喜欢你。"

林羌端着酒杯，看了一眼站在围栏前打电话的靳凡，背影都好看。

她用两根手指拎着酒杯，举到面前，闭上一只眼，隔着酒杯看他。腰也太窄了，还有肩膀，一如初见。

这种男人她见得太少，根本抗拒不了。

小脏辫晕晕乎乎地给林羌满上酒，身后一群人借着醉意嚷嚷，很吵。他就又挪近一些，说："当时老大家里来了很多人，不知道劝老大什么。你是第一个上楼的，其他那些没进门就被轰出去了。"

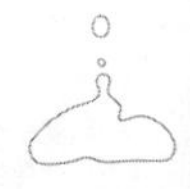

“是吗？”林羌淡笑，把目光收回来，歪头问小脏辫，“你家里是干什么的？”

小脏辫挺了下腰，起个范儿准备说，小莺走过来，照着他后脑勺就是一巴掌：“我让你少喝！你又当耳旁风！”

“你——”小脏辫扭头看到是小莺，骂声戛然而止，嘻嘻一笑，把她拉到身边坐着，搂住她的肩膀，对林羌说，“大嫂，我女朋友阿莺。”

小莺啧嘴，甩开他的手：“手脏死了，别碰我！”骂完，跟林羌道歉：“对不起啊大嫂，他有病。”

林羌只笑不言。

小脏辫醉了，靠着小莺的肩膀，呼呼睡了过去。

小莺任他靠着，扫一眼那边吵闹的众人。

林羌顺着她的眼神看过去，说：“你们关系还挺好。”

小莺点头说：“我们以前在癸县一中上学，这儿最好的高中，但都不好好学，抽烟、喝酒、逃学、打架、跟老师对着干。开始家里还拿钱摆平，记个过就过了，后来学校实在忍无可忍了，非开除不行了。我们几个讲义气啊，一伙人都不上学了，跟着当时开网吧的钱四海，就是四哥，弄了这个车厂。”

小莺说着指围栏：“以前那地方挂着牌匾，就写着四海车厂。后来四哥被靳哥摁地上起不来了，我们连同车厂就到了靳哥手里。”

林羌喝了口酒，笑笑未言。

小莺说：“靳哥有种，有威慑力，也有距离感，好像一直没拿我们当回事，我们也不跟他亲近。”

“这你们都不走？”

小莺摇头：“老大和我们的关系就是大树和猢狲，树倒了还是树，猢狲不成群，好比软柿子。别看癸县小，也没我们立足之地。”

她说完，看林羌毫无反应，又补充道：“别不信，我们真让人坑过。”

“信。”

小莺不知她真信假信，眼神飘远了。

小脏辫突然坐直了身子，举起手来：“我这脑子！避震还没改完，明天要交活儿了！”说完颤颤巍巍起身，晃晃悠悠走向外接楼梯。

“站都站不稳了，干个屁！”小莺骂骂咧咧地追上去。

他们二人下了楼，林羌看向那边喝酒打牌的几人，有蒜头、脱索、郭子、豹子、阳光、公主切、仲川、吕茉……

她到现在都还没认全。

公主切三张牌出局了，烤了几串掌中宝，拿到林羌跟前："尝尝。"

林羌吃饱了，举了下酒杯以示拒绝。

公主切放下托盘，搓搓手。风把她一刀切的发梢不停吹到她脸上，她也不理，也朝靳凡的背影看了半天，然后问："小莺跟你说这车行原先是四哥的了吗？"

"嗯。"

公主切回过头来："上次我们被扣在局子，再出来我们就知道了，靳哥带我们玩儿、罩着我们是利用我们，为了引谁的注意。但我们不怪他，你知道吧？他对我们真不错，我们可不是骨气至上的人，我们是利益至上。那几天我们最担心的，就是他办完事肯定要走，那我们怎么办？"

林羌现在才算是了解了靳凡为什么带孩子过家家。

"我跟小莺就说好了，靳哥以后要是走了，我俩一定挑起大梁，把我们改装车行好好搞下去。"公主切说着给林羌看了几个视频，"我们现在天天都在学，很多活儿都不用仲川哥在一边看着了。"

林羌从小脏辫非要下楼把活儿干完那时候就明白了。

公主切嫌弃地看了一眼那些男孩子："他们男的指望不上，天生就是干活儿的命，经营还是要看我跟小莺。我们在我们两家的厂里也是干过一阵领导的，可比他们强。"

"嘿！说什么呢？是不是说我坏话呢？"蒜头过来说道。

公主切翻白眼："你也配？那辆高尔夫底盘改多长时间了，还没搞完。"

"那是车主一直决定不了前桥和衬套要不要换铝……"

"我让你过年打电话你也没给人打，趁着拜年不就问清了？"

"好好好！我明天就问，惹不起你了！"蒜头认输后冲林羌撇撇嘴，"大嫂评个理，她是不是太霸道？我一点人权都没有。"

公主切把他轰走，接着跟林羌说："我们现在也不担心了，有你在，老大肯定不走了。"

林羌只笑不说话。

蒜头在楼梯处喊她："你倒是来啊！给你看看我底盘升级的方案。"

"来了！"公主切起身对林羌说，"大嫂我去看一眼。"

他们俩下了楼，脱索和阳光又来了，把林羌拉到他们打牌的区域。

脱索还是一见林羌就不由得更正经，清个嗓，说："大嫂，三张牌会吗？就俗称的炸金花。"

"一点点。"

脱索挠着后脑勺，笑问："我跟你一起……行吗？"

吕茉说："是不是喝多了啊，怎么脸那么红？"

仲川揽住她，示意她不要再说了。

脱索当即否认，很有些气急败坏："谁脸……脸红了啊！"

阳光伸着脖子："我，我脸红了，大嫂一笑我就脸红。"

吕茉笑了："一个个的就会贫嘴，见我也这么说。"

仲川看了靳凡一眼，他电话打得有点久，想着他打完电话一定不想看到这么多人霸占着他的人，就张罗他们下楼了："走了，下去打，喝完酒再吹风明天不全病倒了？"

阳光说："郭子去买酒了，一会儿肯定从露天楼梯上来，看见咱们都走了不得炸？"

"炸不起来。"仲川一手搂着吕茉，一手拽他，扭头喊脱索："索子跟上，别磨蹭。"

脱索非走不可了，但又想对林羌说点什么，急得磕巴："姐姐……新年快乐……"

"快点！"仲川已经走到楼梯，又催促一句。

脱索看了他一眼，站起来，又腼腆地挤出来一句："我叫施索，祝你和老大幸福！"

他说完跑了，几人在铁皮楼梯弄出哐哐的动静来。

林羌收回目光来，靠在沙发靠背，看向靳凡。他真不怕冷，只穿一件黑色衬衫，只将袖口系上了。他把左手搭在围栏，青筋长进她心里。发自心里的笑意慢慢就挂上林羌的嘴角。

靳凡打完电话，回过头，广阔的顶楼只剩下林羌。

林羌歪头微笑道："这电话有点久。"

靳凡走到她身边，握她的手，感觉她的温度，有点凉。他皱起眉，伸手把西装外套拿来，给她盖上："这就是你惩罚我的措施？把自己冻死？"

"我怕你扭头看不见我。"林羌虚情假意。

靳凡瞪她："你最好是。"

林羌勾住他的手指："大哥的手这么好看，借我用用？"

靳凡眉头锁得更紧："别叫，最没用的就是你。"

林羌吻了一下他的手指，甚至趁机舔了一口："我没用吗？"

靳凡目不转睛地盯着她。

他可以说没有，但说不出口，他不能对她这样说。

林羌靠进他的怀里，特别讨厌地追问："哪里没用？"

她的头发很香，被风送入他的呼吸，他心猿意马，无从抵抗，在她头发

上一吻："我没用。"

林羌笑了，贴近他的胸膛："你是谁？"

"你大哥。"

林羌伸手搂住他，吸一口他身上浅淡的香味，好闻得她意乱情迷，一把拽住他的衣襟，拉近他吻住了。

他的唇和舌凉丝丝的，有啤酒香气，她喜欢死了，控制不住地持续侵占。

"你也不怕着凉。"他摩挲着她的腿。

"喝酒了。"她也坦诚。

"喝酒就不冷了？"

"大哥会抱我的。"

"谁抱你。"

林羌拔腿就要走。

靳凡搂住她的腰，没让走，妥协了："好，抱。"

林羌喜欢脸贴脸蹭他，他鼻梁长得好，刮在她脸上，痒在她心里。

"都让我惩罚了，是不是说那个玛莎拉蒂车主的事，确实有这么回事？"

几个小时前，车行接到一个快递，一个巨大的蛋糕。寄件方是一个开玛莎拉蒂的富婆，点名送给靳凡。小痞子们起哄，让他好好跟林羌解释，解释不出来就准备好接受惩罚。

"一个客户。"

"进展到哪儿了？"

"林羌！"

林羌微笑，仰着头，捏着他的脸，眼神向下看着他："你急什么？"

"她跟你一样，是戈彦找来的。"

"你是在变相承认跟她的关系吗？跟我一样，就是也得到了你？"林羌知道答案，但就是要靳凡承认。

她以前不在意这些，今天就觉得在意一下怎么了？

靳凡"啧"一声："我只被一个人得到过。"

林羌的表情已经不对劲了："她是谁呢……"

靳凡又"啧"，看来今天没必要放过她了。

月亮很大，恍如白夜，结束时两人都靠在围栏上。靳凡拿来毯子包住她，把她抱回沙发。

"大哥……你这样是逼我这种无神论者去烧香拜佛……"

靳凡咬了她一口："你对简宋没有烧香的冲动？"

啧，这碗醋吃不完了。

林羌咬住他的唇，咬出血："不问了，好吗？简宋很好，但我只想你。"

靳凡拧住的眉毛也渐渐放松了。

林羌搂住他的脖子，蹭他的脸："我不能这样对他说，他会觉得还有机会。对你无所谓，我想对你剖开我自己，让你看看我的五脏六腑，看看我的骨骼脉络……"

她醉疯了，还没醒呢。

靳凡看着她的头发被风吹得胡乱飞，嘴唇、鼻尖、眼眶也被吹得一片粉红。

林羌低头看靳凡，双手捧住他的脸，照着嘴唇又是一吻，亲的声儿特别大："我大哥是特别好。"

如果不是他，还是钱四海，这些孩子不会变得更好，也不会想要变得更好。

只有靳凡有这样的影响力，只有他可以，因为只有他是特别好的。

林羌永远感恩，她成年后的日子总是遇到好人，所以才能走到今天。

她的胸腔传来笑声，震得她单薄的身子颤动。醉意让她有一点狂悖，声音很飘，很傲慢。

"好和特别好，又不难选。如果他比你好，没理由我选你不选他。"说到最后她又自嘲了，"我可是'卷王'，向来只要更强者。"

靳凡从她一百种口吻里听到她过去的艰难，心疼得在她额角一吻。

林羌微笑，蹭蹭他的耳朵，趴在他身上，却不把重心都放在他身上。手指在他腹肌上轻轻摆弄摩挲着，突然小声，继续说给他耳朵："手指也特别好，我现在有发言权了。"

靳凡牵她的手，抻来毯子盖在她身上，也是盖住他们俩。

林羌被他硌得胸疼，指尖在他嘴唇上划拉："都是胸，为什么你的这么硬？"她上学时就对人体麻木了，对她来说，人肉猪肉区别不大。但她偶尔会觉得，靳凡不同。

靳凡没答，只是轻摸她的掌心。

林羌的手上全是骨头，看起来拎什么都困难，但她给别人做心肺复苏的时候眉头都不会皱一下，好像有重复按压一千遍的力气。

她过去和他爸并肩作战，他确实因为这一点对她关注更多。但后来很多时候看着她，他都不会记起这件事。

她有太多太多样子了。

林羌抽回手，轻轻摸他的胸，每一块肌肉都练得极好。沿着这些纹路，

这些伤疤，她闭眼想象他在战场上的样子……真嫉妒被他守护过的一切。

她的手又震颤了，靳凡攥住了，拉到唇下吻道：“林羌。”

“嗯。”

“你要在我身边。”

林羌回来就复工了，做手术时三院会提前通知她，到时候再办理住院，反正癸县到延州近得很。做完手术差不多一两周就能出院了。

她的病跟靳凡的一样好不了，一切治疗手段都是为了像正常人一样活着。她盼望可以正常得久一点。

靳凡起初想要林羌搬到他那里，虽然没说，但无声胜有声，林羌能感到。可她还是把他拐到她的破房，简陋，但她睡得很好。睡眠对他们来说都很重要，她要好好睡觉，他才能好好睡觉。

林羌偶尔有几个夜班，一结束就能看到靳凡来接她。他的人和车都很扎眼，县医院门口又人多，癸县上下几乎都要知道林羌跟了那个社会头子靳凡。

靳凡来这里两年，别的没干，把自己名声搞得稀烂，臭得不行，补都够呛。

中午吃饭，医院的食堂里，苗翎端着餐盘到林羌对面坐下，给她一杯咖啡。

“谢谢，戒了。”

“奶茶。”

林羌头未抬，继续舀粥。

苗翎双手搭在桌上，一言不发地注视着她吃饭。

林羌吃完，擦了下嘴，这才看向她，问：“你有事？”

苗翎把手机推到她面前：“加你个微信。”

林羌看了手机一眼：“面对面说更便捷。”

苗翎就把她放在桌上的手机拿过来，帮她添加自己，然后说：“燕水省孟祖市三井镇地震了。”

林羌看新闻了。

“咱们医院成立了医疗队，明天出发到前线支援。”苗翎又说。

林羌知道，院里发了通知，自愿报名，谁去谁填表。

苗翎继续：“我报名了，也被批了。”

“一路顺风。”

“我跟秦艋好上了。”

林羌点头，明白了："你怕你走了，我怎么着了他？"

苗翎笑了一下，道："你坐诊的诊室换到我那间了，里边的设备太破了，不太好用。我怕你不知道怎么操作，加微信方便你问我。"

"我还不知道这事儿，你就知道了。"

"因为是我提议的。那间诊室虽然设备不好用，但那椅子花了我五千多，人体工学椅。桌子也是我自己买的实木桌。窗又朝南，太阳晒进来的时候很暖和。门外已经换上心内科的牌子，就剩通知你了。"

林羌又不太明白了。

苗翎说："贿赂你，离秦艋远一点。"

林羌点头，答应她，但提议道："设备不好用有点不行，能不能把你的桌子和椅子搬到我原先的诊室，朝不朝南我无所谓。"

"好。"苗翎答应得痛快，又把奶茶往她跟前推推，"半糖，你可以放心地喝。"

林羌没搭话，通过了她的微信好友申请。

苗翎看着微信好友添加成功的消息，说："在我这里加了微信就算是朋友了，作为朋友我想劝你，不要跟那样的人在一起。现代社会里没人会觉得当黑恶头子的女人是长脸的事。他进去了，你也不会好过。"

林羌点头："有理，还有别的吗？"

"他们说他身上有人命官司，那个车行不正规，还时常非法飙车，前段时间车祸就是他们搞出来的。你不要被一时快意蒙心，要说长得帅，简宋也不差，都还来得及。"

林羌继续点头："我会好好考虑的。"

苗翎看她态度，再有话也说不出了："嗯，你好自为之。"

两人分开，一人往左一人往右。

苗翎上了一辆车，驾驶座上是秦艋。她靠在靠椅，闭上眼："我帮你不是看你这种情种可怜，是她可怜，自己生了病，还跟了靳凡那种人。"

她没跟秦艋在一起，桌椅是秦艋买的，但不能走明路搬给林羌，会让很多人不满。但要是院主任女儿苗翎给她，那就没人说了。

秦艋看着林羌双手抄兜，进入综合楼，才说话："谢了，欠你个人情。"

苗翎坦白地说："她不一定信，我爸都说这女的精，而且我看她的神情就是不信。虽然她答应了。"说到这里，她也很好奇，"她竟然就答应了。"

秦艋说："简老师说过，林羌从来不会委屈她自己。"

苗翎扭头震惊地看着他。

"所以她选靳凡，不一定是脑子一热，没考虑清楚。也许他带给她的真

的更多。”秦艋又说。

苗翎不解道：“你疯了吧？恋爱脑啊？简宋那种得到过的上头我能理解，你没得到的也这么上头啊？”

秦艋扯了扯嘴角，无言。

苗翎看他这样就闭嘴了，有什么不理解的？得不到的才是最难忘的。她呼口气，说：“我反正送佛送到西了，随便你了。希望她手术顺利吧，可以活得久一点。毕竟她很专业。这世道，半吊子的医生太多，每一个能让人看到本事的医生都很珍贵。”

她说完下了车，独留秦艋，坐着失了神。

他是识时务者，再馋的东西吃不到也不要了，何况上了三十岁，事业不自觉就变成最重要的东西。现如今再对林羌有所关照，只因为简宋。

他钦佩敬重简宋，简宋现状不好，都是因为还在想她。

他扶额，拇指揉揉太阳穴，车门突然从外打开，林羌上了车。他张口结舌，忘了打招呼。

林羌把苗翎给她的那杯奶茶放在杯槽里，说：“我不爱管别人的事，我希望别人对我也有这个认识。”

秦艋后知后觉地笑了下：“你说什么？”

“对我这种不爱聊八卦的人说谎，成功率确实很高，因为我不会主动问谁什么事。但规矩就是为了打破的，我偶尔也会问问医院里的新闻。”言外之意，她知道了苗翎和秦艋根本没在一起。

秦艋抿了抿嘴：“简老师，你还联系过他吗？他刚惹了医疗官司，最近焦头烂额……”

林羌拿出手机，屏幕的新闻是一个项目上市了，这是简宋参与的。她告诉秦艋：“别把你简老师想得多可怜，他有再多官司也垮不了，他只是想看起来垮。他很知道女人的怜爱的力量，他在赌我对他有怜爱。”

林羌也不自作多情，要不是昨晚简宋他妈突然打来电话，向她问好，假装无意吐露简宋的现状，她可能也没猜到秦艋这次又是被简宋算计了。

秦艋哑口无言，他不信林羌的话，但也想不出为简宋辩解的话。

“我们感情的事我不想牵扯别人，你不用为他或者为我感到遗憾。你就当我命贱，配不上他。他前途大好，感情而已，如果所有人都给他绝路，他会醒。老让他觉得还有希望，他才醒不了。”

秦艋愣愣看着她。

“桌椅钱我转给苗翎了，她会转给你。”林羌停顿，又说，“分享给你一个我深谙的道理。任何事，你觉得自己的出发点再好，如果让当事人感到困

扰，也不叫好。”

林羌说完就走了，不在意秦艉的一切反应。

科室办公室里，她的病人家属在等了。她立刻投入工作，针对病人现阶段的情况对家属说明。

送走家属，她写病历，查房，写医嘱。

一个人工瓣膜置换术后左房血栓的患者，已服用华法林抗凝两周，今天复查，INR（国际标准化比值）大于目标值范围。她调整了华法林的用量，家属急吼吼地要停药，换肝素，说是要做颅内手术，介入医生说不停华法林做不了。

像是这种生物瓣术后没多久又有其他部位急需手术的患者，县医院都是推到上级医院。但他们就是从上级医院回来的，医生应该告知他们相关情况，林羌没问他们为什么不知道，下意识地告知了：“病人存在心房颤动，INR 不正常，用低分子量肝素替换，效果肯定不行。一旦抗凝不足形成血栓，病人会有猝死的风险。急诊手术是可以静脉注射维生素 K1 的，这样十几小时后，INR 会到正常范围。但要保证术中止血到位。你现在需要找到为病人做换瓣手术和做颅内手术的医生，针对病人的情况做出判断，采取最优方案。”

家属大致懂了：“好的，谢谢你！谢谢你！”

林羌看完一个病人又看下一个，再到病区查看病人情况，情况严重一点的病人就请护士多多照看。

中间有一刻喘息，热情爱聊天的那位住院总过来了，坐在她旁边，请了她果茶，问道：“刚才那情况，你不如让他直接去上级医院，说那么多要是有不对，那不是被抓了小辫子？他最好没事，一旦有事，你还想置身事外？”

林羌没说话，她想起还有活没干完，又跟陀螺似的转起来了。

“有些病人家属喜欢抓医生话里的失误，很多时候我们只是用错一个词，就跟犯了死罪一样。之前有家属不懂拔管子的意思，说我张嘴闭嘴拔管子，让别人听了以为他们做儿女的不孝。我在医务处给他科普我们讲的拔管子是术后把身上导管拔除，科普完还得给他道歉。我那天从医务处出来就开始哭，转行的欲望。”住院总靠在桌沿，盯着天花板。

“为什么没转？”林羌边写病历边不经意地问。

住院总说：“我已经熬了那么久，不熬下去又能干什么呢？我有时候就想，我一个县医院的姑且艰难，那些三甲大院的同行们怎么熬呢？”

她说着想起林羌原先就在三甲，扭头问：“你现身说法一下？”

“学医会后悔，学别的也后悔，医学生熬，别的学科也熬。”林羌打着字一心二用地说，“虽然医学生更苦，但应该有思想准备，要清楚目前环境对医护人员的要求就是要有一颗奉献的心。”

住院总摇头叹气：“这日子什么时候是个头啊？”

“历朝历代都是这样过的，历朝历代都没有头。”

住院总笑了一下：“这是不是也侧面证明了社会会发展，社会问题却不会全部得到解决？”

林羌继续打字，只当答谢她这杯果茶，随她闲聊了两句：“制造问题的人不会让问题被解决。”

住院总挑眉，正要就这个话题再问点什么，林羌的手机响了，她看到来电备注是“大哥”，林羌还挂了。她忍不住多嘴：“要是急事呢？”

林羌说：“他让我下楼。”

“下楼干什么？”住院总还没反应过来。

“下班。”

住院总呆了一下，看表，还真是到点了，惊道：“这大哥这么准？”

林羌没再说话。

她几乎可以想象到靳凡在车里掐着表，到点立刻给她打电话的样子。一米九、凶巴巴的大哥就该干这种事。

想到这里，她垂眼一笑。

住院总知道林羌和靳凡的事，全县都知道，她不想讨人厌，但实在很好奇：“为什么啊，咱也不是小女孩儿了，总不至于还追求刺激。”

林羌写完了，起身，准备交班，下班了。

住院总追加道：“我知道越强的人越慕强，但有很多正经的强者。”

林羌淡笑：“嗯，三十岁确实是不小了。”

住院总磕巴了：“我不是这个意思……”

林羌保持着淡笑，又道：“我选了，就是选了。”

她不用对别人说靳凡好不好，她知便好。

交班结束，林羌往外走。住院总追上去，跟她搭了一趟电梯，又为不久前的事道歉：“对不起啊。”

“嗯。”林羌应了一声。

电梯运行没有器械响动，静得落针可闻。住院总有些尴尬，疯狂给大脑施压，想找话题，好容易找到，也没权衡一下适不适合，就脱口而出了：“那个，那男生咋样了？就你帮着筹款那家人。”

她说完就后悔了，真是哪壶不开提哪壶。

“他昨天给我发消息，整理了一些证据，准备对他们家人提告。”林羌对程柒家人的起诉给了他方向。

“嚯！”住院总感慨道，“真不容易，大部分遇上这种事的，都为了活着的人忍下来了。”

电梯到了。

曹莚站在门口，看到她们，挑了下眉：“正好，省得我打电话了。妇产科荆大夫新房安锅灶，要请客呢。”

“没收到消息啊。”住院总当即看手机。

“怕你们觉得他是要份子钱，就是单纯的请客。”曹莚说着凑到她们跟前，笑着小声说，“不是谁都叫了，就凑了一桌，让我务必把你们俩带过去。”

住院总觉得有趣：“荆天小心思挺多。”

曹莚跟林羌使眼色，话却是对住院总说：“是呢，也不知道我们阳玫答不答应。”

住院总名叫阳玫，她一下觉得这饭局的醉翁之意了：“什么意思啊？”

“林羌都要去呢，反正你是非去不可了。”曹莚冲林羌抬下巴，“是不是啊，林大夫。”

林羌去不了，说：“我有事。”

阳玫笑了，揽着曹莚：“莚姐啊，你怎么会赶林羌这只鸭子上架啊，她才不给面儿呢。”

曹莚笑得眉眼弯弯：“我这不是在赌嘛，万一林羌去了，那你不就去了？”

阳玫说：“林羌去不去我都会去的，去看看他葫芦里卖什么药。”

三人往外走，靳凡换了一辆车，是客户的。红色和线条都略显骚气，毫无意外地成为这条街的焦点。

阳玫由衷地说：“这太帅了。”

林羌跟她们道别，走向车前。

曹莚和阳玫目送她上车。阳玫想起件事，跟曹莚说：“前边那条街的专科南院的章允，早上在朋友圈里发了结婚证。”

“怎么了？”

“莹莹以前说，她看见章允、靳凡先后从一辆车上下来。”

曹莚不以为意：“要是在一起过也正常吧，靳凡在癸县跺一脚都颤三颤的，总有女人想跟他。”

“你这话把林羌也骂进去了，林羌可不是那些上赶着的。”

曹莚也说：“林羌不一样，那是他死乞白赖非追求林羌。”

阳玫搀住她的胳膊，咯咯笑道："所见略同。"

两人聊着天，相伴前往荆天的安锅灶宴席地——宴西湖私房菜。

林羌在靳凡车上摘隐形眼镜，靳凡不等她要求就已经先停了车。

林羌摘完，眨眨眼，戴上细丝镜框眼镜。

她的眼镜是新配的，靳凡陪她去的。她当时扎了慵懒的低马尾，两鬓碎发很多，她一动作，它们随之动作。她扭头问他："行吗？"他没答，还别开脸。

靳凡头发剪了点，更显凶了。林羌托腮看着他，打断他的杂思："你觉得咱俩配吗？"

"配。"

林羌笑了，看看他的黑大衣、黑手套、黑裤黑鞋，而她今天穿了一件烟色的大衣，而且她戴了象征知性的眼镜。她说："你配不上我。"

"嗯。"靳凡发动了车，"让你过嘴瘾。"

他一扭头看前方，侧脸就勾引人了，林羌牵住他的手指。

他们约好今天去拍遗照。

不知道还能活多久，早早拍吧，现在也是最好看的时候，要是犯病了没意识了，再拍就来不及了。

林羌约的双人黑白商务照，说约遗照的话总是免不了要回答一些问题。她不爱回答问题，如今的靳凡没有耐性，更不爱。

在影棚里，巨大幕布前，放着两把木质高脚椅。他们并排而坐，等待摄影师调设备。

林羌给靳凡整理了一下衣服，虽然挺整洁的，根本不用整理。她问："我看他们拍遗照的时候都是笑着的，我不想笑。"

"那就不笑。"靳凡牵住她的手。

"那看着我们的人不会更难过吗？"

"你又没有朋友。"

"万一有路过灵堂的人看见我们的遗容，触景生情，想哭呢？"

"你我都签了遗体捐献，没有遗容给别人看了。"

"我们这行会对捐赠者鞠躬默哀。"

"那你面对捐赠者的遗体会哭吗？"

林羌不说了。她没哭过，她想的都是器官摘取、植入的步骤。她只是想多说点话，想着说两句话的工夫，照片就这么拍了。

她笑了下："是，没有遗容了，只有死无全尸。"

靳凡放缓语速："我原名梵，林加凡的梵，说是命里缺木，取名师父提出要完整就要带木。"

林羌知道，戈昔璇说过。

"我硬改成了平凡的凡，确实运气差了。"靳凡看着林羌，"现在也好了，我终于可以就叫靳凡了。"

唯物主义的林羌不知道接什么话。

靳凡伸手抚平她展不开的眉毛，跟她十指相扣："我又完整了。"

林羌微怔。

她听懂了。

"全尸不是完整，有没有不重要。"

林羌许久才说："死都死了，管死后干什么。我不是在意死后怎么样。"是这张照片一拍，我有种那一天已到来的错觉。我怕，怕跟你在一起的时间太短了。

靳凡没问后半句，她在意什么都没关系，什么他都负责得了。他一直很擅长给别人当靠山。

林羌低头摩挲他的手指："我想吃夫妻肺片了。"

"行。"靳凡牵扣住她的手，"现在去，还是拍完去？"

"拍完再去，不拍黑白了，拍彩的，你亲我一下。"

靳凡照做。

摄影师正好调整好镜头，捕捉了这个画面，回看一下，笑着说："很棒！这一张两个人都特别好看。"

林羌回说："你看着拍吧，我们随便摆。"

"好嘞。"

林羌双手搭在靳凡肩膀："拍完选九张，拼成九宫格。"

"你见过谁的遗照是这样的？"靳凡嘴上问，身体还是很配合她。

林羌说："我的。"她捧住靳凡的脸，吻在她最爱的鼻梁上，"我的遗照，我说了算。"

靳凡摘了她的眼镜："我的你也说了算？"

林羌定睛看着他。

"好，你说了算。"

这一天，天气晴，夕阳给一切蒙上橙色的纱。靳凡和林羌拍了照，遗照，选了九张，拼成了九宫格。

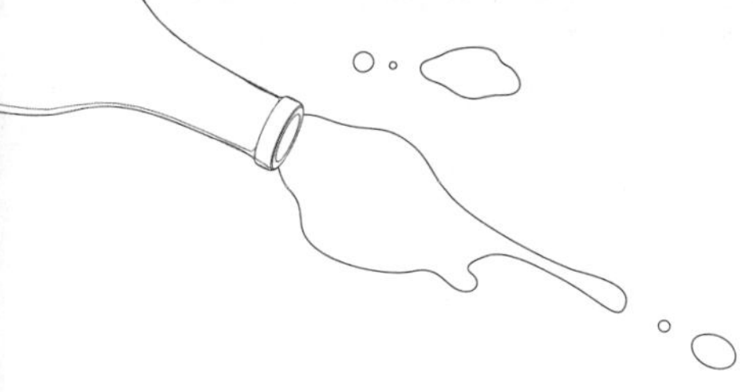

第六章 脱轨

“烧刀，是什么？”
“烧我的手术刀。我以后可能记性不好了，
刻个字提醒自己，你什么也没给我买，
对戒都是我拿家底子打的。”

宴西湖私房菜。

没沟通过的两方在一个地方彼此撞见的概率是很小的，所以阳玫在走廊看到林羌时才那么惊讶。

她赶紧回头叫曹莛，忘了避讳包厢其他人，他们就都知道林羌来了。

荆天亲自出来，一见林羌身侧仿佛一座墨山的人，脚步和笑容都止住了。约莫数秒才继续上前：“快来快来！就差你了！刚就在问莛姐，怎么回事啊，作为咱院股肱，竟有叫不来的人。”

包厢里其他院的医生听着外头的动静，互相对视，气氛忽而有些诡异。

林羌仍拒绝了，祝福了一句“开灶大吉”，又说：“我不是一个人，不方便，就不来了。”

荆天坚持邀请：“两人一起啊，咱们要了个大包，还有不少空位呢。你就别跟我客气了。”

林羌不说话了。

阳玫看林羌不愿意，出面解围：“人家有伴儿呢，你也看看情况再热情邀请啊！下回再吃也一样。”

曹莛也出来说：“这么多人陪你，还不行啊。”

荆天也不勉强了：“行吧，那就下次。”

几人预备分开，章允姗姗来迟，嘴上还说着：“不好意思啊！接人来着，耽搁了，不晚……”话到一半，她停住了，目光僵滞在靳凡身上。

包厢里稳坐不动的几位医生是专科南院的，他们知道章允在来的路上，所以在听说林羌来后显出异样。

阳玫和曹莛相视一眼，交换了顾虑。

荆天哪知这些，还跟章允玩笑：“晚了啊，罚酒。”

章允仿佛未闻，目光迟迟收不回来。

双手在大衣口袋的林羌这时看出了不对劲，扭头看了一眼靳凡。他倒是淡定，傲然如杉。

曹莛打破尴尬：“别缠着人家了，让人家去吃饭。”

荆天点着头："是是是，那林羌我就不勉强你了！你们吃，你的单就别管了。"说完看章允，"来来来，章师，赶紧里边请。"

章允傻了似的。

林羌牵住靳凡的手，冲荆天微笑道："我男人请，你等下次吧。"

章允醒了，回头对荆天很自然地说："好。"

几人就此分开，安锅灶宴的包厢门关上了，林羌和靳凡也来到了预定的包厢。

靳凡看菜单，林羌托下巴看他。靳凡头也不抬地说："不认识，没过往，我就跟一个医生在一起过，叫林羌。"

林羌笑了："心虚了吧？我可什么都没问。"

靳凡扫码点餐，抬起头，说："等你问了，我还有辩驳的机会吗？"

"我又不是独权专政的，你有理我肯定听。"林羌阴阳怪气地说，"不认识没过往都能让人眼珠子挂你身上，大哥牛啊。"

啧。靳凡不吃亏，也阴阳怪气地说："你们医院是不是有个叫秦艋的？"

啧。林羌本还以为抓住他把柄了，到底不再问了："你牛。"

荆天的安锅灶宴上，荆天话里话外表达对阳玫的爱意。章允一派逐渐沉默不语。局到中时，在座每一个人都心怀鬼胎。

曹菈开荆天玩笑："非得拿到房装修好才敢表白啊？"

荆天脸一红："谁表白……我没有……"

曹菈笑笑："嗯，那就是别人。我也听我们玫子说，有个生物公司的高管正追她呢。"

阳玫皱眉看过去，害羞地红了耳朵。

荆天急了，忙问阳玫："这是……真的吗？"

阳玫勉强地笑笑，没答。

曹菈是知道阳玫心思的，她并不讨厌荆天，就差有人推她一把。但推的人也不能太生硬了，就没继续撺掇，扭向章允，转移了话题："听说章师结婚了，恭喜。"

章允微笑："到年纪了，女人到了三十岁，还是得找个稳定的。"

阳玫接上了："咱们章师这种行业翘楚怎么就在男人身上寻求稳定了呢？这可不行啊。"

县医院另外一位女医生反驳她："这哪是靠男人，这是想得通。不愧是章师，像我们院林大夫那种只靠自己的，除了腰杆子直，有什么用？你们说是不是？"

章允笑容褪去，神情暂时未变："县医院的几位同行说话可有点不好听，不会还因为两年前那场事故而耿耿于怀呢吧？法院都判了无责呢。"

县医院所有人的眼神一冷，都沉默了。

两年前县医院一位患有脑肿瘤的医生不慎跌倒，摔到了脑袋。县医院紧急和县内三家医院专家发起会诊，紧急送往上级医院，又请了507医院神经外科医生章允来做手术。

术后病人神经无法自主控制，章允又与家属欠缺沟通。家属不解，怀疑主刀医生在手术过程中存在失误，久久纠缠，甚至闹上了法庭。

最终结果章允无责。但她还是离开三甲，来到癸县一家专科医院，成为行政部的一员。章师的名号就是她在后来开始经营这家私立医院时叫起来的。

这事本怨不着她，但去年年初那位医生离世，她当天发了一条普天同庆的朋友圈，算是把县医院知情者给得罪了。

法律上无罪，但情感属于个人，他们都可以选择不接纳她。

荆天有亲属在专科医院工作，他会邀请章允，大家都理解，但对章允的反感不会遮掩。

阳玫是最先开口的："我们关心您呢，可别靠男人啊。您看您的好朋友杜佳，她的游泳馆死人啦，警察查她呢，听说都出国了。还有那开玛莎拉蒂的李蝶，闹离婚呢吧？她们都是靠男人，都没好下场呢。"

章允的神情出现了异样。

靳凡给林羌满上橙子汁，说："玛莎拉蒂车主和这个女的都跟戈彦有关系，说起来是你的前辈，前仆后继劝我治病。"后一句有意阴阳怪气的。

林羌懂了，细节没问，只针对他的语气："阴阳谁呢？第一天不就知道我是谁？还是栽了，狗皮膏药似的，撕都撕不开的，是谁啊？"

"我乐意。"

林羌微笑，拉起他的手吻了下，说："小脏辫给我发微信，说明天起他们轮班接送我，你有事了？"

"嗯。"

包厢内，沉默蔓延着，荆天应该劝的，但一边是亲戚的同事，一边是喜欢的人和喜欢的同事，向着哪边他都觉得不恰当。

章允的电话响了，她起身说："我接个电话。"

她出了包厢，其余人还是沉默，兴致全被败没了，很难再点燃。

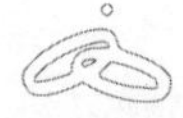

章允接了一个无关紧要的电话，挂断后靠在墙上，往后拢头发，闭上了眼。

靳凡在癸县算是个人物，章允有时跟同事聊八卦，也会聊起他。没春心萌动过是在说谎，但又毫无交集，就没幻想。

她没想到他们会有产生交集的一天。

她跟李蝶还在延州时就是朋友，李蝶近年认识了杜佳，给她们牵线搭桥后，三人熟悉起来。

她从杜佳嘴里知道靳凡是原官员戈彦的儿子，震惊之余也欣喜。既然杜佳认识靳凡，就代表能有交集。

不知道是她没藏好，还是杜佳眼太毒。杜佳好像发现了她的心思，还给她出主意，让她找靳凡换换车的零件之类。

当她大着胆子找上门时，接单的根本不是靳凡，是个叫仲川的。

往后只有一次试驾，仲川因事不在，靳凡替他，她才第一次坐上靳凡开的车，在工业园转了一圈。

那以后再无交集。

最近杜佳惹了人命官司，逃到了国外。她跟李蝶再聊起靳凡才知道，杜佳不只给她出了主意，还给李蝶支了招。

原来并不是她们那点好男色的心思被发现了，是杜佳本就想利用她们跟靳凡产生关系。

她不知道杜佳的目的，只猜测跟戈彦有关。她没背景，怕自己踏进去了不能抽身，就删了杜佳，切断了和杜佳的联系，回归原先的生活，又相亲认识了现在的男朋友。

往事重现的源头是最近癸县的新闻——靳凡跟县医院的林羌好了。

她不知道为什么就拉着男朋友去登记了，还发了朋友圈。也许是因为那一次坐靳凡开的车，他太冷漠，跟同事口中对林羌好、有耐心的靳凡，出入太大了。

她待了会儿，洗手，准备返回包厢，林羌在这时走进了卫生间。

她们对视了，林羌没反应，也没停。

章允突然想跟她聊两句，就等了等。

林羌出来，见她没走，当即知道她有话说，洗完手又整理起衣服。

林羌在等章允开口，章允知道，没耽误时间："很久以前有一点倾慕而已，甚至都不认识。"她解释了她和靳凡的关系。

林羌未停："嗯。"

"我没必要骗你，我已经结婚了，再破坏你们毫无意义。"

林羌停下，转身看向她：“我没说不信。”

章允再跟她对视，许久，提口气，呼出去。

林羌以为她还有话要说，等了半天，她没说，就准备走了。

章允在这时喊住她：“我这样说可能有点出卖朋友，但我觉得，如果她背了人命的事是真的，那就是反派。她要是反派，她引导我和李蝶去认识靳凡一定不是好事。那靳凡，就是正义的一方。”

林羌转回来，注视着她：“她是谁？”

章允又提了口气：“杜佳。”

章允再回到包厢，众人好像已经恢复了其乐融融，咄咄逼人的情况似乎不会再发生了。

曹茳正在跟阳玫说支援医疗队的事：“余震不断，隔壁唐塬县的油罐厂还爆炸了。延州几个医院组织的医疗队的医护人员都有伤亡。前天我们孩子学校组织义务捐款，他还问我会不会去。”

荆天接了句：“没完没了的天灾人祸，也不知道这一代人上辈子造过什么孽。”

“嗐，左不过人生下来就要吃苦罢了。”

阳玫说：“看吧，情况实在危急，肯定要去。”

大伙儿都点了头，有人说：“希望受灾人群能熬过这关。”

林羌回包厢时夫妻肺片已经上桌了，靳凡在看手机。她坐下来，拿起筷子，夹了一片牛肚，说：“章允说杜佳让她和李蝶去认识你，跟你说的话对上了。你要干的事，或许可以先从她们俩入手。不过你应该不用我提醒，她们也不见得有什么用。”

靳凡抬起头，了然了她为什么去了这么半天，说：“嗯。”

林羌又给他夹了一片牛肚：“不用管我，你要是死了，我会给你收尸。”

靳凡看着头也不抬的林羌，他渐渐懂得她一点了。她装时抬头，真时眼神向下。不用听她说什么，她最会骗人了，要看她的样子，下意识的样子才最真实。

他握住她的手，从她手里拿过筷子，为她夹菜，说：“等我把事情都料理好，把你那套破房重装一下。”

林羌微抬下巴，唇角微勾，一副平和又有些讽刺的样子：“你说这话有准儿吗？我能信吗？”

靳凡扬颔，拉着她的手到他的心：“自己听。”

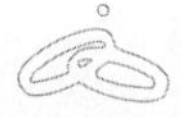

林羌突然心一紧，伸手搂住了他，耳朵就贴在他的心脏："你要是死了，我不会给你收尸的。你掂量一下。"

靳凡点头，吻她额角："记牢了。"

两拨人来的时候撞见，走的时候也撞见，不知道能不能收入小概率事件的典型案例。

宴西湖私房菜门口，对于突降的雪，几人都有些猝不及防的表现。

荆天把外套给了阳玫，看着漫天雪花，奇怪道："今儿不是晴天？说变就变，我看这春天算是来不了咯。"

曹莛刚接了老公电话，等着人来接了，对比他们的烦闷，从容了很多："春三月头一个月还有降雪也不少见。"

有人接上："春天？哪有春天，哪年不是天一暖和就要穿短袖了。"

微醺的阳玫挽着林羌的手，看着靳凡走向路边的车，抽出一把伞，打着伞往回走。他们默默得出他腿特别长的结论。他握着伞柄的手被灯照得透白，手背的青筋一直爆进了袖口。

阳玫认真地说："我再也不说你追求刺激了，你比我们会抓重点。"

林羌快看腻了。她自己也这么认为。

靳凡走到台阶前，林羌跟大家道了别，迈下台阶，躲进他的伞里。

两人正往车的方向走，前方传来一声："林羌。"

所有人看过去，看到站在雪中的简宋，灰色西装只有他驾驭得好。

台阶上的人们顿时明白，天气突变原来是暴风雪正在赶来的路上。

林羌透过简宋身后的车的窗子看到车里的秦艋，了然了简宋为什么会出现在这里，但对他的来意不感兴趣，仍然走向靳凡的车。

靳凡整个过程都不动声色。

简宋大步上前，手从靳凡面前伸出，握住林羌小臂："我……"

靳凡没让他说完，已经拿住他的腕子，拧转他的胳膊，把他上身压在了车门上，另一只手随即把他的脸摁向车窗。

简宋力量不足，但不服输，手撑着车门要起来。但靳凡看起来真恨他似的，死都不让他起。

林羌心里对这幕感到厌烦，拉住靳凡衣服："行了。"

靳凡懂，她要单独跟他说话，他不同意："你别想！"

"你们俩别让我丢人现眼了行吗？"

靳凡放了简宋，但有要求："就在这儿说。"

简宋不同意，也不跟靳凡说一句，只对林羌说："我单独跟你说。"

靳凡太阳穴的筋充血了，收了伞，一横，用伞再把简宋堵在车门前："找死！"

林羌知道靳凡生气了，她不是没见过他生气的样子。她把他拉开，站在简宋前边，面对着他："就在旁边说。"

"不行！"靳凡不容商量。

车行那群小崽子探听林羌的消息跟他卖好，他知道简宋一直对林羌贼心不死，没少通过秦艋搞一些小动作，早想治简宋了。

简宋苦涩一笑："我什么时候限制过你跟别人说话？"

林羌一直拦着靳凡，他还作死。她再看靳凡，这臭脸色，掐死他的心不是一天两天了。

眼看着靳凡转了下腕子，林羌一把把简宋拽到身后，仰头看向他："你动一个试试！"

靳凡眼睫一颤，定睛看她。

林羌趁着他惊讶不解，把简宋带到一边，还没说话，靳凡已经上车先走了。车轮在地面摩擦的尖锐声响久久不散。

林羌不管他，先跟简宋把话说在前头："咱俩之间有一百种体面的分手方式，你非得闹成这样。"

简宋眉中带痛，疲惫的眼神依然很深情："你选他是因为你们都有不可逆的病症，是不是？"

林羌很无力。

"你不愿意让一个健康的我面对一个生病的你。他不一样，他的残缺让你没有负罪感，他因为残缺赢了我，对吗？"简宋想拉住她的手，被她躲开了。他手微颤，攥成拳头，歪着头，哀伤到极限："你别选他，行吗？他身上的事太多了，他是戈彦的儿子，他是胡江海器重的人，你跟他会有很多危险……我不残缺不应该是我失去你的原因。"

他果然是打听了靳凡，林羌说："你身体健康确实不是我们分手原因。我是身体有病，不是脑子有，我没慕残癖。"

"如果你不……"

"我会怕失去他，却从没有害怕失去你。"林羌一点后路都不给。

简宋缓慢地摇头，磕绊着走向她，双手往前探找，想要够到她："不应该是这样……"

林羌最后说："我喜欢过你，但我爱他。"

简宋仍然略显笨重地往前走，仍然想要够到她。

突然，又出现那道车轮摩擦路面的声音。

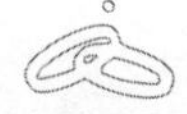

林羌扭头就看见靳凡下车，用力关上车门，走过来，停在她面前。他看起来怒气未消，凶道："给了你五分钟，说完了吧？"

林羌瞥他："你不是走了吗？"

"我买烟！"

林羌没看见："烟呢？"

"你以为我是你？不要命了？"

林羌不自觉地弯了唇："你可记住你这话，哪天让我看见你糟践身体，有你好看。"

一旁的简宋那么多余，探找的双手都攥成了拳。

林羌转身又跟简宋说了一句："秦艋又有小动作时，我就知道你一定是有了新的底气，你自以为的新的胜算。所以你今天出现我并不意外，我知道你会来，我愿意听是因为我猜测你新的底气是发现了靳凡什么，我想知道你发现了什么。"

简宋像被摁了暂停键，只顾木然，无言。

原来林羌单独跟他说话都是为了靳凡……

林羌说完，扭头牵住了靳凡："回家，我困了。"

靳凡牵她到车前，待她上了车，给她关上车门，又返回简宋跟前。

林羌皱眉，有些紧张。她怕他们打架，打架只是情绪得到了宣泄，造成的烂摊子可难收拾。

简宋在身高上矮靳凡一些，但他的气场也是足的，不显得有多弱势。

靳凡不是要跟他打架，而且实力悬殊的双方对垒，不能称为打架。他只是想对简宋说："万唯生物一上市，简医生分了不少钱吧？"

简宋忽然凝眉定睛。

靳凡突然握住他的肩膀："别紧张，我不是监察部门，管不着这中间的弯绕。"

台阶上看戏的人看傻了眼。

车里林羌的眉也锁得更紧了。

"我老婆说你发现了我什么，什么？我跟胡江海的关系？还是跟戈彦的关系？知道我生长在一个钱权交易泛滥的环境？"靳凡转而安慰道，"别担心，我会守口如瓶，谁让你是我老婆的前男友。"

简宋看似平静，避而不答："叫老婆有点早吧？靳哥命这么短，能坚持到娶妻那一天吗？"

靳凡点头："我命短可能是你唯一的机会了，但怎么办，我已经决定为她努力活久点。"

简宋手抄进裤子口袋：“有些事努力是没用的。”

靳凡又认同地点头：“确实，不然怎么简医生都那么努力了，她还是只爱我。”

对视持续。

台阶上的众人不知道他们说了什么，但能确定一点，靳凡鹰视狼顾，简宋绵里藏针，都不简单。

眼看这场戏散场，他们也识趣地先走一步了。

经此一役，阳玫再也不会自以为是地劝林羌了，林羌挑男人的境界太高了。

回家的路上，靳凡一言不发，火是消不下去了。

林羌也不哄，到楼底下后更不等他，先进了楼门。

刚迈了两级台阶，被人一把拽住胳膊，拉了下去。

她扭头要骂，他已经落吻下来，把她堵在楼门亲。

她差点缺氧，使劲推开他，扬手一巴掌，扇在他脖子上：“滚！”说完就上楼。

靳凡单手抄住她的腰，又抱下来，手擦过她的锁骨，从前面揽住她肩膀，不让她走。他忍住掐死她的冲动，用她的话骂道：“动个试试！”

林羌就知道他是因为这件事，这个男的心眼还没针尖大，吃醋都是举缸灌。

她也想一巴掌把他抽得犯病，死在外边得了，又舍不得。

最后她只是站到台阶上，在跟他一样高的情况下，搂住他的脖子，亲了下他的耳朵：“就动。”

靳凡火消了。

林羌洗完澡，动作自然地钻到靳凡臂弯里，在他怀里看他拿着的平板电脑。他又在看新闻。

她一到怀里，靳凡就不看了，关了，放在一边，抱住她。

“阳光说他有房子可以租给我，我准备去看看。”林羌仰头说。

靳凡低头看她：“又不住这儿了？”

“嗯，腻了。”其实是上下楼太消耗靳凡了，这跟运动不一样。心脏病患者要舒服点，应该尽量避免爬楼。

“行。”

林羌把玩他的手指，沿着筋抚摸，不知不觉就摸到了他的胸腹，质感

真好。

靳凡皱眉，把她的手从自己毛衣里拿出来："谁有你不正经？"

"你还挺遗憾的呗？"林羌斜一眼。

"你不遗憾，以前老干？"

"说你，你扯我干什么？"

"逃避？又想前男友了？别想了，他不敢来了。"

林羌挑眉，扭头："你做了什么？"

靳凡看着她，半天才说："他不来你不高兴了？"

林羌盯着他的眼，特别坦荡，说："我是好奇，我怎么也做不到，你怎么做到的？"

靳凡淡淡道："刚认识时我就告诉过你，对他我有的是办法，是你自己没听进去。"

"我以为你吹呢。"

靳凡靠近，让两个人鼻尖相贴，说："能翻篇吗？"

林羌痒痒，微笑，不由捧住他的脸："再不翻篇我男人要变炮仗了。"

靳凡亲了她一下："是。"

林羌伸手搂住他，在他颈窝蹭蹭，心那么平静。

接下来的日子里，靳凡变得忙碌，但也会准点儿接送林羌上下班。她去哪里都是他当司机，偶尔他腾不出时间，就是车行那群小朋友代劳。

他们还分了组，三人一组接送林羌。

孟祖市三井镇余震不断，县医院食堂三餐的时间都在聊这场灾难。

杨柳随延州的医疗队奔赴前线了，经历一场生灵涂炭，她的精神状态每况愈下，跟林羌视频时总是沉默流泪。

她说她可能来不及在林羌手术时陪伴了，但会祈祷手术顺利。

戈昔璇最近因书店的纠纷打官司，跟林羌联系得少了，只偶尔问问她靳凡的身体状况。

春天好像终于来了，风却还凛冽又苦涩，叫林羌久久舍不得脱掉羊毛大衣。

林羌拎着外卖进入车行大门时，据说在开会的小朋友们一个个萎靡不振，只有"讲师"公主切神情专注，举止就像个雷厉风行的领导。

蒜头和小脏辫先后蹿到林羌跟前，接过外卖，收起长桌上的电子设备和杂志，把食物摆上去。

小莺从楼上下来，笑着说了一句："大嫂居然还穿大衣，这群火力壮的

都穿短袖了。”

“怕冷。”林羌笑答道，扭头对摆盘的蒜头说，“还有咖啡。”

蒜头应声：“嗯嗯，等下我去拿。”

公主切眼尖心细，看到林羌手被冻红了，拿来一盒八支装的香氛护手霜，说：“大嫂挑个喜欢的。”

小脏辫盖上盖子，直接拿到林羌跟前：“抠！还让人挑？整盒送！你又不是送不起。”

“有你什么事啊！”公主切骂他，“用你说啊？我是觉得野鸡牌子配不上大嫂，让大嫂先凑合一下，好歹用上，别把手冻了！”

小脏辫嘻嘻哈哈：“索子不在你脾气更大了啊，公主！”

蒜头像母鸡一样咯咯笑：“还得是你，一句话得罪仨人。首先造谣索子和阿浣，其次你竟敢当莺姐面儿叫别人公主，是不活够了？”

阿浣就是公主切。她骂道：“贱死你。”

小莺说：“嘴上没装拉链的东西，你看他敢不敢跟大嫂瞎闹。”

小脏辫趴在桌前，歪头，朝上看林羌：“我是大嫂的吉娃娃，大嫂一笑我就摇尾巴。”

其他人全吐了。

林羌不是来跟他们逗贫的，请他们一顿晚餐，再请教他们一个问题：“你们谁知道县里不错的金店？”

小脏辫竖起耳朵：“要买金子啊？”

林羌说：“不得坑靳哥一套头面？白给他这帮小兄弟当大嫂？”

说这个他们都来劲了，凑到桌前。阳光爱研究房产铺面之类，给林羌指了几个店。

蒜头问：“大嫂本着多少钱预算？”

“要看你老大有多少钱，我是不会给他省钱的。”林羌笑道。

“我们老大把持这个车行不挣什么钱，但我们知道他不缺钱。”小脏辫压低声音，“我老大背景深着呢，大嫂当时不就是他家那边委托来找他的？肯定比我们清楚，使劲坑就对了。”

林羌笑道：“行了，知道了，你们玩儿吧。我回去收拾衣服，准备搬家。”

蒜头站起来：“我们能帮你搬啊，不就搬到阳光绣梨府那套房吗？”

阳光说：“不用，我昨天上大嫂那儿看了，东西不多。我一人就给大嫂搬了，开我那大皮卡。”

林羌说：“也就一个箱子。”

“笑死。”蒜头又像母鸡一样笑。

林羌没跟他们逗趣太久，早早回去收衣服了，晚上九点就迈进了绣梨府那套三居室。阳光让她白住，她没答应，最后说定按癸县租房最低价租，一年一万。她一口气租了十年。

拿到戈彦的钱时，她想在手术后买一套房子，有大大的窗子、狗子、火炉子，现在靳凡闯进她的计划，她就要重新规划了。

她站在这所房子大大的落地窗前，心中满足。租的也好，都好。

未来可期。

她返回沙发，坐下，打开手机，没靳凡的消息，也没联系他。他最近太忙了，很多次她感受到他在身边都是因为半夜浅陷的床。她会迷迷糊糊地翻身搂住他，他会在她脸颊上一吻。

今天看来也是这样。

她不在意，洗澡睡去了。

城中一个挂着“友客旅馆”的小门脸，前台的短头发女正一边剥着栗子，一边看视频打发着时间。

仲川在靳凡前面进门，看了一眼墙上屏幕，问：“标间有吗？”

女生调低手机声音，站起来说：“一百八，身份证。然后把这个表填了。”

仲川开好房，两人上楼，进房间第一件事就是检查有无探头。

他们不是要干什么大事，是习惯。

仲川确认一点信号都没有后，坐下点了根烟，对闭着眼、单手摆弄打火机的靳凡说：“我给他说了这个地址，他今天肯定来，就是不知道几点。”

“他”指的是黄麦。

黄麦是黄粱的哥哥，黄粱是靳凡带过的驯豹突击队队员，也是当年胡江海海外公司生产的阀门损坏致死的几人之一。

靳凡在那次战役后一直相信胡江海的话，认为其他人没得救是因为救不了。

直到几年前，他去探望这几个与他并肩作战的队员的家里人，才从黄麦嘴里知道胡江海关闭阀门的事。

当时黄粱违反纪律，工作期间带了手机，在最后时刻给黄麦发送了信息，让他凭借这件事管胡江海要封口费，用于母亲抗癌。

癌是不治之症，即便拿到钱，保了几年命，母亲也还是去了。

黄麦再见到靳凡，他弟弟这位上司，心中难安，吐露了实情。

本来靳凡都打算在延州南厂修车养老了，可这件事使他震怒。

他是那时唯一的幸存者，这让他意识到了他对胡江海的重要性。他计划不停地作死，让胡江海动用他仅存的人脉来保他。到时候上头注意了，拔他这棵萝卜的时候带出胡江海那块泥，那胡江海这辈子都别想出来了。

而选在癸县，是因为癸县在燕水，燕水是戈彦的地盘。

他开始厌恶戈彦主要是因为她对他父亲靳序知的伤害。

戈彦当年只是一个县级政府的文员，靳序知好一些，是省级文员。他为人温良正直。周围人都调侃他是谦谦君子、风姿特秀。

这么一个有品貌、有才干、前途大好的人，被戈彦一百个手段缠上，得到了，生了靳凡。

本来两人一起进步总有好过的日子，戈彦不，她嫌他油盐不进，不会利用公职给她带来一丝方便，便毅然弃了他，开启无所不用其极的“晋升之路”。

靳凡当时还小，不知道这些，靳序知也从不讲戈彦一句不好。他就以为父母是和平分开的，只是母亲又嫁了别人，然后有了这些弟弟妹妹。

直到考入国防大学，他去跟祖父报喜，才从祖母的怨声中知晓了一些实情。他自此上了心，从多方了解到全部真相，对这个蛇蝎心的妈深恶痛绝。

起初也只是厌恶，想跟她划清界限，是她对他父亲的言语侮辱，近年来以“母爱”为名的骚扰，一览无余的利用之心，让他下了决心，把她和胡江海划进一个筐，势跟他们鱼死网破！

只是现在林羌闯进他的计划，他要重新规划了——坏人得死，而他要活。

今天，靳凡和黄麦约在这个旅馆，就是黄麦已经决定做证，把当年的事情和盘托出。

仲川只知道黄麦是黄粱的哥哥，不知道靳凡要干什么，但不妨碍他为靳凡跑前跑后。他看着表，对靳凡说：“今天都要过去了，他不是不来了吧？”

靳凡睁眼，眼神微变。

仲川不由得抖了一下，放下跷起的二郎腿，探身问：“怎么？”

靳凡站起来，往外走，长腿大步，快速下了楼。

仲川紧随其后，见状，再好奇也不问了。

靳凡回到车上才给黄麦打电话，拨之前就已经料到了结果，果然是关机。这只有两种可能：黄麦又利用这件事去讹胡江海了，或者他真的准备做证，但被胡江海扣了。

他把手机往挡风玻璃处一扔，靠在头枕闭上眼。

胡江海这边的情况是这样；戈彦那边，虽然有部门开始调查杜佳游泳馆事故，怀疑她跟多年前性交易案有关，却也没实际进展。

他差使仲川拜访癸县原书记张求河，打听当年泊门代工厂性交易的事，次次无功而返。

原先坚持上京告状的那家人也突然说没冤情了，他们的女儿不是被性虐致死，是自杀的。

调查停滞不前，案子无法推进。他没有身份，掺和不了，也就没主动权。

原先面对这种情况他是从容的，接得住招就接，接不住无非伸头一刀。现在“接不住”三个字不能发生。

他得挡住来势汹汹的一切，保林羌安稳地入睡。她每天都很累，她得好好睡觉。

仲川下楼后没上车，只在前边透过挡风玻璃看着疲惫的靳凡，吁一口气。

三月下旬，天还没暖，林羌穿了一次风衣，隔天就换回大衣了。

这天，临近出夜班，急诊收治了一位镇里送来的病人，情绪不稳。急诊科医生查体，怀疑是脑部血管闭塞，形成血栓，给予镇静剂后安排检查。其间因为病人心脏有杂音，询问家属没得到结果，就联系了值班的林羌。

病人情况基本确定已经是中午了，林羌走出医院，看到一辆大型 ORV（越野车），不由得站住不动了，自然地把手抄进大衣口袋，看着靳凡下车，朝她走来。

靳凡一冬天也只穿大衣。刚过年的时候小脏辫给他买了件挺贵的牌子联名的棉服，他没要。他说西南冷，过去执勤一直穿袄，也挡不住风，这里暖和多了。

当时小脏辫愣了神，也红了脸，吸吸鼻子，一头扎进了工作间。

靳凡从林羌口袋里把她的手拿走，挽好，牵上车。

林羌问：“今天不是阳光和豹子来接我？”

“我接你，不乐意？”靳凡给她系好安全带。

林羌笑：“乐意，心花怒放，看见你，我血管都热了，想立刻跟你激吻。”

靳凡没理她，问道：“阳光说你今天要去一个手工店。”

林羌也不理他，拉着他腕子：“听不懂？”

靳凡扭头，问：“什么？”

林羌笑颜如月，皎洁清明，声音轻飘飘的，有些恣意放荡：“激吻啊。”

靳凡盯住她：“听不懂。”

林羌拉住他的衣襟，把他拽到身前，吻下去，用力吸咬一番。他好像喝了柠檬水，但只是酸甜的舌尖，她怎么那么喜欢？

靳凡手在她的腰上，她因为瘦，腰很细。他很介意，就想让她多吃一点，他又不是养不起。

亲爽了，她与他额头相贴，温热呼吸在他唇边氤氲：“我才三十多岁，怎么老觉得日子越来越短了。”

靳凡轻轻抚摸她的脸，没有浮于表面的安慰，也没呵斥她的悲观，只是说：“我们过长一点。”

林羌身子微顿，慢慢就笑了，肩膀、胸脯随她鼻腔发出的笑声而动作。她渐渐与他十指紧扣。

她好些天没这样牵住他了，不自觉问：“你这么忙，是找戈彦犯罪的证据吗？”

“嗯。”

“你有把握告倒她吗？”

“没有。”

“那你还要告下去吗？”

这话题有些猝不及防，林羌从不问他这些的。

寂静延长，靳凡缓缓牵住她的手，拇指轻轻摩挲：“我以前以为我活不久了，想拉他们垫背。现在我想让他们怕我，他们怕我，我跟你才能不被打扰地活着。”

林羌目不转睛，她不意外他这话，但他说，她总会心疼。

“如果这期间你发生什么……”

靳凡抬起头，注视她的眼睛：“我选择不了出身，我也抹不掉过去。我成为这中间解不开的扣，我没时间怨，我得解决，我只能解决。”

“可是我呢。”

她笑着说话，他却看到她的疼，把她带进怀里：“没你我也不想解决，一块死好了。”

林羌紧紧搂住他，抱到他的实在的感觉宽慰了那点不安。半天过去，她问：“用不用我做什么？”

靳凡学她长“嗯”一声，视线飘到副驾驶窗外：“说过很多遍了。”

林羌知道了。

要在他身边，他总说。

林羌捏住他的脸，微抬着下巴，有些轻佻地笑问："不虚吗？你可以要点实际的，晚上就能得到。"

靳凡也捏住她的脸，目光朝下，眼型倏而窄长。

他没说话，但林羌就觉得她听见了一句"我不要就得不到？"，她把他的脸往一边转，用力一巴掌拍在他正脸上："德行。"

靳凡发动车，去了林羌要去的地方——手工饰品店。

车停，靳凡问她："我跟你去？"

林羌解开安全带："不用，你在车里等着。"

他还没答应，她已经下了车。他打开车窗，胳膊搭在窗框，看着林羌迈进店门。

过了会儿，她拿着个纸袋出来，返回车上，把纸袋放靳凡腿上，同时关上车门。

靳凡拿起纸袋逡巡一圈，看不出名堂。

"你打开。"

靳凡听了，打开，里面是一个老式铝制饭盒。他用左手拿起，只三秒，皱起了眉："这是你放手术刀的那个盒子。"

就是那晚，她说要用这把手术刀割他动脉。他还记得那句"天天换刀片，天天用酒精烧"。

他难得一笑："你要割我动脉？"

林羌嫌他开太慢，"啧"一声，又拿回来，自己抠开盖子，里边是一只戒值盒，看着造价一般。她没卖关子，直接打开，对他说："戴上试试。"

靳凡愣了，没听见她的话，只看着戒枕上的一对银色指环。

林羌等了他半分钟，看他没反应，又替他拿了出来，把他手拉来，给他戴上了男款。另一只女款给自己戴上，再跟他的手放在一起，说："以后也做不着手术了，就不练了，干脆熔了，打一对指环。"

靳凡心中一团乱，张口结舌。

林羌很从容，还说："纯钛的，是有点寒酸。但我也买不起别的，你凑合戴吧。"

靳凡还没解开乱麻，但肯开口了，鉴赏一圈，问道："烧刀，是什么？"

指环边缘刻着细小的"烧刀"二字，林羌解释："烧的我的手术刀。我以后可能记性不好了，刻个字提醒自己，你什么也没给我买，对戒都是我拿家底子打的。"

靳凡点头，不想说这个小没良心："没给你钱？"

林羌知道他在说哪笔钱："那钱不能动。"

靳凡觉得他知道原因。

果然，林羌下一句就是："要做手术，我的和你的。"

安静几秒，靳凡佯装云淡风轻："我需要做手术吗？不是可以保守治疗吗？"

林羌唇弯了一下，也可以说扯了一下，全都是苦味："我们这行不打包票，我可能是你的医生，但也是你的家属。作为医生能客观地说概率，作为家属就得做好准备。"

靳凡顿了一下，挽住她的手，明明没有幽默的天分，还要说笑话："烧刀也行，只是刻这个，像买烧刀子送的。"

林羌下手，要给他撸下来："你还给我！"

靳凡又握住她的手，握紧了："扯淡！到我手的东西别想要回去。"

林羌瞥他："少跟我横！"

靳凡保持着微抬下巴的姿势，盯着她看了几秒，忽然捏住她的脸，吻下去，很用力。

林羌差点缺氧，推开他后，"少跟我横"这种话暂时不会说了。她横不过他。

靳凡也不说话，当够了浑蛋，发动了车，上了高速，悠然开进了延州三环。

过了一个多小时，林羌终于忍不住问他，他已然停车。她看向窗外，竟是商场。

靳凡先下了车，也不说干什么，只在前头领路，把林羌带到了一家首饰店。

林羌抬头看着他，问题都在眼神里了。

靳凡牵住她："我钱不多，也不以委屈女人来省。"

林羌木偶一般被他牵到柜台。

店员微笑着问道："您选什么，戒指吗？"

靳凡说："问她。"

林羌终于微笑一下，说："那我……挑个最贵的？"

"随你。"

林羌才不信他有多少钱，之前试探车行小朋友，就是想知道他们车行赚不赚钱。既然不赚，他哪儿来钱？

他们只知道他有深不可测的背景，不知道他的背景只带给他折磨。

但她还是接受了他的心意，按照喜好挑了一只戒指。四万八，豹子头，钻小小的一颗。

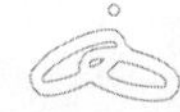

她选定了，靳凡就去买了单。

林羌看他连看都不看，突然一笑，她应该挑个四十万的，看他还能不能这么不假思索。

他回来，她把手伸给他："给我戴上。"

"谁给你戴上？"

林羌说："我丈夫。"

靳凡淡淡一笑，给她戴上了，牵住了："走吗？"

"谁走吗？"

靳凡牵着她往外走："我太太。"

前方地震严重，医疗队已经分批次去了好几拨。阳玫也去了，没有她铿锵有力的声音萦绕，科室的办公室冷清了些。

县医院现在人少，留守的医生每天超负荷工作，会喊累，但也没撂挑子不干，哪怕把自己掰成八瓣也坚持完成工作。想想前线的同事，他们也没法不守好"责任田"。

林羌下个礼拜要做手术了，就一直没申请前往灾区。县医院的同事都填过表，唯她一直没碰那张纸。但谁也不因为这事多嘴，林羌的情况他们都很清楚，也很理解。

这一天林羌是晚班。她还没吃完晚饭，急诊那边打来电话，救护车拉来一个心肌梗死的病人。

县医院急诊医生没大院的科室那么全和人多，大部分时候都是紧急联系各科室值班医生。

林羌赶过去时，病人家属还在哭着嚷嚷："就早上擦了个地，头晕恶心，突然间不动了，说是心绞得慌。以前也没闹过这个，不知道……"

急诊医生正在安抚家属，林羌先看了眼病人，扭头看向他。他不等问就告知了："体温三十八摄氏度，血压一百一。"

林羌听了听心尖部，扭头跟急诊医生说："做个床旁心电图。"

急诊医生点头。

家属是第一次碰到这种情况，急得方寸大乱，话颠三倒四，总是答非所问。其实病久了就不会了，病久就麻木了。

林羌回到病区查房，出来就站在护士台旁边写医嘱。

到饭点了，她还在写。护士长正好忙完，回头跟林羌说："最近病人多了，你跑急诊的次数更多了吧？"

"还行。"

“早上看咱县实时新闻，有个孕妇妊娠合并心脏病，非要生产，死了。现在那丈夫准备起诉所有收治过他老婆的单位。妇幼那个主治她的大夫因为这事急火攻心，病倒了。”

林羌停下笔，却没抬头，这个孕妇应该是她和曹莊去会诊的那个。

“这个孕妇不是在妇幼生的，她丈夫告妇幼的理由是妇幼不收病人，说妇幼要是收了，他们不会到小医院生产。小医院技术不行，两条命没了，都是妇幼拒收的错。说什么作为医院，拒收病人丧尽天良。”

林羌听半天，只说：“妇幼那大夫不是因为这个病的吧？”

“嗯。是这个大夫的家人也不理解，觉得他因为害怕风险就拒绝收治一个病人，没良心。”

林羌写完了，收起来，回了科室。

她坐在椅子上，头向后仰，闭上了眼。

曹莊进来时，给林羌带了猪肝饭：“吃饭吧。”

林羌睁开眼：“谢谢。”

“客气。”曹莊坐在她旁边，说，“你听说了吧？”

“嗯。”

曹莊无奈地笑道：“重度妊高孕妇坚持生孩子，一定会死，哪怕他们不是为了给另一个孩子骨髓移植，只是单纯‘伟大’，非要牺牲自己来保这个孩子的命。作为医生也要制止她。不提有律法，就算出于情感，这都不是一道选择题。”

林羌掰开筷子，夹了几颗黏着的米粒，放进嘴里。

“我做大夫这么多年，没觉得治病让人头疼，反而是跟病人解释为什么可以、为什么不可以太难。”曹莊扒着饭，又说，“个别人死犟，就觉得比医生更懂怎么治病，可医生提供的方案肯定是结合孕妇和胎儿情况后做出的最优决策啊。”

林羌很少听曹莊这样的语气，甚至不像她了，倒像阳玫。

曹莊说：“不提一个母亲伟大不伟大，就说不顾医生劝，以牺牲自己而生下孩子，孩子没有妈，以后他爹给他找个后妈，他会好过吗？他的人生从一开始就注定了缺一角。这个世上不是所有的缺角都可以用其他代替材料补上的。想想这些，真的还要干这种愚昧的事？”

林羌抬起头来：“这是认知的问题，你急也没用。”

曹莊一愣，不说话了。

两人默默地吃饭。过了会儿，曹莊声音低了，语速慢了：“是啊，如果多读一些书，多懂得一些道理……”

“如果书里的道理就是错的呢？”

曹荭目不转睛地看她，突然不知道要说什么。

林羌收好饭盒，回到电脑前写病历。

曹荭也吃完了，丢了饭盒，也进入工作，开始前又说了一句：“南间暴雨，发洪水了。我微信加的其他医院的好几个医生都在帮忙扩散灾区的消息。”

林羌也看见了，认识的很多同行都去救灾了。

“我看了他们发的现场照片，确实严重，死伤不少。”

曹荭摇了摇头：“我看有篇报道说那边有不少烂尾楼。”

林羌早上也收到了这篇报道推送，说是开发商都跑没了，烂尾楼成了隐患，水一大，全随水砸毁了庄稼地，砸破了人的脑袋。

“一关一关过吧。”曹荭说，“我家孩子还问我呢：‘妈妈，我们老师说医生们都在灾区救人呢，你什么时候去啊？’我说快了吧，下一批妈妈就去了。小孩子还不知道灾难的可怕，只知道妈妈如果是前线的医生，老师同学都会说他妈妈很厉害，是天使。”

林羌柔和地笑笑。

靳凡这两天好像闲下来了，都有时间给林羌做饭了。林羌又听到了他的“明天晚上吃什么”，第二天晚上一定能吃到想吃的。

两个人的日子平静，却有滋味。吃完饭，一起窝在窗前的摇椅上，林羌在靳凡的怀里，看着他给她剪指甲，再给她涂护手霜，抹好久。她说真诱惑，再扎进他胸膛，捉他的锁骨来亲。

她喜欢不着寸缕地站在月光下，告诉他：“多看几眼，以后这身体就不好看了，会抽搐、萎缩，会……特别恶心。”

靳凡会给她穿好衣服，像抱着一件珍宝，包裹入怀，细细地亲吻。

他总会轻轻告诉她：“你特别好看，我特别喜欢。”

她这时会沉默，伸手环住他的腰，在他怀里轻蹭着。前所未有的满足感会灌注她的全身。但她不想让他发现。

爱一定要表现出来，不要虚掷一生中最好的时候，等云尽西沉力所不能，悔都要悔死年轻时没有好好享受。

……

日子啊，就这样舒舒服服地过下去，多好。

车行，靳凡那间破房。

仲川坐在桌上，背朝着靳凡。他也不想在这里消磨时光，但这不是他能决定的，戈彦和胡江海本事太大了。

戈彦把所有受害者都安抚好了。

胡江海自从上次设计见到靳凡，两人不欢而散，就没再露面了。仲川不知道靳凡找黄麦有什么事，但黄麦消失肯定与胡江海有关，偏偏黄麦拒绝再跟靳凡联系。

仲川现在每天看着靳凡，解不开结，一点忙都帮不上，胃口都变差了。

靳凡在查阅境外朋友的加密邮件，内容只有他们彼此知道，无非是哪里的战争，哪里的灾情，还是老几样，没一件有价值的事。关闭页面后，他恍然，当即给林羌打去了电话。

电话接通，林羌问道："怎么了？"

靳凡从不在她工作时给她打电话，突然打来一定有急事。

"医院的病历保存多久？"靳凡问。

"存档的门诊病历不少于十五年，住院病历是……三十年。"

"会有没记录的吗？"

"如果你要问因为性侵住院的情况，我可以告诉你，一定会记录。"林羌听他这么问时就猜到了。

"好。"

电话挂断，靳凡起身朝外走。

仲川不明所以地跟上，问道："什么情况？发生了什么？"

靳凡驱车去了监察组临时办公的地点，忽略他们一脸莫名其妙，自报家门后说："当年有一个被性侵的女孩儿，她家人上诉是凭借一张诊断单。他们可以自行销毁，改口说没这东西，但医院还有。"

正一筹莫展的省监察组人员闻言微滞，旋即给派出所打电话，请求他们配合签调查令，要到县医院走一趟。

当年泊门案在罢免了很多官员后就结案了，杜佳游泳馆一案让扫黑办的李功炀想起当年的案子。他在调查期间出了意外，这让上方很重视，紧急调派了人员重查泊门案。

监察组调查了一些时日，相关人的说辞也均如案件档案中记载的那样。

这些年一直在上访的一个女孩儿的家人也改了口，说没有冤情了，坚持上告只是想再弄点赔偿。

他们最多对这家人批评教育，罚款五百，这事就得过了。

没受害人、没案情、没证据，案件是无法推进的，更别说把泊门案和杜佳游泳馆的案子联系起来查。

但如果两者没有联系，李功炀的意外又太不符合常理了。

现在警方终于有线索了，只要拿到这份病历，就能让这个女孩儿的家人无从辩驳。顺藤摸瓜，当年被有些势力掩盖的事实就能重见天日了。

办公室里忙活了一阵，组长正想感谢提供思路的人，扭头已经不见他了。

仲川看到靳凡出来，急忙迎上去："怎么样？"

靳凡没答，只说了句："烟。"

仲川的嘴角慢慢弯起来，赶紧掏烟递给他，还踮着脚、捂着风给他打着了："有证据了，性侵就能定了。他家人再怎么被收买，这案子也能查下去了！"

靳凡好久不抽烟了，滤嘴到嘴边，烟雾也钻进鼻子，他却停了，捻灭了。

仲川叹了口气，至少跟戈彦一战，算是占了一点上风，不容易了。

靳凡上了车。

仲川搭在车窗，往里探着脑袋问："干什么去？"

"接我老婆。"

县医院门诊部。

一个喝多的中年男子抓着林羌领子，一边哭一边大骂，口水都喷到她脸上了："你们说的感染性心内膜炎致死率是个屁！发个烧怎么会是这个病？我看你们就是看不得我一家顺当，奔着拆散我们呢！"

有男医生第一时间冲过来拉住男子。他还是不松，扯得林羌白大褂的扣子都崩开了，衣领被拽得大开。护士立刻拿衣服从前面裹住了她。

林羌被男子重复的话和生拉硬拽弄得烦了，解开了白大褂，攥住他的大拇指，往后一拔再一掰。

男子疼得大叫，不由得往前挺了肚子，腿也弯了，差点跪下。

林羌以此挣脱了他的拉扯，整理好衣领，才跟他说："你觉得我们看错了病，就换一家医院，这里到延州也就一个多小时。跟你说这个病的致死率是告诉你实情，早点把该做的检查做了，接受抗生素和外科治疗。"

她把白大褂重新穿上，系着扣子又说："尿常规和肾功能检查是看有没有细菌性血栓，不是我们不安好心，当着你老婆的面说你肾不好。"

男医生也说："前两天过来不还挺明白的吗？这是回去吵架了？喝了点酒就过来闹了？"

有围观的人也加入劝说。

"你呀，就别闹了！耽误医生工作，也耽误你自己啊！兔子被逼急了还咬人呢，你把医生得罪了，人还能给你好好看病吗？这个弯转不过来吗？"

旁边护士说："您别这样说，我们不会公报私仇，谁拿自己的饭碗开玩笑？"

"这不是劝他呢？知道你们心地好。"

现场人你一句我一句，把这页揭过了，闹事的男子好像酒醒了，也不嚷嚷了。

他有些发热，男医生把他带到留观区，黑着脸给他做检查。他意识到他刚才多鲁莽冒昧，抱歉地说："对不起，我……"

"你应该跟那个女医生道歉，有问题你可以说，当众扯人家衣服，实在不该。"男医生的语气还有些怨。

男子低着头，四张奔五的人抠起了手。

林羌回诊室时碰到消化科的一位医生，拍拍她的肩膀，安慰地笑笑。

这种事时有发生，不算冲突，顶多叫摩擦，多是病人觉得医护人员态度不好，吵吵两句。

林羌算是碰到得少的，在县医院所有医生里被投诉次数属于中档。

临近下班，这位中年男子和他妻子找到了林羌科室办公室，手里拿着一束花、一包坚果和切好装纸袋的酱牛肉。

林羌手里还拿着笔，一扭头就听见男子说："对不起啊，林大夫！我今儿个喝多了迷糊了，冲动了。你别放心上，我给你道歉。"

他妻子也在边上说："我们吵了两句我就回娘家了，他这是没了主心骨了喝点酒。这喝了个浑蛋出来，你别跟他一般见识呗，我们道歉。"

他们的语气显得傲慢，但林羌接受了。

来到地方医院以后，她时常听到这种语气，似乎是这边人说话的习惯。她开始也觉得那是趾高气扬，而今已习惯。主要对方是诚心道歉，并无恶意。

她接受了那束花，坚果和酱牛肉没要。

送走两位，她把这束葵百合摆在桌上。百合花，花好看，名字也好听。

花旁边是一盆多肉，还有一包红薯条。

这是他们科室收治的一位冠心病患者送的，是一位很喜欢笑的小老太太。她儿女都不在身边，只有一个小她十几岁的妹妹，与她相依为命。她除了复诊，也经常来医院，给医生们送上她自己种的花草、自己晒的果干和自己炒的瓜子。

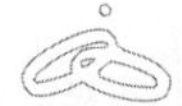

她喜欢拉着林羌和苗翎说："你们俩为啥要干医生！这多苦啊，长得这么漂亮应该去拍画报。"

男医生跟她开玩笑："她俩这不爱笑的谁家拍画报会要她俩啊。"

她又会歪着脖子，扮出凶相："我要！赶明儿我就开个照相馆，我天天给她们照，我就气你！"

最近她不来了，听说病情严重了，女儿从国外回来把她接到延州的医院治疗去了。

林羌站在门口，靠在门边，待了很久。

都说医院是能看到人性洼地的地方，林羌不反驳，但其实最热的泪和最美的笑更为常见。只不过她习惯无悲无喜地对待，没共情过谁。

林羌下班跟苗翎碰见，苗翎整个人瘦了一大圈，眼睛红红的，睁不开似的，跟林羌扯了下嘴角，算招呼。

就在两人擦肩而过时，环卫人员收垃圾，弄翻了一个垃圾桶，传来砰的一声。林羌不以为意，苗翎却下意识身子一抖，双手攥住了她的胳膊。

林羌站着不动，胳膊借给她支撑。她缓了好久，脸还是白的，抬头看林羌时快要哭了，解释牵强："声儿太大了。"

林羌什么也没问，两个人就此分开了。

靳凡的车就在门口，林羌上了车。没急着系安全带，先把驾驶座的靳凡搂过来，双手勾紧他的脖子。

靳凡放下手机，搂住她，吻了她的头发。

林羌说："刚才那大夫原先也是三甲回来的，什么场面都见过，去了灾区变成了这副草木皆兵的样子。"

"你想去？"

"我不想去，我马上要做手术了，谁也没我的手术重要。"

靳凡没拆穿她："去超市买排骨？"

林羌松了手，捧住他的脸，笑说："真贤惠。"

靳凡拿开她的手，发动车："哪个女的有你这么馋！"

林羌挽住他的腕子："那是你喂得我嘴刁了。我小时候天天喝玉米糁子粥，也长大了。"

"还是我错了？"

"就是你。"

"行，都是我。"靳凡说完挽住她的手，单手开车。

林羌看着他的侧脸，日子越来越顺了，真好。希望这般日子无尽无止地过下去。

脱索回来了，情绪不佳。

大伙儿都知道他有个特别固执的妈，年轻时因为无知犯了不少错。后来脱索考了延州一所普通的大学，他妈也跟着去了，在校门口卖小吃。

有一回她听说脱索的专业有个实验室开放项目，名额有限，就在给他室友的小吃里下了蟑螂药，导致室友上吐下泻。

学校调查清楚后将脱索开除，他妈才知道她听错了，根本没有名额限制。但代价是要脱索承担的。

她觉得她是为了脱索好，脱索一旦有责怪的语气，她就立刻说："是我没本事，是我招人嫌，你有文化你有理。但我吃的盐比你吃的饭多，你不害他，他也会害你，我这都是为了你！"

脱索因为不理解为什么没本事会成为他们做错事的借口，拎着包开始北漂，后来认识了车行的人。

林羌晚上有空，正好他们要为脱索举办一个小聚会，她就以大嫂的身份为这场聚会买了单。

所有人打牌享乐，脱索却闷闷不乐，干巴巴地喝酒。

林羌在听小莺解释动力，她自己半吊子，但觉得在林羌面前算是个行家，甚至忘了林羌给他们表演过丝滑过弯。

靳凡在二楼，就像第一次见林羌那样，双臂搭在栏杆向下看她。不同于那次凶恶的眼神，现在每一缕光都有她的倒影。

酒足饭饱，闲篇儿也扯了个够，脱索才来到林羌面前，坐下说："大嫂，为什么我们要推崇孝道？"

林羌没答，给他满了酒。

"为什么只放大父母的辛劳伟大？是要用这些苦难来给孩子洗脑，让孩子尽孝吗？可是我因为生在这个家，从小失去跟别人平等竞争的机会，这是我的错吗？我觉得这是我的委屈，为什么我不能委屈呢？"

脱索喝着酒，一边比画一边说，就怕林羌听不懂，因为车行里很多人都听不懂。他们都有钱，还没有他这样的母亲。

林羌一直不说话。

脱索捂住脸，眼泪从指缝里流出来："大嫂你告诉我……"

林羌问："又能怎样呢？"

脱索愣了，说不出话了。

"一个人要为能改变的东西活着，才能活下去。老纠结改变不了的东西，

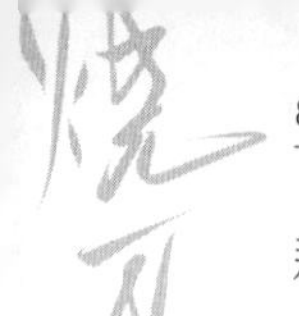

那就只有死这一条路了。”

脱索呆住了，许久之后说：“我早该问你的，你早该告诉我的。应该让他们也听听。”

“他们没问我，他们也没有你这些疑惑。”所以林羌不会提起，尊重任何人的任何活法是她的原则。

脱索沉默了，脑袋也垂了下去。

林羌给他剥了一个橘子：“找点喜欢的事情做，活得快乐比活得有意义重要得多。”

靳凡和林羌回到家，门打开了，灯还没有。她刚要摁开关，身后的人攥住她这只手，拉回去，从后搂住她，埋在她的颈窝，呼吸倾吐进她的领口。

林羌歪头，但没躲，覆在他搂在她小腹的手上。

他什么也没说，但她都知道了。

脱索上次在顶楼腼腆地告诉她本名，又说奇怪的话，就是预示。她本不知道他怎么了，听蒜头讲完他加入他们的始末后，她明白了。

大概是有人想帮他解开这个结，但身份不合适，就暗示他可以跟她聊聊。

车行的小朋友是不会想到找她的，只有他们这个深不可测的老大，心思这么七拐八绕。

她偏头蹭蹭他的下巴：“你这是什么，嘴硬心软？”

靳凡吻在她的脖子：“是教训。”曾经他的不谨慎导致手里人无一生还，这个教训他到死都记得。

林羌没追问，从他怀里转身，深吸他衣服上的木质香，唇在他胸口剐蹭。时间在无声的亲密中消亡。

戈彦把餐厅砸个稀巴烂，昂贵的餐具、摆件哗啦啦碎了一地。

她脚踩这片狼藉，太阳穴和眼都在跳，唇角却因做了微笑唇不能放平，与她一身怒火十分违和。

靳遐着深蓝衬衫、西裤皮鞋，站在窗前抽烟，梳得平整的头发因为怒火在心中燃烧而油亮。但他仍是一副老绅士的派头，从后看身材笔挺，完全不像五十多岁。

自上次跟靳凡高尔夫球场一见，靳遐和戈彦虽说还是照旧相处，但都各自憋着一口气。

靳遐怪戈彦连儿子都捏不住；戈彦怪靳遐说话还不如一个屁动静大，什

么权柄人脉，全向东流了。

今天因为一个香蕉派大吵一架，倒也比各怀鬼胎那两天心中舒坦。

戈彦不让靳遐在房间抽烟，他偏要抽，还要扭头对着她抽，跟她说：“戈彦，请你记住，你跟我是各取所需的关系，我不欠你的。我可以尊重你，住这边的日子里不抽烟，但你把我当靳序知的替身，都不背着我了，你觉得你做得合适吗？”

“胡说八道！我跟靳序知就没有感情，何况已经过了那么多年，你不要把你不遵守约定的错硬安在我头上！”戈彦瞪过去。

靳遐笑了，肩膀随之抖：“你发火不是因为我不爱吃香蕉派吗？到底谁爱吃还用说明吗？别装了！”

戈彦狠瞪他数秒，神情突然放松下来，像是支撑她的底气一下被人抽走了，再没吵一句，起身出了餐厅。

靳序知爱吃香蕉派，靳序知从不抽烟，靳序知也不会骂人。

她觉得她不爱靳序知，她这么做只因为他是她的第一个男人，也因为后面再没有一个可以比他强的男人。

燕赵山的山顶别墅的楼梯实在太长了，她走得好疲惫，可是她怎么能停呢？她不能的，停下来就摔下去了。她已经摔过一次了，再摔一次她会死的。

这一生选了这条路，值不值她早不想了，只要不后悔。她不能后悔。

靳遐抽完烟，把烟头捻灭在桌上，举臂一挥，把不久前幸免于难的水晶杯拂下了地。

癸县传来消息，调查泊门案的监察组去医院调取了当年那女孩儿的病历档案，当年那家人为了要赔偿，在医院进行了许多无用的治疗。他们隐瞒了这一点，靳遐也就没想到去销毁，谁知道竟给今天埋下了隐患。

靳遐现在跟戈彦是命运共同体，财富已经买不了命了，必须得有人保。

如果不是这点，他这在云端坐了一辈子的人，何必对初出茅庐的靳凡这么有耐心？

三十年河东河西，过去一呼百应，如今门可罗雀。

郭子好几天没来车行，脱索回来后大伙儿的聚餐他也姗姗来迟。但谁也不问他闹什么气，不用问，他每天都阴阳怪气地说林羌这个那个。

脱索喝多了，到楼上去睡了；小脏辫和蒜头在研究新接的一个活儿换什么尺寸的轮胎；小莺在跟供应商联系；公主切在算年后的总利润。

郭子以为进错了门，又退出去看了眼，回来大声道：“没事儿吧？各

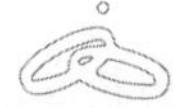

位？都魔怔了？”

往常聚餐之后这些人肯定要吹嘘打架，或者去封闭路飙车，那才是他们这种不学无术的富二代会干的事，而不是在这边拿着平板、图纸聊什么改装，研究什么新款车型的发布会。

没人理他。

他又大骂：“你们让那娘们给下迷魂药了？”

小脏辫抄起平板扔了过去，是踩着凳子，上了桌子，抡圆了胳膊扔的，平板就这么砸在郭子的脑袋上。

郭子往左踉跄两步，差点摔倒，站定以后，抬头就骂：“你有病吧？”

小脏辫蹲在长桌子上，长手一捞，勾住他的脖子，把人带到跟前，托着他的后脑勺，逼他跟自己额头相贴，声音很低：“我警告你，对我大嫂放尊重点，不然滚蛋！”

郭子往后仰，但没小脏辫托住他的劲儿大，没挣开。

其他人都冷漠地看着，立场显而易见。

郭子推开他，指着他们：“行，你们！有你们后悔的时候！”说完走了，用力一摔门。

小脏辫双脚往前一跳，腾空了，一屁股坐在桌上。

蒜头给他拿了瓶酒：“别上火，咱们跟大嫂感情升温的时候他还在医院躺着。”

阳光点头：“郭子还停留在他出事前咱们的氛围里，出院后融入不进来，就把错都推到大嫂头上，这也说得过去。”

小脏辫喝了口酒：“我不管他什么原因，不是一条心了就别处了。”

几个人面面相觑，谁都不说话了。

戈彦和靳遐还是来找靳凡了。

还是在那个只登记一个人的身份证就能入住的小旅馆，还是那个剥着栗子的短发女生在前台办理。

三个人看起来无比和谐地坐在一个标间里。

戈彦着装朴素，只是把高定连衣裙换成了朴素的纯棉裙子，胳膊上挎的也不是几十万的包，是布口袋。手袋起了毛边，拎手上还有一块油渍。

靳遐倒如昨日，一点也不遮掩自己的生活水平。

房间总有水管、电器的异响，还有霉味、腥气。戈彦一直靠着桌子站着，死不坐床。她多高贵，白骨都在脚下，但她从不低头。

靳凡就坐在那把油腻的网面椅上，抬头看这两位远道而来的上流人士：

“有事吗，二位？”

靳遐笑着接过了话：“你妈就是想来看看你，她最近睡得不好，夜里老叫你的名字。”

戈彦低头不语。

靳遐假装关心靳凡道：“你身体还好吗？看起来状态越来越好了。”

“我是可以跟你们聊聊家常，但你们还有那么多时间吗？”靳凡跷着二郎腿，臂肘拄在扶手上，身子侧倾，手抵着头，显得很悠闲。

戈彦和靳遐对视一眼，决定不采取靳遐那套怀柔方案了。她往前迈了一步，道明来意：“我知道你恨我，我今天也懒得再跟你演戏。咱俩这母子当到这份儿上，实属造孽，所以我不强求了，你这病爱治不治。”

靳凡鼓掌：“你早有这个觉悟，也许你的车库还能保下来。”

“我现在就问你，是不是非要我死？”戈彦又往前迈一步，“是不是非要我死，你这口气才能咽下去？！”

“你堂堂前燕水监察委员会主任，你多大的权柄，多雄厚的财富。我哪有让你死的本事？”靳凡说。

戈彦把布袋子扔在桌上，已经很久没有这么大声说过话了：“你明知道当年那个案子……”

靳遐上前拦住她。

戈彦甩开：“现在还怕把话说开了吗？他什么都不知道呢！咱俩到现在这个地步，都要拜他一手所赐呢！”

靳凡淡淡一笑：“你要非把功劳归给我，我也可以笑纳。为民除害的事，谁不想干？”

戈彦提了一口气，闭眼又睁开，情绪平复了一些：“求你了，好儿子。你高抬贵手，搭个局，帮妈和丁阳璞司令员认识一下……”

现某战区司令员丁阳璞，一路走来，成绩斐然，前年晋升上将军衔。这样的人别说不会来吃这顿饭，就说他真来了，也不会以权谋私。

靳凡的沉默让戈彦以为有可乘之机，给靳遐使了个眼色。

靳遐接收到信号，开口道：“你们母子好久不见，肯定有贴心话，你们俩聊。”说完出了门。

戈彦慢慢走到靳凡椅子旁，伸手搭在椅背，弯腰对他说：“儿子，我们是没有仇恨的，对吗？你只是怨我辜负了你爸爸。我承认我们走的路不同，出现了分歧，但我从未逼迫过他，做他不愿意做的事。他要去战乱的地方守大使馆，我也应了。

“但我为人妻，想让丈夫在我身边，有什么错？我们因为选择不同而分

开，难道不是身不由己吗？

“你不要听了你奶奶的两句话，就觉得我大奸大恶，让你爸爸惨死了，让他惨死的是他的信仰和坚持，不是我！”

靳凡偏头就能看到戈彦的皮肤，甚至比林羌的好，但她要六十岁了。她为这张脸耗资多少他还真无法想象。

戈彦蹲下来，坐在地上，盘起腿，手搭在膝盖上，歪着头一脸苦涩：“人人都说我中饱私囊、草菅人命，对不起国家、人民，可是燕水暴乱是我平的，刘家庄以公养私是我端的。我查处了多少违纪官员，你知道吗？

“你以为没有功绩，光靠背景，就能有后来的一切？你妈从不是草包，不是光知道谄媚，是我看到百姓的苦，我才坐到那个位子……”

她仰头看着靳凡：“可我终究是个女人啊，你不知道那个年代的女人有多艰难！你不知道高处不胜寒，我不依附权贵又能怎么办？我怎么能顺利退下来呢，他们怎么能让我顺利退下来呢？”

她告诉靳凡：“权力，你没得到过，不会觉得有什么舍不掉的。可我得到过，我知道它的好处，感受过它带给我的巨大的满足，怎么能舍掉呢？”

她给靳凡举例子：“你小时候觉得考 100 分很难，你考到了，你后面一直考到，你还能接受考 90 分吗？人是回不去的，眼睛只能往前看，脚步也只能向前，你这么聪明，你不知道吗？”

“你在避重就轻，如果一件东西要通过迫害别人来获得，那你就不该要。”靳凡不想听了。

戈彦站起来，急道：“你让我学你爹吗？他是蠢货！他为别人把自己葬送了！他是个蠢货！”

靳凡也站起来，平静地道：“我们这样的人，日子单薄是可以过的，只要脑子不单薄就好。你不行，你不过单薄的日子，宁愿一生都为欲望买单。你不是蠢货，你是纯贪。”

他答应见她，也是想听听她怎么看靳序知，现在听到了，也该走了。

戈彦抓住他的腿：“儿子，你救救我，我知道错了，我真的知道了，你给我一个机会……”

靳凡第一次觉得拔腿那么难，她的力道摆明了，她已驶入穷途末路。不然怎么会对他屈尊呢？能力方面，她并没有吹擂。

“事情败露后的悔过只是渡过这一关的计策，如果你真正认识到错了，应该坦然面对，承担犯错的代价。你抱着我的腿有什么用？给你定罪的又不是我。”他说完用力拔出腿，“咱们这一生应该都不会再见了，善自珍重。”

后四个字极尽讽刺，是他的态度。

他推开门，目不斜视地路过靳遐。他脑海中闪过十几岁的光影，那时门庭热闹，耳边都是奉承……

靠在车前，他又忘了他正在戒烟，摸了摸口袋，空空如也。他动作慢下来，偏头看向这条城中路，现在人还不多，都是因为最近流感严重。

当人们不再警惕旁边人的咳嗽声，这页就算翻过去了。戈彦也会被他翻过去。因为眼睛只能往前看，脚步也只能向前。

他上车，手搭在方向盘上。

戈彦会怎么被查、被判都是监察组的事了，他也只是得益于知情人的身份，看似为翻案起了很大的作用。

调查才是关键，还有一堆艰难险阻等着相关部门去闯。

而他后面要做的，是厘清胡江海的种种罪名。等胡江海也倒了，他就可以只过踏实安稳的日子了。

他正要发动车，小脏辫打来电话。本以为又是讨好卖乖，结果对面传来急切的哭声："老大……大嫂出事了……"

他皱眉。

小脏辫哭得话都说不清："我跟小莺带郭子去接大嫂出夜班……想顺便去商场买点东西……她不是明天又要去延州办事嘛……"

"别哭了！说重点！"

"我们在立交桥等绿灯……郭子隔窗跟人吵了起来……耽误了……等我跟小莺到医院，大嫂早不见了……"

靳凡的心脏开始不舒服，他将手撑在方向盘上，身子挺直，脸越来越白，憋得难受，这是犯病了。叫人来不及了，他打开车窗喊人，钱包都丢出去："帮个忙……送我去越医院……"

路人站在原地，看看他，看看脚下他扔来的钱包，一时没有反应。

靳凡打开手机照相机，打开视频："我不讹你……帮帮忙……"

路人这才匆忙跑进跟前的便利店，叫人来帮靳凡挪位子，开车送他去了医院。

上路后路人对他说："不是怕你讹我，你开这车，把我卖了我都买不起，我是傻住了。"

靳凡坐在后座一动不动，应一声。

路人开始扯闲篇，转移他的注意力，也不知道有没有用，反正先说着，省得他晕过去。

县医院离得不远，没过多久就到了。这时靳凡手机响了，在副驾驶座上，路人帮他接了。

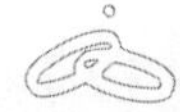

一接通就听到哭声，说话也说不清楚，路人打断，说："手机主人身体不舒服，动都不能动了。我是路过的，我现在送他到县医院了。你要是他朋友，赶紧来吧，就在急诊。"

电话那头哭声停止，甚至都没怀疑："好好好！我马上过去！谢谢！谢谢！我们马上过去！"

靳凡手撑在前方驾驶座的后肩上，身体被放射性的难受填满。

他生命中遇到的大多数人都自诩聪明人，认为一切事的发展，不过是几种常规的走向，排列组合，只要一一防范，一定万无一失。

他并未这样看自己，但也以为统筹全局就可以让事情照计划行进，却忘了世上还有"变量"这种东西。

他以为他心思缜密，他以为他会保护好林羌，他以为……

他错了。

早上七点五十五分。

说好了小脏辫、小莺和郭子来接林羌，结果距离林羌交班都过了一个小时，他们还没到。她倒也没催，就在科室办公室一边工作一边等。

打着字，突然手指一痛，她吸一口凉气，还没查看这刺痛是从哪来的，曹菘打来了电话。

她摁着手指，接通。

电话那头却不说话。

她放下手机，看一眼屏幕，是曹菘打来的，没错，就问道："菘姐？"

这时那头才抖着声音说："林大夫，我孩子走丢了，我着急找他。你能帮我到地库北区拿一下东西吗？有人给我送来的。"

林羌没应，只慢慢松开摁住手指的手："你没有报警吗？"

曹菘声音的颤动加重了："报不了……对不起……你知道孩子对我很重要……你一个人帮我……不要让别人知道……这点也重要……"

电话匆忙挂断，林羌缓慢地看向窗外，小脏辫他们还没来，但她似乎知道他们为什么还没来了。

她把双手慢慢放进白大褂的口袋里。

早上八点整。

立交桥的红绿灯旁，郭子和一个开面包车的农民工对骂，都半小时了还不依不饶。

"你往南去走直行车道啊？你让谁给你让？"

“放屁！你会不会开车啊？土鳖！你看看老子走的哪条道！”

小莺眼看过点了，林羌已经下班了，不想跟他们磨叽了，隔着两人去拉小脏辫的胳膊，提醒道：“你看看几点了！老大是不是说过想干接大嫂的差事就别出岔子？别在这儿跟他们浪费时间了！”

郭子和农民工都听见了，郭子说：“说什么呢？我的事叫岔子是吧！黄自莺！我当是什么好事儿呢，把我叫上，闹半天是接那娘们啊！”

小脏辫扭头就要骂，小莺拉着他的领子，把他的脸扯回来，说：“闹脾气谁都会，给我干正事！”

小脏辫知道，扭头就要上车，郭子在后边喊：“我知道！你们嫌我给车行丢人现眼了，嫌我没本事了，想踢我出局！忘恩负义的东西，忘了我是跟着四哥的元老了吧？我还是告诉你……”

小脏辫扭回来，刚迈了半步，被小莺扯了回去。下一秒，她大步迈到了郭子跟前，薅住他的领子，扬手一巴掌：“我告诉你！踢你就是踢你，你有什么贡献，你说你是元老？除了惹事还没点给自己擦屁股的能耐，你干过一件让人舒坦的事没有？张嘴闭嘴那娘们，我还是把话放在这儿，再让我听见你哔哔我大嫂一句，就算把牢底坐穿我也卸你一条腿！滚蛋！”

郭子被扇蒙了。

农民工在一边看得直笑，巴不得他们自己人大打出手。

小莺和小脏辫上路了，小脏辫脸上还有余惊。

“你别觉得我小题大做，咱们给了他机会，让他知道咱们为什么跟大嫂这么亲，他不要！那就这样吧。”小莺闭眼，恨铁不成钢。

小脏辫说：“没有，我就是觉得，咱俩的想法越来越一致了，我心里头美呢。”小莺睁开眼，扭头看了他一阵，突然把手伸过去，握住他的腕子：“我觉得大嫂说得对，三观是很重要的东西，它可以帮我们筛掉不适合交往的朋友。郭子和我们不一样，我们放过他。”

“嗯。我听我老婆的。”小脏辫说。

早上八点十分。

县医院地库北区是指院外一处停车场，原先是五层的商厦，销售自营品牌。后来商场慢慢开满商品街，各种大牌入驻，自营品牌不好卖了，这地方就废弃了。

前年拆了要建城市公园，拆完，开发商和政府谈崩了。下半年有商人相中它靠近县医院的地理条件，建了收费停车场。今年过年时出了事故，现在案子还没结，停车场也就一直封闭至今。

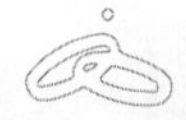

停在这里的车，要么是主人的车多到开不过来，要么是主人犯了事跑路来不及开走的。灰积了三层，连牌子都看不出来了。

铁门大开着，林羌走进去，平跟鞋踩在地上，笃笃地响，在大白天就黢黑的环境里回音荡漾。

刚走没两步，她就听到男孩儿抽泣的声音，还有女人哭得压抑克制的声音，是曹茳母子。

她循着声音，大步往里走。在最南边的一个区域，她看到一群人围着一盏充电灯，她一进入这个区域，所有人便凶恶地扭头看向她。

她透过人与人的间隙，看到曹茳母子抱坐在包围圈中央，旁边有人拿刀子比着他们母子。地上有血，她定睛一瞅，曹茳的胳膊被划伤了，小孩子的脸上也有口子。

在她确定曹茳母子是否安全的时候，这群人已经把她围了起来。

一个穿着夹克、留着浅浅一层胡茬的男人，一边吃着山楂片一边往前走了两步，冲身侧人使了个眼色。两人上前左右架住林羌。

他把最后一片山楂片吃完，把林羌的包扒下来，扔给手里人。他自己把手伸进她的口袋，掏出手机、钥匙、工作证、门禁卡。

将乱七八糟的东西丢给别人，他拿起她的手机，在她面前照了一下，解锁后先看通讯记录，再看短信、微信，没报警，没叫人。

他笑了笑。

这时他突然来了电话，他按了免提，让林羌听着那头的话。

“磊哥，我一直看着那女的，倒是听话，接到电话后没报警，也没跟别人说。”

电话挂断，这个叫磊哥的人点点头：“你还挺聪明，知道一旦报警，我们一定撕票。但也没那么聪明，这娘俩见过我们的脸，我们怎么能放他们走呢？”

他说完，扭头对手里人说：“带上车！走那条路！”

早上十点整。

小脏辫他们赶到县医院，急诊却没有靳凡。几个人发了疯一样在急诊逮谁问谁，医护人员也只是说：“不在这里就是走了。”

他们不依不饶，反被保安轰了出去。

小脏辫再给靳凡打电话，竟是仲川接的，跟他说，没事，靳凡就是听到林羌不见了有些血压高，让他们回车行好好待着。

蒜头抢过电话：“需不需要我们帮忙？”

“你们不惹事就是帮忙了，好好把车行守住了。老大自己的人自己会带回来。”仲川停顿一下，难得严肃地道，“记得管住嘴，出来进去结伴。老大顾不上你们，你们得自己救自己。”

几个小人儿互相看了几眼，点头郑重道：“懂了！”

仲川挂了电话，看向在沙发上静脉补液的靳凡。他不久前冲到医院，看到靳凡难看的脸色，担心的话还没说，靳凡先开口要回家。他就急忙把他挪到了家。

原是病情不重，他谨慎求助行人是怕身子垮在事情得到解决之前。

靳凡检查完踏实了，仲川也踏实了。这么棘手的事，还真得这位哥亲自处理。

仲川问道：“接下来怎么做？”

自靳凡追林羌到延州，回来又车接车送，一点都马虎不得，仲川就知道他料到了胡、戈两方会拿林羌开刀。

林羌未必不知，所以她也会为了自己的安全，不到危险的地方去。

但她还是出事了。如果对方是在众目睽睽之下把她劫走的，县医院早报警了。结果消息是小脏辫传来的，就是说对方是悄无声息把人带走的。

没有异常，也没有人证明是绑架，报警都难立案。

更何况这个县向来执法力度低下。

靳凡闭着双眼，把自己的手机递给他：“相册里有林羌这礼拜的值班表。今天上班的人你都打听一遍，看谁不在。”

“什么意思？”仲川看了看表问。

靳凡说：“县医院无异常，林羌肯定是在院外被带走的。能让她在没人接的情况下，自愿走出来，并不声张，大概是自己人的事。我们车行的人都没事，那应该就是她同事。”

仲川点头：“嗯，我马上去打听。然后要怎么办？”

“如果是那伙人拿她同事威胁她，这位同事应该也已经被带走了。”

仲川知道亡命徒的办事原则，照过面是不留活口的。

靳凡又说：“你找到这位同事的家人，一同去报警，要查医院监控、路况监控，必须得通过警方。”

仲川理解靳凡要找人同去的原因，无非是怕范森、刘广杰这俩跟他们结过梁子的东西使坏拖延，道：“那俩人可不是东西啊，万一给我们一人一张立案回执单，完事根本不查，我们有啥招？”

“你只管去，不管他后续查不查。有人报警后查监控都是办案程序内的事，我们要的是把林羌绑架走的那辆车的信息。”

“好，我知道了。”仲川说完打了一个磕巴。想说以靳凡刚到癸县时只手遮天的本事，明明有那么多关系可以用，为什么开始走明路办事了。恍然又想起，他那时是为了拉胡、戈同归于尽，现在他要踏踏实实地活着。

最后仲川安慰了靳凡一句：“你也不用太担心了，这一看就是冲你。搞不好没等我们查到他们，他们已经先给你打来电话了。”

“他不会。”靳凡睁开了眼，“他早准备好条件，就等着我找他。”

“那找吗？”问完，仲川意识到了，“有联系方式？”

靳凡没有，但这不难，胡江海原先就找侯勇来找他的麻烦，一时找不到胡江海，可以找侯勇。层层往上找，总能得到一个联系方式，可联系他不是重点。他说：“不是要跟他谈，是要谈赢。”

仲川不说话了。确实如此，别到时候林羌救不回来，靳凡还把自己搭进去了。

“你现在帮我订一张去西南的票。”靳凡说。

“你这情况还能坐飞机吗？”

“能。我输完要一个小时，到广顺机场和癸东高铁站差不多都是一个小时。你看看航班、车次情况，什么都行，要最快到达的班次。”

仲川问：“去西南哪里？”他这么问，是要问靳凡，是去壤南找胡江海，还是去稳州，回司令部。

“稳州。”

仲川了解：“嗯。”

早上十点十分。

林羌和曹茳母子被带上车后，双手戴铐，双脚上了锁链，脑袋蒙上两层黑兜。世界陷入黑暗，还没等他们适应，两巴掌照脸打下来，打得他们在黑暗里看见星星。

小孩子自然哭个不停，但越哭越打，也就不哭了。

曹茳气也不敢出，原先遇到医闹，也就是推推搡搡，骂骂咧咧。她以为那是她一生见过的最大的场面了，但跟被绑架后的遭受比，那又叫什么大场面，小打小闹罢了。

林羌从接到曹茳的电话，听到曹茳的颤音，她就知道对方是有备而来。至少调查过他们，不然不知道曹茳的命脉在孩子。

她想到对方在关注她的一举一动，所以没有报警，没有求救，照他们要求只身来到车库。

但她还是瞒过所有人，给靳凡留了信息。

中午十二点整。

靳凡输完液，仲川刚好回来，把手机给他。

手机屏幕上是偷拍的监控，仲川又给他一张折了三折的纸，说：“跟林羌一起失踪的人，是他们科室一个叫曹茳的大夫，还有她的儿子。县医院门口的监控显示，林羌去了地库北区。那边没有监控，只有路口有。十点二十分，有一辆贴了防窥膜的七座商务车驶出，是套牌，最后消失在马村入口。这个村子四通八达，除了入口这条路，其余地方都没监控。这是立案回执，范森那老家伙果然让我回来等消息。”

靳凡早有预料，继续穿衣服，没说什么。

“我建议范森调取全程的路况监控，这辆车再出现一定告诉我们，我们可以配合解救人质，他大概率不会听。”仲川说，“我觉得这伙人应该已经在马村换了辆车。”

靳凡穿好衣服，一刻没耽搁，拿起车钥匙往外走：“换的那辆车肯定提前停在了马村。你让那群小崽子到马村挨家挨户地打听，有无可疑车。”

“嗯。”仲川随他往外走，“我订了咱俩的高铁票，我跟你一起去稳州。”

靳凡没停，也没答应：“我需要你去办另外两件事，先去一趟区公安局，再去趟胡江海公开的住所。我的人我自己去找。”

仲川还想再争取一下，靳凡拍了下他的肩膀，表忠心的话就这么卡在了他的喉咙。

靳凡从知道林羌被绑架就犯了病，吊水时给她无法接通的电话打了又打。明知道无人接听，还要不停地打。

他停不下来，他太担心她了，他攥着手机的手湿乎乎的，都是汗。他想发脾气，想冲到派出所，攥着他们的领子问他们为什么不去调查，但他得先把身体照顾好。

他怕极了他倒下，要是他倒下了，林羌怎么办呢，他真的怕极了。

作为跟他相依为命许多年的兄弟，仲川怕他，也了解他。知道他心里苦，怨自己无能，但安慰的话在他这样务实的人面前，价值低得可怜。

仲川听了他的，把自己的票退了，改道先去完成他交代的任务。

中午十二点二十七分。

靳凡去高铁站前先去了一趟医院。林羌很聪明，他对这一点确认无疑，她这样并不反抗、束手就擒的概率很低，他想知道她有没有给他留下什么东西。

果然，他在她科室办公室的工位，看到了文件上放着的戒指。

这是一种信号。他拿上戒指立刻回家，找到这枚戒指的盒子，打开看到林羌事先留的字条——“晚饭我不跟你吃了。你早点来。我不是一直都胆大的。”

靳凡把这张字条抠出一条很深的印。

她一直知道敌人强大，她一定会成为别人对付他的筹码，但她从没在他面前透露过害怕。

晚上，十九点整。

叫磊哥的人带着林羌和曹莛母子在马村换了车，之后便一路朝南。

他们很谨慎，即便换了车，也是一会儿走高速，一会儿走国道，在没人的地方换车。每换一个收费站都会换一张身份证，每打一个电话就换一张卡。

他们清楚，最晚四十八小时，警方一定会确认他们几个人的身份。

所以，他们要在四十八小时内，把这三个人带到指定地点。

他们不住旅馆，唯一歇过脚的地方是一个四面环山的村子。林羌他们头上的黑兜被拿下来的时候，只看到一个大锅灶和一堆柴火，左侧是炕。整个房间差不多二十平方米，算上他们三个人质，总共八个人。

曹莛搂着孩子在一边哆嗦，不敢说话。

磊哥手下的一个“独眼”，上来就是一巴掌，把曹莛扇倒在柴堆上。

“啊——”

林羌在他第二巴掌落下时，挡了一下，那一巴掌就落在她脸上。

旁边围着灶吃泡面的几人见状笑起来：“这小娘们气性挺大啊，等会儿给你点别的尝尝。”话间猥琐龌龊尽显。

他刚说完，磊哥上去就是一脚，把他踹翻了：“不懂先孝敬我？”

“是是是。”

他们又乐起来。

磊哥拿了半瓶酒，重重撂到林羌面前：“喝口酒垫垫胆，一会儿把哥几个伺候伺候。”

他就这么蹲在林羌面前，一对三角眼紧盯着她的脸。

林羌看着这张脸想吐，就闭上了眼睛：“你们一路这么熟练，肯定不是一天两天的计划，没逮住人，你们可能破罐子破摔；逮住了，就不能白跑这一趟。你不用吓唬我，我不哭，也不闹，我们就和平相处。到时候你拿你的钱，我当我的俘虏。”

她说完，几个人对视一眼。

磊哥也笑了，说："我说你怎么乖乖出来了，你是知道一旦你叫了人来，我会当场让这娘俩见阎王。"

他们的目的是林羌，如果绑不到，钱没有，还得进去，所以他们计划好了当场撕票。这群人，半辈子净蹲监狱了，贪生怕死四个字就没在他们身上出现过，被击毙也没什么。

磊哥用大拇指摩挲着酒瓶口，片刻后又道："我很好奇，你知不知道你们为什么被绑？"

林羌知道，可是只道："我不用知道。"

磊哥笑了，突然扔了酒瓶，一把薅住林羌的头发，往后一拽："万一我不想挣这个钱了呢？"

林羌疼得五官紧绷、头皮发麻，扫了一圈在场的其他人听到他这话后难以解释的神情，笑着说道："你得问问你兄弟们答不答应。我看他们一身本事，为什么要被你摆布？"

磊哥眯眼，照着她的脸，用力甩了一巴掌，扭头骂道："看好她！"

他说完出去了，曹茳用戴着铐子的手扶起她："你不要招惹他了……脸疼不疼啊？"

这个磊哥和林羌的对话让曹茳明白了，不是林羌蠢，明知是陷阱还只身前来，是林羌知道，若非如此，她们母子根本走不出地库北区。

林羌握住她的手，没说话。

曹茳却觉得接收到了林羌传递来的信息。他们得稳住，得镇定。

第二日，早上八点三十分。

某战区海军航空部队连续多日在南海空域完成高强度、大规模的实战演练，司令员丁阳璞全程视察指导。圆满完成任务的次日，他接受了军报的采访，主要讲装备换新成五代机后，战斗、巡航的感受。

采访刚结束，他即刻坐车前往洪涝灾区——九兆省壤南市南间县。

这样连轴转了不知多少天，衰老松弛的眼皮快把他的眼睛挡住了，却没挡住他眼里坚定的光。

接到靳凡的电话，他还是挺意外的，而且靳凡打的是他的私人电话。

他一下子想起这位年轻的老朋友，原稳州军区的骨干，退伍时已是连长。四次荣立三等功，两次一等功。这个特等奖、那个标兵、这个杰出青年、那个荣誉干部拿了不知道多少回。八年从军，也不知道靳凡在阎王那边报到了多少回。

但丁阳璞没有接电话。

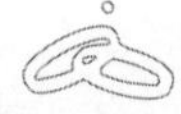

戈彦是什么人他是知道的，他希望靳凡懂他的意思，免开尊口。

他想要保留心中那个有勇有谋、浑身是胆的靳凡的形象，不愿接受靳凡跟戈彦同流合污的信息。

但当靳凡再次打来，他还是没能视而不见。

靳凡是不是跟戈彦一条心先放在一边，他跟靳凡是有私交的。靳凡在工作之余打他的私人电话，他得接。

刚要接通时，铃声停下了，丁阳璞感到好奇，却没有动作。前后也就半个多小时，他接到一条留言，那头很平静地告诉他——“戈彦投案了，目前消息在封锁中，具体谁涉案还没透出风。但咱们好多老朋友都已经坐不住了。”

丁阳璞不在戈彦权钱交易的名单中，他是问心无愧的，但还是有一些困惑。既然不是要给戈彦铺路，那靳凡这通电话……

他还是回拨了，打给靳凡。

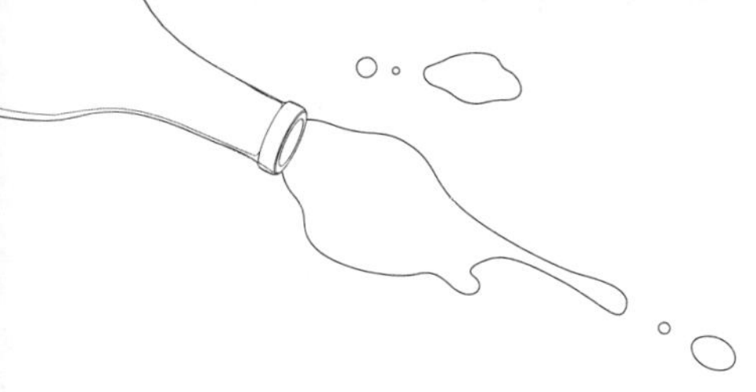

第七章 致吾妻

>> 杯子下边压着一张巴掌大的便笺，
画着她的素描像，
是她累倒在副驾驶座上昏睡的画面。
小像下边写着：致我的妻子。

戈彦跟靳凡谈崩以后，与靳遐回到延州的住所。靳遐发了好一通疯，让戈彦自己去处理这一堆烂摊子。

他很少这样，最近太频繁了，他越是狂怒，越是透露他气数尽了。

戈彦沉默地洗了澡，把小旅馆的霉气洗掉，换了一身昂贵的衣服，对着镜中的被科技雕琢出的脸，描眉抹粉。

其实在前往癸县之前，她已经料到不会有收获，但她还是去了。她戈彦从不认输。但当靳凡的“善自珍重”传入耳中，她发现她也挺想见儿子的。

说来自己都不信，她看到儿子健健康康的，后面那些话都像在背稿子了。

她好像只是为了完成任务，并不在意是否能闯过这道关了。

靳序知以前说，欲望是无尽的，而人只有百年。

她从前反驳，这不是庸碌无为的理由，既然只有百年，那肯定要走到最顶端，看到更远处。

那时年轻气盛，以为事在人为，如今这一生到头，她发现靳序知是对的。她回望过去，竟没一刻是自在的。她总是不满足，总在逼自己、逼别人……

她现在觉得，她可能错了，许多选择都做错了，但戈彦是不后悔的。

她缓慢地梳妆，旁边是从燕赵山的山顶别墅带来的电脑。

这台电脑从未联网，只用外置硬盘传送资料，作为绝密文件存储之源。里面有她所有通过与知名人士的婚姻获取的便利和庇护条目；所有境外户口转入支出的记录；她与所有涉案机关的书面协议；她用于牵制杜佳、赵扩等人的全部往来信息……

她决定前去结束这半生的罪与孽。

早上九点二十分。

距离林羌、曹莛母子被绑已经二十五个小时，这一程貌似终于抵达了终点。

磊哥等人把林羌他们仨拽下了车，走了很长一段路、十几级台阶，七八分钟后，一脚把他们踹倒，摘了他们头上的黑兜。

林羌被一道强烈的白光直射，双眼紧闭了好一阵才能睁开，入目便是断壁残垣，好像是烂尾楼。

磊哥和几个手下分完半包烟，看了他们一眼，走了。

曹茳搂着儿子，即将脱水也还是大喊：“我儿子发烧了！求求你们给口吃的，给口水！要不你们放了我们吧！我不会对外说的！我发誓！我要是把你们说出去了，我不得好死！”

林羌拉住曹茳的腕子，把风口位置让给他们母子。没条件，只能给孩子物理降温。

曹茳缓慢地扯走了手。

林羌没针对她突然的异样举动说什么，换完位置，用自己冰凉的手想替孩子冷敷。

曹茳也不用她，抱着孩子转了身。

林羌的手停在半空，又佯装自然地放在了膝盖上。

五分钟，曹茳转回来，看着林羌，问：“他们的目标是你，如果不是因为我们是同事，我跟你还是一个科室的，我跟我儿子根本不会被盯上，被他们拿来引诱你。”

后面这半程，曹茳想通了这一点。

林羌不能反驳。

曹茳一直在流泪，灰扑扑的脸和了泥，显得很狼狈。她吞了几口唾沫又说：“但我又怎么能怪你呢，你也可以不来，就让我们俩死。”

林羌一直低着头，听着曹茳的哭声，心沉得有如千斤压顶一般。片刻，她抬起头，伸手擦擦曹茳的眼泪，双手捧住她的脸：“茳姐，我不放弃，你也别放弃，我们能回去的。”

“怎么回去呢？”曹茳原本是沉着的，可是二十多个小时过去了，那点沉着也磨没了。

林羌告诉她：“他们绑我是要拿我换取什么，只要他们没拿到这个，就不敢对我们怎么样。”

“要是拿到了呢？”曹茳太累了，脑子已经不愿意再转了。

林羌说：“既然手握这个东西的人愿意用它来换我们，就一定会确保我们能安全离开这里。”

“是吗……”曹茳不知道自己该不该信了。

林羌不再说了，只挪近一些，让曹茳靠在她的肩膀上，她给孩子降温。

太阳光照进这片废墟，比癸县要暖和些。

林羌不知道这是哪里，但她从没觉得她身处绝境。她相信有个人正在为了救她拼尽全力。

他们一定会平安，她绝不会放弃，谁也不能阻止她活下去。

靳凡要聊的是公事，丁阳璞就让他直接到洪涝灾区所在镇上的临时办公点了，他只给靳凡十分钟。

丁阳璞一身迷彩作训服，步态矫健，精神头十足，刚拿着塑料杯接了两杯自来水端回办公点，靳凡就来了。

他先放下杯，回头拍了拍靳凡的胳膊，说："看上去身体养得不错啊，挺好。"说着走回办公桌前，坐下，双手搭在桌前，抬起头，"坐。咱们有多久没见了？"

靳凡要谈正事，就没有叙旧，确认所处环境安全后，拿出一份他在高铁上写的申请表，上面是详细的事情经过，用来节省时间。

再道明来意："卡鲁被击毙，胡江海接手了他的脏生意，想让我帮他复苏这条交易链，所以绑架了我的家人及其同事，还有那位同事的孩子。我需要司令员的帮助，调派驯豹突击队解救人质。"

丁阳璞的眼睛和耳朵同时传递给大脑"胡江海"三个字，神情登时严肃起来。

当年卡鲁违法犯罪的核心点就在壤南。他们之所以把指挥中心选在这里，主要是因为边境优势，一切突发情况都可以得到接应，顺利撤离境内。

一开始公安部调查此案时，没以为有外部势力介入。调查后发现案情不简单，便联合靳凡所带领的驯豹突击队，展开对外军事行动，一举歼灭了这个跨境犯罪团伙。

过程是很惨烈的，靳凡下属的特战二队一名飞行员和一名通信员牺牲。

战斗机飞行员培养不易，通信员更要掌握庞大的专业知识。

这成为靳凡后来申请退役的一个原因。

那时他就给自己下了死令，不管是不是他亲自带的队员，只要是一个旅的兵，一定全力护佑，怎么带出去，怎么带回来。

但他没做到。

丁阳璞快速看完他的申请，沉吟几秒，问："你有胡江海的犯罪证据吗？你知道驯豹突击队是对外武装力量吧？如果可以确认的只有绑架一件事，那你应该报警，让公安部调遣武警去处理，不是军队。"

"如果胡江海有能力击毙卡鲁，他不一定需要我来帮他复苏这条交易链。

他明知道从卡鲁处得到消息比问我更容易。但他连绑架都干得出来，证明我是他唯一的路。这很矛盾。我有理由怀疑击毙卡鲁的是其他境外势力，胡江海在为他们办事。现在对外了，司令员可以下达命令了。”

“你也说只是怀疑，他中间有联系过你吗？”丁阳璞问道。

靳凡视线微微向下，片刻，点头：“我没有确切的证据，但他确实绑了我的家人，如果她因此受到伤害……”靳凡停顿片刻，抬起头又说，“我不知道我会做出什么事，但若司令员因此受到玩忽职守的处分，别怨我。”

“威胁我？”

“是。”

丁阳璞突然笑了，也点头：“所以你现在确定了他们在壤南这里？”

“我已经找人挨家挨户打听到绑匪换的车，早上得到消息，他们每到一个地方换一辆车、一张身份证。根据他们的路线，就是来了壤南。”

丁阳璞挑眉：“这是从正规途径得到的消息吗？”

“不是。”靳凡开始是要根据程序办事的，但走了程序，却办不了事。他没那么多时间，就动用了私人关系，找了交通管理局、公安局。

“就这么急？”

“就这么急。”

“那你知道，如果我无法确认这个绑架案涉及了境外势力，我要承担随便调派军队力量的责任，这不比玩忽职守的罪小。”丁阳璞摆弄着工作时的手机，看起来很悠闲地说。

现场沉默了。

片刻，靳凡抬起头来：“920 行动出发之前你说过，完成任务，活着回来，你可以借我个人情。”

“我是说公事吗？”丁阳璞皱眉。

“你也没说不是公事。”

丁阳璞站起来，给他那杯自来水：“我可以给你下这个令，但如果我说你这辈子只能跟我开一回口，你还要用在这次吗？你要知道公安部面对绑架案，是严格对待的，很有可能最后你只是浪费了一次对我开口的机会。”

“没有下次。”

丁阳璞一拍巴掌：“好。”然后拿起桌上的手机，“我刚才已经把你这个情况转递到了公安部，也已经对驯豹突击队下达了命令，联合公安部破获这起案件，解救人质。”

他说完看了一眼手机，刚刚好用了十分钟，靳凡跟过去一样，一句废话都不说。

靳凡离开后，丁阳璞的私人手机被推送了早间新闻，就那么巧，正好是对某地方干部滥用职权的通报。

他把手机放在桌上，不对这件事发表看法，说回他自己刚才做的这件事，只看罪名貌似是同一个，但他觉得不能混为一谈。

早上十点四十分。

一名绑匪买了酒回来，旁边一个虎背熊腰的同伙一边接过来，一边问他："烟买了吗？"

"买了。"跑腿的绑匪又从包里掏出烟来，吸吸鼻子，看着对面的烂尾楼，"刚才买完烟出来看见一个穿得特少的女的，我照屁股摸了一把，反手就给我一巴掌。要是磊子让咱碰这俩女的，多好！"

"别作死了，磊子急起来连老娘都捅，他不让你干的事你也敢干？"

一个绑匪叼着烟从旁边房间过来，也说："你以为为什么再雇一个本地的去看着他们仨？就是磊子怕你这种拉链拉不上的，脑子一热，找死！"

这人一脸不屑，说："我觉得这女的说得不错，活儿我们分着干，钱他一个人拿！我们拿多少全看他心情。都是从少管所开始蹲的，凭什么？"

一阵沉默，几人无言对视。

不知多久，叼着烟的绑匪提醒他："不凭什么，这买卖的雇主找的磊子，你孙彪有本事拉来这么大的老板，我们也跟着你干，反正我就认钱。"

叫孙彪的这人不说了，确实，雇主找的是高磊，是高磊领着他们干的。

"我们少露面也有好处，万一雇主那边失算了，这三人平平安安回去了，也省了咱们白费力气，拿不到钱，还又回到铁窗老家。"

"就属你幽默。"

"回到老家我可不怕，我就怕这一趟活儿下来，没拿到几个子儿。"

"我是不想再回去了。"

他们闲聊扯淡，打起了扑克。

丁阳璞一通电话打出去，"卡鲁""胡江海""绑架"，这些字眼一经出现，公安部马上对刑侦总队发布命令，确认信息无误后，紧急成立专案组，联合驯豹突击队追击胡江海、解救人质。

中午十一点三十二分。

侯勇在壤南的出租房，武警破门而入。侯勇大喊着逃窜，被当场按在沙发上，下一秒就湿了裤子。

武警将侯勇带回临时审讯点，他腕子上留了疤，正是靳凡上次打的。他缩着脖，不敢抬头，左腿不停地抖，以缓解紧张。

“之前胡江海是怎么联系你的？”审讯员挑这个时候问。

侯勇下意识回答：“我不知道你说的是谁，我不认识这个人。”

“谁让你算计靳凡的？”

“我没有……”

“坦白从宽！”

“是酒盖！我不知道他本名，就知道他叫酒盖，在壤南跑运输。他还骗我说他是做生意的，我来了才知道他就是一个开大车的！”

“这个酒盖怎么联系？”

“微信！但他已经很久没回消息了！我在这边出租房住了仨月了！”

“有没有电话什么的？”

“没有！他之前有一个外省的号，只给我打过一次，我也忘了存！”

“你们有没有共同认识的人，他有没有带你见过他的朋友？”

“没有！”

“有没有？”

“哦！他有个女人，还在上大学！”

“在哪儿上大学？”

“不知道，就知道学的是服装设计，是什么技术学院。”

“见过她没有？”

“见过，就见过一次！”

“从哪儿见的？”

“冰厂！”

“长什么样，多高，是胖是瘦？”

“长头发，一米六多，不胖也不瘦，但是胸很大！”

“有没有说谎？”

“没有！我不敢骗你们了！”高声又密集的审讯让侯勇的大脑打结了，根本来不及编造谎言。

审讯员问完了，出了审讯室对监听的人说：“马上到冰厂找一下这个女的。”

冰厂是壤南三道口一个酒吧的名字。

审讯员是这个专案组的副组长，主要目的是追踪定位胡江海的位置。

靳凡提供了侯勇的信息，他让仲川到公安局请求调查那几个绑匪的信息，也找到了胡江海的一处住所信息，看样子已经空置很久了。

组长在会议室投屏展示出几个绑匪的资料，对其他成员说：“高磊，还有这几个，都刚出来没多久，犯什么事儿的都有，强奸、抢劫、贩毒、诈骗，全了。他们是从槐于收费站进来的。”说着比画了一下，“这个三岔路口的监控损坏很久了，暂时不知道他们往哪儿走了。他们那辆车也再没出现过，不排除他们已经换了一辆的可能。”

组长停顿了一下，继续说：“十点三十分，壤南北街有人报案，说在湖光路上行路段，大顺烟酒那个路口被一个路过的人掏了包、摸了屁股。就是在这个位置。”

组长说着调出道路地图，敲了敲湖光路上的一个位置，又说：“道路监控我看过了，虽然捂得严实，但从体型、习惯看，就是他们中一个叫孙彪的。我们可以把范围缩小在松江区。”说完在屏幕上画了一个圈，“就是这一块。”

副组长问：“靳凡到了吗？”

组员回答：“说是一点到。”

“胡江海一直没打来，就是在等靳凡找到他的联系方式。靳凡提供的所有线索，只有侯勇这条线可以进行下去，所以我们从这个酒盖嘴里去套的思路应该是没问题的。”副组长说。

组长接上：“靳凡来之前，尽量弄到胡江海的联系方式，等他来了让他打过去，探探口风。另外一边，抓紧时间在松江区地毯式搜索，找到他们藏匿人质的窝点。”

中午十一点五十分。

冰厂，员工宿舍，不到十平方米的蜗居。一张木板搭的床上装了蕾丝边的蚊帐，床上堆积着衣服和化妆品。

靳凡站在门口，这间蜗居的女主人正在洗脸，洗面奶洗不掉睫毛膏，她扭头看靳凡时，眼圈下一片黑，但她不知道。她找不到她的镜子了，翻了床铺半天，衣服都甩到地上了，也还是没找到。

她拿起枕巾，擦了擦脸，扭头很不耐烦地说：“帅哥，我说很多遍了，我没见过她，她跟一个卖笑气的走了！笑气知道吗？”

靳凡掏出钱包，拿出一沓钱，是他来时专门取的，放在她的饭桌上。

女人停住手，片刻，坐下来，跷起二郎腿，从枕头底下掏出一个干瘪的烟盒，摸出一根烟，点着抽了一口，仰头看他：“要不你重新考虑，拿这钱换点别的？我可以跟你睡一觉。”

靳凡把钱包里所有的钱都掏出来了，这回摔到了桌上。

女人闭眼抽了一口烟，有点无奈似的，终于松口：“我也不知道你找酒

盖还是小洛，酒盖早失联了。小洛呢，本来也不是冰厂气氛组的，是被酒盖带来玩的。只是酒盖欠我们老板的钱，就给她下药，把她留在这儿了。”

女人平静地叙述，情绪毫无波动：“后来她一个哥哥把她接走了，但好像也不是亲哥哥，只是个卖笑气的，在这一带活动。”

“叫什么？”

“叫凉岁，名好听，我专门问他看了身份证。”

“有电话吗？”

“没有，但是我加了 8322 的群。”

“8322 是什么？”

“就是拉皮条的群，哪个老板订卡，群主就把群里的女的都叫过去，免费喝酒，随便蹭卡。”

“这群跟凉岁有什么关系？”

“凉岁就是群主啊。”女人笑了，笑里有看不起，“什么都不知道你找我干什么？”

靳凡递手机过去：“拉我进群。”

女人看了看手机，再仰头看靳凡：“你亲我一口，我就把你加进去。”

靳凡回身拿起她桌上的水果刀。

女人脸沉下去，不再说了，乖乖加他好友，把他拉进群。

靳凡确认群主的昵称确实是凉岁，把这女人删了，转身出了这个蜗居。

女人在他走后，站起来，数钱，随后冲门口翻了个白眼。

又下雨了，壤南多处正闹洪灾，这雨停停下下，就没歇过半小时。

靳凡回到仲川事先给他租的车内，正好后座有把伞，他拿来放在手边。

他看了眼时间，十二点十分了。他没再耽搁，在本地社群搜了笑气，找到这一带买卖笑气的行话，添加凉岁时在备注输入，果然很快得到了通过。随后他以购买笑气为由跟凉岁约在了温泉馆。

凉岁身高一米七左右，较胖，长头发，脖子上有三道颈纹，看见靳凡上下打量了几遍，才皱眉疑惑道：“你要买货？”

靳凡开门见山：“酒盖认识吗？”

凉岁皱眉，对方那么直白，他一时没反应过来，实话实说了：“没听说过。”

“小洛呢？”

凉岁扭头就跑。

靳凡手疾眼快，拽住他的胳膊，扯回来摁在地上：“说！”

“不是，哥，我真没动她！冰哥说她精神有点问题，给我打电话，让我冒充她哥给她接走，然后送到精神病院。她当时像是傻了，一动也不带动的，我……我……你说，谁有这便宜不……”

靳凡照着脸就是一巴掌：“哪个医院？”

凉岁在这家温泉馆有熟人，他认㞞的时候，他的人来了。他一下子横起来，瞪着眼骂道：“哪来的混子！”

靳凡扭头看见三四个人，也不松开凉岁，照脸又是一巴掌：“再说。”

凉岁被扇蒙了，忘了反应，旁边人齐刷刷地冲上来。

靳凡握着伞打横往他们胸前一挡，起身就是一脚，把冲在最前面的人直接踹到了墙上。他旋即手一松，伞身在他手中向下滑，快要滑出他手心时，他一把攥住，正好攥在手柄，转腕用伞尖击中第二个人的肩窝。

那人疼得直咧嘴，不往前走了，仅剩的一人识时务地退到这两人身后。

凉岁意识到这人来势汹汹，忍了，起身后低眉顺眼地说：“就是彭公山那个精神病医院。”

靳凡薅住他的领子：“你跟我去一趟。”

“可我还有事……”

靳凡反手又是一巴掌。

“没事了。”

中午十二点二十七分，靳凡和凉岁到达彭公山精神病院。

他见到小洛时，小洛正在画画，穿着病号服，神情平静。

她的主治医生禁止靳凡提问，医生猜到靳凡问的一定是她痛苦的记忆。如果很急，可以问他。

靳凡从主治医生口中知道小洛亲妈因病早死，之后又没了爸。她很小就不上学了，后来跟一个绰号酒盖的、大她七岁的男人谈恋爱，结果遇人不淑，给她包装服装学院的大学生身份是让她去做外围。

酒盖从她身上赚了钱，仍不满足，遇到冰厂老板冰哥后，想玩儿一把仙人跳，没想到他没有冰哥道行深。冰哥不仅打折了他的腿，还对外说他欠钱，把小洛抵押在了冰厂。

冰哥甚至对外透露，小洛精神出现问题，还是他找到小洛的哥哥，把她送到医院治疗的。

医生说：“本来我也不该说病人隐私，但她家没人来过，电话打过去让他们来交住院费，他们接都不接。我们现在纯靠政府救济，你要是能联系到她的家人，希望他们能快点把拖欠的住院费交上。”

医生说了一番肺腑之言，随后把小洛的私人物件递给了靳凡，都是她住院前的随身物品。靳凡看到一部碎屏的电话，借了医院招待间，去充电了。

凉岁想走却走不了，就像跟班一样在靳凡身后。

招待间面积小，窗户都没有，只有一套掉漆的木质桌椅。

两分钟后，手机开机了，靳凡想都没想，直接输入 0415。

凉岁呆了，看呆了。

小洛画板下端就刻着歪七扭八的 0415，她病号服上也是这四个数字。但一路过来，庭院里其他病人的病号服上没这样的数字。就是说这数字不是医院给病人的编号，是小洛自己的执念。

靳凡从小洛手机里找到酒盖的电话，翻了他们所有的微信聊天记录，看到了酒盖的真名，还有他的老家。

他用自己的手机拍照、拍视频，保留证据，把小洛的手机还给医生就离开了，跟凉岁就此分开。

他开车返程时，给仲川打去电话。

电话接通后，背景嘈杂，全是骂声。他知道是什么声音，不好奇，直接问："怎么样？"

"嘴特别硬。"仲川啐了口痰。

靳凡很平静："把电话给他。"

随后手机到了刘广杰的手上，他求饶道："靳哥，我真不认识他！之前他们让我给你这边施压，打来的时候没有主叫号码，肯定用的境外拨号。我怎么知道……"

胡江海的位置，除了侯勇这边有线索，再就是刘广杰。他当时以为靳凡得罪了谁，还扣了小脏辫他们几个。

靳凡听着电话那头小脏辫的骂声，他们这回应该能把憋的气讨回来了。他继续对刘广杰说："我老婆被绑架了，要是她不能安然回来，我就拉着你，咱们一块儿给她陪葬。"

"靳哥……"刘广杰颤抖了，他怕，他知道靳凡说得出就做得到。

"你考虑好，然后再打回来。"

靳凡说完，叫仲川接电话。仲川把手机拿走，走到一边："老大。"

"你告诉刘广杰，他有多少条罪名他心里清楚，这个案子会从根儿上开始算。他早配合，还能争取宽大处理。"靳凡说。

仲川点头："好。"

电话挂断，靳凡靠在头枕上，闭上眼。

他一直强迫自己睡觉，一直睡不着，这样太耗损身体了，他知道。可是林羌还没找到，他每根神经都放松不下来，他也没有办法。

他还不能太想她，太想她就很紧绷，太紧绷就感到乏力，心脏就难受。

不到一分钟，电话回过来了，刘广杰说了实话："老猫，他之前过来找我，说有个活儿，问我干不干。我一听钱不少，就答应了，之后就接到了这个境外的电话，让我把你约到柏泉饭店 1213 号房。"

老猫是燕水隔壁斛州太康市公安厅原先的干部，因为私带违禁品进去了几年。出来后一直倒腾药品，北边几省的药厂他都有关系。

靳凡知道了，一通电话打给孟真，要找老猫。

孟真原先在纪委任职，老猫这个案子他经过手。听靳凡语气很急，具体也没问，很快帮他联系上了。

靳凡说时间很紧，事后会登门解释。孟真能理解，让他先办事。

随后靳凡跟老猫通了电话，老猫为人谨慎多疑，虽说是孟真牵线，不得不卖这个面子。但靳凡是谁，靳凡为什么找他，他大概知道，不得不小心一点。

此时已经一点二十分，专案组的电话靳凡一个都没再接。他没那么多时间了，开门见山地道："我现在就一个人，我要见胡江海。"

电话那头沉默，片刻后，老猫笑了："我没懂，大兄弟，你见谁？"

靳凡说："你直接跟胡江海说，丁阳璞跟公安部打招呼了，现在成立了专案组，专门来查他。我给专案组提供了侯勇这条线索，但没有提刘广杰。"

又是一阵沉默，老猫说："听不懂。"

"我知道他在给境外某势力办事，如果某战区和公安部合作展开军事行动剿灭这个团伙，对方一定会放弃他。"靳凡说。

"然后呢？"老猫的语气稍有变化。

靳凡手扶住方向盘，盯着前方青白混浊的雨景："你带我去见他，我能救他的命。"

晚上六点半。

曹莛的儿子烧得厉害，曹莛哭得眼都睁不开了，还又累又饿，开始出现幻觉。她为了让自己保持清醒，风池和百会两个穴位都掐成了紫红色。

她濒临崩溃，只有一丝理智残存，但也不知道什么时候就会消失。

林羌环顾四周，荒芜阴森，纯等死的地方。心下一定，不再等了，站起来，回头冲曹莛伸手："来！"

月光微弱，曹莛只能看到林羌的轮廓："你要干什么？"

林羌没说话，拉着她就要往外走，脚链让她们行动缓慢，快一分钟才到

楼梯口。正要跳下一级台阶，楼下一道强光照上来，像是手电筒，随后听到粗鲁一声："你！干什么？"

林羌回："我朋友孩子发烧了，能不能跟你们的人说一声，拿一点退烧药来，再拿瓶水！"

"没有！给我老实待着！"

她又说："不管谁让你看着我们，肯定有一句别让我们死了。如果我们家孩子真的烧坏了，我保证你们什么都拿不到！"

手电筒还照着他们，他们还是睁不开眼，却听不到那人再说话了。

过了会儿，强光没了，那人走了。

曹莊问林羌："我们要这时候走吗？"她觉得不现实，绑匪们肯定在下边等着他们仨。

林羌说："我先要东西。"

果然没几分钟，一个人上来送了一趟药和水，还有一袋面包和两个生鸡蛋。

林羌帮曹莊拧开水，挪到了窗口，也不是没月亮，天竟然这么黑。

曹莊给孩子吃了点东西，喝了药，拿外套给他盖好后，也挪到窗前，把剩下的食物和水给她："吃点东西吧。"

林羌接过来，一分为二，给了曹莊一半，然后大口咬着面包，喝一大口水，以防噎住。

她没谦让，她得吃东西。

曹莊渐渐变了语气，原先同事间的恭敬好像没了，本就稀薄的友谊更少了："以前有人跟我说你当过兵，我一点不信。我们老家村子营房那边的女兵，跟你一点不一样。"

林羌嘴里被填得满当，就没说话。

"现在有点信了。"曹莊看着外边一片废墟，又问，"你说这到底是哪儿？"

"壤南。"

"壤南？"

"刚才那人说的是方言。"林羌之前因为靳凡了解过西南的几个省。虽然了解得不多，只能确定大方位，但既然把他们绑到了西南，那就是要在靳凡原先的驻营地跟他交易。

原稳州军区特战旅就驻扎在壤南。

晚上七点二十一分。

老猫发给靳凡一个地址：壤南荆谷别墅107幢322号。

八点零七分，靳凡进入这幢别墅的庭院。

巴洛克风格的建筑让人眼花缭乱，但如果周围别墅都是这个配置，它又会毫不起眼，十分隐蔽。

靳凡进门后，静站在楼下大厅。等待许久，胡江海这尊“佛爷”才慢腾腾地走下来，看上去并不紧张，或者说他不以为大祸临头。

胡江海上次见靳凡，靳凡是主人，他没调查清楚靳凡为什么突然这么恨他，又唐突又匆忙，难免慌张。这次是靳凡找上他，他已经清楚靳凡为什么知道他关闭阀门的事了，也控制住了黄麦，就显得从容了很多。

他要亲自给靳凡烹茶，靳凡拒绝了，手机拆了卡，往桌上一放：“免了这些没用的，把我家人放了，我把军、警两方的部署告诉你。”

胡江海门口有检测器，室内有屏蔽器，靳凡录不了音，也无法跟外边联系，所以他一点也不担心，笑道：“我们认识这么多年，我不知道你心里那点沟壑吗？如果真像你说的，我跑了，你还能活着吗？泄露机密，你敢吗？”

“你绑我家人不就是知道我为了她什么都干？现在问我这些不觉得矛盾吗？泄露机密是死罪，真帮你做那些脏生意就不是死罪？”

“谁跟你说我绑了你的家人？”

靳凡也不兜圈子，拿起手机，翻出还热乎的照片，再放上桌：“你当时来癸县找我之前，先找过老猫，让老猫去找刘广杰。这说得过去，老猫以前在机关里，现在又有那么多药厂资源，你们志同道合，有交情正常。但你怎么会找只是个二流子的酒盖？”

胡江海没拿起他的手机，但垂了眼，他看到了屏幕上的内容。

“酒盖本名徐寄明，稳州济仓人。”靳凡说，“熟吗？你原先有个女人叫徐琼，也是稳州济仓的。”

胡江海笑容消失了。

靳凡笑了：“怕了？你会吗？你进去不就是家务事没处理好，被原配举报了？”

胡江海也算经历过事的，什么都能接受，语气未变：“就算他是我儿子，我看他过得不好，就想用他，把他带上道，你有什么理解不了的？有什么好说的？还是你觉得你能用他威胁我？”

“我没你那么孙子，对家人下手。”靳凡下一句把话说得更明白了一点，“即便徐琼瞒着你生下儿子，以此要挟你，当年你还是在出事前把她送走了。要不是万不得已，你怎么忍心把你们俩的儿子牵扯进来？你没人了，胡总，

你比我想象中还要落魄。”

胡江海凝眸，紧盯住他。

“我要是说错了，你不会在听到老猫转述后就答应见面了。”靳凡说，“因为卡鲁是被别人击毙的，而你为这个‘别人’所用。你知道那些脏生意做不成他会让你死，所以即便风险大，你也要绑我的家人，就为了拉我下水。但你也知道这法子有隐患，万一我放弃原则，把事闹大，你必然成为‘别人’的弃子，到时你还是会死。”

胡江海被他说中了，但不会按照他给出的路往下走：“我把你家人放了，你把军、警两方的部署告诉我，我顶多从中摸索出一条求生之道，苟活下来。但你要知道，我再次犯险是为东山再起！你这是不平等条约，我跟你签不了，大不了我再死一回，但有你家人陪着我，我觉得挺值的。”

到这时候，胡江海已经顾不得维持文人风骨了，像极了一条为了肉骨头撒泼打滚的狗。

“而且说到底，军方和警方会出动，不是你一手促成的吗？”胡江海目光淡然，似乎有看透一切的气势，“你先堵我的路，再来当救世主。你可越来越有本事了。”

靳凡无所谓：“我竭尽全力救她，救不了就去陪她。你知道我这身子骨也没几天活了。”

胡江海喉咙慢慢收紧了。

靳凡是在跟他比谁更能豁得出去。他料定了胡江海弄出这些事，就是不想再像孙子一样活着，自然没那么豁得出去。

两人陷入漫长的、沉默的对峙中。

晚上八点三十分。

专案组晚了靳凡一步。靳凡先去了冰厂，等他们去时，这条线索已经被胡江海方面打点过了。他们以为专案组就无路可走了，这真是愚蠢至极。

会议室里，没人质疑靳凡为什么越过专案组私下联系涉案人员，全都在专注另一个突破口——松江区地毯式搜索进度。

一旦确定人质方位，立刻展开营救。

晚上八点五十分。

曹茳的儿子退烧了，但喉咙还干疼，吃了药又睡去了。她自己就没那么好运了，两条股骨疼得不行，忍不住颤抖着呻吟。

林羌要药，他们不给，要水，也不给了，还骂她矫情事多，以为住在酒店。

绑匪最后一次上来，当着林羌、曹荭的面，把两瓶水拧开倒了。

他笑时咧开大嘴："喝水？尿喝不喝？事儿真多，想想怎么死吧，没两天可活了。"

曹荭几乎是摔到他脚边，抱住他的双脚："求求你们，放了我们！求求你们！"

绑匪抬腿就是一脚，把她踹到一边，瞪眼骂道："做梦！"

他甩身离去，曹荭眼泪就下来了，浑身疼都不重要了，猛地转身，狠狠地瞪着林羌，喊得撕心裂肺："你不是说不会有事吗？！你不是说只要不放弃就没事吗？"

三十多个小时，曹荭和儿子拖着病身，精神完全崩溃。她已经不信林羌说绑匪不敢轻举妄动这种话了。

林羌没再说什么，看不到丝毫希望的局面，说话只会加速她们反目。

当活命变得艰难时，那为了活命，甚至什么都可以牺牲，别说是同事间的情谊。

曹荭喊了两声，沉静下来，无声地流泪："我不想死，林羌。我有两个孩子，我丈夫对我很好，我还有父母，我跟我妈说忙过这一阵就回村里看她的。我不想死……"

林羌沉默了片刻，挪过去，跪坐在她身侧，抱住她的头："我们都不会死，我想办法，我来想……"

她始终没提及靳凡，靳凡对曹荭来说很陌生，也很危险。她不能让曹荭去相信他会来救他们。

曹荭在林羌怀里摇着头，眼泪像雨，肩膀抖如筛糠："我们已经被关了那么久，没给我们拍照、录视频，发给家人要赎金，说明他们不是为东西或钱。他们只是单纯恶毒，想活活折磨死我们……"

"如果是这样，我们活不到现在。"

曹荭没再说话，沉默片刻，她一口咬住林羌的胳膊，咬得眼布血丝、头颈颤抖，咬出血，血流满了嘴。

她以为林羌会喊疼，会推开她，但没有。她突然停下，用袖子缓慢地擦了擦林羌腕子上的血，又缓慢地抱住她，靠在她怀里，声音悠悠，逐渐有气无力："你为什么不怕死……因为你快死了吗？"

林羌过去很多次都以为她快死了，最后都活了下来。那么多次，自然不怕了。她只是不想死。

晚上九点十分。专案组指挥中心。

第一次对壤南松江区地毯式搜索已结束，没有收获。孙彪最后一次出现在道路监控中是在淮张路路口。

组长盯着监控画面，手指摁在太阳穴上，眉毛拧成了麻花。

副组长说："不光松江区，我们动用了那么多人，在最短时间内把壤南所有地区的监控都查了一个遍，就是没找到他们那辆车，也再没见到孙彪。但人和车是不可能凭空消失的，肯定有什么地方我们没想到。"

有一个组员说："如果绑匪不联系靳凡，提出他的条件，指定交易地点，这对我们工作的展开确实有难度。"

"不是让你给难度评级来了，没有难度找你干什么？"副组长大手一挥道，"所有人，外头的，总指挥中心的，来一起头脑风暴一下。"

"我是觉得有一点很奇怪，他们五个人，绑了三个人质。这么大的目标就没人看到吗？"一位技术员提问道。

"确实没人来提供过线索。"一位地方刑侦队的警察说。

技术员说："对啊，为什么？"

一直沉默的组长，这时突然一拍巴掌道："那就只有一个可能。"

晚上九点二十分。壤南荆谷别墅 107 幢 322 号。

靳凡已经等了很久，胡江海还没有松口，他心里急，但不能表现得太急。他得怕又不怕，才能让胡江海急。

胡江海表面波澜不惊，实际汗流浃背，到底没坚持下去："我也不瞒你，你都说对了。我们各退一步，我把人还给你，这个案子就以绑架案收尾。你跟我保证会摆平丁阳璞，让战区和驯豹突击队不要介入。"

"地址。"

胡江海笑了："我要是告诉了你，那我还能安然无恙吗？我只能说我现在让我的人撤，你能不能找到那女的看你本事。"

"我要不愿意呢？"

"那就算了。反正我最担心的事已经发生了，你已经捅到了丁阳璞那儿。你如果保证不了我的安全，我为什么要把那女的还给你？"

"如果我找不到我家人，我为什么保你平安？"

又僵持住了。

许久，胡江海吼道："那你说要怎样？"

靳凡告诉他："我敢只身来找你，就是我的态度和诚意。现在是用我家人的命换你的命，我可以跟她一起死。你愿不愿意这一趟什么也没干，还搭上一条命？”

胡江海发现他诓不了靳凡，他思路清晰得很，最后咬牙道：“我可以告诉你地址，但要保证我那时已经在离境的路上。不然我的安全保证不了，我还是会让他们转移人质。”

“好。你也要知道，如果我见不到人，你保证走不了。”

胡江海眯起眼睛道：“好。”

晚上九点四十分。

林羌一直闹，绑匪终于给他们送来了水。

林羌趁机问：“怎么上厕所？”

这个绑匪虎背熊腰，粗硕眉毛更添狠厉，不耐烦道：“随地。”

“我们手动不了。”林羌举了下双手，给他看铐子。

“关我屁事！还给你解裤子？”

“你给我打开，我去那边解决，回来你再给我戴上。你是不是怕外边太阳太大，味道一蒸发，传到下边？”

绑匪看一眼外头，哼一声冷笑起来：“这女的真没文化，雨天才有尿臊味儿呢！哥教你！”

“是这样吗？那什么时候下雨？”

“你猜去吧。”

“明天？后天？你们能看天气预报吗？”

到这时，林羌的体力也已经消耗得差不多了，还是要找话说。上厕所当然不是她的目的，她是知道聊得越多，越能捕捉到有用的信息。

但就因为她问题太多，她又挨了一巴掌，本来是能站住的，谁料突然犯了病，整个人失去平衡，栽进旁边石堆。额头被石片割出很深一道口子，血沿着眼角、鼻梁、唇线、下巴快速流下来。

“你干什么？”曹莛大喊一声，扑过去抱住了林羌。

“别套话了！当我蠢呢？”绑匪骂完立刻走了，一秒都不再跟他们多待。这些绑匪好像被人教过，别跟他们说话。

林羌拿袖口擦擦血，闭上眼。

曹莛说：“这个幕后之人不简单，把他们训得一个个嘴太牢了。”

“壤南闹了洪灾，南间最严重，周边很多县镇都没能幸免。如果我们在壤南，为什么路上有雨，到这儿以后没雨了？”

“壤南也有几个县没闹灾。”曹莛对灾区关注得更多，告诉林羌，“壤南西北角几个县没事，因为更靠近西部。我们闺女前一段刚学这个，壤南西北

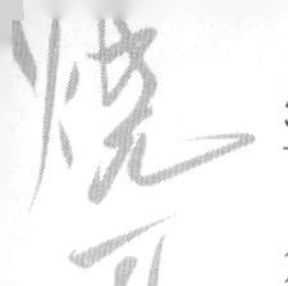

角属高原山地气候了。”

林羌点头：“而且人烟稀少，自到这儿就没听到外部一丝声音。但这个烂尾楼是一般居民楼的规格，这种楼盖在没人的地方，卖得出去？”

“所以烂尾了吧。”

“有几种可能：资金链断了、投资商跑了，要不就是违建，没有政府批文。”

曹茳说：“大概率都有。”

“但这地方没人没车，建楼不像是为了卖，更像洗钱、骗投资的。”

曹茳被她提醒，恍然想起，她之前看过的这一带烂尾楼的报道，看向林羌的眼睛睁得又圆又大。

专案组指挥中心。

组长说：“他们不在壤南，在壤南周边紧邻松江区的詹城！”

壤南荆谷别墅 107 幢 322 号。

胡江海终于松口：“壤南松江区再往西走，出了壤南，那个叫詹城的镇子。”

烂尾楼。

林羌睁开眼，说：“我们在詹城，壤南和甘西交界的小城。”

专案组把注意力从壤南拿走之后，绑架案的案情果然明朗很多。正好靳凡传来消息，与他们确定的人质位置一致，便马不停蹄地展开救援。

靳凡车开得超出城市限速，红灯闯了一路。他也很好奇，为什么小城路上没有人，红灯还要这么久、这么多？就这样被拍了一路，这辈子上路扣的分和罚款都交给了这条路。

四十个小时，他第一次觉得时间这么漫长。

怪他，他应该跟她寸步不离的，他应该的，谁有她重要呢？

晚上十一点十分。

孩子昏睡不醒，曹茳也气若游丝，无计可施了。

四十个小时，三人如果只是挨饿受冻，也没那么难熬。可是高强度的精神压力和身体的病痛来势汹汹，彻底压垮了他们。

最后一次跟绑匪对峙后，他们所剩无几的体力又被抽走大半，人就一下子担心起后事来。

曹莛说她一生喜洁净，这么死未免太不体面了。

林羌说没条件洗漱打扮了，不过不用担心，反正有入殓师。

曹莛不满意她这么说，在她手心打了一下。

林羌任她打，看着外头普通的夜空，说："我和你死在这里，我们的故事一定被编得潸然泪下。但如果一男一女死在这里，就俗了，一定招来很多揣测和辱骂。"

曹莛靠在她肩膀，点点头："是，情情爱爱总是被人看不起。"

"所以幸好是我们俩。"

"可是为什么爱情低贱呢？"

"可能是唾手可得的都廉价。"

"反正稍微有点别的成就，就看不起人人都有的东西。"

林羌闭着眼不置一言。

曹莛哭太多次了，眼泪都哭干了："林羌，这辈子你欠我的。"

"我下辈子还你。"

曹莛一手搂着她，一手搂着孩子："但我原谅你了。"

林羌突然笑起来，笑得肩膀和胸脯一直在抖动。她闭上眼，说："我还是要为自己辩一句，这是绑匪的错，不是我的。"

曹莛也笑起来，胸脯也上下起伏："你以为我不知道？我就是要你记住，你欠我的。"

"那你要什么？我愿意还给你。"林羌看着头顶的小月亮道。

曹莛歪着头，觉得林羌这个人真是太自负："我要活着出去，能做到吗？"

林羌知道曹莛不是要一个回答，她回答能不能，曹莛都不相信。

曹莛就知道她说不出来，把披在他们身上的衣服又往她那边拉拉，盖住她的胳膊，说："你猜到我们在哪里又怎样？还不是逃不掉？"

林羌枕在她肩头："我能猜到，别人就能查到。"

"别人是谁？"

曹莛话音刚落，突然一阵杂音从下边传来。她从林羌肩膀起身，扭头看向那个楼梯口。武警冲上来的那刻，以为早把眼泪哭干的她顿时泪如雨下。

林羌和曹莛手脚的铐子、链子被剪断，她们被搀扶出烂尾楼时，听到警笛鸣天，看到警灯闪烁。武装完全的武警站在她们前方、身侧、后方，明明没有看到他们激战的场面，却仍觉得他们神秘可靠、勇猛无二。

更让林羌感到可靠的是穿过层层武装走到她面前的靳凡。他本如杉如鹤，怎么看起来那么疲惫？

林羌站住不动了，等着他走来。他步子很大，但她仍觉得漫长。

她不知道靳凡第一句要说什么，怎么也没想到他先上了手，在她额头和手腕的伤口上比画，碰又不敢碰，看似镇定的样子早被不停颤动的睫毛出卖了。

还是她牵住他的手，让他摸摸她的脸。

他被手掌冰凉的触感惊了一下，立即把她抱紧了。

林羌好累了，却还是回抱他，跟他说："看没看到我留的消息？"

靳凡抱着她，抽出一只手从口袋里把戒指拿出来，看也不看，精准地给她戴上。

林羌重新戴上戒指那刻，心里那根弦就这样断了，她紧绷了四十个小时的那根弦。她搂紧靳凡，像是对他也像是对自己说："以后记住，寸步不离。"

"忘不了了。"

"你怎么发抖了，你也得帕金森了吗？"林羌还笑，真不怕死。

靳凡抱紧她："我想你。"

林羌、曹茳及其孩子得救当晚，专案组对高磊几人的大追捕便已经展开。

高磊他们也不是蠢人，这么多年与警方斗智斗勇，反侦察思维刻入骨髓，又有从边境非法购买的枪支弹药，有恃无恐。

但自古邪不胜正，第三天林羌他们返回癸县时，专案组已经把高磊几人捉拿归案。

只可惜幕后之人胡江海已经下落不明。

专案组收工之时，组长按照丁阳璞的要求汇报了最终情况，顺便告诉了丁司令一件事："靳凡没有提供刘广杰和老猫这条线索，也先我们一步找到了酒盖。他后来提供了绑匪窝藏人质的地点，大概是跟胡江海见过面了，所以我们没抓到胡江海。但我觉得，靳凡应该不会放过胡江海，他肯定需要帮手。"

专案组收工了，特战旅的驯豹突击队可还没有。丁阳璞没透露，只谢了组长的告知。"剩下的交给我们。"

靳凡没带林羌回癸县，落地延州后，直接去了斛镜花园小区。

林羌也不问他，反正他带她去哪里她都去。她说过了，要跟他寸步不离。

仲川到机场接了他们，送到斛镜花园，把车留给他们就回去了。

这套房子还是那么干净，但林羌觉得，这回不会是戈昔璇找保洁打理的了。她刚说过她的书店因为打官司关门了，没事干，索性做义工做久一点。

刚进门，戈昔璇的电话就到了。她说她看了新闻，甚至没看到“医生林某”她就知道是林羌。林羌选靳凡，这就是林羌要面对的事。

她把林羌身体每个部位都问了一遍，有没有伤口，疼不疼，有没有包扎、治疗、吃药。她耐心问，林羌也耐心答。

最后她又问：“新闻你看了吗？”

社会媒体不久前曝光了这一绑架案，好几条新闻内容大同小异——

3 月 26 日早上，癸县医生林某、曹某母子遭遇绑架。延州市局刑侦总队紧急成立专案组，联合十几个小组实施营救，在长达四十个小时的调查、行动后，成功解救人质。

癸县大型绑架案高某等多名歹徒在警方奋力追击七十二小时后均已落网。

官方只有一条警情通报——

3 月 26 日早八点，癸县发生一起绑架案。案件发生后，刑侦机关迅速成立专案组，全力展开侦破行动。目前嫌疑人已全部抓获。案件正在进一步侦办中。

林羌走到沙发边，坐下来，按了手机免提，放在茶几上。她揉了揉脚踝，才对戈昔璇说：“没有。”

这是实话。

正好。戈昔璇说：“那就别看了。”

林羌笑了一下：“好。”

沉默的时候，靳凡已经洗了热毛巾拿过来。他蹲在林羌跟前，把她脚上的拖鞋脱掉，袜子也脱掉，沉默地用热毛巾给她擦脚。

林羌双手拄在沙发边，看着他。

戈昔璇还在问：“我哥身体没事吧？”

林羌看着靳凡，顾不上答。

“嫂子？”

靳凡伸手把她的电话挂了。

林羌说：“那是我的手机。”

“她能猜到是我挂的。”靳凡给她擦完脚，拿了双羊毛厚袜子，给她穿

上，再穿好拖鞋。

林羌拍拍旁边的座位，靳凡缓慢地站起身，坐到她旁边，搂住她的肩膀。她抱住他的腰，靠在他的肩窝。

两人之间的动作默契非常。

林羌靠在他的怀里，听着他的心脏，悄悄地说着："大哥。"

"嗯。"

"真厉害。"

靳凡当她又来了虚情假意的瘾，只习惯性地啄吻她的额角。

"但能不能别这么厉害了？"

靳凡不管她说什么，都一口答应："嗯。"

"你能做到吗？"林羌仰起头，看着他。

靳凡停顿了一下，抚摸她的脸，没答，也相当于答了，答案准确。

林羌知道了，低下头来，从他怀里离开，起身去洗澡了。

回来的头一晚，靳凡和林羌都没睡，躺在一张床上各怀心思。

第二晚，两人都睡了，但似乎都不情愿，只是为了对方放心点。

靳凡在后半夜醒来，扭头没看到林羌，心绪大乱。她手机没拿，卫生间、厨房、阳台都找了一遍也没人。他匆忙拿了件衣服下楼，在一楼大厅玻璃门外看见衣着单薄、正在抽烟的林羌，他无声地出了口气。

他缓慢走到林羌身后，给她披上衣服，抱住她，埋在她消瘦得只剩骨头的颈窝。

林羌夹着烟的手突然停在半空，被当场捉获，她也不好意思否认，把烟捻灭，扔到了旁边的垃圾桶里。

靳凡没怪她，只问："冷不冷？"

林羌听到他语气中的波动，想说不冷，被一个莫名其妙的吞咽吞掉了。

靳凡紧紧搂着她，回答她之前的问题："在烂尾楼见到你的那一刻，我没有立刻上前。当时我在想，如果我只是一个普通人，没读过书，半辈子只在村口打转，没证据证明你被绑架，更别说能有跟司令员约定的机会，我就再也见不到你了。"

林羌心一颤。

"我很无能……"

林羌拿开他捆死在她小腹的手，从他怀里转身，双手捧着他的脸："不是，不是。你特别厉害，你特别厉……"

靳凡亲吻她的眼睛、嘴唇："没人让我选，但路就是这样。"

林羌也搂紧他，原本那么多话，突然无法再说。

林羌留在延州准备做手术，杨柳说她回不来，问林羌会不会怕。

林羌说不会。

杨柳在电话那头笑了，说："忘了，你胆子大，也有那位哥陪你。"

林羌听到杨柳语气里不同于戈昔璇的疲惫，嘱咐她，好好睡觉。

杨柳沉默了片刻，哽咽道："怎么不嘱咐我照顾好自己？"

"你会听吗？"

杨柳哭声更明显了，已经在崩溃边缘了："林羌，下辈子别学医。你听我的。"

林羌站在餐桌前，倒水的动作慢了又慢。好不容易倒满，手抖得厉害，又都碰倒了，全都洒了。

她立刻拿纸，刚蹲下来，靳凡的手已经进入她的视线。他拿着毛巾，擦干了地上的水，起身又给她倒了一杯。

她拉住他的手，亲了亲他的两根手指，表示感谢。

靳凡那神情就像是在说："不要装蒜。"

林羌撇一下嘴，就爱装。

靳凡拿她没办法，在她脖子后面捏了一下，回卧室换衣服了。

林羌电话还没挂，杨柳还在哭，她不说话就是为了让杨柳哭得痛快，杨柳却没完了，一直说担心她的身体。但林羌还是打断了，问道："为什么要到下辈子？"

杨柳停住了。

"很多医生改不了行，是因为他们不会别的，也没时间、金钱去学新技术。你条件好，说改就能改的事。"

杨柳那边沉默许久，始终不言。

林羌不执着要她的答案，也没劝什么，只说："等你回来我请你吃火锅。"

杨柳扑哧一声笑了，吸吸鼻子说："火锅也太便宜你了。"

"那让你挑。"

杨柳说："我会好好睡觉的，你的手术一定成功！"

电话挂断了，林羌转身靠在桌边，手里端着靳凡倒的水，看着客厅衣架上罩着防尘布的衣服，都是靳凡买来让她住院后穿的。她当时觉得他特别可爱。

她悄悄弯唇，正好橘红色的太阳闯进窗，照得老家具突然古色古香了。

换好衣服的靳凡出来，走到林羌面前，一边系着衬衫袖口的扣子一边说：“你穿哪身？”

靳凡跟长辈约了晚饭，要带林羌一起去。她一直拖着不换衣服，就是要看靳凡怎么穿，她就知道长辈的身份了。

看来，是靳凡敬重的一位长辈。

她放下水杯，帮他把另一边袖扣系好，握住他的手，手指不安分地摩挲着他手腕内侧的筋，歪头说：“你穿成这样不亲我，我不想出门了。”

靳凡一点都不慷慨：“我自己去也行。”

林羌不说话，继续探索他的腕口，节奏都没变换。

靳凡是不慷慨，但对有些人的意志力实在是差，双手撑在桌沿，把有些人围在臂弯，深深吻住。

林羌搅咬他的舌尖，凉丝丝的，不自觉地抱住他，身子被他揉软了似的靠在他怀里。

结束了，她把脸埋在他怀里微微喘息，只露出一对红透的耳朵。

他老是说她不行，其实没说错，她太没用了，她总是会在被他吻住时忘记呼吸。

因为她满脑子都是他，没呼吸这件事。

靳凡撑着她，一直撑着她：“还行吗，有些人？”

林女士呼吸着他身上的淡香，笑得肩膀抖动。她拽着他的衣襟两边，像是说给他的心脏：“我想长命百岁了。”

四月，天气暖和了，林羌把大衣换成了风衣，简单的黑色，跟靳凡刚好配成一对。进包厢时，孟真都惊了一下，说：“我还以为，你们是来索命的呢。”

靳凡给孟真介绍林羌：“孟叔，这是林羌。”

孟真又顿了一下，他以为靳凡会介绍她的身份，没想到是名字。他起身，笑着对林羌说：“你好，我是老孟，在他小时候给他买糖吃的一位叔叔。”

林羌弯唇，礼貌大方地说：“叔叔，你好。”

孟真老了，笑起来脸上都是沟，但不妨碍他展示温和的态度。戈彦的案子重新在审了，他一辈子悬在嗓子眼的良心终于要归位了。

靳凡跟孟真说过，等事情结束，他会亲自登门解释，但在他开口前就被孟真抬手打断了。

孟真看新闻了，知道发生了什么，不用靳凡复述，眼睛一垂，发表了看法：“应该的，男人一定要保护好自己喜欢的女子。”随后抬眼，冲林羌微笑道，“林羌是做什么的？”

“医生。”

孟真挑了下眉，旋即笑容更深了一些，开口时唇角却又放下去了：“你们俩年轻时一个考国防，一个学医，后悔不？”

这是家里人，才说掏心窝子的话。

不等靳凡和林羌回答，他又自嘲一笑：“我这种考公务员的也一样。”

后面的话题，在林羌听来也很怪异，但一直礼貌地回应着。

孟真神采飞扬地说着他第一次参加会议的尴尬事，说有些人生来就是要维护党的路线和方针的；他也说他知道大方向会让少数人吃苦；他又说作为干部理想信仰一定不能坍塌，党性原则要深入骨髓；他还说许多人入仕之前都觉得自己能改变世界；马上他又说为官这一辈子，责任太大了，过得也太累了……

吃完饭，孟真的儿子来接他了。靳凡送孟真上车，孟真的儿子对靳凡说：“我爸今年身体更不行了，不然照他之前的瘾头，还能再跟你杀一盘棋。”

靳凡看着车内昏昏欲睡的孟真：“比我上次见又疲惫了。”

孟真的儿子也看了一眼车里垂垂老矣的父亲：“你也知道，人有念想的时候就有股劲儿。现在心里唯一的记挂也没了，不知道还有没有下次见面了。”

这也是靳凡主动见这一面的原因。

戈彦的结局已定，曾经受胁迫而违背信念的孟真再无执念了。

两方道别，各走一边。

靳凡牵着林羌的手，踩着一块砖、一块砖地慢慢走。

林羌拉起他们牵住的手，十指交叉就是牢一点，抽了两次都没抽走。她忍不住问他：“你怕我丢了？”

“不愿意牵也忍忍吧。”

林羌不是不愿意：“刚才有一个小帅哥路过的时候，一直在看我。你知道他眼神落在我们牵着的手上时，多遗憾吗？”

她一说，靳凡牵得更紧了：“别惹我生气。”

“会怎么样？”林羌歪头笑问。

“我会生气。”

林羌突然想笑，挽住他的胳膊，像是撒娇似的说：“他不如你。”

靳凡也是三十几岁的人了，却总会被林羌的很多把戏哄住。她的每句话

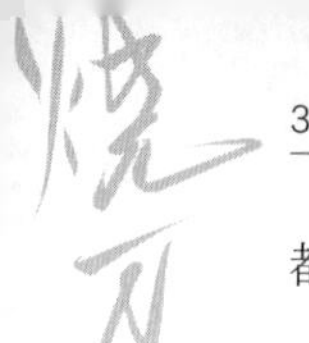

都不可信，可他深信不疑。

林羌的手术定在后天，医院没床位，李擎主任让她明天下午过去，他给安排。靳凡已经把术前要领背熟了，但还是问："一口水都不能喝？"

他问了八百遍，谁听都烦了，林羌却回答："术前六小时不能喝，也不能吃东西。你买的那些好吃的我会在今晚吃光。"

"哦。"

林羌淡笑，她知道，等一下靳凡还会再问的。

"你能不能再说一遍那个手术怎么做，在哪儿钻孔？放什么器件？"靳凡不知道第多少次问林羌手术事宜。

林羌晃着他的手，说："脑立体定向手术，是需要在脑袋上钻孔，就是颅骨的位置。你可以理解成在你的脑袋建立坐标系，主要起到一个定位靶点的作用，然后借助导向系统，把一根探针引入脑内，完成丘脑捣毁术。"

"你之前说会影响到周围神经是什么意思？"

林羌也忘了这个问题答了多少遍。"颅内手术肯定有这个风险，我的手术是李擎主任做，风险小一点。"

靳凡点了下头，好像真的懂了似的，好像一会儿不会再问似的。

林羌就不问他部队的事，她知道他不会说，最多讲讲那些战机、舰艇，什么航程、载重量、电磁信号，还有突防。

她睡前听比较好，入眠极快。

靳凡也会说起改一辆车的外观，第一视角都在裙身。这一块她勉强能懂，原先有一段时间贷款的账单太多，她半夜做代驾，跟一些老板打过交道。他们会约她赛车跑马。后来发现她身手不错，就不约她了。

还没过半分钟，靳凡又问："陪床要签什么证？"

林羌真有耐心："最近流感严重，延州地区有些医院只允许护工陪护，也有允许家人进去的，但要有陪护证。现在不知道是什么规定。明天我们到了医院再问问护士？"

"好。"

两个人不知不觉走过了两个公交站，四月的晚上也凉，但靳凡的手心热乎乎的，林羌的手也就暖和了。

手一暖和，心就暖和了。

快到第三个公交车站时，靳凡又问："你不是心脏专科的大夫吗，怎么知道神经科的事？"

林羌回答之前想了一下，这个问题又是问多少遍了啊？忘了，答："规培最后一个阶段就是住院总，轮转于各个科室，基础知识都是要会的。我不是知道神经科的事，我是要知道我自己得了什么病、要做什么手术。”

“哦。”

林羌揉摸着他的手指，脑袋靠在他的胳膊上，走得越来越慢，声音也变得软糯轻缓：“你快点问，我困了，要睡着了。”

靳凡停下来，弯腰去寻她的眼睛，已经闭上了，睡得倒是真快。

他把她背起来，转身走向停车场。

林羌搂着他的脖子，凉凉的鼻尖和温湿的嘴唇在他耳后、颈间。

返程的路无穷无尽似的，半天也到不了终点站。极目远眺，只有车流奔涌。不过也好，他可以走得再慢一点。

林羌住院了，等待手术。

她住的是两人间的病房。隔壁床是位颅内肿瘤患者，良性的瘤，已经是做完手术的第四天了，状态很好，看着恢复得不错。

她主动跟林羌攀谈：“你叫啥啊？”

“林羌。”

靳凡正好进来：“不用陪护证了。”

“这是你老公吧？真帅！”隔壁床的女人又搭了一句话，“我老公一直出差，我都好久没见过他了。”

林羌不喜欢交朋友，只表现得有礼有节。

女人到后面热情得有些没分寸了，林羌和靳凡也只是听着她说。没打断，没拒绝。

大概是因为晚饭时听到她在走廊打电话，很气愤地问那头：“我不相信你们单位研究制造一个东西，要一连几个月在基地，你知不知道，明明有家属，还要自己填手术同意书是什么感受？”

凌晨两点，林羌睡了一觉又醒来。靳凡还在床前坐着，眼睛里亮亮的是夜灯的缩影。她只转了下脖子，他就已经站起来，俯身附耳：“怎么？”

林羌拉过他的腕子，在他耳边说：“你又不睡觉。”

靳凡说实话：“睡不着。”

林羌就坐了起来，拉他坐在病床上，靠在床头，握住他的手，小声说着话：“那怎么办，要不我让你牵着我的手好了？”

“会不会怕？”

林羌摇头回答：“这个问题是第一百遍了。”

“有那么多？”

林羌亲亲他的手背、指节、指尖，第一百次答，却第一次给出了不一样的答案："我尽力地活了，我该有好日子过的。"

早上八点二十，林羌进入手术室，说是三个多小时。靳凡第三次觉得时间漫长，第一次是那四十个小时，第二次是术前谈话那半个小时。

春天雨水多，"手术中"的灯一亮，外边就下起了雨，杂乱无章的雨声就是他的心绪。

苦熬三个小时，靳凡慌了。

手术室的门是在三小时三十五分左右打开的，李擎主任在气密门内叫林羌的家属。

靳凡后知后觉地上前，停在气密门和外门中间，看着李擎主任，突然出现耳鸣，视线也变得模糊。主任概述的手术过程他一句也没听见，只听到第一句"做完了"，还有最后一句："等会儿回监护室了，很顺利，宽心。"

他僵了片刻，轻缓地闭了下眼睛。如释重负。

林羌术中顺利，术后一切正常。她作为医生，知道严格遵守医嘱的重要性，到第三天离床活动时，震颤情况已经停止。

隔壁床的患者早上出院了，她父母来接的。走之前给了林羌一个她自己打的毛线钥匙扣，感谢林羌这几天让她蹭吃蹭喝，然后祝愿林羌早日康复。

术后第六天，李擎主任如常查房，最后一次查看林羌的血压、心率，观察她的发音、吞咽情况，又询问有无痉挛、眩晕等异常，对于她术后的一切良好反应表示欣慰。

李主任顺便告诉她，有位老朋友向他打听她的情况，他没说。

林羌几乎不用提醒就知道是谁，道了声谢。

靳凡坐在床边，一边给她剥柚子，一边发脾气，他没有学她之前的阴阳怪气，那么坦荡地表达他的不开心，说："你前男友找你好几天了，昨天你睡觉时，他就在病房外。"

林羌把手伸到碗里，拿了一块他剥好的柚子："我没看见。"

"我没让他进。"

林羌觉得柚子有点酸，不吃了，塞到他嘴里："你生气了？"

靳凡说："他问了我一句话，为什么要仗着你爱我，就让你跟我过苦日子。你可以选我，我为什么心安理得地接受你的选择？"

林羌觉得有趣，靠在床头问："你怎么说？"

"我没说。"

林羌感慨："简老师稳定发挥，还是一句话就扎到别人肺管子里。"

靳凡剥完了，在碗里倒入一点蜂蜜，拿了小叉子，递给林羌，又回身拿了几张卡，放在她面前。

林羌不看卡，只看向他。

靳凡重新坐下，跟林羌对视："本来也都是你的，简宋的提醒让我意识到，你有权利知道这一点。"

林羌选他是因为爱，但爱不能生活，生活得更好需要钱。简宋没说错，用"爱"这个字绑架一个人过苦日子，没有比这更无耻的事了。

林羌暂时不懂。

靳凡就告诉她："第一张卡里是卖房的钱，想租房可以，想买癸县一套四居也够，都依你。"

林羌挑眉："斛镜花园的房子卖了？"

"那是我爸留下的，我卖的是我奶奶留下的南京那套房。"

"哦。"

"我爸因公殉职，有一笔抚恤金。他工资平时也花不着，就存了不少，我奶拿我爸这笔钱和她自己的一部分存款投了一个连锁花店和一个结婚旅拍。每年分红就有不少，固定打到第二张卡上。"

林羌掀开看了一眼，没说话。

"第三张卡是我的钱，有在战区时的工资，有南厂修车时的工资，还有早些年给戈昔璇的。她擅长理财，近几年也有一点进账。"

靳凡说完，病房静得落针可闻。

许久，林羌说："所以那天买戒指，我能挑最贵的。"

"我那时除了戈彦那些，还能另外给你一些，就是说我有，虽然不多。"

林羌记得，但以为那钱也是他从戈彦那里要来的，甚至她还担心过哪天戈彦出事，给她这些钱会被法院追缴回去。

交代完卡的事，靳凡拿来遗嘱，遗嘱上唯一继承人后面写着"林羌"二字，戈昔璇和周拙这两位见证人的签字赫然醒目。

没等林羌反应，靳凡继续说："其他七七八八与人合股做的买卖都在上边，基本是我奶奶活着的时候给我攒的，有些可能涉及其他合伙人，所以写了这个东西。为了你拿在手里时名正言顺，免除一些不必要的麻烦。"

林羌看着上边一月几号的日期，这是他们之前还在延州的时候……她突然心堵，眼睛发热。

"想活和能活不是一回事，我不知道我哪天离开。你跟我太亏，我希望你在我离开……"

林羌不听他说，扑过去搂住他的脖子，骂道："别扯淡了！我在一天，你敢死？你试试！”

她明明做了手术，声音和身子却仍像冬日的窗花一样，颤动、飘舞。

靳凡心头发紧，把她抱得更牢：“好，我们不想了。”

林羌鼻尖在他耳后蹭来蹭去，她不再发一言。她想这样贴着他，让他知道，她不喜欢他刚才的每一个字。

她从床上朝他一跃，跨坐到他的腿上，蹭得不过瘾就扭头咬一口，咬出一排沁血的牙印。

靳凡不忍心，不再说了，反正主意不改。等林羌情绪平复一些，他偏头问：“那卡你要不要？”

“要。”

靳凡温和地弯唇：“都给你。”

林羌住了一周就出院了，续命成功不论，李主任只说，她可以正常地生活至少五年。

回到癸县又是傍晚，日光昏沉，晚风阵阵。林羌没问靳凡去哪儿，想来除了车行就是家，没想到是那条封闭路。几辆熟悉的车停在路中央，小脏辫他们蹲着、站着、靠着、坐车顶的都有，实在是吊儿郎当的，却年轻得好看。

小脏辫双手聚成喇叭状，大声喊道：“大嫂！”

他们冲着林羌笑，笑得特傻，嘴角都咧到耳根了，但停不下来，他们看起来好想她。

日子怎么过得这么慢？怎么这么久才看到她安然地站在那儿？

林羌微笑，风把她的丝巾一角连同乖张的发丝一起拽向后方，左手缓慢地抄进风衣口袋里，问：“又要飙车啊？”

“走吗，大嫂？试试我的车技！”小脏辫扬着脖子喊。

第一次，他带林羌过弯时就说了这一句，林羌还记得他尾巴翘上天的骄傲不羁。

“大嫂，你别信他，他有什么车技啊？他那个垃圾技术！”蒜头不遗余力地拆他台。

脱索说：“还是我的车坐得最稳当！”

“我是唯一坐过大嫂车的！你们不要在这儿瞎叫唤了！”小莺睨他们一圈，哪个她都看不起。

他们互相不服，互相“诋毁”，推推搡搡，又骂又笑的，在林羌的眼睛里放映了很久。

时间无声，悠哉游哉又是一个日头圆满的落幕。

林羌回医院上班了。

早上查完房，她回到办公室，桌上有一个塑料饭盒，打开是热腾腾的豆包和剥好的粽子。她停顿了很久，慢慢弯唇。

曹茳正好进来，也不看她，只是路过她桌子时，放了一盒热好的牛奶：“昨天就没吃早饭，不要刚做了手术，以为好了就能祸害自己。”

林羌拿起牛奶、豆包，扭头微笑：“谢谢茳姐。”

“我是怕你病了，活儿都得我干了。”

“知道。”

曹茳以为自己能绷多久呢，林羌一句知道，她就笑了。

五月的雨天更多了，门诊一天二十四小时，没一刻是不忙的。

林羌白天的班总是上到晚上十点。车行最近无单，靳凡就开车去县医院门口等她下班，一等就是三四个小时。

这一天，又是晚上九点多，又是在各科奔走了一整天。林羌站在卫生间，双手拄在洗手池边缘，腿不能回弯了，胳膊也抬不起来了。

原先在阜定每天像陀螺一样地熬自己，到县医院后撞上不少大灾大难，也是熬。白天有病人哑着嗓子问她辛不辛苦，她没答。说不辛苦是假话，但跟她的病人说什么辛苦？

缓了缓，她下班了。从医院出来，上车，把包和外套扔到后座，伸手搂住驾驶座上的靳凡，动作熟练，一气呵成。

靳凡握住她的手，足足五分钟，一动不动，检查她震颤有无复发。

林羌闭着眼睛，换姿势，跟他十指紧扣：“明天晚点上班。”

靳凡没说话，明天应该是她的休息日。

五分钟，林羌从他怀里抬起头。靳凡以为她想起来了，结果她说：“小莺说，晚上给我带八宝膏蟹饭到车行，有点想吃。”

靳凡依旧不言语，给她系上安全带，去车行了。

路上林羌就睡着了，到车行外，她只剩下均匀的呼吸，身子在无限放平的座位上蜷缩着。

靳凡没有挪动她，拿自己的外套盖住她的双腿，把她糊住脸的头发轻轻拢到耳后，看着她的睡颜，陷入长久的沉默。

听说林羌来，结伴去买烧烤的小崽子们这会儿回来了。看到靳凡的车在门口，兴奋地嚷嚷，还没走近，被靳凡隔着挡风玻璃瞪了一眼，突然定在原地，都不再上前了。

这时他们才注意到副驾驶上睡着的林羌，从大摇大摆、踢踢踏踏立刻改为蹑手蹑脚。

林羌醒来已是半夜，在柔软的床上，衣服也换过了，但她毫无知觉。她下了床，走到客厅，靳凡正躺在沙发上，手臂盖住了眼睛。

她轻手轻脚地给他盖毛毯，被他拉住了手腕。林羌坐了下来，伸手抚摸他的脸："又难受了？"

靳凡把她拽到身上，搂住了："没。"

林羌将耳朵贴在他的胸口，听他的心跳："那你在这里睡？"

靳凡说："看着你我睡不着。"

"哦，腻了。"

"心疼。"

林羌这才终于想起来："明天是我的休息日。"

靳凡不说话，拇指在她颈后摩挲着，动作很轻，很柔。

林羌从他怀里抬头，亲了他的下巴一下，说："这算什么？不累的。"

靳凡本来就烦，听着更烦了，但不能说。

林羌的手不安分地在他身上乱摸："前两天急诊有个病人，发烧，糊涂了，在家一声不吭。还是他老婆心细，给人送来了。不然再烧下去，烧得心肌缺血，脑细胞死亡，人就没了。那人以前当过兵。"

靳凡知道她要说什么，拿开她的手。

林羌又摸上去："都想避雨，谁打伞呢？"

"你不自私了？"

"我自私，我只是完成工作，绝不多干。你不知道急诊已经忙成什么样了。"林羌食指在他的胸肌上画圈。

"你最好是。"靳凡摁住她。

林羌被打断两次，也烦了，抽出手来，在他的手背上拍了一下："我摸一下怎么了？"

靳凡没回答，只用行动告诉她，不怎么，就是别睡了！

仲川和吕茉好事将近了，车行小朋友们都给这位嫂子备了礼物，又闹腾了一天，唯独林羌不在。

病人比医生多几十倍，一个医生就得掰成七八瓣用。

靳凡靠在车行二楼的栏杆上，静观着楼下的热闹。喝得走路都摇晃的仲川拎着两瓶酒上来，递给他一瓶，径自碰杯，喝一口道："刘广杰和范森被撸下来了。”

意料之中的事，靳凡没搭话。

“这一罢免激起千层浪，竟然有那么多受害人站出来，提供他们滥用职权的证据。我们来到癸县之前，他们还和地方势力有钱色交易，光是别人的媳妇，这俩人就不知道睡了多少。”仲川越说越有劲，把胡江海又骂了一遍，“这老东西，偏偏让他跑了，还得提心吊胆地过日子！”

靳凡心里有盘算，未言。

仲川义愤填膺了半天，眼睛不经意又扫到靳凡手上的戒指，喝了口酒道：“你说，你要是不执着把戈女士送进去，你至于戴这么寒碜的戒指？还不如我的。”

他喝多了，开始口无遮拦了，靳凡扭头就骂：“滚蛋！”

“哦，‘林特务’送给你的。”仲川今天开心，喝了七八瓶，原先只放在心里的话都说出来了。

靳凡知道他喝蒙了，没搭理。

仲川还蹬鼻子上脸地搭着靳凡的肩膀，仰头看着他：“哥，我特感谢她！你不知道，我一想到还能这样看着你好久，我有多高兴。”说着改为抓住靳凡的肩膀。

仲川没说过这种肉麻话，靳凡听不惯，皱着眉喊人：“谁能把他抬房间睡觉去？”

楼底下喝得四仰八叉的几人，举着瓶子也仰头看着他：“老大你又不是没长手，自己不会抬吗？”

脱索边咯咯地笑边说：“就是，真没用，连大嫂都叫不来！”

他也胆子大了。

看他们这德行，靳凡也不再废话，薅住仲川的衣领，把他扛到肩上，扔回他房间的床上。

转身出门时，醉死的这人喊了一声：“哥！”

他停住脚，仲川又说：“你还没祝福我呢。”

靳凡没回头，说了句：“新婚快乐，办事缺钱从账上拿。”

仲川会心一笑，周围陷入黑暗，除了他眼睛里月亮的倒影，浮光波动。

六月一号，这一轮流感刚结束，接连不断的暴雨、洪水、地震并不体谅，本就疲惫的医生团体南北奔走，就没停过。

曹莛到底还是被新一轮的医疗队带到了灾区。她还笑着对同事说，这回，孩子能对同学说他们的妈妈是天使了。

林羌今天准点下班，回家收完阳台的衣服，便去车行接了靳凡一趟。推开门时，小朋友们一脸惊恐状，仿佛林羌是位稀客。

林羌照旧给他们准备了晚餐，跟他们调侃了几句便去了工作间。

看到靳凡光着膀子干活儿，林羌才意识到，她过去有多虚度光阴。都说男人认真工作时最有魅力，她觉得那不是魅力，是吸引力。

她拨开长凳上堆满的工具，坐下来，静静看着靳凡一丝不苟地工作。他身上每一道油污、每一条汗渍都是一种信号。

他终于停下来，走到桌前，放下扳子，问她："吃饭没？"

林羌摇头，勾住他的小指，眼睛往上挑："你没给我做，我吃什么？"

靳凡瞥她："以后我不给你做，你就饿死了？"

"嗯。"

"胡扯。"

"反正你不做，我就饿死自己，你别心疼。"

靳凡捏住她的下巴："多大的脸？"

林羌扭头甩掉他的手，搂住他的腰，仰头："你亲我。"

靳凡俯身吻在她的额头。

"真听话。"林羌得逞地笑，"大狗狗。"

"啧。"靳凡拿她一点辙也没有。

小脏辫正好过来给他们送果茶，看见这一幕，捂眼叫道："哎哟！不行了！谁给我的眼睛打一针降糖剂？！"

他这一嗓子把他们都吸引过来了，对着林羌搂着靳凡的画面"哎哟"个不停。

阳光说："老大是不是乐不思蜀了？好久不管我们了！"

"懂不懂事！你有大嫂重要吗？"蒜头说。

"老大你忙你的，不用管我们，争取三年抱俩！我们都帮你带，马上去早教中心报班认真听课！"小脏辫又要贫嘴。

屋里七嘴八舌的，林羌笑着问靳凡："你每天待在麻雀堆里，不觉得吵吗？"

靳凡还没说话，"小麻雀们"不高兴了："啥啊？这叫活泼！"

"大嫂你别跟老大学这些！他就是对我们又损又骂的，一点都不友爱！"

靳凡嫌吵，拉起林羌，招呼也不跟他们打一声，走了。

从车行出来，靳凡要开车，林羌拉着他的手："也不远，走一走吧。"

两人就这样并排往家的方向走。

他们路过一间门锁都生了锈的倒闭铺子，房檐下窗台却放着一盆开得正艳的月季，花香扑了他们满身。

林羌闭眼深吸了一口气，再睁开眼时淡淡道："我今天先回了家。"

靳凡眉心短暂、细小地动了一下。

"你应该没想到我会比你先回去，所以没有关电脑。界面是邮箱的收件箱，都是我看不懂的密码，除了一封，发件人说他叫黄麦。"

两人慢慢地走，林羌也慢慢地说："他让你救他。"

她停下来，靳凡也停下了。她过扭头，唇瓣翕动，半天才开口："我跟黄麦都是被同一个人绑架的，对吗？你或许找到了这个人，但你只对他提出要救我，对吗？这个人现在以黄麦的名义发邮件，目的在于引诱你，这就是个陷阱，但你一定要去，对吗？"

林羌一连几个"对吗"，靳凡一个都回答不了。他不能告诉她，她都说对了。那她会很难过的。

他手里有侯勇和刘广杰两条线索，都可以挖到胡江海。他本来不用过明面，非找丁阳璞那一趟，但他怕他一个人的力量薄弱，他不想拿林羌冒一点险。

对专案组隐瞒刘广杰那条线索，悄悄找到胡江海，是他怕胡江海狗急跳墙。毕竟逮捕胡江海不是靳凡的任务，他的任务只是救人。

但他不想真的跟胡江海交易，所以第一时间跟丁阳璞汇报了这一信息。这才有专案组收工，驯豹突击队却没收工的事。

后面他没再管了，逮捕胡江海归案是公家内务，他一个普通人，只想过好自己的日子。就算胡江海跑了，还不死心，再来招惹他，也是很久以后的事了。他命短，不见得能活着等到那一天。

就在前不久，他接到消息：胡江海太熟悉特战旅的作战思维了，屡次突破驯豹突击队的战略部署，手里更握着黄麦等九名原特战旅战士的家属的命，目前已经携人质们潜逃到境外。

人质都是他原先在驯豹突击队的队员家属。胡江海的目的很明确，还是要他出面。但也许这一次，胡江海不想跟他合作了，而是想让他死。

他持续沉默，林羌不再要他的答案，朝前走去。

没走两步，林羌转过身来，看着定在原地的靳凡，问道："本来咱俩也没几年正常人的生活，非急着死，是吗？"

"你说，都想避雨，谁打伞呢？"这是林羌的话，靳凡拿来了。

林羌根本不擅长崩溃发疯，但她一听这几个字，完全顾不得注意情绪："别跟我说这个，我不打伞！我自私！我就管自己！"

靳凡看不得她这样，上前搂住她。

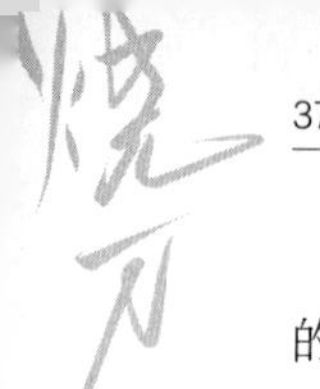

林羌被他抱着，安抚情绪，心却更疼了。她还是安静下来，慢慢抱住他的腰，轻声说：“我拦得住你吗？”

“我听你的。”

林羌知道这是假话，她把指甲用力掐进他的腰：“不要丢给我！这个世界又不是只剩下我们俩了，对不对？我们避一下雨，没关系的，对不对？”

靳凡没告诉她，胡江海劫持的人跟他是什么关系。他知道林羌能明白，他非去不可就是因为非去不可，所以她才这么崩溃。

他的无言让她的劝说尤为可笑，她终于停下了。

靳凡这才说：“我考的国防，你学的医。路是我们自己选的。”

林羌身子僵了一下，推开了他，慢慢往后撤步，转身，往前走。又是那几步，她回头，坚定地告诉他：“我不会，靳凡，我就是很自私，我就是不管别人死活。我说过我只是在工作，是完成工作，我没你那么能干！”

她再次转身，这次再没有回头。

林羌病了，高烧不退，仿佛是在前线扛了那么久的“福报”，她终于可以卧床休息几天了。

靳凡一直照顾她。买菜、倒垃圾这些事都让那群小朋友代劳了。

林羌吃完药又睡了。靳凡就坐在她旁边，不敢开空调，就拿着她从小区门口摊位买的团扇，轻轻地扇着。

她背对着他，一连三天，硬是没跟他说一句话。

他帮她拉拉被子，掖掖被角，她不动弹。要是靳凡碰到她的手，她就抽走了。她真小气，一气就是好几天。

半夜，林羌醒来。撑着床，艰难地靠在床头，闭着眼伸手，端来床头柜常备的、随时更换的一杯水。喝了半口，放下，收回手时被人拉住。熟悉的温度、指节，她不动声色地往回拽，反被握得更紧了。

他的指尖沿着她的手到腕口这条线缓慢滑动，直至攥住她的手腕。

她不再反抗，也意味着她认了。

林羌的身体好转了，回医院上班那天，早上醒来就没见到靳凡。

她平静地洗漱，看着镜子中自己病后又瘦了一圈的脸，白得过分了。她忍不住怀疑，病真好了？是不是假愈？他能不能回来再照顾她呢？

他能不能呢？她的问题在脑袋里，没人回答，她就一直刷牙。刷得呕吐，几乎把胃都吐出来了，还是没人答。

她的双手撑在洗手池边，呆望着镜中形单影只的自己。明明前些天他还站在她身后，明明说好一起活很久很久……

可是她怨什么？她认了，不是吗？

她从卫生间出来，走到餐桌边，牛奶和牛角包还热着，杯子下边压着一张巴掌大的便笺，画着她的素描像，是她累倒在副驾驶座上昏睡的画面。

小像下边写着：致我的妻子。

她用手撑住椅背，眼泪接连掉在桌面上，快速淌成河。

靳凡离开后，林羌就没有下班一说了。她更像一个陀螺，或是一个奔走在医院各个角落的机器人。

多灾多难的几年中，今年好像特别难，曹莛在支援途中一病不起，院长拍桌子说我们的医生是人，不是神，自己都救不了，救别人有心无力了。可是加入医疗队的申请单还是发到了各位医生手里。

林羌申请了，留在医院和前往灾区是同一件事，她统称为工作。

她坚称她很自私，她只是在完成她的本职工作。

林羌出发前一天，简宋又来了，没找她，只是在县医院门口遥望。原先男才女貌，还有些般配，现在只有简宋还是光鲜的，林羌只剩消瘦的四肢，撑起她摇摇欲坠的身形。

靳凡走了，林羌也走了，车行的小朋友还以为他们是去度蜜月了。直到戈昔璇突然闯进门，歇斯底里地发了一通疯，薅着他们的衣领质问他们，为什么人都看不住？他们才知道原来他们老大和大嫂有那么多秘密。

两人都生了病，顽劣的病，都各有背负，都藏起一身的疤，再若无其事地对他们笑，把他们当孩子呵护。

二十来岁的小年轻，都是暴躁的性格，突然沉默下来，甚至没有一句“为什么”。他们对答案一点也不在意，他们要两人平安回来。

可是日子一天天过去了，他们好像再也不会像孩子那样傻笑了，靳凡和林羌再没有推开车行生锈的门。

事情的转机是车行收到了一个快递，他们以为是失联的两人传递回了消息。

当几人急切地撕开那层黄纸，却看到黑色的相框，裱起一幅靳凡和林羌的九宫格黑白照。

沉默就是在那一刻消失的，阒寂的车行不复存在，他们也开始歇斯底里了。

他们本以为事情突然，原来早就有迹可循，是他们太迟钝了。

小脏辫记得，那是六月底，仲川把脑袋抵在车行门口的墙上痛哭，他们心里突然燃起焦黑的烟。

还没问是不是来了靳凡的消息，阳光匆匆回来，一脸眼泪顾不上擦，嘴唇苍白，浑身发抖，说林羌那一支医疗队回来了，但是林羌没有回来。

他们发疯一般地问："为什么！为什么没回来？"

阳光头都摇烂了："不知道……他们说……他们说这是保密项……"

小脏辫把手机往墙上一摔，一把薅住他的衣领，摁到墙上，发力的肩膀不停地抽搐："什么叫保密项？你告诉我什么叫保密项？去救人的为什么没回来？是去救人的啊！为什么回不来啊？"

脱索拉开他："你跟阳光发什么火？我们直接去医院问！我看看他们敢不敢说保密项这三个字！"

他们怒气冲冲，看架势要掀翻了县医院。仲川在这时说："又是保密项，为什么又是保密项？胡江海已经被逮捕了，为什么不说靳凡现在的情况呢？是因为他回不来了吗？是吗？凭什么呢？"

他们的怒意突然暂停，郁结在某一点，不再发酵。

原来回不来的不只是林羌。

小莺以为最坏的结果也就是靳凡不再护佑他们了，没承想那居然是她现在最期望的结果。

他们冲到那间为了稳定民心而不得已敷衍设立的灵堂，看到那群人不知道从哪儿得到的靳凡、林羌九宫格的黑白照时，眼泪决堤，默契地一同掀翻了摆放在正中的灵柩。

脱索问他们："我们可以接受他们已经不在的事实，但你们至少得告诉我们，他们经历了什么，为什么会不在了？"

站在灵柩一侧的承办人只淡然地摇头："对不起，保密是逝者的意愿，若不是秉持对他们身边人负责的态度，我们也想把仪式免了的。理解你们难以接受，这也是我们不愿看到的结果。"

公主切积压了那么久的情绪一瞬间爆发。她挥臂把摆放在灵柩前的长明灯、香炉、贡品都拂到地上："先不说靳凡，林羌是去救人的吧？为什么灾情结束了，医疗队返程了，她没有回来？"

仲川以为他可以一直沉默的，他知道保密背后涉及许多事。

但靳凡已经离开了战区，他是义务帮忙逮捕胡江海的，凭什么胡江海归案了，他却成了一副衣冠冢？

谁想要这个仪式啊？他们要人！

他曾相信苦难是值得的，不是有苦尽甘来这样的词吗？可当靳凡和林羌的遗照就摆在他面前，他根本无法说服自己，承认这不是一个谎言。

人死才苦尽，甘来尤可笑。

小脏辫也逐渐清醒了，他们声嘶力竭有什么用呢，人回不来了，他们除了“节哀”，哪里有第二个选择？

生命的纤薄、无力在这一瞬间被他们深刻地理解了。

小脏辫不再同他们一起吵闹、要说法。他缓慢走到灵柩前方，把靳凡和林羌的照片小心翼翼地取了下来。这是他们的东西，要带走的。

承办人上前阻拦，不等他抵抗，仲川他们已经一拥而上，护卫他把靳凡和林羌的照片带走。

“老大，大嫂，我们回家。”他谨慎地抱着，唯恐有差池。

长夜，月色如水，到这时，眼泪已经成为奢侈品，痛苦却没有随眼泪一同匿迹。

雨就是这时来的，细细密密地卷在热浪里，吞没了这一路的萧疏。

他们慌忙地脱衣服，来盖住照片，但是怎么办，衣服也湿了。他们只能用手挡，用身子挡，讨厌的雨滴还是砸在靳凡和林羌漂亮的脸上。

他们紧张得不行，手掌用力拭去旧的，新的又覆上来，渐渐就急哭了，崩溃得蹲在地上，一遍又一遍地问着“为什么”“怎么办”……

小脏辫猛抽了一口凉气，从梦中惊坐起。

是梦！他心有余悸，摸摸冰凉的脸，手心湿漉漉的。

小莺睡不着，在客厅喝酒，听到动静跑到卧室。见小脏辫醒了，在床上傻坐着，夜灯下他一脸的汗。她皱着眉走过去，把他的脑袋搂到怀里：“怎么了，脸色这么难看？”

小脏辫紧紧环抱住小莺：“我梦见老大和大嫂没了，我们从灵堂抢走了他们那张遗照。”

小莺拍拍他的背：“你就是白天收到那个快递吓到了，日有所思，夜有所梦，别瞎想了。”

小脏辫在她怀里摇摇头：“特别真，还是第三视角，我怕……”

小莺照着他后脑勺打了一巴掌：“放屁！庄栎，我告诉你，老大和大嫂都会平安回来，你不要一天到晚扯淡！”

小脏辫被打醒了。小莺放开他，坐下来，牵住他的手，说：“我们得先把自己过得像个人，才能好好迎接他们回来。”

小脏辫不语，攥紧了她的手。

“我白天的时候，跟川哥聊了会儿。原来老大以前吃了很多苦，他那些功绩都是拿命换的，他离开战区是因为接受不了队友牺牲。那次交火后他的心脏就坏了，队友也都不在了。川哥说，他们跟我们差不多大……”

小莺说着说着就哽咽了。

小脏辫捧住她的脸紧张地说：“你别哭，你都哭了，我更怕了。”

小莺吸吸鼻子，也捧住他的脸：“老大会回来的，我们和他的队友对他的意义是一样的。他一定会想着我们，一定会回来的！”

小脏辫手忙脚乱地给她擦眼泪：“大嫂也会回来！”

小莺点点头：“求求老天给他们一点运气，不能这么欺负人……”

“我跟你一起求。”

到了七月下旬，一连串的娱乐新闻标题中，夹杂了两条实时要闻——

某战区驯豹突击队剿灭大型国际犯罪团伙，逮捕多国共四十六名犯罪嫌疑人。

扩大国家医学中心和区域医疗中心建设试点，提升县级医疗服务能力，缓解医疗资源短缺以及优质医疗资源分布不均问题，已提上日程……

热度不太高，点击量也很少。

靳凡还没回来，林羌也没有。

月色皎洁，希里湾的医疗队驻地外，林羌正在收同事们的床单，收两件就停一下。这两天一直给病人打疫苗，胳膊抬不起来了。

两个月前，连续一周的暴雨让希里湾的河水上涨，发生了洪涝灾害。

政府从暴雨第一天就在清理、扩建河道。刚有成效，登革病毒来势汹汹，雪上加霜。

林羌所在的医疗队上月中旬来到这里，现在支援结束了，明天来自三个地区的医疗队就要各自返程了。喜欢热闹的几个同行张罗了临别宴。

现在他们在镇上的农贸市场采购，估计就要回来了。

林羌困了，想睡觉，但队里有个大姐第一个就打给了她，刚才又催了一遍，她得过去。

不好交往的名声没什么，出门在外，最好要合群，不要落单。

这边离那些乱政之地仅一线之隔，真出什么意外，被逼着做电信诈骗都是轻的。

她终于收完床单，叠好，按照成分标签上的名字放到各自床上。随后锁上宿舍门，穿好防护服，下了楼。

登革病毒的传染性强，医疗队成员须得穿戴防护装备，穿梭在诊所和病人家中。两个月过来，皮肤已经恒久破溃。

那也不能脱，站好最后一班岗等于对自己负责。

聚餐点就在楼下，是一幢依涧而建的三层民居，灰瓦搭配白墙。门前是平坝街，经年失修，几步一个坑，街道两边是椰子树。屋后是净荞河，与境外的那个葆梅镇隔河相望。

林羌一进门，入目就是几身防护服。其实也不一定非要吃这顿饭。

一位男同行站了起来："来了。"

有人揶揄他："哎哟，我来的时候你那屁股怎么坐那么稳当啊？"

男同行不说话了，有点害臊。

"别闹了你们，我们柴医生脸皮薄，一会儿饭都不吃了。你们还想不想听他吹口琴了？"

这位害臊的医生叫柴觉，九兆那边公立医院的，为人温和，是默默做事不作声的那一类人。他可能对林羌有点意思。

大姐硬坐在柴觉和林羌中间，一挥手说："我们林大夫结婚了，可不行瞎闹。"

林羌队里的大姐是燕水省第一医院呼吸科的一名医生，这是她结婚后第一次参加支援行动，胆大心细又热情，是三个医疗队的精神领袖。

众人第一时间看柴觉，他佯装无事地给大家倒水，眼睛里的光分明黯淡下去。

有人问："林大夫有二十七八岁吗？都结婚了啊？"

"怎么问人年龄呢，这位同事？"有女医生接过了话茬，"我说咱能不能不以女同事为中心东问西问了？"

大家也没恶意，但都接受了这个提议："那咱们尝尝菜吧！正宗的拉祜族美食，这个烤鸡、手撕鸡，好家伙，还有腌菜。"

桌上大部分菜都是用芭蕉叶包着烧出来的，很有特色。当地似乎在计划发展旅游业，口味改得大众化了一点。他们都挺爱吃，一边吃一边打趣说笑，热热闹闹的。

席间大姐把远处的菠萝饭给林羌挖了一点："跟家里人说没有？明天就回去的事。"

"没顾上。"林羌是队里干活儿最多的。她是想，忙起来心会静，也有理由不跟朋友联系。

大姐是看到了林羌手上的戒指才帮她拒绝柴觉的。

他们职业特殊，她也就没见林羌戴过戒指。最后一天聚餐戴上，无非是

想不动声色地打消一些人的想法。

她忍不住关心道："你也该考虑个人问题了吧？"

林羌默默夹着菠萝饭，饭粒有些黏糊，她一筷子只夹一点，放到嘴里咀嚼半天。她突然腻烦，不想待了，放下筷子，稍显扫兴地说："我头有点疼，先回了。"

她走得急，挽留和关切的话一句没听。

平坝街直行到头就是车站了，他们返程的时候要在那里上车。她顺着这条街信步移动，沿途的砖跺、钢筋，都是用来修建下水道的。年年雨季内涝，年年疏理排水系统，年年没什么成效。

她把手插进口袋里，看着两边高耸挺拔的椰子树。

挺拔，呵。

又烦了，她收回眼来，继续漫无目的地游荡着。

突然，前方街道传来喧哗声。夜间活动的小镇居民，一下子涌入平坝街上，她不懂他们的方言，恍惚听到"广场发现了患者"，也没拉住人问。

她默默加入他们的队伍，跟着人群往南边走。反正无论发生什么，跟着人群准没事。

正走着，人群中横插进来一只手，攥住她的胳膊，把她拽出大部队。她反应很快，但这手的主人动作更快。眨眼间，她已经被他摁在背街的巷子里，压在墙上。

她抿紧嘴，刚要发力，又瞬间卸力了，眼睛一酸，又立刻攥拳，接着用拳头、巴掌接连招呼在对方身上。这人身上她够得到的地方都挨了她的重击。打不动了，她抱住他的脖子，深吻上去。眼泪都流进两人交缠的唇瓣里。

他一说话，她眼睛更酸。

他的声音最好听，比口琴好听多了，谁也比不上。

他用双手捧住她的脸，拇指轻轻拭去她脸上的泪痕，吻在她的鼻梁道："我回来了，老婆。"

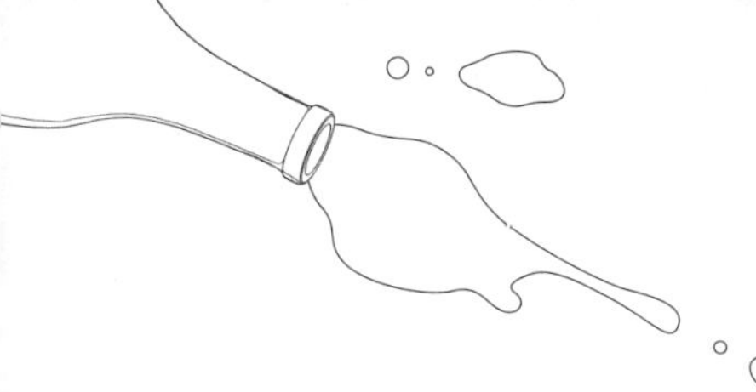

特约番外

那天是个星期五

>> 他们结婚的那天，
就是星期五。

玻璃圆桌上的书翻到一半，被杯子压住。杯里是没喝完的烧刀，旁边还放着来不及折叠的近视眼镜。镜面刮花了，也有形状难看的污水印，似乎是眼泪。

眼镜一旁有一瓶标签写满英文的药，开着盖，散落出七八粒在桌面。旁边的摇椅上，林羌安静地睡着，毛毯搭在椅子把手上，左手覆在毛毯上。窗外的雨哗啦啦地下个不停，她也难从奔忙烦琐的梦中清醒。

不知几时睁开眼，画面在蒙眬睡眼中逐渐清晰，她看到靳凡忙碌于厨房和餐厅的身影。猫和狗在他脚边，追着他出来又进去。

她又闭上眼，翻了一个身。

靳凡知道她醒了。“洗手，吃饭。”

“我没醒。”林羌闭着眼，试图争取补觉的机会。

靳凡端着白灼虾，走到她身前，拎起一只，蘸进他配好的酱汁，滚了几圈，裹满调料，喂给她。

林羌感冒了，闻不到香味，也吃不出滋味。她从他手里把盘子和碗拿到一旁，拉着他躺在摇椅上，她的旁边。又搂住他的胳膊，脑袋枕在他的肩窝上：“你今天不去车行吗？”

“今天陪老婆，我让他们天塌下来也自己顶着。”

林羌“啧”了一声：“有些人结婚以后嘴变甜了，我就说家里蜂蜜总是吃得很快。”

靳凡握着她的手，拇指抚摸着她的虎口，稍微偏头便吻到她唇角。“嗯，确实吃得太甜。”

林羌一愣，反应过来，双手撑在他胸膛的两侧，支起身子，看着他：“要不是你一天大部分时间跟我在一起，我都要怀疑你出轨了。这么会说，看着像是被谁调教了。”

靳凡皱眉，觉得她荒唐，又知她天性嘴不饶人，拨开她垂在他颈窝的头发，别到耳后，说：“生日快乐，林羌。”

林羌又是一愣，生日到了。

忙太久了，也不知忙什么，但就什么也记不得、顾不得了，是三十七岁的年纪太尴尬了？

似乎是的，不年轻，也不算年长。

可除了忘记生日，她好像也没有来自年龄的焦虑。

被靳凡深爱着的这些年，她一度觉得时间暂停在人生的铁轨上，她那节车厢刚好在世外桃源。

有些人四十岁了劲儿还是很大，单手揽腰，把她抄起来，半空打横，改成两只手公主抱，直接抱到餐桌前。倒了一杯牛奶，盘子里是面包馍，蘸了点白奶油、大蒜粉和欧芹碎的混合调料。

针对林羌稀奇古怪的口味，靳凡总能找到解决办法。

林羌被他喂了一口，视线从食物移到他修长干净的手指。以前他的手白，她老说什么时候红润些，别老像吃不起饭似的，天天苍白着。哪有在战场拼搏过的硬汉看起来像个俊俏白嫩的小伙子？

靳凡听话，不在空调屋修车了，晒了个小麦肤色。

林羌又不满意，觉得这肤色看着太“健康”了。而且紫外线对皮肤损伤太大。

她又用药、用吃的给他补回来了。

后面好了，靳凡又变白净了。她再也不提他四十岁的一双嫩手仿佛逆生长了。但这事对靳凡来说可是个疙瘩。

他以为林羌是嫌他瘦弱，没点男子气概。明明他这把年纪还能夜夜生猛，跟那些过了二十五岁就力不从心的人天差地别，怎么林羌还老嫌弃他？

靳凡闷闷不乐了几天，再次下班回家，给林羌看起男明星的照片来，还能精准地说出人家的名字，颇有架势。他跟林羌说：“一个作息良好、坚持健身的人，仪态自然会好。没不良嗜好，再戒烟酒，体魄就能保持。白和长相，这控制不了，是遗传的。”

靳凡平时也不看节目，可能是车行那群小崽子当了军师。林羌看他试图说服她的样子，不由想笑，蛇一样钻到他怀里，一只手摸着他的胸膛，一只手捏着他的手腕：“想表达什么？”

“你老说我白嫩，我焦虑。”

林羌笑得在他怀里打战：“这不是夸你？你怎么听不出好赖话呢？”

后来这茬怎么过去的，林羌不记得了。可能是她把他拉到床上，事后在他耳边悄悄说：“感受是年轻又猛，特别厉害，我特别喜欢。”

林羌回神，靳凡已经坐在对面看着她，双手交叠，撑着下巴。跟面前这张脸比起来，手又好像不算出彩了。

她吃一口面包馍，一笑就暴露了她的得意。当然得得意，多幸福。

她看着他说："不错，以前说手白了一辈子，可能要死了才开始红润点。现在身上的生活气和已经开始红润的手都有了，真是福气。"

靳凡伸手擦擦她嘴角沾到的碎屑，说："吃完先去善引寺看樱花。"

林羌只提过一次，靳凡竟记住了。她温和一笑，道："好的。"

她好像也跟以前不太一样了。冷漠淡然、只爱说反话的林羌好像死在了爱上靳凡之前。

他们下楼后遇到了邻居，邻居笑着打招呼："小林出去上班啊？今儿不是周末吗？周末也不休息啊，别太敬业了，还是注意身体。"

"跟我老公出去，散散心。"林羌挽着靳凡的胳膊，一只手别了下耳边的头发。

邻居朝她边上看一眼，笑容收敛一些，没搭茬，只说："那得玩儿开心。"说完还夸了她的戒指好看。

上了车，由林羌来开。新买的车，给她买的车，又是靳凡亲自上手改了一些配件的，装着最好的内饰。她谁都不让碰，只能自己开。

她扭头瞥他一眼："你看我这几年人际关系处理得多好，跟同事、邻居都很友爱。你什么时候学学我，就不至于别人看见你跟看见阎王一样了。"

靳凡把她折进脖子的领子拿出来，说："你也是这几年才温和了。"

"我是觉得与人和善一点，活得久一点。"

靳凡牵住林羌的手："林羌会长命百岁的。"

"是我们。"

樱花季前后，善引寺的客流量激增。明明下着雨，停车场却找不到一个空车位。林羌根据工作人员指引，把车开到临时停车场。

靳凡下车买水，递来的却只有一瓶。林羌皱眉问："你不喝？"

靳凡只看着她，也不说话。

林羌才不管他，拧开盖子喝一口，刚进嘴，靳凡突然托住她的腰，把她拥入怀里，吻住，掠夺了半口。

林羌惊讶：这男人，怎么回事？她过生日，他节目还挺多。

靳凡擦了擦她的唇角，说："我喝了。"

林羌"啧"了一声："男人撩拨小姑娘果然是种天性。"

靳凡牵住她的手朝寺门走去："奔四张了，小姑娘。"

林羌抽手，不给牵了。"会不会说话？"

靳凡重新牵上："奔四张了，你也是某个人的小女孩儿。"

林羌明知故问："某个人，是谁？"

"我。"

林羌以为他会直接无视。他这个人总是做容易被误解的事，要是长了一张好嘴，早有好人缘了，总不至于到现在除了身边的人，没人说他好。

她以前不在意评价。现在想来，她是不在意别人怎么说她，不是不在意怎么说靳凡。忘了从什么时候起，她开始听不得一丁点别人说靳凡不是的话。她觉得谁都没资格评判他。

她牵紧他的手，越往前走人越多。沿路开满了樱花，像置身于粉色的海洋。

林羌闲聊起来："樱花起源于我国，但这一点是不是很少人知道？"

"很多东西的起源都是我们国家。"

"就是东西太多了，所以一个两个被拿走了都没注意。"林羌偏头，视线向上，听到心里的声音：我只有一个你，真的不能拿走。

靳凡仿佛知道她想什么，牵得更紧："我不是没去吗？"

林羌挽紧靳凡的手，对他说："再问一次，你是因为国家出手了没去，还是身体已经不能支撑你上天入海了才没去？"

"出题的人怎么把正确选项筛出去了？"

林羌弯唇："听听看你的正确答案。"

"因为老婆不让去。"

怎么有人说情话会那么平淡，语气毫无起伏，表情也是一如既往？

"你最好以后都这么听你老婆的话，有一次没做到等着我喧你。"

"我第一次知道你喧我还需要条件，以前的条件都是什么？"

林羌停住脚，不走了。

靳凡还牵着她的手，扭头看她假模假式地挂起脸，把她被风吹乱的头发整理好，说："喧吧，不还嘴。"

"你最好是。"林羌学他的口头禅。

靳凡牵着她继续上山："你再磨蹭，到山顶就要关寺门了。"

"那我们就睡在门口，等明天开门再去祈福。"

她学医的，以前不信这些。不知道从什么时候起信了，也变得胆怯又虔诚了。

山上视野更宽广，光景更像一场梦。

林羌进入寺门就不想看樱花了，闻着满殿的樱花香和木质香，朝远看了一会儿风景，找到一只石凳，坐下来，聊着聊着，睡着了。

等她醒来，天色已晚，抬眼看到另一个歇脚凳上放着香烛、文疏。仰头往上看，靳凡站在身前，帮她挡住傍晚火苗一般的霞光。

她心里一热，缓缓搂住他，不停调试，找一个舒服的姿势，耳朵贴着他，试图听到他血管内血液流动的声音。但如果真能听见，不是她耳朵出现病理性问题，就是他的血管发生了病变。

她有时候觉得，学医的人，真的好难通过身体反应去解释一些浪漫的事。

“能不能就这样死掉呢？”她闭着眼睛笑问。

靳凡抚摸她的脸：“不能，寺门就要关了，夜间不留游客。”

“啧。”林羌不抱他了，也不理他了，赶上最后一拨祈福队伍，上章拜表，祈愿菩萨护佑她的爱人。

下了山，他们又去了海边。

他们来看荧光海，但好像来得不是时候，没有荧光，只有望不到边际死寂沉沉的海。海面唯一的残光是月亮怜悯的馈赠。

林羌脱了鞋，光着脚踩在沙滩上，沙子还有被太阳晒过的余温，不冰，很舒服。她走了两步回头，不见靳凡的身影，她没在意，可能是去买水了。不远处，沿岸的夜市灯火灿烂，为这一处死寂增添一丝生气。

约莫十分钟，扭头还不见靳凡的身影，林羌有点急了，四处张望，脚步和心跳都快了起来。

“靳凡！”她跑向来路，沿路大喊，没发现声音里的颤抖。

没有人回应。她慌了。

“靳凡！你别吓我！”

突然，身后出现脚步声，是鞋底摩擦沙子的声音。她猛地转身，看到靳凡端着一个小蛋糕，上边插着一根蜡烛。蜡烛的火苗被风吹得摇曳。

她的视线不清晰了。

靳凡来到她跟前，拉起她的手，让她自己端着，自己吹，他则伸手把她眼角的泪擦去。

“今天要开心，老婆。”

林羌把蛋糕扔到一边，踮起脚，伸手搂住他的脖子：“我不开心！”

她不记得从什么时候起，平稳幸福的日子也过得有些如履薄冰。大概是因为有不知道第二天能不能醒来的爱人，便不敢大声笑，生怕这一份安稳被夺走。

“嗯，我怎么做你才会开心一点？”

“别离开我……”

“嗯，我在这儿。”

“你不在！”林羌不知道为什么突然吼一声。

靳凡抚摸着她的长发。“最近睡得不好，太累了是不是？工作怎么能有身体重要，也不是差那点钱生活，更不用负担别人的生存，所以你要先为自己着想。照顾好自己，我才放心。”

林羌用力搂着他，无声的泪流进他的衣服：“嗯，我许愿了，我说我会好好吃饭，好好睡觉。我知道，只有我照顾好自己，才能长命百岁……”

靳凡亲吻她的额头，说：“听话。”

林羌的眼泪突然汹涌，搂得更紧了。“我这么听话，能不能有一点奖励，能不能待久一点，今天是我生日……”

“可你睡得太久了，我担心你。”靳凡的声音突然变得悠远空灵。

林羌从没觉得自己力气那么大。她用力地抓他：“我好得很！你别走，我求你，我求你！靳凡，我爱你……”

她抓不住了，他们的距离越来越远。她像是身处在一个巨大的旋涡中，但她不想逃，只想往里钻，因为靳凡正在被旋涡吞没……

“大嫂……”

她挣扎着醒来，还是在旧房子，她坐在摇椅上。窗外还在下雨，哗啦啦的雨声好吵人，只有小脏辫、小莺蹲在旁边，手上拎着蛋糕，而厨房没有靳凡在为她做饭。

今天确实是她的生日，可是她的丈夫呢？他怎么不在她身边呢？那个旋涡那样深邃，她不去救他，他怎么办啊？

她又要拿起桌上那瓶药，被小脏辫一把夺走，藏到了身后。

“给我。”她去抢。

小脏辫不给，死死攥着。

小莺红着眼圈扶住林羌。

林羌吼出来：“我让你给我！”

小脏辫打开窗户，把药扔了出去，就是不给她。

林羌就要踩上窗台，要迈出窗户去。

两人赶紧拉住她，小莺负责抱住她的腰，小脏辫把窗户关闭上锁。

“滚蛋！”林羌又吼，“他要喘不过气了，我得去救他，谁都指望不上，只有我……”

小脏辫把一直没来得及放下的蛋糕扔在一边，想骂醒她，又不忍心。她只是太难受了。小脏辫也湿了眼，下一秒眼泪就掉了下来：“老大不在了，一年了……”

“放屁！”林羌已经瘦得只剩一把骨头，不知道从哪儿来的力气，一把推开他们，“从我家里滚出去！”她把他们推出门，靠着门慢慢滑向地面。

小莺还在门外喊：“大嫂，你别吃那个药了……”

林羌摇头，小声嘟哝道：“他就在我面前，我看到他了……”

“大嫂，今天是你生日，车行的朋友要给你庆生呢！我们今天开开心心的好不好？”小莺又说。

林羌捂住耳朵，她觉得好吵，吵得她听不到靳凡的声音了。

只是捂住了还是好吵。她起身，用力掀翻了桌子，巨大的声音好像掩盖了小莺说话的声音，好像管用。她开始摔东西，把桌椅推倒，不知疲倦……

许久，她停下来，看着满屋狼藉，两只手震颤得严重。眼泪慢慢从眼眶掉下来，她又开始收拾。

她一边收拾，一边念着对不起，一边掉眼泪。

“我发脾气了，对不起。我不发脾气，我平静，我好好的。我好一点，你们才让我再见他，对吧……”

她在对谁说话呢？反正没人回应她。

靳凡刚去时，所有人都走不出来。车行那些小朋友日日哭，以前经历过失而复得，意识到这次他真的回不来的那种失落，成为压垮他们的最后一根稻草。只有林羌，她平静得像是从没爱过。

丧事从简，她一个人忙里忙外，招待来宾，从旁冷漠地看着大家悼念靳凡。她还贴心地给每个来悼念的人准备了胸针礼物，祝福大家安康，多花点心思在爱自己和身边人身上。

她说，她丈夫这一生，真正为他自己而活的时间屈指可数。她知道他不要虚名，但她还是想为他守好最后一班岗，让他活这一遭，临了也是体面的。

其实大家也不在意，都知道两口子平时话少，看起来冷漠、自私，但其实已经把自己烧尽了，为身边的人，为他们的事业。但大家也接受了，并对她诚挚地道谢，也祝愿她安康。

既然林羌想为他做，让她做吧。她想做什么都好。

她还不止为他们做呢，她每周只有一天假，也要去做志愿者，哪里要人，她就到哪里去；哪里危险，她就冲到最前面。她说她虚不受补，朋友送来的补品吃了太多，上了大火，不忙起来，这火下不去。

但哪用拼命呢？半年而已，她的病情就加重了。原本她能像正常人一般生活很多年，但她现在的身体状态，已回到不得不做手术的那一年。工作都无法进行下去了。

一个月前，她像从阜定离职那样，从县医院辞了职。

当天下午，她就约了中介，把房子挂到买卖平台。

这幢绣梨府三居，他们夫妻住得舒适。早些年靳凡从阳光那儿买了下来，房本写了她的名字。靳凡后来买的一切都是她的名字。他说，小女孩儿原先财迷，长了几岁变得敏感，不给她多买几套房子、几件金首饰，她会没有安全感。

小脏辫非要小莺跟着林羌一起带看房子。

林羌对那些有购房意愿的人聊起她房子的优点，哪一处设计花了心思，哪里有隐藏的储物空间。房子大大小小的用具，提到品牌、更换时间，无一不记得清楚、说得明白。

小莺一度诧异，这真的是刚失去爱人半年的样子？难道爱情到最后都会沦落成一堆名词，再换成一堆银行卡上的数字？

签卖房协议的那天，林羌又把其他房产都挂上了平台。她也是在那一天，搬回了她的“老破小”。

遇到靳凡的那一年，她就住在那个地方。

小莺这才勉强找到一点能够证明他们爱情存在过的痕迹。

可林羌还是不见难过，每天把房间打扫几遍。几年没整修的门窗污垢厚厚一层，地板砖早没了纹路，她都打理得一尘不染，让这些具有年代感的东西锃光瓦亮。

她还给留守老人、儿童做饭。小孩子一句无心的话，说她做的饭味道怪，她又专门跟小区对面饭店的厨师去学。小孩子知道了，自责地道歉，她蹲下来抹掉他的泪，安慰他说没事，讲实话、真话是好品质，以后也不能丢掉。

她就这样发光发热了一年，与从前判若两人，看起来爱所有人，唯独不爱她的丈夫。

小脏辫实在觉得怪，托关系打听到了林羌的病情。拿到那张诊断单，他仿佛也患上震颤，手不住地抖，一个大男人眼泪啪嗒啪嗒地掉。

原来她早已千疮百孔。

他带着兄弟几人火急火燎冲到她家里，翻出整整一柜医生开的药，全员崩溃得傻站着。

他们都懂了。她不是不难过，也不是情感浅薄，是没走出来过。

有多痛呢？痛到不愿面对，宁愿死在虚幻的世界，也不要醒过来，意识到那个人已经不在了。

小莺终于发现了至纯至真的爱，却宁愿这是假的。因为林羌看起来太糟糕了。他们后知后觉，不知从什么时候起，她已经瘦成一堆骨头，还把积极向上、热爱生活的样子装了一整年。

被揭穿了面具，林羌也像被打开了痛苦的开关，号啕大哭，捶胸顿足地哭。他们何曾见过她这样？她可是把平静和专业刻在骨子里的博士医生。

那天，他们哭成一团，陪她到深夜。

后半夜，她趁人不注意，坐到阳台的护栏上。

他们吓得脸煞白，什么好话都说个遍。她却笑着让他们别担心，然后晃着脚，唱着歌，不时问一问身后陪着他的小朋友。

“你们说，他怎么那么乐意拯救别人呢？有第一次，居然还有第二次。他有那个能力，怎么不知道拯救拯救我？其实就是不爱吧？他压根不爱我！我被骗得好惨。”

他们面面相觑，欲言又止，盘腿坐下来，只充当聆听者，听她说了半宿的委屈。

天亮时，药力散尽，睁眼好几天的人，终于没抵抗过身体的承受能力，昏沉睡去。

那以后，车行的小朋友就形成默契，轮流来陪她，听她说些话，做些事。实则是看住她，怕她伤害自己。

却总有疏忽的时候。

这天，林羌将日日清洁打扫的房间砸成一片废墟。

她双手捂脸，抹掉眼泪，一边念着“对不起”一边清理一地的狼藉。每一块地砖都跪着、爬着擦过去。

她盼望有神灵，一定要看到她的诚意，一定让她如愿以偿。

一夜过去，朝阳升起。

房间恢复洁净，林羌仿佛也恢复了正常。她好好梳洗一番，把她和靳凡的戒指拿去熔了，让它们回归本身，继续做一把手术刀，回到铝制饭盒。

只不过，再不会有人拿起它了。

交货日是一个星期五，他们结婚的那天，就是星期五。

林羌穿着久违的裙装，来到店铺，用一双病理性颤抖的手从老板那里接过她的手术刀。仿佛人生这条崎岖之路，歪歪扭扭，又绕回了原点。

从店里出来，路边停了一辆帕拉梅拉。一个斯文俊秀的男人站在车前，看着她。

两人对视，恍如隔世。

咖啡店里，简宋还记得林羌的习惯，但显然已经释然，想通了这个女人他早已失去了。或者说，从未拥有。

“你看起来不太好。”简宋说，语气仍是担忧。

林羌说：“但这是我想要的。”

“想要变成一个为了爱情失去自我的人吗？”简宋还是无法对靳凡释怀，“你以前为了活，那么努力……”

“活着是什么骄傲的事吗？”林羌问。

简宋说：“那你之前为什么想活？”

“因为不接受命运写定的结局。”林羌也提前回答了他下一个问题，“战胜了命运再提生死。不是逼不得已，是我心甘情愿。”

简宋眼睛发涩。

林羌继续道：“我现在跟随自己的心意生活，不再为了活着逼自己做不喜欢的事。”

“就那么爱他吗？”简宋心酸道，“明明他做的事情我也可以做。”

“我选择爱人的标准是我喜欢，让我舒服、开心充实的，而不是能力多大。那是社会价值。”

“跟我在一起不开心吗？”

“如果比跟他在一起更开心，我为什么委屈自己，待在他的身边？”林羌看着简宋，“你了解我的。”

简宋沉默了。

林羌缓慢地、一字一顿地说：“我这个人有瑕疵。在道德和取悦自己之间，我从没选过道德。你要怨我，我接受。”

简宋忽然浅淡一笑，熟练地将她的欧包切开，抹酱：“一点都没变，总是戗我。也许我执念的就是你曾跟我在一起，却从未……”

“我喜欢过。”

简宋动作一停，喉结滚动，继续抹酱，再放进林羌的餐盘里，拿来方巾擦擦手，说：“其实是我先爱上你的。”

林羌目不转睛地看着他。

简宋坦荡地道：“你的套路其实一点也不高明，但我还是沦陷了。因为，是我先爱上你的，是我在你的必经之路，留下脚步，引诱你来找我。”

林羌微微皱眉，一时无话可说。

“我为人也有瑕疵。”简宋说。

林羌哑然一笑，她早知道简宋也有手段，却是第一次听到他坦白他们相识的另一个版本。但这不重要了。

两人分开后，林羌到超市买了烟和酒，一个人来到车行旧址。

进门前，她看向那丈高的铁门，锈迹斑斑，却不再觉得这地方大隐隐于市，内有乾坤。原先是一个废钢厂，现在是一个废车行。门口还摞放着轮胎垛，正中却不见跑车，也不见傲慢无礼的街流子。

她抬头往上看，却仿佛看到二楼站着一个人，略微俯身，背着光，胳膊搭在栏杆上。戴着檐儿帽，五官看不清，但脸很窄。黑色的背心，正好贴身，肩膀和胸腹的肌肉线条特别漂亮，上臂到小臂的比例协调。筋长，手指也长，双手交叉，骨节泛白。脖子上挂着的一条银链悬在栏杆上方。

她歪头弯唇："就知道你会在。"

男人看着她，不说话。

林羌走到那张长桌，将桌上一堆积灰的零件扒拉到地上，用袖子擦擦桌面和椅子上的土，放下烟和酒，坐下来。

她仰起脸，对着那个人："你要不要下来陪我？"

没人回应。她也不勉强，拿出袋里的东西，烟酒都来一点。抽烟时，烟雾盖眼，待散尽，二楼那个人影已不见。

她收回眼来，抬头已泪流满面。

幻觉也是奢侈的，不能日日都见。

她倒一杯酒，打开手机录音，娓娓道来她这一路的见闻。从早上碰到的邻居开始，说到简宋，她温和一笑："瞧瞧简宋，为了免除我的愧疚，居然扭曲了我们的初识。他以为我现在失去判断力了。你说，他怎么就那么好呢？"

她抹掉眼泪，继续说："如果跟他在一起，现在我可能已经成为一个打理家庭的阔太太了，还可能生了两个孩子。人生的角色从林羌变成简宋的太太，他孩子的妈妈，然后逼着孩子念书。不断为挤入一个盛不下我的阶层，自我阉割。"说到这儿，她也觉得怪。

"说到嫁人，你有没有发现那些小朋友更亲我？他们都觉得是你烧高香，遇到了我。说出去都没人信，我在车行没股份，却比老板面子大。"

说完，她停顿了一下，眼泪又掉下来，她喝了口酒，吸口气："我好想你。"

那天，林羌翻开他的邮箱，用他教过的密码一封一封看完邮件。

有一封邮件像是来自一位位高权重的人，她从中了解到靳凡深入敌营的过程。对方感谢他的付出，感慨靳凡成长得很像他的父亲靳序知。

那是第一次他离开她去救援。时隔半年多，他们在她所在医疗队的驻扎地重逢。

她没问过他一路的凶险程度，打开邮件才知道多么惊心动魄。那些被他轻描淡写提过的行动，都是他用命换来的转机。

第二次离开她呢，是不是更险？不然他怎么没回来呢？

“我好想你。”林羌又抬起头，看着空荡荡的二楼，“带我走好吗？我本来也无父无母，本来也无法再上手术台了，本来也病入膏肓，活不了几年，就提前带我走好吗……我先睡一下，梦见你了再骂你……”

手机上的录音界面还在不停变换秒表数字，时间一点一点延长下去。

医院和车行的众人站在殡仪馆，林羌和靳凡的遗像下。哭肿的眼睛到这时都被厚厚的底妆覆盖，却不能彻底隐藏。

他们和那些到现场才哭的人不同，他们到了现场，拼命证明自己过得很好。

小脏辫也没想到，竟然会在灵堂见到他们两次。上一次是大梦一场，是虚惊一场，这一次，他当了“家长”，领着队伍亲自运送林羌的遗体——

林羌走进旧车行，没有走出来。

他们发现她的时候，她的酒还没喝完，烟烧没了一半，摔倒的药瓶开了盖，药片散了一桌。手机在旁边黑着屏，她手里攥着一张素描画。画里有两个小像，一男一女，原本下面一行小字“致我的妻子”不知何时被划掉了，改成“我和我的妻子”。

先前处理后事时，小莺给手机充电开机，才听到林羌的录音。

小莺瘫软在地，在车行走廊捂着嘴放声大哭。林羌在离开时是清醒的，她记得她年长了，觉得她拖累了他们。

可是并没有啊，她在时他们真的感到幸福——

林羌三十七岁那年，有犯罪分子绑架了靳凡原先的战友，以威胁靳凡。

但靳凡没去，他也没身份去。犯罪分子自有警察队伍负责铲除。

靳凡没有去救援，但也没斗过病魔。医生所说的理想状态下可以活多少年，都只是理想的结果。

那天天气微凉，他上午还好好的，下午回家后也好好的，原本在为猫狗梳毛，突然停住，将工具放在原地，给林羌热好牛奶、烤了牛角包，再走到窗前的摇椅坐下。毛毯盖住双腿，就这么去了。

他们没有见最后一面。

林羌回家时，她的爱人就已经不在了，只有冷掉的牛奶和牛角包，地上乱摆的梳毛工具，他手里攥着的手机。

手机屏幕上是未关的备忘录，备忘录上没有打完的“我爱你”，是他留给林羌最后的记忆。

翻开他的备忘录，他早想到会有这么一天，所以将每天都记录下来。每天的结束语都是：我会为了你，很努力地活。如果还是失败了，我走了，你别难过，记得我爱你。我的能力就到这里了。让你失望了，你的丈夫没有那么无所不能。但你要穿上盔甲，以后的路就要自己走了。我也很遗憾，这一刻起，永失我爱。

那以后，林羌就开始吃药了。

她有好多话想对他说。而且，只能跟他说。

对外情绪稳定、乐于助人是真的；车行的小朋友在一年后才发现她在偷偷吃精神类药物，也是真的。只不过这时的林羌不是三十七岁，她走的这一年，已是四十三岁了。

她跟靳凡，实际相守十年，恩爱十年。他们听她吃药后出现幻觉时说的话，都是以前发生过的事。她在幻境中，反复经历跟靳凡的点滴，越复习，越深刻，越接受不了他离开的事实。却不知怪谁，就幻想他又去救援了，抛弃了她。

大伙儿没戳破她，装傻充愣，是想着，这样也好。她心有怨念，有怨比有希望更能好好地活着。

但他们低估了她对靳凡的爱，她明明那么怪他了，也还是要去见他。

这半年来，她身体每况愈下，记忆也越来越混乱，把“靳凡抛弃她”这件事刻在脑海里，也还是去见他了。

她离开之前，把猫猫狗狗安顿好了，钱捐了大半，剩下的少数留给仲川，让他偶尔给小朋友们买些吃的喝的。

他们都已经三十多岁了，在她眼里还是小朋友。

小莺看着冰冷的遗像，险些又崩溃大哭，低下头，别开脸，想让身子还能立住。

也许林羌一直都很清醒，只是迷迷糊糊的样子能骗到别人，时间久了，也能骗到自己。不然身体已是破破烂烂的，毕生所学碍于身体使不出来，再老想他，坚持一年都很勉强。

所幸她再也不会痛了。

仪式结束，外头风大得很。站在路边，尘沙卷人眉目。遥望来往，街景空荡，仿佛置身于一座死城。

他们不愿走，大概因为离开这条街，就要面对一个残酷的事实——

这世上，再无靳凡和林羌。

图书在版编目（CIP）数据

烧刀 / 苏他著 .-- 北京 : 中信出版社，2024.1
ISBN 978-7-5217-6155-9

Ⅰ . ①烧… Ⅱ . ①苏… Ⅲ . ①长篇小说－中国－当代
Ⅳ . ① I247.5

中国国家版本馆 CIP 数据核字 (2023) 第 213347 号

烧刀
著者：　苏他
出版发行：中信出版集团股份有限公司
（北京市朝阳区东三环北路 27 号嘉铭中心　邮编　100020）
承印者：　嘉业印刷（天津）有限公司

开本：880mm×1230mm　1/32　　印张：10
插页：4　　字数：359 千字
版次：2024 年 1 月第 1 版　　印次：2024 年 1 月第 1 次印刷
书号：ISBN 978-7-5217-6155-9
定价：48.00 元